特殊罪案调查组 4

证据虽一时失声，但不会永久沉默

刑事科学技术室痕迹检验师
九滴水 著

湖南文艺出版社　博集天卷

目 录
Contents

第一案
鲮女冤魂 _001

三页纸被仿宋五号字填得满满当当的,当赵德新看到题头写着"05大案线索举报"几个字时,他的心猛地一抽,血压飙升,脸颊一片通红。

第二案
白骨情缘 _161

大约也就十来铲的工夫,选中的方框全被挖开,三组人看到里面埋藏的东西后,瞬间停下了手中的动作。
"饶科长!人……人头……人颅骨……"

第一案

鲮女冤魂

三页纸被仿宋五号字填得满满当当的,当赵德新看到题头写着"05大案线索举报"几个字时,他的心猛地一抽,血压飙升,脸颊一片通红。

"来，左边跟我一起画个龙，在你右边画一道彩虹；来，左边跟我一起画彩虹，在你右边再画个龙。"

一首贼带劲的《野狼 disco》响起，脸色比锅底还黑的吕瀚海右手高举一张白纸，左手从裤兜里第 N 次掏出手机。"去你的，展护卫，又怎么了？"

信号时断时续，听筒里，展峰的声音像被砍刀剁成了碎片："再……往后……"

吕瀚海皱着眉，恨不得把手机听筒直接塞进耳道里头。总算勉强分辨出内容，他骂骂咧咧地又后撤了一步。"这样吗？"

展峰回了句"稍等"，直接挂断了电话。

…………

今儿一大早，吕瀚海还在床上跟周公大战三百回合时，突然被铃声吵醒，来电中，展峰让他用最快的速度赶到中心东南角的小门，说是有个侦查实验需要他配合。

吕瀚海寻思最近专案组也没办啥案件，咋又搞上实验了？他原本想找个理由给搪塞过去，可展峰直接告诉他有一千块钱的报酬，他立马从床上一跃而起，麻利得像在超市门口排队抢鸡蛋的大爷大妈一样。

来专案中心的这些日子，吕瀚海闲来无事就爱四处溜达，东南角他倒也留意过，那里有一道高约 3 米的双开金属门，凭厚重的质感便能推断出，防个弹什么的是绝对绰绰有余。

门板左右两边用红色油漆涂写的"军事禁区"相当醒目，吕瀚海每次经过时，都不自觉地与之保持一段安全距离。

他有时也会想，这个地方搞得这么神秘，里面会不会藏了什么尖端武器？

可等他跟着展峰，通过安检进去后，眼前的景象让他大失所望。

视野范围里，除了几栋裹满爬山虎的破旧楼房，并没有其他建筑。唯一让人看着舒坦的，也就是楼前那片修剪整齐，有两个足球场大小的草坪。

"难不成，这是某位大领导休养的地方？"吕瀚海正胡思乱想着，展峰抬手抽出一张A4纸，让他站在草坪中央，右手尽可能高地举起来。吕瀚海随口问了一声，但展峰除了让他照做，并没有解释。

他早就习惯了展峰这种个性，看在一千块钱的分上，他照葫芦画瓢地学会了姿势。展峰一个转身，走进楼内，他则踢着草尖上的露水，来到了预先划定的位置。

一个红点在吕瀚海身上不停晃动起来，要不是展峰提前告知"实验内容是用激光光束射在纸上"，他一定会以为自己被FBI（美国联邦调查局）给包围了。

室外日头正盛，除了摇摆不定的光点，他根本分辨不出展峰从什么角度射出了这道光。

经多次调整，吕瀚海手中的那张白纸上留下了像"蜗牛屁屁"一样黄黄黑黑的灼烧痕迹。

离吕瀚海300米开外的一栋四层小楼里，猫在房间内的展峰，正用高清望远镜注视着吕瀚海的一举一动，而他的面前是一张提前设计好的表格。

横向一行，标注着距离、时间、系数、灼烧程度。吕瀚海每移动一步，竖向一列便会记录下一组新的数据。

表格中，填写着只有展峰能看懂的奇怪代号，密密麻麻地写满了一整页。也不知他用的到底是什么算法，在表格末尾的备注栏中，每得出一个数值后，展峰会先斟酌片刻，然后用水笔将数字完全涂实。

镜头那一边，吕瀚海甩着手腕，嘴里不停地嘟囔着，展峰当然听不见他说话的声音，但作为高级物证鉴定工程师，读懂唇语还不是小菜一碟？

他默默看了一会儿吕瀚海的嘴唇，将表格折了起来，嘴角露出了一抹玩味的笑意，随后，他举起激光仪，朝吕瀚海左侧50米处，一个不起眼的土堆射了过去。

"5……4……3……2……1！"

默数终结的同时，只听得"嘭"的一声巨响，浓烟冲天而起，被爆炸冲击力撕碎的草皮，毫无征兆地朝吕瀚海的身上噼里啪啦地招呼了过去。

自认为走过南，闯过北，火车道上压过腿，还和鲨鱼亲过嘴的吕瀚海，被这突如其来的一声巨响，吓掉了大半个魂。

直到他看见展峰笑眯眯地招着手向他走来，他才明白过来，刚才惊险的一幕，绝对是出自展峰之手。

想着一分钟之前，他就站在那个炸点上，吕瀚海腿一哆嗦，拼着全身力气骂道："展护卫，你大爷的，这回你不加钱我跟你没完！！！"

二

早上八点刚过，G省公安厅纪委监察室传来了急促的敲门声。干了一辈子纪检工作的赵德新刚走出电梯，就跟着急忙慌的门卫老田撞了个满怀。

老田与赵德新几乎是同一天进入省厅的，这人是个热心肠，平时闲着没事，就喜欢给各个科室送送报纸、快递什么的，不管谁看到他，都是笑脸相迎，就连厅长私下里都开玩笑说："在咱们厅里，老田比我都吃得开。"

"哎呀，赵主任，我可算是找到您了！"室外气温也就十五六摄氏度，可老田额头上却隐隐现出了汗珠。

电梯门关了又开，为了不打扰别人上班，赵德新干脆把老田拉到一边。"这才刚上班呢，你是有啥急事？"

老田左右看看，小声道："昨天我当班，夜里巡逻时，听见门口背阴处有响动，于是我就上前查看，这一看不要紧……"老田打开手机相册，调出一张照片，"你瞧，有人在咱们门口放了个这，上面写着举报线索，要求务必由纪委监察室一把手亲自打开。"

赵德新眯起眼睛，仔细端详着那个圆筒状的包裹，琢磨了半天，也没猜到是什么东西。他抬头问道："几点钟的事？"

"凌晨四点三十八分。"

"看见人没有？"

老田摇摇头："我是听到口哨声跑过去的，没看到人。"

赵德新想了想，又问："外围监控什么情况？拍到人了吗？"

"这玩意儿被放在监控死角，啥也没看到。"

"东西过安检了吗？"

"当然过了，已排除了危险品，X光透视发现其中有纸状物，我怀疑是举报信。"

"那东西呢？"赵德新来了兴致。

"挺沉的，我不敢动，放在保安室，让搭班的小刘看着呢！"老田抹了把脸上的汗，神情看着仍有些慌乱。

赵德新完全可以理解老田的慌乱。眼下正值全国扫黑除恶专项斗争全面开展期，省厅每隔一段时间就会收到来自全省各地的举报线索。举报人或是实名举报或是书面来信，这其中最有质量的一种，就是直接提供证据的实物举报。

扫黑除恶开展两年间，门卫室不知接过多少类似的举报线索，时间一长，老田也能把线索大略分为三六九等。能在深夜又是在监控死角留下实物举报，并提出要求，必须由一把手亲自开启，用小拇指都能想明白，定是存在利害关系。

赵德新住在省厅家属区，上下班都是走后院小门，老田轻易摸不到他的行踪，于是只能用笨方法，每隔十分钟上去敲一次门。就这样来来回回，他已跑了整整四趟。

赵德新记得，两年前扫黑除恶刚开始时，他就接到过一个"实物线索"，上面密密麻麻地记录着举报人与某领导的来往账目。在核实相关线索后，刑警总队扫黑办直接进行了跟进，经半年深挖，最终该案被列为全省扫黑第一要案。

干了这么多年纪检工作，赵德新对举报是深有体会，中国的老百姓大都很单纯善良，不被逼上绝路，绝对不会想着去越级上访。

能够亲自到省厅举报的，也不会是一般线索，而能移交实物的，更不能掉以轻心。

跟在老田身后，赵德新很快取到了那个竹席筒状的包裹。掂起来有些沉，像是某种金属管状物。按规定，这种包裹，需要两名正式干警共同操作，并在两位见证人的见证下，才可以打开。

"战场"很快转移到了纪委监察室接警中心。在全程录音录像的情况下，赵德新小心翼翼地剪开了包裹。

里面的金属管状物其实就是一根直径15厘米，看起来有些普通的黑色画筒。赵德新取出内容物，发现是油画、银行流水单以及一封打印好的举报信。

三页纸被仿宋五号字填得满满当当的，当赵德新看到题头写着"05大案线索举报"几个字时，他的心猛地一抽，血压飙升，脸颊一片通红。

他深吸了一口气又慢慢吐出来，如此重复再三，缓了好一阵，心情才略微平复下来。

他虽没亲历"05大案"，可它对他来说却格外刻骨铭心。他的独生子赵波从公安大学刑事侦查系毕业没多久，就被分到刑警总队"05大案专案组"。从进组的第一天起，在其后长达两年的时间里，赵波就一直跟着组里的前辈，奔波于各个地市间，寻找破案线索。

2007年12月1日，由于长期高强度加班，赵波突发脑出血倒在了工作岗位上。好在送医及时，总算保住了一命。经历了长达四年的康复治疗后，他才勉强恢复到正常人的状态。时至今日，赵波的头上，还留有一道月牙形的开颅伤疤。

职业习惯使得赵德新从很早之前就开始考虑一个问题，这起案件前后拖了十多年没有侦破，警方内部是不是也存在什么猫腻？然而他并不在办案部门，也接触不到案件核心，所以这种猜测徘徊在心头，却始终得不到证实。他也私下里问过儿子，可儿子自从出事后，就被调到了机关岗位，后续的详细情况，赵波也说不出个所以然。

今天这封举报信，终于让赵德新的担心得到了证实。他怀着惴惴不安的心情，将三页纸一字不落地浏览了一遍，当看到举报信中写着"公安部"三个字时，一个冷战从他的尾椎骨一路打上了头顶，他的心中有一个警钟正在响起："必须马上跟厅长汇报！"

三

专案中心秘密会议室内，公安部刑侦局一把手周礼正与展峰对视而坐。

这是一个仅仅容得下六个人的封闭空间，集装箱大小，防弹隔音设计，周礼的掌静脉，是打开门禁的唯一"钥匙"。未经他的允许，任何人都无法进入。

头顶的 LED 灯射下锥形光柱，在黑暗中照亮了两个人的脸庞，周礼目不转睛地盯着展峰。

展峰控制的是一台没有任何 logo（标志）的黑色笔记本电脑，键盘区的指纹识别验证通过后，一个指甲盖大小的摄像头从液晶屏上端缓缓弹出，展峰直视镜头，当虹膜验证通过后，屏幕瞬间亮起，发出"叮"的一声长音。桌面壁纸上那个燃烧着火焰的字母"S"，显得格外醒目。

"我的电脑"分为三个存储区，常见的 C 盘、D 盘、E 盘，被 S、SS、SSS 代替。

展峰点击中间那枚硬盘图标，调出了名为"12·5系列爆炸案"的文件夹。

在案发情况、现场勘查、前期调查、可疑人员等十多个子文件夹中，展峰双击打开了案件进展。

列表中有四个 word 文档，分别被命名为：第一阶段调查、第二阶段调查、第三阶段调查、第四阶段调查。按时间顺序，第一个文档建立至今，已长达四年之久。

展峰打开相关文件，随后正襟危坐，平静地说道："周局，我准备好了。"

周礼将身子微微前倾，注视着电脑屏幕，严肃地点了点头："行，开始汇报吧！"

"目前，我们还没有直接证据可以证实高天宇就是连环爆炸案的嫌疑人。"

展峰瞟了周局一眼，发现他脸上并没有什么失望之色，便继续说道："12·5系列爆炸案，最令人匪夷所思的，就是所有爆炸装置都是最原始的实时点火类，而不是我们常见的倒计时类引爆。使用前者的好处是可以控制爆炸进度，灵活性更强。但缺点也很明显，它需要助燃物：要么明火，要么电阻高温。如果用这些常规助爆方式，嫌疑人不可能离炸点太远。然而通过调查发现，炸点附近并没有人埋伏的迹象，所以我们怀疑，凶手使用了一种特殊的方法，使自己在安全距离外，也能引爆装置。经反复实验，我发现，有一种方法的确可以达到这样的效果。"

"哦？什么方法？"周局颇有兴趣地挺起身子。

"高能激光。"

"激光？"

"没错，2000毫瓦的普通激光笔，1米范围内，只需要10秒便可点燃火柴。如果使用功率较大的高能激光，完全可以实现远距离点火。12·5案全部发生在白天，室外光线充足的情况下，一般人根本注意不到光束。"

周局"嗯"了一声。"高天宇是门萨会员，智商远远超乎常人，他捣鼓出一个高能激光设备，应该不是什么难事。"

"设备只是前提。这么远的距离，对焦才是关键。爆炸的波及距离，至少也是100米开外，正常人根本不可能在这么远的距离，把光点对焦到只有绿豆大小的引线上。"

"如果借助望远镜呢？"周局提出假设。

"我也想过，望远镜可以弥补视觉缺陷，但还有一点是常人无法克服的。"

"哪一点？"

"生理性抖动！"展峰解释道，"高能激光设备很重，别说单手操作，就是双手都上，生理抖动也几乎无法避免。"

"如果是刻意训练过呢？"周局沉吟道。

"这倒是很有可能的。"展峰将几张由红、黄、绿三色组成的"人形"截图调出,"康安家园的自建房中,安装了热力感应装置,经 S 专案组技术人员的分析,发现高天宇经常会对着某一事物愣神,他能在不喝水的前提下,保持六个小时纹丝不动,定力之大,令人咋舌。要不是设备能捕捉到他身上的热力循环,我们真以为是设备出了问题。我怀疑,这就是他训练激光对焦留下的后遗症。"

周局叹道:"看来,这家伙比我们想象中的还要难搞啊!"

"的确不易,所以接下来,我拟定了两个侦查方向……"

展峰正说着,周局的手机"嗡嗡嗡"地振动了起来,展峰也很识趣地不再说话。

"是部里打来的。"周局捂着手机,小声解释了一句,接着按下了接听键。

展峰刚打算端起面前的保温杯润润嗓子,这时周局却霍然起身,诧异地道:"什么?隗国安被纪委带走了?"

四

自打"730 投毒案"顺利结案,展峰与嬴亮间的关系也和缓了许多。不过作为一个刑警,嬴亮不可能因展峰的主动示好,就对他全心信任,毕竟在他身上,还有很多疑点仍未解开。

比如说,展峰为什么要拉吕瀚海这样的"江湖人"进组?他俩又为何经常会撇开专案组单独行动?对这些行动又为什么从来没有跟专案组其他成员交代过?

据嬴亮观察,吕瀚海虽说油腔滑调,但在某些方面却深不可测,绝不是什么普通混混,展峰心思缜密,为什么会用这种难知根脚的人?而且,吕瀚海有的时候行踪也颇为诡秘,展峰却不予以调查,他是主观上没有发现,还是故意放纵?嬴亮觉得按展峰的能力和习惯,前者是绝无可能,那么展峰就一定是视而不见了!他跟吕瀚海这样"沆瀣一气"的目的又是什么?

要不是上次自己翻脸离开专案组,石头的案子,展峰可能到现在也连只言片语都不愿意透露,这又是为什么?案子不到启动的程度,这种事情很难解释吗？展峰到底是在顾忌什么？

在这些问题的困扰之下，赢亮不止一次私下调查过吕瀚海的底细，凭他多年数据研判的经验分析，像吕瀚海这种闲散人员，底子绝对不会像记录上呈现的如此干净，尤其是在办理"贼帮案"时，吕瀚海不论是盗窃技法，还是对社会帮派内部黑话的熟悉程度，都远远超过一般混混，这是极不符合常理的表现。

赢亮也往积极方面联想过，他怀疑吕瀚海是故意装出来的江湖气，说不定还真就是不能暴露真实身份的"自己人"，可他仔细一想，又觉得完全没有必要。毕竟他们是办案队，又不是专门的特勤组织，卧底、线人对他们这个组来说，简直是多此一举。

难不成展峰对每位组员都不信任，专门搞个探子在身边监视大家？

在彻底整理清楚这些迷惑之前，赢亮表面上是和气了不少，但对展峰，仍存有几分戒心。

不过今儿一早，就有一件事让他很是兴奋。他刚从中心健身房出来，就看到周局跟展峰肩并肩地走进了秘密会议室。他还注意到，展峰的手上提着一个金属密码箱。

闲聊时，内勤莫思琪跟他提过一嘴，说有些超机密案件连她也接触不到，都被锁在了特殊的密码箱里，这种类型的案件，需要直接向周局汇报，除了专案组组长外，其他人无权过问。

联想到前些天展峰对自己表达歉意的那些话，赢亮难免心存幻想，难不成这回要将石头的案子重启了？

怀着期待的心情，抓耳挠腮的赢亮，终于等到了紧急开会的通知。

谁知等到他走进会议室后，只见到了司徒蓝嫣一个人。"鬼叔呢？又失踪了？"赢亮皱眉问道。

司徒蓝嫣有些无奈地说："刚打过电话，鬼叔关机了。"

"怎么每次都是这样？他也不觉得耽搁事。"想到这次接下的可能就是石头的案子，赢亮不免有些焦心，"我查一下他最后关机的地点在哪儿。"

"不用找了！"感应门唰的一声打开，展峰走了进来。

嬴亮不解："不是通知开会？不找他来怎么开？"

"这次的会暂时不需要他参加。"

嬴亮会错意地问展峰："你进门第一眼看的就是我，难道真是有什么跟我相关的案子要重启了？"

闻言，展峰变了变脸色，欲言又止："亮子……"

"怦，怦……"听到展峰这么喊自己，嬴亮的心跳陡然加快了几分。

"你之前……"

"怦，怦，怦，怦……"嬴亮顿时激动起来。

"是不是参与了一起05大案，到现在都没有侦破？"

"啊？"嬴亮讶然失声，"什么？怎么是05大案？"

"怎么，很失望？"展峰别有深意地凝视嬴亮，随后轻叹道，"我就知道你要会错意，不过这次就是05大案。"

"没……没什么。"嬴亮心知自己又关心则乱了，05大案跟石头的案子同样也是个重案，他立即调整自己，跟上了展峰的节奏，"这起案子是我们省厅挂的牌，不过我没有参与，想问具体情况，可以把鬼叔找来，他知道得比较清楚，当年就是他给死者画的像。对了，鬼叔他人呢？你说不用他来开会……莫非等我们去接？"

展峰脸色难看地道："暂时……也不用接了……我已通知道九，各自带上装备，立刻赶往G省公安厅。"

"展队，你还没回答我，鬼叔……到底什么情况？"

面对敏感的嬴亮，展峰停顿片刻，才道："他已经在G省公安厅了，所以咱们直接过去就行。"

"在了？难道是先找他了解情况，所以提前去了？那也应该跟组里打个招呼吧！直接手机关机没必要啊……"嬴亮有些莫名其妙地跟在展峰身后，边说边朝中心出口走去。

两个人前脚刚踏出大门，就看见吕瀚海焦急万分地跑了过来。"展护卫，你知道老鬼怎么样了吗？"

展峰在台阶上停下。"他跟你联系了？"

"我早上睡得迷迷糊糊的，接到了他的电话。"

展峰没有回答吕瀚海的问题，反而问道："他跟你说什么了？"

"没头没脑的，就让我转告你一句话。"平时嬉皮笑脸的吕瀚海正色道，"他说，不管发生什么事，希望我们一定要相信他！"

"这话什么意思？"嬴亮有了一种不祥的预感，大步上前，"快说，鬼叔到底怎么了？"

展峰抬手拦住嬴亮，"他……被你们省厅纪委监察室带走了！"

在场者顿时大惊，异口同声道："什么？纪委？"

五

负责接待展峰一行的，正是那个亲自打开举报材料，然后层层汇报至公安部，并把调查权争取到G省公安厅的纪委一把手——赵德新。

此时的隗国安，已经被他按调查程序第一时间软禁在留置室内。

在处理纪律作风问题上，赵德新可不是第一次接手的愣头青。他很担心，隗国安会拿公安部专案组成员作为挡箭牌，所以他必须出奇制胜，在隗国安反应不及的情况下，断掉隗国安所有的联络网，然后再慢慢搜集相关证据。除了参与调查的人以外，他对其他人一概保密，就连某些领导过来试图打听，老赵也是"无可奉告"。

赵德新刚给隗国安办完手续，展峰就联系上了他，这种反应速度，在外人看来，似是对下属的关心，可对赵德新来说，却能够嗅出别样的味道来。

在这方面，还要先对警队的内部条例做一下解释。

通常队伍中出了问题，必须由所在单位的负责人把情况汇报至分管领导，分管领导则会指派所属单位纪委先期介入，发布协查函，进行初步调查。必要时，调查部门需会同所在局纪委，组成联合调查组，对线索进行深挖。

也就是说，按正常程序，应该是部里的纪委部门与他们协调，像展峰这样冒冒失失自己跑来联络的，难免会让人觉得他对隗国安存有某种程度上的私心。

要是这种私心是出于对下属的关心，赵德新也能理解，但会不会还有其他隐情呢？考虑到展峰是风头正劲的专案组组长，行事缜密是最基本的原则，这种冒失的做法，就让他不得不多考虑一些了。

他儿子赵波虽被调离，但这些年来一直对05大案心心念念，他不止一次听儿子说，案件没能侦破，或许是侦查方向出了问题，可问题到底出在哪儿，始终是父子俩心中共同的疑问，直到他看到了那份举报材料，才一下子恍然大悟。

他之所以会迅速对隗国安采取措施，也是因为举报信列举的一切都说得合情合理，在关键问题上，也确实证明有那么一回事。最让他意外的是，隗国安到案之后，不管他们如何问询，他就是闭口不谈，好像在等待谁的救援一样。

要说硬骨头，他这些年没少碰到，比起其他单位的纪委部门，他要面对的可是拥有极强反侦查意识的警察。不过他也并不担心，赵德新自己就常常教导下属：调查对象就好比是"大饼"，刚出锅时烫手，那是正常现象，等到凉一凉没了热气，发现没想头了，便能想怎么撕，就怎么撕了。

多年以来，赵德新这种颇有耐心的操作，制服过不少顽固分子，在他看来，隗国安现在的负隅顽抗远远谈不上麻烦。

在等"大饼"凉下来这段时间里，他们要做的，就是断了隗国安的一切希望。从这个角度上来说，匆忙赶来的展峰，只是赵德新要应对的第一个"希望的种子"。

914专案组对赵德新来说并不陌生，毕竟四名核心成员里，有一半都来自他们省厅。虽说明面上，几乎找不到关于这支队伍的任何宣传，可他还是从侧面听说过不少关于他们的破案传奇。

要不是发生了这档子事，他对914专案组不但没有任何偏见，甚至还打心底赞叹。可有些东西一旦沾上了污点，就让赵德新不得不摒除个人看法，重新审视一番。

说一千道一万，专案组毕竟是部里直属，在抓住死手，确定隗国安的罪行之前，跟专案组的相处仍要以和谐二字为基调。所以，会面时，赵德新还特意准备了些客套话，可让他没想到的是，比他小了近二十岁的展峰，竟丝毫没给他客套的机会。

年轻有为、个性十足,这是展峰给赵德新的初步印象,然而看似褒奖的八个字,也有不同的理解方式,细品一下,这八个字可是意味深长得很哪。

…………

会议室内。

方形的会议桌就像是象棋棋盘,以桌面绿植为楚河汉界,展峰几人为红方,而黑方除了赵德新外,还有一人,他是刑警总队重案队一把手,05大案的专案组组长,公安系统二级英雄模范——年斌。

嬴亮在进914专案组之前,就是重案队的情报分析员,说起来年斌还是他的老领导。除此之外,年斌与李占涛(石头父亲)是同寝室的警校同学,所以嬴亮跟年斌的上下级关系非同一般。他能被抽调到914专案组,有很大一部原因,是得益于年斌的鼎力推荐。

"年队,到底发生了什么事情?"借着之前的良好关系,嬴亮先对年斌提出疑问。

性格沉稳的年斌并没有作声,看了一眼身边的赵德新。

"喀喀喀……"赵德新知道,年斌碍于跟嬴亮的关系不好先开口,于是他清了清嗓子,"既然人都到齐了,那我们就开门见山地说吧!"赵德新拿出了提前拟好的讲话稿,其中涉及敏感内容的部分,早就被他逐一删去,光从内容上,根本看不出任何关于本案深层次的东西。

"前些日子,我们接到了一封举报信,说隗国安在侦办05大案时收受他人贿赂,故意在画像上做了手脚,迷惑了警方的侦查方向。"

"这怎么可能?鬼叔绝对不会这么做!"嬴亮闻言,顿时炸了毛。

"你是嬴川的儿子?"赵德新并不生气,反而饶有兴致地说了句题外话。

"你认识我父亲?"嬴亮有些警觉。

由于纪检工作的特殊性,赵德新干的就是得罪人的活。一般人谁也不愿意与纪委扯上什么瓜葛,要是谁谁谁与纪委相熟,难免会让人疑心四起,为了省事,干脆不跟这些人往来,所以嬴亮从警这么多年,压根儿就不知道纪委的门朝哪儿开。

"不是你想的那样，你父亲嬴川是我最敬佩的人，我实习那会儿，他是我的带班老师，我去你家中探望过好几次，只是你都不在，就你这火暴脾气吧，确实跟你爸很像。"

对方好像在拉近距离，可说话时又语气平淡，嬴亮一时之间听不出什么好歹，也不知要怎么回应这番言语。

"这样，展队，交情归交情，还是不能拿到工作层面上来说，咱们还是按照会议流程来吧。"赵德新这么一讲，嬴亮才反应过来，得，这是拿他爸的事故意提醒展峰，别拿人情干扰办案呢！

赵德新也不管展峰乐意不乐意，拿起讲话稿照本宣科地说："会议议程第一项，由年斌队长给大家介绍一下05大案的情况。"

事已至此，双方虽没有直接针锋相对，但态度也谈不上友好，年斌隐去眼中的情绪，跟赵德新一样，也不管专案组的看法，自顾自地开了口。

"2005年7月11日，我省洪河流域，发现了一具赤裸女性浮尸，发现时，尸体已高度腐败，出现巨人观，经判断为他杀。当地市局第一时间成立专案组，在侦办此案期间，又在洪河其他流域，发现了类似的女性浮尸，这些案件的作案手法相同，后来串并侦查，并由我们刑警总队亲自办理，名为05大案。从2005年7月至2008年4月，先后发现了六具女尸。因尸体腐败过于严重，面部五官无法辨认，所以调隗国安进组，为死者画像。"

年斌从笔记本中抽出六张四寸人像彩照递给展峰。"我们按照这些画像张贴了悬赏通报，并寻求了省级媒体的帮助，但迄今为止，均未能核实死者身份。"

展峰拿起照片逐一端详。"这不是本人照片，是经颅骨泥塑后的精确画像，全国上下也只有老鬼有这个手艺。"

"确实是这样，当年隗国安在刑事相貌学领域小有名气，参与侦破过不少大案，否则，我们也不可能这么相信他！"

"年队，我觉得，你没有理解我话里的意思。"展峰强行打断。

"意思？"年斌挑起花白浓眉，"什么意思，你说说看？"

展峰一字一顿地说："我是说，颅骨泥塑画像是老鬼的看家本领，在这方面，他不会出任何问题！"

年斌眼角剧烈地一抽。"那就是说，展队认为，是我们专案组办案不力喽？"

见气氛紧张，刚回"娘家"的赢亮当然不想看到二人剑拔弩张，出言相劝道："年队，你不了解展队的性格，他不是这个意思，只是强调一下鬼叔的专业能力，你别想多了。"

不管是过去还是现在，年斌对赢亮都是颇为看重的，看在他的面子上，年斌双臂往胸口一抄，靠在椅子上不再说话。

一旁的赵德新，很是适时机地拿出了几张裸体油画的翻拍照片。"你们别着急下结论，先看下这个！"

展峰扫了一眼，微微点头表示看过了，继续等待下文。

"这是举报信中附带的物证。文检部门出具的颜料鉴定证明，几幅画完稿至少有二十年了，且是在浮尸案发生之前画的。

"05大案发生之后，死者多达六人，却无失踪人口报警记录，DNA也没有比中，所以，截至目前，这些尸体仍然存放在省厅法医中心。也就是说，尸体只有经手的法医能够接触。就连参与办案的侦查员，也完全不知晓尸表的细节特征。

"可是这几幅油画，却把这些死者的文身、伤疤、胎记描绘得清清楚楚，甚至连位置都不差分毫。若只有一幅画还可以理解为巧合，可这么多幅都能对上号，这就不得不引起我们的怀疑了。

"你们看，油画上死者的生理特征是对的，可是长相，跟隗国安在专案组给出的画像差别很大，或者说，看起来根本就不是一个人。"

"怎么证明这些油画是出自老鬼之手？"展峰提出一个关键问题。

"隗国安在画家网上有一个名叫阿道夫的账号，他用这个账号上传了很多张油画，其中一张的人物有刺青，经比对，正是六名死者中的一位。跟举报线索也完全能对上号。

"对了，举报信中还提到，隗国安有一张太空卡，专门用来与嫌疑人联系，我们从隗国安身上找到了使用这张卡的手机，而且他承认这张卡一直是他本人在使用。

"另外，隗国安还有一张名为隗磊的银行卡，卡里平白无故多出了九十万现金，他用这笔钱给他儿子置办了一套房产。这一点也与举报信中所述吻合。"

"我有几个问题想问，"听到这里，展峰突然道，"首先，对于这件事，举报人为什么知道得这么清楚？举报人身份是否核实？其次，这六幅油画既然出自老鬼之手，举报人又是怎么搞到的？最后，举报人与隗国安之间，到底是什么关系？"

赵德新早就料到展峰会有此一问，泰然自若地答道："你问的这些问题，我们也不是没有调查。只是隗国安现在闭口不谈，明显是在对抗调查。别的姑且不提，这九十万的巨额财产，他一直也没给个合理的解释，身为公职人员，你应该知道，这是隗国安认为自己罪责难逃，打算要负隅顽抗了。"

在座众人谁没经历过大风大浪，有些话不用说太透，各自都知道深浅，如果隗国安认为九十万的来头能见人，直接给出解释就行了，又何必不吭不响？赵德新自然可以推定，这笔钱来路不正。见展峰沉默不语，一直把隗国安当成长辈的嬴亮，急急忙忙地开了口："年队，给鬼叔打款的人是谁，你们查到了吗？"

"你在重案队待了这么久，刑嫌人员的那点套路你还不清楚？谁会傻到用真实身份？"

"举报人是谁，这也没查清楚？"

年斌虽跟嬴亮有交情，但这种车轱辘式问题，他是真没心情回答。起先，赵德新找到他说05大案画像出了问题，他还觉得有些难以置信，毕竟他与隗国安也合作了不少案件，无论哪一次，隗国安都是尽力而为。虽然级别上俩人有些差距，但他始终把隗国安当成一个有原则、有实力的大哥，因此，在年斌心里，是不相信隗国安当真犯了事的。

后来，隗国安被带至省厅留置室，俩人见面后，不管他怎么动之以情晓之以理，隗国安始终一言不发，他的心也就越来越凉，从警至今，他审过多少嫌疑人？作为一个老刑警，他怎么可能看不出隗国安心里有事？不解释那就是默认，这是年斌对隗国安闭口不言的直接理解。

这世上最令人难以释怀的，并不是来自敌人的针锋相对，而是同盟的背叛。年斌对隗国安心中不无怨尤，要不是调查权在纪委手中，他真想亲自把隗国安查个底朝天。

都说爱屋及乌，其实恨屋也会及乌，俗话说得好，上梁不正下梁歪，如今展峰表现出的那种无原则、护犊子的行为，连带着也让年斌觉得颇不顺眼。

话不投机半句多，沉默或许是最好的解释，年斌冷哼一声，不再言语。

六

会面气氛固然不佳，但在结束时，展峰还是得到了一次探视隗国安的机会。在赵德新的带领下，出了公安厅主大楼，沿一条倾斜四十五度的羊肠小道一路往东北方向走，大约半个小时，众人来到了一间极不起眼的玻璃房前。

刷开门禁，四节楼梯盘旋而下，直探地底。

"这里由地下停车场改建，现在是我们纪委审查人的地方。"赵德新边走边介绍，领着众人来到了最底层。

距离最后一级台阶不到四片地砖的地方，有一道极其厚重的银白色金属门，清正、廉洁两个词一左一右，显得格外扎眼。

"各位请稍等片刻。"赵德新站在门前，"按规定，我还要征求一下隗国安自己的意见。"说完，也不管几个人什么反应，他解锁门禁直直地走了进去，把其他人全晾在了一边。

一路上，赵德新虽表面和气，可他嘴里一个接着一个的"规定"，其实早已让他跟专案组拉开了距离，这一点连耿直的嬴亮都瞧出了端倪。

展峰为何要跟这二位搞得这样针锋相对？嬴亮闹不明白，他觉得要解救老鬼于水火之中，与调查单位搞好关系是最起码的，也正因此，他才会在气氛剑拔弩张时，多次出面调和。可展峰好像不明事理一样，非要跟人家争个高下，一副打死不合作的姿态，这让嬴亮很是费解。

论办案能力，展峰绝对是前无古人后无来者，可在社交方面，着实让人有些摸不着头脑。在嬴亮看来，这事往小了说，是展峰在逗口舌之快，往大了说，则无疑是把老鬼推向了孤立无援的悬崖边。

可展峰这人办案的风格向来是有的放矢，步步连环，有时候你看他闲来一笔不知所谓，其实对案件侦破能起到极关键的作用。嬴亮也不是真傻子，领教好几次后，也明白展峰这人水深得很，所以到底是展峰情商欠缺，还是他故意而为呢？嬴亮这回并没有直接询问，而是在心底偷偷地做出了揣测，以待后续验证。

门禁再次打开，赵德新探出头跟展峰对视，说道："留置1室，隗国安说，他现在只想见你一个人！"

展峰对此似乎早有预料，毫不迟疑地踏进走廊，金属门在他身后迅速关闭，门框与门边接触的瞬间，发出"哐啷"一声响。聒耳的噪声，在空旷的走廊中不停回荡。

宽敞、明亮，这是展峰进入留置区最直观的感受。这里虽建在地下，但通风、防潮两大难题，解决得堪称完美。走廊中，三片80厘米×80厘米的瓷砖横铺于地面，3米的挑高设计，让人丝毫感觉不到身在地下建筑物内的压抑。

一间间留置室布置得如同宾馆一样舒适，展峰顺着门牌，径直走到了走廊深处。

深棕色的木门上，设有一块巴掌大小的透明观察窗。

透过隔音玻璃，展峰发现隗国安正独自一人坐在木凳上，神情有些恍惚。

留置室的布局与审讯室不同，相比起来，这里更像是贴满软包的宾馆单人房。

一张桌子，一张床，一把椅子，加上用于梳洗拉撒的厕所，这就是留置室的基本布置。

一路走来，展峰发现，偌大的留置区里，只有隗国安这间屋子有人，四周静得可怕，展峰挑眉，知道这种环境无疑会给隗国安带来额外的心理压力，只是不清楚，是赵德新故意为之，还是巧合。如果是前者，那就说明，赵德新心中对隗国安已有了定案，不达目的不会罢休，而摆在自己面前的，无疑也是一道难题。

展峰心中有数之后，推开门走了进去。

"鬼叔！"

隗国安猛地一抬头，看见来人是展峰，神色在放松和内疚中交错片刻，缓缓低下头去。"唉……"他慢慢地用双手捂住了脸。

他之前一声不吭，为的就是让赵德新找不到突破口，那么赵德新就不会放过安排他跟展峰见这一面，因为，这是一个绝佳的刺探机会。

说透一点，隗国安早就算过了，展峰一定会跟自己见面，可是真的见了面，他才发现，内心的愧疚让他竟觉得无法面对。

这一声叹息，无疑就是在告诉展峰，举报的内容并非空穴来风。展峰眼神微动，控制住情绪，语调平稳地说："刚才我跟你们省厅纪检委的同志碰过头了。"

隗国安放下手，仍弓着腰望向地面，不与展峰对视，他哑着嗓子问："他们说了什么？"

"那封举报信，还有……"展峰顿了顿，找了个不那么敏感的词，"还有关于你的一些调查。"

"展峰……"隗国安静静地喊了一声。油滑的鬼叔在队里虽然年纪最大，称得上是众人的长辈，但通常他轻易不会叫展峰的名字，都是以队队相称。这个时候这样说话，明显就不是站在同事或者下属的角度上，而是更有人情味的呼唤。

"鬼叔，"展峰的话语中有了几分亲近之情，"我在，你说。"

"时至今日，实话实说，你还信不信我？"

"信，当然信！"展峰的回答毫不犹豫，斩钉截铁。

隗国安直起身子，抬起那张惨白的脸，看起来就像一张被搓得皱巴巴的纸，展峰从没见过如此憔悴的隗国安。"我是被陷害的，现在，只有你能帮我。"

展峰对隗国安这句话并不意外，隗国安不发一言，证明事情必有不为人知的内情，但隗国安能进专案组，除了他的画像绝活之外，还有一层原因在于老鬼不引人瞩目的外表之下，其实藏着一颗七窍玲珑心。在某些关键的时候，隗国安的思路能够给案件带来出人意料的进展，而且，在专案组内，论大局观念和逻辑思维，隗国安并不在他之下。就如这次，隗国安在赵德新面前闭口不言，带来的结局必然是赵德新安排俩人会面，这一切定在隗国安的算计之中。

目前这个情况，已经很分明了，隗国安用沉默逼迫赵德新，为的就是跟他见上一面，而这桩案子中，一定有隗国安自己无法辩白的情节。

想通之后，展峰语气略重地说："你要我怎么帮你？"

"举报信上说我徇私枉法，耽误了破案，所以展峰，只要专案组能把05大案的真凶抓获，谣言自然不攻自破。"

"你想让我们接手案件？"展峰微微眯起眼。

"没错！"隗国安咬了咬牙。

"可是这起案件，你们省厅一直在侦查，并未当成悬案上报过，我们是不可能拿到管辖权的。如果让上级发布命令，强行管辖，怕是会伤了各单位间的和气。再说，你现在出了这档子事，理论上我们都要避嫌，年斌也不可能把侦查这么久的案件拱手相让。这些你都明白吗？"

"我知道难度很大！"隗国安苦涩地说，"可是我也清楚，虽然年斌他们办案不要命，但侦查思路跟你完全没有可比性。"

他抬头看了一眼墙角的同步录音录像，确定设备正在运行后，他转过脸看向展峰，继续说道："你还记得730投毒案的那个鲍志斌鲍大队长吗？他跟年斌在个性上，一个外向，一个内敛，可是他们骨子里都是那种不到黄河心不死，不见棺材不掉泪的人，现在我出了这档子事，他们一定会认为我与嫌疑人有勾结，接下来他们的工作重心也必定会放在我身上。要是案件仍由他们主办，我就是再熬个十年八年，05大案也破不了，那么我也洗不清嫌疑。"

"你能不能告诉我，那九十万到底是怎么回事？"展峰问出了最关键的问题，赵德新对隗国安最大的心结也正在于此。

从隗国安被带进留置室开始，这个问题被反复问了数十遍，虽说他并不知晓举报信的详细内容，但从赵德新透露的只言片语也能推断，那笔钱正是把他搞进这里的"实锤"。

当初卖画的时候，他就惴惴不安了很久，无奈儿子到了谈婚论嫁的节骨眼上，亲家又对房子有刚需，急需用钱的他，才抱着"掩耳盗铃"的心态，把油画高价卖给了那个人。

在此期间，除了买画人失联之外，并没有发生其他异常状况，以至于隗国安对这件事都有些忘却了。可让他没有想到的是，就在儿子快要订婚之际，钱和画的事竟突然东窗事发，这怎么可能是个巧合？

隗国安不是傻子，既然对方能花这么长时间，调查清楚他的经济状况和紧迫需求，恰到好处地安排这个局，那就说明一切都在幕后者的掌控之中，甚至包括了他的一举一动。

这位幕后之人，到底有多大力量，隗国安虽摸不到底细，但发生的一系列事情，让他不得不去提防。

在隗国安看来，有些事还不到说的时候。

他也不是要对展峰故意隐瞒，只是这件事关系重大，他也无法预知，如果全盘托出，展峰是否还会信任自己，况且在监视重重的地方，说每句话都必须格外小心，稍有不慎，这些话就会成为赵德新给他盖棺论定的证据。

在嫌疑彻底洗清之前，他不能直接说出九十万的来由，而是要以此拽住纪律调查的脚步，让赵德新不能轻易定罪。于是他思量后道："展队，都到了这个份儿上，有些话就算你不问，我也应该坦诚相告，可现在还没到最合适的时候。"

"你的意思是说，你那九十万，跟05大案，彼此之间没有关联？"

"是，但也并不全是。"隗国安模棱两可地回了句。

换成赢亮，听到老鬼这话估计就要炸毛，可展峰终究不是赢亮，聪明人之间的对话，向来无须长篇累牍，点到即可。虽然隗国安说得很绕口，但展峰依旧捕捉到了言外之意，他回了句"明白"，起身看看周围，"鬼叔，这儿环境不错，你就安心待在这里，案子的事，交给我们去办！"

七

监控室里，赵德新与年斌目送展峰一行走出留置区，随后，隗国安与展峰的那段对话，被年斌翻来覆去播放了数遍。

"你就别费力气了，老鬼也是个出了名的干探，他知道什么能说什么不能说，你就是倒回去看一万遍，也不会找出什么破绽的。"赵德新坐下来伸了个懒腰，跟展峰打交道，无异于一场交锋，让他觉得有些劳累。

展峰能如此轻松地见到隗国安，正是赵德新想试探一下，借此能不能让隗国安露出马脚。

"唉！我原本以为，浮尸案多年没有核实尸源，这就够闹心的了，没想到现在画像还出了问题，这个隗国安看起来老老实实的，我是真没想到，他也会做这种事，唉！知人知面不知心哪！"

年斌在一旁喋喋不休，赵德新却饶有兴致地盯着画面上展峰的一举一动。

见搭档始终一副淡定的模样，年斌就算再稳重，也难免有些坐不住了，他猛地转过身，说道："老赵，咱俩现在是拴在一根绳子上的蚂蚱，你难道就没点话要说？"

"当然有，"赵德新目光犀利，"我的直觉告诉我，这可能是一起窝案。"

"你说什么？窝案？"年斌难以置信，"我看你是职业病上了头，你还怀疑谁？914专案组啊？要我提醒你吗？人家是部里直属的专案组，难不成上面的人都是吃糠过日子的吗？看不出个好歹？"

"我觉得我的想法没有错！"赵德新斩钉截铁地说。

"你哪儿没错？"年斌笑了。

"从展峰的态度就能看出来，哪怕他没有直接参与，至少算他个包庇应该不难。"

"态度？什么态度？你瞅瞅，他面无表情，跟个木偶一样。"

"老年啊，我干了一辈子纪检工作，像今天这种上级领导探望下属的场面，我不知见过多少次。看得多了，总能摸出一些规律来，这个你没意见吧！"赵德新负手而立，志得意满地说，"要是被调查者跟领导间没有狼狈为奸，那么所呈现出的画面就会是单方的训斥，而且痛心疾首，若是相反，则是上级循循善诱、好言相劝，再给出承诺，其目的也很简单，希望被调查的下属不会拖自己下水。"

"理是这么个理，可展峰哪里循循善诱、好言相劝了，不都是直接提问的吗？"

"他给了一个承诺！"

"什么承诺？"

"侦破浮尸案啊！你刚才来回放那么多遍，看到哪儿去了？"

"这也算承诺？警察不就得破案吗？"年斌摇头道，"你怕不是魔怔了吧？"

"警察当然要破案，"赵德新盯着监控画面，"可是隗国安说得也很明确，破掉浮尸案，他才会道出真相。你不觉得这句话有问题吗？"

年斌不解地问道："这能有什么问题？"

"老年啊，你设身处地地想一想。要是我犯了事，我的领导来看我，而我又是冤枉的，那我的第一个念头，是不是希望领导彻查，来为我洗清冤屈？我们现在敢把隗国安扣在这里，其实还是因为那九十万，他只需把这笔钱的来龙去脉解释清楚，而举报信里的其他内容，短时间内根本无法核实。所以如果我是隗国安，见到展峰，就算不说明九十万的来路，也应该让他查清楚对不对？可让人想不通的是，这个时候，隗国安关心的，却是浮尸案。"

"你这么一说，确实有些古怪！"经他提醒，年斌也品出了点味。

"再往深了想，其实他会这样要求展峰，一点都不难理解。"赵德新又说，"你说，他们914专案组破的都是什么案子？"

"大多是一些久侦未破的悬案啊，内部有人嫌914拗口，都叫他们悬案组，怎么老赵，你觉得这也有问题？"

"既然是悬案，大都已时过境迁，我听说，专案组接案上是展峰一言堂，办还是不办，都是他一个人说了算。"

"没错，确实是这么个情况。"年斌狠狠地点了点头，"当初举全厅之力，把赢亮送进914专案组，就是希望占涛的案子能早点破，这是我的心病啊！我多次跟赢亮通过电话，催着他赶紧跟上面提，一定要在我退休前把这件事给了了，可他告诉我，专案组接案必须是组长点头，可这个展峰呢？他至今就没提过占涛的案子。"

"这就对了啊。"赵德新一拍大腿道，"你想一想，有一个隗国安打头阵，914专案组就可能存在上梁不正下梁歪的情况，倘若嫌疑方以金钱诱惑专案组，要求不要接占涛的案子……"

话刚说半句，年斌领会地接过话茬："确实不能排除这种可能！"

"所以啊！在他们来之前，我私下就对专案组成员逐一进行了调查。"赵德新掰着手指，"展峰，单亲家庭出身，至今还住在破落的自建房里，据说还是个钉子户，因拆迁没谈拢，硬是让人家的工程停了工；隗国安家的经济条件也不咋的，否则绝不会以身犯险搞那九十万；嬴亮是咱们厅里出去的，情况我们都知道，就不多说了。司徒蓝嫣的爹妈是军官，军衔不低，可也是靠工资度日，要论经济水平，也高不到哪里去。另外，组里还有一个叫吕瀚海的司机，这个人曾跟展峰合伙开了一家海鲜排档，听说也是个求财若渴，见钱眼开的家伙……"

"老赵——"年斌打断道，"我说你也别太职业病，别的人就算了，嬴亮是在咱们眼皮子下面长大的孩子，他绝对不可能！我跟他共事这么久，亮子的品行，是有目共睹的！"

"我只是猜测，又不是下定论。谁知道那个展峰，是不是看亮子家境不好，容易说服，故意选的他呢？"赵德新叹了口气，"我干了一辈子纪检，觉得有句话说得特别在理，'没有所谓的忠诚，只是背叛的价码还不够高'！你当然不愿意这么想，可要是真跟我猜的一样，一黑黑一窝，那这件事可比我们想的恐怖太多了。"

"所以，按你的意思，咱们还要把整个914专案组都调查一遍？"年斌苦笑道，"你这也太……"

"以隗国安为契机，有则改之无则加勉，我觉得未尝不可！"赵德新眼睛一瞪。

"老赵，我有一件事搞不懂。"年斌道。

"什么事？"见年斌不打算劝自己，赵德新神情微微和缓。

"隗国安为什么坚持让展峰介入浮尸案？这桩案子在我手上，我绝对不会放手，老鬼不可能不清楚我的脾性。"

"那我也问你一句，隗国安为什么会被人举报？"

"有人看不惯了呗……至于是谁，还得调查。"

"没错，这个人不管是谁，必然是一个了解内幕的知情人。既然源头在浮尸案，那么隗国安要解决自己的隐患，当然要从案子下手，这是其一。其二嘛……"赵德新故意拖长了声音，"隗国安并不担心那九十万，这反倒说明了一个事实：他们的问题，绝对不止钱那么简单。"

八

外勤车上，展峰接到了莫思琪从中心打来的电话。

关键内容可概括为以下三点。

首先，05大案，G省刑警总队仍在办理中，并已发现了重要物证，正准备调整思路，重新侦查。在此关键时刻，部里若是下达指定管辖，很容易戳伤同僚的"军心"。

其次，考虑到隗国安眼下出现的问题，专案组应主动回避，要是反而主导侦查，必然难以服众。

最后，为查清举报信内容是否完全属实，经上级沟通，914专案组可以从协助的角度参与办案。

挂断电话，一张盖着红戳的"协查函"也传真到了展峰手中。

考虑到G省省厅曾是嬴亮任职的地方，对接工作自然是他去最为合适。

…………

刑警总队05专案办公室。

嬴亮与老领导年斌对面而坐，气氛有些微妙的尴尬。

年斌把手头的协查函扔到一边，说道："按照规程，对接工作应由一把手出面，展峰怎么没来？"

"年队，您跟我还赌什么气啊？这里是我的娘家，局面这个样子，当然是我来最合适了。"嬴亮苦笑着把协查函拿过来，端正地朝年斌放下，"您也别怪展队，他平时就这个直来直去的脾气，再说了，要不是波及了鬼叔，他也不会这样的。"

年斌冷哼一声："我记得去年过年，你回来找我喝酒时，可不是这么评价展峰的，怎么着，你这么快就改变态度了？是展峰人品太好打动了你，还是其他什么原因啊？"

嬴亮刚进公安队伍就在年斌手下当差，两个人的关系可不一般，平时只要回家，他一准儿会找年斌叙叙旧，虽说年斌性格沉稳，可私底下放松的时候，也会跟赢亮开开玩笑，所以，眼下这话的弦外之音，心大的赢亮压根儿就没听出来，至于他自己，现在最担心的还是老鬼的情况。

"年队，我今天是真没有心情跟您逗乐，您赶紧把协查函签了，我去内勤室复印卷宗，成不成？"

年斌拿笔的手突然停住，他歪头看向赢亮。"亮子，你觉得我是在跟你开玩笑？"

"难道不是？"赢亮蒙了。

年斌盯着他的脸端详了许久，摆摆手道："得得得，你这糙货，你觉得是就是吧！"

"嘿嘿嘿……"赢亮谄媚地笑起来。年斌无奈地拨通了内勤室的固话，趁着电话在接通，他对赢亮道："笑得可真恶心，刚才部里把协查函也抄送了一份给省厅，卷宗我早就给你们准备好了，我办事还用你个兔崽子说吗？"

"喂"的一声接通后，年斌对那头道："把复印好的卷宗拿到我办公室。"

瞅着年斌好像心情好了些，赢亮敲边鼓道："年队，鬼叔的问题，还得麻烦厅里彻查，我是真不相信他会做违法的事。"

"知人知面不知心，你凭什么说这话啊？打你上班第一天起，我就告诉过你，做任何事都不能感情用事，扫黑除恶这两年，被抓进去的同僚还少吗？我跟老鬼也并肩战斗过，我可告诉你，要是让我查出他在案子里做了手脚，就算我们是出生入死的战友，那我也饶不了他！"

赢亮也是牛脾气，就算自知理亏，也忍不住要顶回去："我和鬼叔有过命的交情，他这人平时是抠门了些，可在大是大非面前，我相信他绝对能守住底线！"

"守个屁！展峰是进去见他了，可你见人了吗？我告诉你赢亮，见老鬼之前，我也想相信他来着，可那来路不明的九十万，他死活不肯解释！这也就算了，要是没花那钱，还有回旋的余地，可这钱却被他买了房！咱们都是警察，他什么收入水平，你算不到吗？他现在什么都不肯说，来！你告诉我，就这死皮赖脸的对抗意识，你让我怎么相信他？"年斌把桌面拍得啪啪响，话语里颇有恨铁不成钢的意味。

嬴亮被说得哑口无言，心中原本的坚定，也有了一丝动摇。见屋内的争吵平息下来，早就站在门口张望的内勤张璇推门走了进来。

嬴亮立马认出了对方，大嘴一咧，笑道："璇姐。"

"亮子来了啊？"张璇把那本用牛皮纸包裹的卷宗递给嬴亮，"这是你们要的材料。"

刑警总队的职责就是解决省内重大疑难案件，通常会下设多个专案组，05大案发生时，嬴亮还没上班，也就没赶上建组，所以对这起案件他虽有耳闻，但并不知详情。

不过哪怕是这样，他还是发现了不对劲，"璇姐，浮尸案可是系列案件，卷宗怎么就这二三十页？"

"当然不止，"年斌在一旁接过了话，"不过，能给你们的就这些！"

"为什么不是全卷？"嬴亮不解道。

"既然是协查，案件当然由我们主导，况且老鬼跟展峰会面时，不是说了吗？我们的办案思路不如展峰，所以为了不给展队添麻烦，我看我们这些年的调查结果，就没必要放进去了。"

"年队你……"嬴亮被他的话噎住了。

年斌抬手打断他。"简要案情在你手上了，尸体在省厅法医中心，如有需要，你可以联系老方，电话你有的，我能交代的就这么多！祝你好运。"

"得，我服了！"嬴亮将卷宗夹于腋下，离开前，他慢悠悠地损了句，"老年啊老年，你就气吧啊！别回头把你那高血压、心脏病都给气犯了！"

忍了半天的年斌，抬手抄起桌上的硬皮书就砸了过去。"臭小子，敢诅咒我！"

嬴亮一猫腰躲过那本"凶器"，蹿出门外，逃之夭夭了。

九

暗夜中，霓虹招牌流光溢彩的 MISS 酒吧矗立在大道边。不对外营业的黑卡包间内，韩阳正捏着一只做工精致的玻璃杯，饶有兴趣地品尝着那瓶价值不菲的罗曼尼·康帝。

比起庞虎那古风古韵、清茶清曲的茶社，韩阳更喜欢酒精与尼古丁混合的味道。他认为，品茶的人自称修身养性，实则是无可奈何地隐忍，若是心神不一，做事也容易瞻前顾后；而酒壮尿人胆，又能吐真言。要不是遇到需要筹谋的商务性合作，韩阳觉得，微醺之后，反倒可以事半功倍。

当然，比起"性子"极烈，容易让人完全断片的白酒，他更喜欢口味醇和、后劲大的红酒，他讲究"品酒如做人"，"急了"伤身，"慢了"伤人，要是能把握这个度，自然有了做人的最佳平衡。

相对庞虎"茶品"的"中庸之道"，韩阳更偏好的，是"酒品"中的"不择手段"。

满饮两杯，韩阳的脸颊微微发热。正所谓"花看半开，酒饮微醺"，这是他最喜欢的状态。

挥手打发走小弟，韩阳愉悦地端起酒杯，把在外等候良久的刀疤喊了进来。

韩阳将一杯酒推到他的面前，问道："怎么？虎哥那边已经下手了？"

刀疤并不懂好酒细品的道理，他仰头一饮而尽，擦了擦嘴角，点头道："没错！"

"打算从谁开始？"

"隗国安。"刀疤放下酒杯。

"他？为什么？"韩阳有些意外。

"这是虎哥决定的，您知道，他不会告诉我内情。"刀疤猜测，"您说，会不会是因为老鬼个性比较软弱，最容易攻破？"

"哈哈哈！"韩阳肆无忌惮的笑声在房间里回响，他晃着酒杯，陷进柔软的沙发里，调侃道，"隗国安被人称为老鬼，这个外号可不是白叫的。你们不清楚，我当警察那会儿，就对他相当了解，别被他那地中海油腻大叔的外表给骗了，论办案能力，这人是真的聪明绝顶，不比展峰差到哪儿去，他不显山不露水，不过是习惯了扮猪吃老虎，选他下手，虎哥就不怕硬点子扎了自己的手？"

刀疤不解道："要是这个隗国安那么有能力，进了专案组，为何还要藏拙呢？在那种地方，若是没什么过人的能力，岂不是很难立足？"

"他都这个年纪了，差不多算得上返聘，要立什么足？又不是古人，还能封个先贤让人供起来？再说了，这个人一贯大智若愚，任何一个组织，都有个牵头的，他是不想盖过展峰的风头，让大家难做。其次吧……枪打出头鸟，他其实是在演戏给一个人看。"

"谁？"刀疤茫然。

韩阳啜了一口醇厚的酒，不紧不慢道："虎哥！"

"虎哥？"刀疤迷惑道，"有这个必要吗？"

"据我所知，虎哥跟老鬼私下有过接触，不过结果嘛，肯定是不欢而散，否则他也不会第一个挑老鬼下手。"韩阳冷笑一声，"虎哥这些年性子变化很大，成天吃斋念佛，就连烧茶倒水的事也愿意做，可说到底，江山易改本性难移，他这次动老鬼，估计就是想给老鬼点颜色看看，不过嘛……"韩阳凝视着流光溢彩却又无比脆弱的红酒杯，并未继续往下说。

"不过什么？"

韩阳没有回答，反而从沙发上缓缓起身，走到窗边，看向远处，"你知道吗？很多年前，G省发生过一起灭门案，一家四口一夜之间被杀。就是老鬼凭借模糊的监控，画出了凶手的长相。由于条件限制，行动技术总队只能确定，凶手躲在了人员结构复杂的城中村里，且伪装容貌的可能性较大。

"这种情况，就必须有人亲自进入重点区域'化装侦查'。专案会上，老鬼想都没想直接扛下重任。考虑到对方可能携带枪支，为了保护老鬼的安全，专案组组长就派嬴亮跟随掩护。

"进村没多久，老鬼便认出了戴着口罩的凶手，可就在老鬼悄悄接近对方时，城府不深的嬴亮不慎露了马脚，让凶手突然警觉反击。

"千钧一发之际，凶手朝天开了一枪，为保护周围百姓不受伤害，老鬼主动要求充当人质，并把凶手成功骗出了村。

"然而这事，败也嬴亮，成也嬴亮。因自己的疏忽，造成战友身处险境，性格刚烈的嬴亮当然要以命相搏。这胆大的怕不要命的，最后，嬴亮单枪匹马把老鬼给救了下来。而他付出的代价，是自己挨了一枪，所幸并无大碍。"

刀疤毕恭毕敬地站在一旁，认真听着，他本以为，这事还有后续，可等了半支烟的工夫，韩阳竟又不发一言。刀疤清楚，这位爷，年纪不大，心机不浅，他也不敢打扰，就站在远处候着。

"你觉得，老鬼到底是什么样的人？"韩阳突然转过身来。

刀疤一愣，方才回过神，他如骆驼反刍一样，把刚才听了半拉的故事重新捋了一遍，接着他突然想起了一句公安标语，福至心灵地说："忠于职守、克己奉公？"

"没想到啊，你这个大老粗，还学会咬文嚼字了？"韩阳哈哈一笑，屋内气氛顿时轻松了不少。

"那我再问你个问题！"

刀疤微微欠身，恭敬道："您说。"

"你知不知道，如今当兵不给安置工作，为何还有那么多家长把孩子送到部队里？"

"这个……"刀疤摇摇头。

"因为军旅生涯可以锻炼人的意志，改变人一生的轨迹。当警察也一样，老鬼吝啬，那是因为他善待亲人，否则以他一个月的收入，完全够他自己乐乐呵呵地过，可打开始，他并没有这么做，既然生了儿子，就要负责到底，把孩子的婚事办妥了，可见其做人颇有责任感。关键时刻，他又可以为了自己的工作豁出性命，毫不退缩，这是做人的品质！你再看他，平时为人处世，不抢风头，向来以和为贵，以工作目标为重，可见其心思厚重，多思多虑，德行极佳。

"对这种人，虎哥居然觉得能用金钱驱使他踩破底线，未免也太门缝里瞧人，把人给看扁了！要是换成我，绝对不会把老鬼往死里逼，这就好比弹簧一样，压得越紧，反弹的力量就越强。"

"照您这么说，我也觉得虎哥的做法，有些不妥。"刀疤道，"可这开弓没有回头箭，都这会儿了，我跟您一样，也没什么办法。"

韩阳摇晃着手里的红酒，叹道："虎哥并不知道，现在警方的手段已经到了多么可怕的地步。任何事都不可能做到天衣无缝，他这么搞，只会给展峰留下更多的线索。展峰这个人，表面冷漠，实则极为护短，你动他的人，他必会跟你斗个鱼死网破。不过你说得对，咱们现在也没办法可想，我只能……祝虎哥平安无事了。"

说着韩阳举起酒杯，又抿了一口。

"我不太明白，虎哥为什么不直接拿展峰开刀？要搞定专案组，难道不应该擒贼先擒王，灭了这个组长？"

"倒不是虎哥的意见，他跟我说过一次，这是那位的意思，不能伤了展峰的性命，我看他也是因为这个，才主动回避。至于原因，我也不清楚，虎哥的嘴你是知道的，他若不想说，你用千斤顶也撬不开。"

"不过话又说回来，展峰也是命大，当年爆炸案几乎端了整个专案组，就他躲过一劫。贼帮祠堂那情况，他居然也能安然无恙。展峰这种思维缜密又剑走偏锋的人，在警队，跟大熊猫一样，几十年都不会出一个，要是那位仍执意留他一命，只怕迟早要酿成大祸！"

"您说得是，那位上次找我去，跟我确定了一下，有没有被警方察觉老烟枪背后的事。虎哥这边，也在追查不休！要是继续下去……"

"继续下去，你怕把你给牵扯出来？"韩阳冲刀疤一乐，后者诚惶诚恐地倒退一步。

"那位是不是威胁你了？"韩阳的话换来刀疤一个苦脸，他唯唯诺诺地道："阳哥，烦您帮兄弟想想办法，那位的性子可真是没法说，他让我做事，又不完全相信我，我怕夜长梦多，我这命不值钱，可若让他发现我把事说给您听……"

"你当初会主动告诉我内幕，不就是怕他把你灭口，才故意拉我下水的吗？多一个人知道，就等于多一个筹码，你知道，以我如今的实力，没人敢轻易动我，所以只要我安全，你的小命就可周全，我说得对不对啊？"韩阳背对着窗口，灯光照到他的脸上，勾勒出一副俊逸又邪恶的笑颜。

"我……"刀疤尴尬地点头道，"那毕竟是公安部直属专案组的组长，我……"

"不用解释了，你跟我说，也算是给我递了投名状，加上这段时间虎哥的动向你也没瞒着我，你放心吧！你不会有事的。"

韩阳伸手拍了拍刀疤的宽肩。"别担心,一切听我的就行,我虽说没多大野心,但护你个周全,却也不难。"

"那……那位就劳烦您了。接下来我们该怎么办?"刀疤说到"我们"时,故意加重了语气。

"老爷子对庞虎极其信任,这件事既然是出自他手,我就不跟着掺和了,有什么情况,你随时告诉我就行。"

"明白。"刀疤领命,安心地离开了包间,在他身后,韩阳饮下杯中最后一滴红酒,餍足地舔了舔嘴角,眸中掠过幽幽的冷光。

十一

外勤车上,嬴亮把手里那点卷宗扫描成影印件,分别传至三人的平板内。

除了简要案情及尸检报告外,复印件内只有寥寥几十页问话笔录,竟还是报案人的。从这些简单到不能再简单的接案材料不难看出,年斌就是故意想让专案组知难而退。

不过,年斌不知道的是,展峰对卷宗通常也不怎么看重,他习惯从物证上寻找线索,过多的口供和调查信息,反而容易影响他的判断,730投毒案收集的案卷堆积如山,他也不过是翻了翻简要案情,对他而言,尚存于世的"尸体"才是重中之重。

嬴亮用深蓝色把那条九曲十八弯的洪河,标记在电子地图上。相关介绍则被箭头引到空白处标注起来。

"洪河全长1200公里,横跨三省,分为上游、中游、下游三部分,总落差240米,流域面积约为29万平方公里,其源头在西部的H省,共120公里,下游入海口在S省,共150公里;中游这一段,近1000公里,均在G省境内。尸体也都是在G省流域内被发现。"

嬴亮点击鼠标,六个圆形红点不停闪烁。自西向东每个光点的引线上,都记录着一行简短的信息。

480公里处,发现的是4号尸体,时间为2007年8月2日;

540公里处，发现的是3号尸体，时间为2006年8月2日；

590公里处，发现的是1号尸体，时间为2005年7月11日；

620公里处，发现的是2号尸体，时间为2006年3月4日；

645公里处，发现的是5号尸体，时间为2008年5月6日；

690公里处，发现的是6号尸体，时间为2008年11月12日。

查看着地图，展峰道："你们看，所有的抛尸点，均在G省境内。抛尸时间几乎涵盖春、夏、秋、冬四季，无规律可循。凶手有充足的作案时间。发案多起，不但没有失踪人口报案，也没有DNA比中信息，这根本不符合常理。"

司徒蓝嫣神色凝重地说："从油桶案到贼帮案，这是第三起尸源不明的案子了。前两起，一个涉及盗油团伙，一个涉及百年贼帮，都因死者属于特殊群体，所以为了群体安全，并没有人报案，难道本案也存在类似情况？"

嬴亮看了一眼检验报告。"尸体被发现时，全身赤裸，她们会不会……都是失足妇女？"

展峰点头道："不排除这种可能。"

司徒蓝嫣却还有些疑问："油帮和贼帮，牵扯的都是刑事案件，为了团伙的长远发展，不报警尚可理解。而妇女卖淫，最多也就是治安案件，情节严重的，不过是行政拘留几天。就算是组织卖淫，站在组织者的角度，失足妇女仍是他们赚钱的工具。打个不恰当的比方，牲口丢了还得报警，何况人命关天。接连死了六个，一例报警的都没有，这好像也说不过去，除非……"

"除非是组织者杀鸡儆猴，对不听话的进行惩戒！"嬴亮兴奋地说，"贼帮中有残忍的刑罚，组织卖淫团伙里也可能有。"

"很有可能！"司徒蓝嫣点头道，"强迫卖淫的案例中，使用暴力的并不罕见。"

两个人讨论得热火朝天，唯独展峰盯着电子地图始终不发一言。

"展队？"嬴亮试探性地喊了句，"你在听吗？"

展峰目不斜视地道："我在听，对了，死者面部画像有没有在系统中进行人脸识别？"

"画像？哪一幅？"

"就是老鬼给省厅的那几幅！"怕嬴亮搞混，展峰再次强调道，"颅骨泥塑

第一案　鲮女冤魂　035

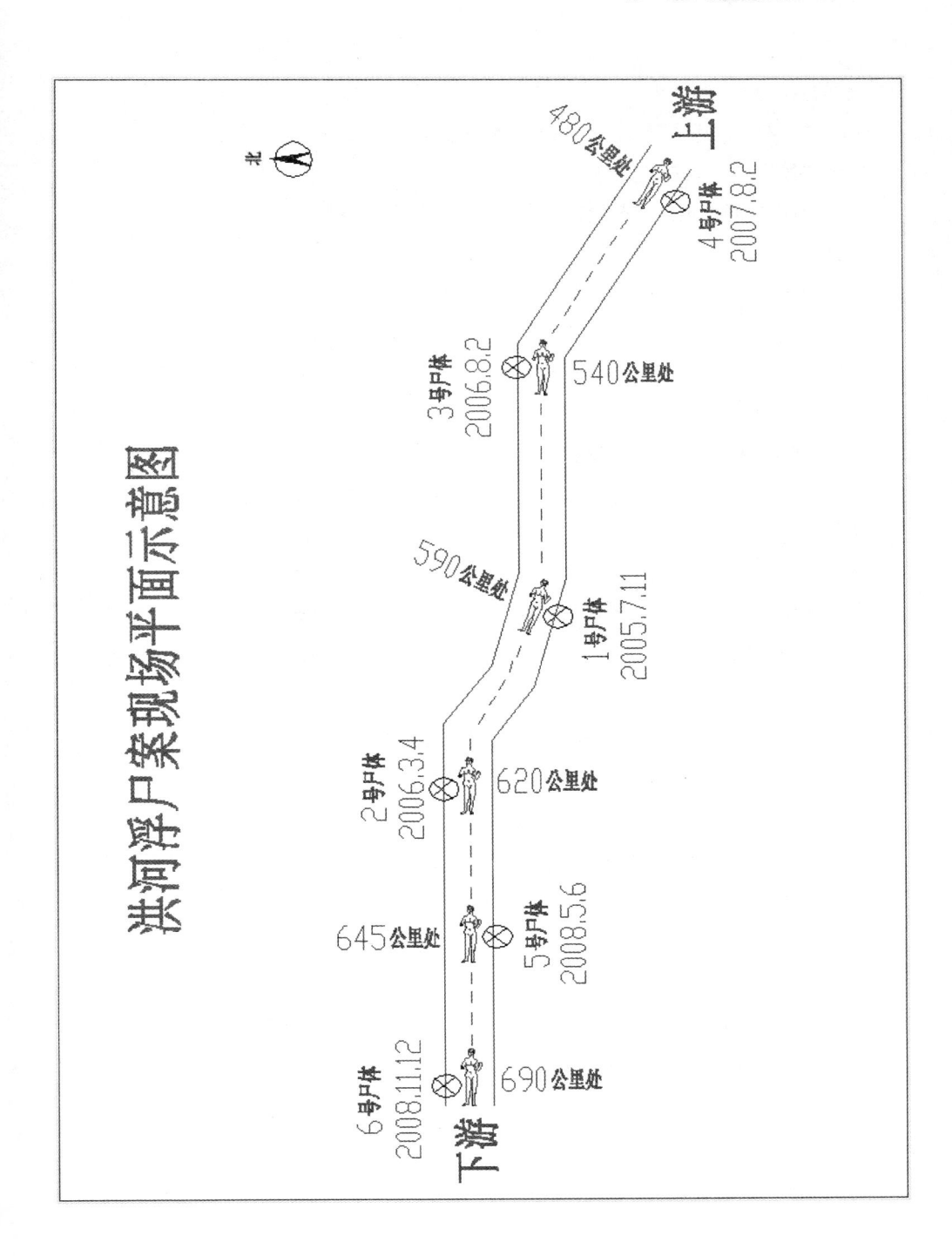

洪河浮尸案现场平面示意图

北 ↑

上游
4号尸体　2007.8.2　480公里处
3号尸体　2006.8.2　540公里处
1号尸体　2005.7.11　590公里处
2号尸体　2006.3.4　620公里处
5号尸体　2008.5.6　645公里处
6号尸体　2008.11.12　690公里处
下游

后的复原画像。"

"不是说这几幅不能信，油画那个才是……"嬴亮迟疑道。

"我信。"展峰抬头道。

看着展峰神情坚定的模样，嬴亮舔了舔发干的嘴唇，对他点了点头。"明白！展队！会后我立刻把这些画像导入系统！"

"倒也不急，你只需要明白，那天我说，老鬼的技术不会有问题，我是真的这么想，不是在跟人较劲说场面话，所以麻烦你务必按他的画像来调查。"见嬴亮面色潮红，展峰尽量放慢语速，认真地说道，"这起案子，还有很多工作要做。我现在在考虑一个问题。"

见气氛有些尴尬，司徒蓝嫣连忙转移话题："什么问题？"

展峰将发现尸体的这段流域标注成紫色。"要是凶手的居住地固定不变，抛开各种因素，单看480公里至690公里这一段，有210公里，尸体为什么会漂这么长的距离，一直没被发现？"

"这个我知道！"嬴亮缓过神来，举手示意道，"我听水上派出所的人说过。洪河是主要的水运通道，来往商船很多，要是在河中发现'河漂'，很多人都会把它们往下游赶。"

"为什么不报案？是觉得不吉利吗？"司徒蓝嫣问。

"迷信不迷信的另说，主要是报案后又是问笔录又是固定证据的，少则一天，多则两三天，多数商船都是有生意要做才会行船，大家都耽搁不起。所以他们要么置之不理，要么就赶去下游。"

嬴亮的解释也算合情合理，可从展峰紧锁的眉头不难判断，这个结论并没有让他信服，只是以展峰沉稳的性格，他只要还没考虑周全，自然不会让想法轻易脱口而出。

十一

案情研究告一段落，展峰几人直奔省殡仪馆的法医中心。

从嬴亮口中大家得知，G省所建的是公安部标准化解剖中心，检验区、冷藏区、解冻区等一应俱全。

目前该中心的管理者是一位退休返聘的老法医，名叫方绍页，他曾全程参与过05大案的法医解剖工作，这也是年斌让专案组找这位老方配合的原因。

因近些年国家治安形势持续向好，严重暴力性犯罪逐年下降，能让省厅直接管辖的案件，如今一年也没几起。据说，中心上一次"开张"，还是两个月前的事了。

在嬴亮的指挥下，吕瀚海驾驶着民用车径直穿过殡仪馆，绕到了后山。法医中心是一栋带院的三层小楼，蓝白相间，入口两扇铁门的拦腰处，喷有白色的 police（警察部门）标志。远远看去，建筑风格与乡村派出所极为相似。

小院内只有三个停车位，最里侧已经停了一辆写有现场勘查字样的制式警车，从车辙上没干透的水渍不难看出，这辆车也是刚到不久。

进门时，车辆牌号被门禁自动识别，展峰等人还没下车，身穿白大褂的方绍页就乐呵呵地出门相迎了。

"老方！"嬴亮熟络地赶了上去。

"哎呀，亮子啊！可真是好久不见了！"方绍页虽说也是热情高涨，可他年岁已大，反应有些迟缓，一时竟不知该做什么动作更好，于是激动地握住嬴亮的手，轻拍了几下。

寒暄之际，从解剖中心里又走出一个姑娘，她年龄不大，目测也就十八九岁，花朵一样的年纪，一双被长睫毛装饰起来的稚气眼眸，犹如两颗水晶葡萄，闪着灵光。

她走起路来脚尖一跳一跳，长长的马尾辫一甩一甩，洋溢着青春的气息。看相貌，她跟老方的五官有些神似，不过因为她也穿着白大褂，嬴亮竟有些猜不出来她的身份。

"她是？"嬴亮直截了当地问。

"哦，我外孙女，陈果，受我的影响，也学了法医，今年刚大一，放假在家闲着没事，我就把她安排到厅里跟班实习，听说你们要重新调查浮尸案，这小丫头有些激动，非得让我带她来看看。"

"各位老师好！你们可以喊我果果！"陈果朝众人俏皮地鞠了一躬。

伸手不打笑脸人，人家态度越是客气，对914专案组来说，越是为难。他们此行的目的是帮老鬼洗刷冤情，时间紧、任务重，大家都清楚，自己可没工夫搞现场教学那一套。

嬴亮考虑了一会儿，觉得还是要把丑话说在前面。"老方，我想老鬼的事情你应该知道了一些。"

"嗯，听说了。"老法医点点头。

"那我们来之前，年队长也应该向你表明他的态度了吧……"

"对！他说你们需要什么，我就给你们提供什么，可前提是，让我不要插手你们的调查。"老法医兴致勃勃地眨眨眼，暗示嬴亮。

嬴亮苦笑着摊开手。"所以，果果的事嘛……"

"这点你放心，你们解剖时我和果果不会打搅，我们只在监控室内观摩。"

"那就好那就好……"嬴亮松了口气，他可不想被年斌知道，拿这事当枪使。

"方法医，初次见面，您好！"站在一旁的展峰主动伸手过来。

"展队是吧！"老方目光如炬地上下打量了一番，感叹道，"年轻有为，真是年轻有为啊！"

展峰微微一笑："年队让我们有需要就跟您打听，那我就不客气了。我听说，您参与过浮尸案的解剖？"

"当年主刀的是我师兄，我只不过是帮忙打打下手。"

"那我多问一句，您觉得，老鬼的画像有没有问题？"

老方也是直性子，他挺了挺腰杆道："实话实说，老鬼做泥塑时，我就在旁边，具体原理我是不懂，所以不敢妄加揣测。对他的信任，也是因为他曾经破过的那些案子，否则，我们也不可能将画像沿用到现在了。不过老实讲，要是早爆出画像有问题，我们会立刻联系刑警学院做颅骨复原，不去谈什么个人角度上的信任。可是现在为时已晚，人的记忆是会随着时间慢慢淡去的，就算还能将颅骨复原，我们也错过了本案最佳的走访时间。

"案子久侦不破，向来有客观上的原因，也有主观上的能力不足，我不是给自己开脱，我觉得前者影响更胜。就拿尸体解剖来说，我认为当年，我师兄把想到的、想不到的方法都用尽了，现如今出了这档子事，你让我判断画像有没有问题，我只能说，只要还没破案，在我这儿，最多一半一半吧！"

十二

办完手续，老方打开装尸柜，六具尸体按发现时间依次排开。

第一名受害人于 2005 年 7 月 11 日 12 时许，在洪河 590 公里处的边缘流域被发现，尸体高度腐败，已出现巨人观，裸露在外的面部组织也已白骨化。

第一性征仍然可辨，死者为女性，身高一米六一，皮下脂肪较厚，身材偏胖，尸体完整，无残疾。首次尸检时，利用耻骨联合面计算出死者年龄在四十五岁左右。

展峰拨开头皮，取出颅骨，问道："赢亮，人像比对什么结果？"

"这几个人长相太大众化，我昨晚在系统中比对了一夜，结果全国长相与之相似的有好几千人，别说鬼叔不在，就是他在，那也无异于大海捞针。"

展峰把六个颅骨逐一拿起观察。"你再看一下，这些人的骨骼特征，是不是与沿海地区的南方人重叠得比较多？"

赢亮将所有人的户籍地导入表格，列入函数公式算，很快有了答案。"展队，还真被你说中了，这些人有百分之七十三的比例来自南方，以沿海地区居多。"

…………

两个人的对话通过录像设备，同步传到了方绍页祖孙俩的耳朵里。

"姥爷，他只是看一看，就知道是南方人？"果果惊讶地瞅着屏幕上的展峰。

"其实不难。"老方解释道，"依照贝格曼规律[1]、阿伦定律[2]及相关测量数

---

[1] 贝格曼规律：生活在寒冷气候中的恒温动物的身体，比生活在温暖气候中的同类个体更大，以减小体积与表面积比，从而减少散热。
[2] 阿伦定律：生活在寒冷地区的恒温动物，其体表的突出部分（四肢、耳朵等）趋于缩短，有利于防止热量散失。而生活在热带地区的恒温动物，其体表的突出部分相对较长，有利于热量散失。

据，中国人的颅骨特征存在明显的南北区域性差异。北方人较南方人有更大的颅周长、眶宽、眶高、鼻高和上面高。

"从北部到南部，颅骨形态的变化规律是圆颅型比例下降，中颅型比例增加；狭面型比例下降，中面型比例增加；狭鼻型和高眶型比例下降，中鼻型和中眶型比例增加。

"尤其是生活在沿海地带的居民，差异性是相当明显的，不过单凭肉眼就能分辨，展峰的个人能力的确不容小觑啊。"

监控画面中继续传出展峰的声音："有染发痕迹，从鬓角、头皮顶端分别取样待检。"

陈果现在才大一，并没有多少实践经验，对每一步操作都相当好奇。"为什么要这样分段取样？"

"女性习惯留长发，从头顶选取长发检验微量元素，可以分析死者一段时间内的生活状况；而鬓角修剪相对频繁，可以直观反映出死者近期状态。我们假设，长发样本中各类金属含量相对稳定，而在鬓角中突然检出高于平均值的重金属，你想想看，这能说明什么？"

陈果从小就痴迷于姥爷经手的那些奇案，也算有些底子，一点就透。"说明被害人情绪出现了波动，若是锌元素含量偏低，铜、铁元素含量偏高，那可能是大量抽烟导致[1]的。要是砷元素含量偏高，则有服毒的可能。"

"没错！"对外孙女的解释，老方颇为满意地点点头。

展峰说："洗发水！"

攀谈中，一个看似与解剖扯不上任何关系的东西，被递到了展峰手中。

"他刚说什么？"陈果有些不确定。

"哟，没忽略这个步骤，这展峰是高手啊！"老方聚精会神地盯着画面，"你没听错，他说的就是洗发水。"

趁着嬴亮端盆，展峰揉搓死者头发的空当，老方又问外孙女："果果，姥

---

[1] 烟草中的有害物质进入体内，导致锌元素的吸收受阻碍，同时烟草中含量较高的铜、铁元素进入人体内，导致其含量增高。

爷考你个问题。生前溺水与死后溺水，如何辨别？"

"这个书上有说，"陈果考虑片刻，快速答道，"生前溺水通常会出现几种常见特征：口鼻孔周围有蕈状泡沫[1]，手中抓有泥沙或水草[2]，皮肤呈鸡皮疙瘩状[3]。

"不过，对溺水者来说，内部比较突出的改变还是在肺部。溺水过程中，大量呛水，在胸腔挤压被迫吸气的过程中，水分被带至呼吸道深处，直至肺泡。

"呼吸道黏膜由于水的刺激，分泌多量黏液。在剧烈的呼吸运动中，形成很黏稠的细小泡沫。此时肺内空气因呼吸道堵塞，导致胸腔负压增大，出现水性肺气肿。"

"你说的都是新鲜尸体，高腐尸体如何判断？"

"溺死过程中，硅藻会随溺液被吸入呼吸道及肺泡，并从肺泡壁毛细血管进入血液循环，分布于肝、肾、脑、骨髓内。

"所以，当水中尸体已高度腐败，从尸体征象无法判断是否生前溺死时，可以根据内脏能否检出硅藻来确定。"

"对！你终于回答到点子上了！"老方笑道。

"等等，姥爷，您是说，他们给死者洗头的目的是取硅藻？"

"没错，硅藻是一种细胞壁高度硅质化的单细胞植物，体积很小，种类繁多、数量庞大，在自然界中广泛存在，江、河、湖、海，甚至是灰尘、空气中都可以发现。

"硅藻外鞘坚固稳定，生境广泛，部分硅藻对低温具有极强的耐受性，甚至能够在冰层下生长繁殖，所以水中捞起的尸体，其衣服、体表，均会沾有硅藻。

---

[1] 在溺死的过程中，溺液进入呼吸道及肺脏，刺激气管黏膜分泌大量黏液。溺液、黏液相混合，在呼吸作用的搅拌下，形成大量泡沫状的液体，当尸体被打捞出水后，泡沫状液体自口鼻孔流出，聚积在口鼻周围，其形状如蘑菇，即蕈状泡沫。如果肺泡破裂，泡沫呈淡红色。泡沫富有黏性，故极为稳定，在水中浸泡也不易破灭。擦去之后，压迫胸腹部，又可重新出现，干燥后仍留有痕迹。
[2] 人落入水中，在被淹死之前，由于剧烈地运动挣扎，精神极度紧张，死后立即形成一种尸体痉挛状态的特殊尸僵。故死亡过程中会抓住水草或泥沙，且紧紧地握在手里。
[3] 由于皮肤受冷水的刺激，立毛肌收缩，毛囊隆起，呈鸡皮疙瘩状皱缩，通常以手臂上臂及大腿外侧最为明显。

"人的头皮会分泌油脂，从落水那一瞬间，就有不同种类的硅藻附着，利用有机溶剂相似相溶的原理，把头皮深处粘连的硅藻洗出，分析藻类种类特征，有助于判断死者落水的流域。"

"这项工作您当年做了吗？如果做了，他们现在岂不是在做无用功？"果果看着视频画面疑惑道。

"发现尸体时，发内硅藻存量肉眼可见，清水稍加冲洗就能得到足量样本，无须现在这么麻烦。"

"那结果呢？"

老方摇了摇头，算是给出了回答。

十三

经多次洗涤、过滤，直到烧杯中的蒸馏水透出淡淡的绿色，展峰才在样本上贴上了"待检"的标签。

按照顺序，尸表检验继续进行。

由展峰口述，司徒蓝嫣同步进行记录。

"眉毛：有文眉特征，双眉文形并不对称，放大可见多个深浅不一的微型针孔，为简易文眉针所留[1]。眼睛：有割双眼皮痕迹，可见明显手术愈合伤，眼睑瘢[2]较厚，怀疑其三十岁左右在非正规场所做过双眼皮手术。嘴：存有动物油脂，为劣质唇膏残留。耳朵：打有耳洞，未发现饰品。面部：可见浓妆瘢迹。"

头部分析结束，司徒蓝嫣在记录本上打出一条引线，即时备注道："注重外表且经济拮据。"

接着往下，展峰将解剖床上自带的录像设备对准了死者颈部。

---

[1] 文眉者手持文眉机或文眉针，蘸少许文眉液沿画好的眉形多次重复刺入皮肤，将针尖上含有微粒氧化钛及食品色素的文眉液带到皮肤的真皮层。文刺时用力要均匀一致，深浅适当，否则刺入过浅不易着色，刺入过深会引起点状出血，亦影响着色，还易发生浑色。
[2] 割双眼皮后，因眼窝脂肪被去除，皮肤伤口反复摩擦形成的瘢痕，形成周期在十年以上。

"可见一条环状勒痕，口宽1厘米，痕迹在死者后颈部闭合，卡扣为正方形，有血淤。喉部勒痕附近有大量不规则手抓印，并伴皮下出血。在勒痕两侧可见深入真皮层的线条状切痕，排除绳索等软性工具。"

"金属制品？"司徒蓝嫣停笔询问。

"没错。"

"什么金属制品可以用来勒杀受害人？你能看出是哪一种工具吗？"

展峰微微一顿，思考片刻后很快给出了答案："在我的印象中，也只有一种工具符合。"

"什么工具？"

展峰道："不锈钢扎带！"

....

"厉害，"镜头那边的老方拍手赞叹，"展峰的知识储备真是惊人，当年为了解开这个难题，我问遍了痕检领域的前辈，没想到他这么快就推断出是扎带，后生可畏，当真是后生可畏啊！"

一旁的果果不乐意了："姥爷，您别光顾着夸，不锈钢扎带到底是个啥啊？"

"这么常见的玩意儿，你没见过？"老方惊讶道。

陈果忽闪着大眼睛，很认真地点了点头。

"哎呀，要不说你们'00后'都生活在蜜罐子里呢！我看你就算了，你那些高中同学什么的，怕不是连水稻都没见过呢！你等等啊，姥爷给你找图片。"老方年岁大了，平时总是慢人一拍，可唯独在教导这个能继承衣钵的外孙女上，每次都如打了鸡血一样，有一种说不出的兴奋劲，只见他把手机远远举起，眯起老花眼，在淘宝搜索栏中敲下关键字。

山里的4G信号很弱，顺时针旋转的等待图标绕了十几圈，这才刷出图片。

看到那张形如"6"字的圈状物，陈果这才对上号。

老方介绍道："不锈钢扎带分为自锁式和活口式两种，和塑料扎带不同，因具有抗老化、防腐蚀、扎力紧、不生锈等特点，适用于露天、潮湿、高温等室内外场所。因此被广泛应用于工业、农业、通信、交通等诸多领域。由于制作简单，且行业要求不同，这玩意儿的规格也是多种多样。"

老方言毕，展峰那边也有了结论。

"尸体上没有遗留作案工具，凶手使用的应该是活口式扎带。扎带主要用来捆绑东西，以材质良、规格细为上品，市场常见的扎带，口宽从3毫米至8毫米，一共有六种规格。但不锈钢扎带也不是越细越好，比如说，在果树生长或嫁接的过程中，为了防止树苗倒伏，就需要用宽扎带捆绑。若是太细，容易勒伤树苗，但也不能太宽，否则金属反光可造成升温效应，加速蒸腾作用，不利于果树的生长。所以根据痕迹宽度，我推测，凶手使用的极有可能是应用于农业领域的定制型号。"

…………

"这这这……"老方脸上的诧异之情溢于言表。

果果不解道："姥爷，您怎么这副表情？难道他们有重大发现？"

老方摇了摇头，憋红了脸。

"既然没有发现，您在惊讶什么？"

"不，你不懂，这是个态度问题。"

"姥爷，怎么您越说我越迷糊了？这不是在验尸？怎么还跟态度扯上关系了？"

"当年我们也分析出作案工具为扎带，可是什么规格，何种用途，并无人关心，因为这种铺货量极大的工具，就算得出型号，排查起来难度也很大。所以我和你一样，我也是刚刚才从他们的对话中得知，这种扎带是用于农业的定制款。虽说得出的只是个模糊线索，可最起码，他们对物证始终抱着追根溯源的细致态度。这是我们鉴证人员必须具备的基本素养，姥爷干了一辈子，也不得不承认，在业内能做到像他们这样一丝不苟的，少之又少，甚至包括我在内。"

十四

祖孙俩一惊一乍的同时，司徒蓝嫣的笔停在了"死因"一栏。

"展队，能不能根据勒痕直接判断为机械性窒息死亡？"

展峰重新拿起颅骨，观察着牙齿特征。"尸体在水中长时间浸泡，玫瑰齿特征不明显，不过判断女性是不是死于窒息，还有一种方法。"展峰拿起解剖刀，沿着当初的缝合线，将腹部剖开。

....

"姥爷，他取出死者的子宫干吗？"果果张开小嘴，一副惊掉下巴的样子，"不是判断是不是死于窒息吗？跟子宫有什么关系？"

老方解释道："子宫的解剖学特点是动、静脉由子宫体两侧向中间逐渐分支，两侧血供充足，肌层小血管丰富，由外膜到内膜逐渐变细。在窒息状态下，小血管通性增加、血管破裂，子宫全层会有淤血，呈紫红色，尤其两侧输卵管连接部最甚，所以在其他特征不明显时，女性死者可以通过子宫查看是否死于窒息。"

陈果盯着监控画面观察，"还真是，宫颈、宫体、输卵管、卵巢都是紫红色。"

"不过，还有另外一种情况，同样能使子宫呈紫红色。"

"姥爷您说！"陈果兴奋地追问。

"宫颈炎、盆腔炎也可能引起子宫充血，致宫颈或宫体部分变红，可那只是部分，不会是全部子宫。"

"明白，这个知识点，我记下来了。"

....

死因被确定后，展峰继续观察尸体，"手脚指（趾）甲盖涂有指甲油！左手无名指有白色环形压痕，所以死者曾戴有戒指，后被摘除，凶手有侵财行为。"

"人皮手套[1]在哪儿？"展峰问道。

负责打下手的嬴亮指了指身后的低温物证柜。"在里面。"

"拿给我！"展峰伸手。

嬴亮应声，把标注有"时间"及"序号"的密封玻璃杯递了过去。

---

[1] 长期浸泡在水中的尸体，因表面油脂层稀释，皮肤吸水肿胀，而后发展成表皮脱落，为了采集水中高腐尸体的指纹样本，需将脱落表皮经环形切割，清洗表面污物，再浸泡于酒精内，数日后取出，套在活人手指上，蘸取油墨捺印，方可得到死者的指纹样本。

展峰拿起镊子，将人皮手套捞起对光观察。"皮肤白皙，双手没有老茧，死者不是体力劳动者。尸源尚未核实，指纹比对方面，应该也没结果。"

嬴亮敲开指纹数据库，通过案件编号，调出比对详单，"确实如此！年队他们不光采集了指纹样本，就连掌纹、脚趾纹、脚掌纹都在比对序列[1]中，只是目前仍处在红色无反馈状态。"

展峰对此没有发表任何观点，受害人为何在公安局内没有留下指纹及DNA样本，有诸多原因，以目前掌握的证据，无法判断，展峰索性把这些先丢在一边。

他翻看死者背部。"体表有不规则擦伤，是生前伤还是死后伤，待检验。四肢骨、躯干骨有骨折痕迹，不是人为可以形成的，怀疑是在落水时，遭到了剧烈撞击。"

嬴亮提出假设："难道与来往商船有关？他们不是会把'河漂'往下游赶吗？而且如果行船者未察觉到，尸体被船舶冲撞也很常见。"

"记下来，不排除可能性……"展峰点点头。

…………

司徒蓝嫣手中的尸检速记本，分尸表检验与尸体解剖两大块。

前者做完，接下来要进行的便是后者。

按照速记本罗列出的顺序，展峰按部就班地依次继续着……

"胃内容物充盈，分离白色糊状物，可见猪肉、牛肉、香菜、干红椒及草莓残渣。

"草莓是季节性水果，通常在5月中下旬成熟。虽然现在有反季节供应，不过05大案期间还不常见，可以排除这种情况，草莓上市前期较贵，后期随产量提升，则越来越便宜，7月末基本退市。

"食糜在稀释后，遇碘变蓝，主食为淀粉类。粥、米饭、面条，均有可能。死者胃内食物种类繁多，摄入量较大，推断是两人或两人以上共同用餐。十二

---

[1] 公安部门办理的每一起案件，都会生成一个唯一的序列号，类似身份证号，称之为案件编号，在公安部门投放的各类系统中（指纹、DNA、声纹等中），案件编号是查询的重要依据，当然，所有系统均存在权限设置，并非任何人都可查看。

指肠内,只发现了少量食糜,推测死者刚吃完饭不久,凶案就发生了。"

司徒蓝嫣边记录边做进一步分析:"以G省的饮食习惯,早餐非正餐,品种较少,可直接排除。这么看,午餐与晚餐均有可能。"

"是晚餐。"展峰给出了答案。

"怎么判断的?"

"熟牛肉、干红椒、香菜,这是晚市卤菜摊的搭配!"

司徒蓝嫣打了个响指,恍然道:"有道理!"

"毒检方面是什么情况?"展峰并不想在这种常规检验上浪费时间,于是他直接询问了结果。

嬴亮翻看了之前的尸检报告。"胃内容物未检出毒物!"

展峰"嗯"了一声,开始抽取肺泡、肝脏、心脏、脾脏等脏器内的体液样本,把一管管红色液体注入塑料试管中封存后,展峰一刀将子宫划开。

"子宫内膜较薄,可见刮宫产创疤,宫颈口为生育型[1],宫颈糜烂、肥大、角质化增生[2]。观察盆骨形态[3],不曾有生育史。"

检验至此,展峰将1号尸体推进冷柜,拽掉乳胶手套后,在结论一栏写下几行小字:"女性,四十五岁左右,身高一米六一,无生育史,经济水平不高,非体力劳动者,疑似失足妇女。"

…………

"唉!"老方长叹一口气,"过程很精彩,可没什么实质性的进展啊。"

看得心满意足的陈果回过头道:"姥爷,您也不能这么早下结论,他们不

---

[1] 仅是形态上的特指,是否生育可通过宫颈口的形状辨别。因为未生育过的女性,宫颈口都是呈椭圆形的,开口较小,而且一直呈闭合状态。而在分娩的过程中,宫颈口会自动打开一部分,同时胎儿从子宫滑入阴道的时候,也会在一定程度上撑大宫颈口,即使在分娩后可以自行恢复,也恢复不到未生育时的程度。也就是说未生育过的女性的宫颈口是椭圆形的,开口小,而生育过的女性的宫颈口则是圆形的,开口较大。若频繁性交,也可致使宫颈口充血扩张,出现生育型状态。
[2] 宫颈角质化增生表现为角质鳞屑或油腻样外观的脂溢性结痂,多为频繁性交充血后继发的真菌、细菌感染。
[3] 无论是自然分娩还是剖宫产,妇女在分娩后骨盆均会发生改变。因怀孕期间,在黄体酮松弛素的作用下,盆底会变得松弛。随着胎儿慢慢长大,胎儿位置逐渐下移,骨盆底部会因挤压而变形。因此,观察盆骨生理特征,可判断是否有生育史。

是还提取了检材？"

老方摇了摇头："提取头发样本，是为了分析死者的生活环境。提取体液样本，是为了检验硅藻种类。这些工作，我们之前已经做过了，我看他们啊，就是在做无用功。要不是年队让我不要插手，我现在就能告诉他们检验结论。"

"刚刚不是还夸他们吗？您就这么不看好人家专案组？"陈果对爷爷这种"前恭后倨"的态度感到不解。

老方背着手，有些失落地走出监控室。"你以为呢？我这些年找各种理由赖在厅里不走，其实就是想在我死之前看到这个案子了结，要是凶手不能被捉拿归案，我方某铁定死不瞑目。"

十五

摩尔庄园里，庞虎正手持毛笔，在宣纸上龙飞凤舞地书写着。

"海纳百川，有容乃大；壁立千仞，无欲则刚。"一笔而下，观之若脱缰骏马腾空而来。

庞虎颇为满意地将大狼毫置于砚台之上，接着问身边伫立良久的刀疤："怎么样？"

"十个字！"刀疤摇头晃脑地观赏着。

"哦？说来听听！"

"行云流水，落笔如云烟！"

"哈哈哈，你也附庸风雅、舞文弄墨起来了？怎么，转性子了？"

"嘿！就是知道您好这一口，我提前百度的，也就会这么两句，让我说第三句，我都犯难！"刀疤无奈地笑笑。

刀疤的回答似乎颇对庞虎的胃口。"你呀你，还是这么实诚，得，时候也不早了，聊点正事吧！隗国安那边怎么样了？"

"按照虎哥的吩咐，全都安排妥当，隗国安这回麻烦大了。"

"人被控制起来了？"庞虎挑眉。

"在纪委留置室，进去了就没见出来。"

"这家伙，就是敬酒不吃吃罚酒，整天在专案组里给我装疯卖傻、扮猪吃老虎，早就想给他点颜色瞧瞧了……"庞虎缓缓在笔洗里洗着毛笔，眼看一泓清水逐渐被浸染得漆黑似墨。

"这就叫不是不报时候未到。"刀疤顺口接了一句。

"是这么个理！"庞虎又问，"说起来，展峰他们接手案件了吗？"

"接了，不过……"

"不过什么？"

"原先的专案组好像和展峰他们闹了点矛盾，两边现在很不对付！"

"能对付才见鬼，"庞虎嘴角一扬，"要是展峰把案子给破了，刑警总队不都成吃白饭的了？你知道他们为什么坚信画像存在问题，咬着隗国安不放？"

"为什么？"

"那是把多年未破案的怨气往他一个人身上撒呢！"庞虎甩了甩笔，笑道，"你说换成你，多年做一件事没有结果，你是怪自己啊，还是找个人来背锅心里比较爽？"

"在理。隗国安岂不成了刑警总队的背锅侠了？"

"那是当然，其实这种无头案，要是能核实尸源很容易破，刑事画像，只是其中一种方法而已，现在把屎盆子都扣在隗国安头上，我都替他觉得冤……"庞虎言语间有些唏嘘之意，搞得刀疤一头雾水。

刀疤是个武将，要说装个忠臣他还行，平时揣摩上司看法，勉强够用，可庞虎思维很是跳跃，这种一下想不明白的时候多了去了，遇到这种情况，他就只能装哑巴。

不过还好，庞虎对这种断断续续的聊天方式倒也不在意，他继续问道："到目前为止，展峰有没有找到什么线索？"

"暂时还没有。"

"韩阳对这件事怎么看？"

刀疤浑身一震，不敢搭腔。

"怎么？哑巴了？照实说就是。那小子想拉拢你又不是一天两天了，不还是你自己告诉我的吗？"庞虎在太师椅上坐下，手里拿起一个小巧的紫砂茶壶喝了口热茶，那茶壶一看就是出自名家身价不菲的珍品。

"他……"刀疤纠结归纠结，可没有胆子为韩阳隐瞒，"他觉得您这么做会露出诸多马脚，不怎么看好，而且他还是坚持擒贼先擒王，拿展峰开刀，只是他也说，年轻人做事再有冲劲，也不能坏了规矩。"

"是啊，年轻人就是冲动！现在他既然知道其中的利害关系，以后应该不会对展峰有想法……不过，如果是这样，那么以后若还有人敢动展峰，那就表示，想对展峰下手的，不是韩阳……而是另有其人了。"

"另有其人？"刀疤心里咯噔一声，小声道，"虎哥，要真是这样，那不就表示这人对您怀有二心？那我这边要不要把老烟枪那事抓紧时间追一下？说不定就能逮着兔子尾巴呢？"

刀疤见庞虎不动声色地啜着茶水，更进一步道："要是逮着了，干脆直接……"刀疤抬手，做了一个刀劈的手势。

"你着什么急？怎么，想见血了？"庞虎双目微抬，刀疤哆嗦了一下，吞吞唾沫不敢言语。

"别说查了，你反而应该把事情放松一点，装作事情过去了的样子，最好制造一个假象。"

"那韩阳那边……"刀疤察言观色道，"他已经知道那位对展峰差点遇害这事的态度了！"

"还是我亲自跟他说的呢，我用你提醒？"庞虎把茶壶一搁，"这事是一石二鸟，放松警惕，那个想搞死展峰，在那位面前亮肌肉的兔崽子，多半就要露头，这种人，给点颜色就敢开染坊。至于韩阳……他要是对老爷子没有二心，那就会冷眼旁观，不掺和这事。可要是他别有用心，这拱出来的棋，他怕是舍不得不救。"

庞虎双眼晶亮，哪里有平日不动声色的茶客味道，此时的他，浑身散发着浓厚的暴戾之气。"韩阳那小子在各方之间两头吃，也是时候让他忍痛切肉了，是做切肉的人，还是做被切掉的肉，看他自己选择。"

庞虎抬眼，见刀疤在一旁大气不敢出，缓和了语气，一招手将其叫到自己身边。"接下来……"

几不可闻的低语声在刀疤耳边响起，只是一瞬，他身子僵直，额头渗出了细密的汗珠，庞虎简短的几句吩咐，犹如一阵凛冽的寒风穿透了他的身体，硬生生地使他打了个大大的冷战。

十六

法医老方嘴上说早就知道答案，可得知展峰等人准备召开专案会时，老头还是抖擞精神，在外孙女陈果的搀扶下赶到了监控室。

"姥爷，这个给您！"陈果将一张A4纸递给了他。

老方满脸疑问，不过从那几行明显被放大的加粗字迹来看，这张纸应该是特意为他准备的。"尸体解剖初步结论……"老方毫不费力地读出了声，"无生育史，多次刮宫，患有妇科疾病，怀疑六名死者均为失足妇女。胃内容物未检出毒物。死因：机械性窒息死亡。"

老方笑眯眯地把结论丢在一边。"这个叫展峰的年轻后生，还真是有意思。"

"姥爷，您为什么这样说？我怎么没听懂？"

"你年斌叔是倔脾气，很少听人劝，除非能拿出实质性的证据让他主动服输，否则两个专案组搅在一起办案，未必是件好事。我估计展峰早看穿了这一点，所以才会故意从行动和语言上激他，导致两个组分道扬镳。"

"姥爷，这我就不明白了。"

"不明白啥？"

"办案是一个相辅相成的过程，大家集思广益，一起办案可以提高效率，不是很好的事情吗？"

老方笑道："道理是没错，可有些时候，实际情况并非如此。年斌是刑警出身，不是搞技术的，案件要是以他为主导，势必要把传统的'调查访问'摆在第一位。这种方法，对绝大多数案件很适用，可一旦碰上疑难杂症，就不一定有那么灵了。展峰呢，他是鉴证出身，习惯从物证上寻找线索，要是能发现之前并未发现的细节，就算是疑难案件，也能很快打开突破口。这也是914专案组组长非他不可的原因。"

"姥爷,照您这么说,我觉得吧!从物证上找线索,必然要科学一些。毕竟案子看的就是证据,您说是不是?那这个是可以说服年叔的呀!"

老方先是点了点头,而后又摇了摇头。"事在人为,你得考虑人的心态吧?近些年由于国家经济水平提升,国民受教育程度提高,恶性案件已经很少发生。

"公安部做过统计,在现发的凶杀案中,百分之九十五以上,都是点对点的激情杀人。绝大多数省市,命案侦破率可达百分之百。那些小说、影视剧中的高智商犯罪,一般都是见所未见、闻所未闻,很少发生在老百姓的实际生活中。这些占比较高的案件,使用通常的侦查方法,很容易就能破了。

"另外,网安、技侦、图侦、大数据等一系列高科技手段,也都被全力投入到了侦查破案之中。在多种侦查手段全面开花的当下,真正需要鉴证人员参与主导的案件,其实并不多见。你让你年叔把技术拿来当主导,他的抵触情绪一定是很重的,你那套道理说得通,行不通。

"所以,在我们公安队伍中,从事刑事科学技术的也就那么一小拨人,以我们省城为例,全局共五千六百名民警,法医、痕检、理化、文检等技术员,加在一起也不足百人。

"而且刑事技术既然带了技术二字,先进的仪器是一方面,主观的悟性更为重要。要想在这么少的人中,培养出一名可以扛起大梁的工程师,绝不是什么容易的事情。

"年斌早就告诉过我展峰的身份,他是公安部为数不多的高级物证鉴定工程师,这么年轻就有如此高的成就,连我都要刮目相看,这也是我坚持要你来观摩的原因。"

"姥爷,那您觉得,展队他们有没有把握将浮尸案破掉?"

"又回到刚才的话题上了,你知道他为何要把尸检结论专门给我们一份吗?"

陈果忽闪着大眼睛:"对啊?为什么?"

"他是想让我们帮着给你年叔传话。"

"传话?为什么?报告直接给年斌就行了,为什么要麻烦姥爷从中转一道弯呢?"没有多少社会经验的陈果无法理解。

老方看了一眼屏幕上的展峰。"自打我见这个后生的第一眼,就有一种被他看穿的感觉。我觉得，他怕是早就摸清楚了我的性格，知道一旦案件有新进展，我肯定会转告年斌的，毕竟比起他来，我的话对年斌更有说服力。"

"难怪那位壮壮的赢亮大哥之前嘟囔了一句，说什么为啥专案会不在外勤车上开，非要去解剖中心，原来是让您当传声筒呢！"

老方盯着屏幕，满脸期待地说道："展峰，我当然可以给你传话，但能不能说服年斌那个犟种，就要看你有没有好消息了……"

十七

解剖结论传阅完毕，展峰以失足妇女为切入口，展开了会议讨论。

当说到"六名死者被发现时，全身赤裸"，赢亮突然想起之前看过的名为"尸案调查科"的系列小说，这套书的首案"泗水浮尸"也有一个类似的情节：凶手抛尸入水前，也将死者的外套全部扒掉，原因是他们身上穿的是可以表明身份的制服。

赢亮推测，要是死者是某个娱乐场所的小姐，那么她们衣服上必定也会印有标志，凶手将死者的衣物扒下，会不会也有这方面的考虑。

他的怀疑并非平白无故，在进行尸表检验时，他发现了很多共性：首先，她们的颅骨特征具有极强的地域代表性。其次，她们年龄挺大了，却都无生育史。最后，专案组还在四个人身上发现了"鱼"的刺青，其中一个人还文了满背。

很多外出务工的女性，因为容易被外人欺负，习惯抱团取暖，尤其在桑拿、足疗等场所工作的女性，同一地区的女技师组团上岗的情况也是很常见的。

而"卖淫"作为有悖社会伦理道德的行业，要不是因为经济原因被逼迫到一定程度，很少有女性会主动从事。

通过对失足妇女群体的调查可知，她们绝大多数都来自条件极为落后的农村。在重男轻女的传统观念影响下，有些人离家十年二十年不回，也不一定会引起家人的重视。

试想一下，如果本案被害人也有类似的情况，那么没人报案也能说通，所以说，赢亮的猜测并非没有依据。

可展峰在听完这个还算合理的解释后，却给出了不一样的答案。

"从分离出的食糜及消化程度可以判断，六个人是在晚餐后不久被害。分析食物种类及含量，可知每次案发均为两个人共同用餐。那么问题就来了，另一人会是谁？"

赢亮脱口而出："这还用问？肯定是嫌疑人啊！"

展峰点点头，继续道："死者年龄都比较大，长相也并不出众，就算在场所内从事卖淫服务，那么该场所的档次估计也就是街边按摩房的水准。这种场所，一般不会配发统一的制服。

"加上案发时间基本涵盖春、夏、秋、冬四个季节，尤其是在冬季，死后脱衣不光困难，还会在尸表留下勒痕。手脚慢一点，产生尸僵后，脱衣会更加困难。

"另外，如果为了掩盖身份，也无须将衣物脱光。况且，少量衣物，不仅可以起到遮掩作用，还会增加摩擦力减少运尸难度。

"本案依照相同作案手法（扎带勒死）串并，凶手特定，而被害者多达六人。也就是说，他具有对作案目标的选择权。在失足妇女中能够做出猎物取舍的，只会是嫖客。"

司徒蓝嫣思维异常敏捷地捕捉到了关键："展队，你是说晚饭后两个人发生过性关系，所以凶手才会裸体抛尸？"

"没错，而且卖淫女时常会接触到形形色色的人，也清楚各种对女性有害的黑手段，工作危险性很高，所以她们有极强的自我保护意识，除非跟凶手熟识，否则，不可能会共进晚餐。"

"熟识，又未曾把死者毁容。"司徒蓝嫣快速分析，"他跟死者间存在着一种隐蔽的社交关联。这么看，很符合私下性交易的特征。"

赢亮顺着思路也补了一句："他不担心警方从死者的关系网中梳理出线索。也能表明，他对被害人的情况相当了解。"

打开投影，展峰将六个人脖颈的勒痕标成蓝线，其中，每条勒痕的上方，又被画上了一条红色直线作为参照，望着接近平行的红蓝线，他解释说："不锈钢扎带的打结处，位于脖颈后侧。勒痕未发生倾斜，受害人当时应处于平趴状态。口宽1厘米的不锈钢扎带，表面平滑，要是在开灯的情况下，会产生金属反光。为了不引起死者注意，最合理的做法是关灯作案。"

司徒蓝嫣狐疑道："要使被害人放下戒心，最佳时机就是在性交易的过程中。这样，不锈钢扎带必定要事先藏在某个地方。能在黑暗中，准确找到作案工具，并实施杀人行为，那么凶手对这个空间相当熟悉，难道说，第一现场是在他的住处？"

"大概率就是你说的那样，"展峰接着调出六名被害者的尸检照片，"体表可见大量磕碰伤、淤伤、擦伤。开放性伤口已形成纤维蛋白网。凶手系好扎带，死者因窒息，在室内挣扎了一段时间后才死亡，这些伤口就是在这个过程中形成的。

"磕碰、淤伤是撞击硬物所导致，房间摆放有家具，供人行走的空间不大。

"放大擦伤表面的纤维蛋白网，可见其中裹有水泥沙粒，这是身体与地面接触剧烈摩擦后形成的。所以，房间内并未铺设地板，只有凹凸不平的水泥地。

"既然能摩擦出带血伤口，证明水泥层已经发生风化，房间内回潮严重，房子应建在低洼之处。

"死者从窒息到死亡，需要三到五分钟，在本能的求生欲驱使下，一定会搞出极大的动静，他既然放纵这种结果的发生，也间接表明，他不仅对室内环境熟悉，对室外环境也非常了解。

"综上所述，我同意蓝嫣的观点，第一现场，就在凶手的住处。

"另外，我还在死者的甲垢中分离出了辣椒籽、胡椒面及少量含有油污的沙石颗粒，可见，该房间还是一个集吃饭、睡觉为一体的单间。"

嬴亮思索道："能把卖淫女带到家中，必定是个单身汉。这一点也符合师姐的心理侧写。对了，既然发生过性行为，那么死者阴道中，有没有提取到生物检材？"

展峰摇头:"只有白带混合物[1],并没有发现精液。"

嬴亮参与过众多大案侦办,自然听得懂其中含意,他略带失望地叹了口气,"要是没戴安全套,这个案子就简单了。"嬴亮抬手伸了个懒腰,侧目看向司徒蓝嫣,发现她正若有所思,"咦,师姐,你在想什么,怎么这个表情?"

"我在考虑一件事。"

"什么事?"

"凶手的居住环境。"

展峰听言眉毛一挑,把刚要打开的平板又重新扣在了桌面上。这个细微动作并没有引起嬴亮的注意,他仍在不停地追问:"师姐,你有啥高见,快说来听听。"

"迪·金·罗斯姆所著的《地理学的犯罪心理画像》这本书对系列犯罪作案地点的选择,做了详细的归类。

"罗斯姆认为,凶手在作案空间上的选择,会遵循最小精力[2]、犯罪放松[3]、首次发案地[4]、圆形假设[5]、重点区域递减[6]及安全距离缓冲[7]六大原则。

---

[1] 白带主要是由阴道壁渗出液、子宫颈管分泌液及子宫内膜和外阴部的分泌物组成。在发生性行为的过程中,性激素的释放会导致阴道白带增多,起到润滑作用。在某些案件中(如强奸杀人),白带异常是判断女性是否发生性关系的佐证之一。
[2] 当面对多个相似的预定目标时,人们最有可能选取最近的目标。犯罪人会选择付出时间、精力、费用最少的方式来进行犯罪活动。
[3] 犯罪人选择的地点往往是能够使他在心理上感到安全和放松,他能够控制局势发展的地点。例如,居住和工作的场所及之间往来的路线,或是曾涉足过的区域。凶手知晓地理位置、逃跑路线、安全的隐蔽场所等。
[4] 对于系列犯罪来说,最初发生的案件往往靠近犯罪分子的工作居住地。在犯罪初期,其反侦查意识较为淡薄,可能会留下较多的物证线索。而随着作案次数的增加,作案手法趋于熟练,犯罪者的自信心膨胀,这时他们敢于到相对陌生的地点尝试犯罪,拓展最新的犯罪区域。对于系列案件来说,确定首个犯罪地点十分重要。
[5] 将属于同一系列案件的多个案发地点标注在地图上,并且找出两个相互之间距离最远的位置,用这两个位置的距离做直径,可以画一个包括所有案发地点的圆。犯罪人就居住在这个圆里面,可能就在靠近圆中心的地方。
[6] 从犯罪人的住所算起,每增加一段预定的距离后,所出现的案件数量会直线下降,最终趋于零。
[7] 在系列案件中,在离家太近的地方,犯罪人害怕被人发现,所以往往很少出手,如此一来,以犯罪人住所为中心,周围会出现一个"缓冲区"。首个案发现场往往就在"缓冲区"附近。

"以上这些，都是以犯罪居住地为研究对象。从展队的分析不难推测，凶手的住所位置相对偏僻。于是我有了一个大胆的猜测，他会不会干脆就住在洪河岸边？"

"师姐，你说的我也想过。可是你有没有考虑过，尸体在河中会遇到各种情况，假设尸体刚被抛入水中便被水草缠住，这样一来，住在岸边的人，肯定就会被列为重点怀疑对象！凶手再蠢，也不至于让自己这么容易就暴露吧？"

司徒蓝嫣听嬴亮这么说，也觉得颇有道理。"你说得对，我考虑得不够周密。"

"展队，你觉得呢？"嬴亮问。

"我跟蓝嫣一样，也认为凶手就住在洪河岸边，而且很近。"

"呃……"对于这个结论，嬴亮有些傻眼，他可是刚刚才否定了师姐的看法啊！

"我之前其实也并不确定，但是分析过纤维蛋白网的形成时间后，我想这个结论不会有错。"

…………

镜头那边侧耳倾听的陈果，又听到了这个新鲜的名词。

"姥爷，他们几次提到了纤维蛋白网，它有什么作用？"

法医老方表情肃穆，他和陈果一样，首次听到纤维蛋白网时，也有些意外。受制于科技手段的原因，这是他多次尸检都没有触碰到的领域。

虽说，他并未真正将这份知识用于法医实践，但关于它的理论知识，涉猎甚多的老方还是略知一二的。

"要想知道纤维蛋白网是怎么回事，首先要了解什么是纤维蛋白。它是人类最早发现的一种凝血因子，呈伸长的椭球体，在肝脏中合成后进入血浆，以溶解形式存在。

"如果人在生前皮肤受创，形成开放型伤口，纤维蛋白会在第一时间呈链条状附着于伤口处。当多条链状纤维蛋白交织，便可在创壁上形成网。

"在显微镜下观察，可分为内外两层。创口表面一层粗细不等，排列紧密。深层纤维蛋白则粗细一致、交叉重叠，组成均匀细致的纤维蛋白网，包裹红细胞。同时可见纤维蛋白紧紧粘于创壁的胶原纤维上。

"有人曾经做过这方面的实验，把尸体浸泡在水中多日，生前伤纤维蛋白网仍清晰可见，也有少量外层纤维蛋白会被腐败细菌分解。不过，在高倍镜观察下，内层网几乎不会受到任何影响。"

"由于纤维蛋白网只会出现在生前伤中，并随着时间的推移而增多。因此，要是尸表存在生前伤，就可以作为分析的依据。

"不过人死后，细胞也不是马上就失去活性，因个体差异较大，纤维蛋白网的形成也是因人而异，并没有规律可循。所以在此之前，我还没有听说过国内有谁以它为研究方向的。"

老方说完，展峰也简单科普了相关理论，和老方猜测不同的是，他直接在大屏幕上列出了"三十岁至四十五岁纤维蛋白网形成时间一览表"，上面密密麻麻的数据让瞪着屏幕的老方惊掉了下巴，更让老方始料未及的是，长达数十页的数据末尾还有一行小字"研究人：展峰，2012年5月"。

…………

监视器下，展峰仍在解析案情："观察六名死者的开放性伤口，得出纤维蛋白网形成时间，最长的还不到十分钟。从勒紧扎带到被害人窒息死亡，最少需要三至五分钟。去掉凶手穿衣、抛尸的时间，那么他必须在极短的时间内将尸体从家中扛到河边。尸表无压痕，可见未使用交通工具。死者体重均在60公斤左右，成年男性在此负重下，平均每秒可步行半米至1米；跑步前进约每秒1米至3米，就算按最长时间计算，那么凶手的居住地，距离洪河也不会超过1公里。"

"姥爷，这算不算有了新的进展！"陈果很是兴奋。

老方摇摇头："还谈不上啊！"

"为什么？我看过卷宗的啊，好像没有人说过这么精确的结论。"被姥爷否定，陈果嘟起嘴来。

"当年我们就做过推演，对凶手的作案地也有所刻画，可这些只能作为参考，毕竟洪河绵延上千公里，就算知道凶杀现场就在河岸，又能怎么样呢？

"况且案件过去这么久了，还赶上了全国大建设，沿河的村屋早就被拆得七零八落了，别说只是个泛泛的概念，就是告诉你抛尸地在哪里，时过境迁，要是屋子没了，你也无从查起。"

正说着话，陈果忽然惊道："哎呀，姥爷，他们散会了！"

老方有些失望："怎么，这就散了？"

陈果那双乌黑的大眼睛紧盯着分屏，只见展峰几个人一会儿出现在走廊中，一会儿又跑进了器材室，就连一直坐在门外无所事事的司机，也跑进来开始帮忙。

望着他们手中拿的瓶瓶罐罐，陈果的好奇心再次被勾起。"他们这是准备去干吗？"

考虑到展峰可能会做检验，所以老方事先就提醒过，只要有需要，中心的器材及消耗品可以敞开了用，如果还是不够，他可以随时让厂家送货。屏幕中的几个人往返来回好几轮，按照每人每次六个罐子的量计算，他们最少取了上百个罐子。

毕竟有言在先，展峰的"拿来主义"并没引起老方的任何不快，只是他目前与外孙女有同样的疑问，他也搞不清展峰为何只拿带刻度的封口玻璃瓶。

"姥爷，他们上车了，我们追不追？"陈果懦懦地问。

老方一拍大腿。"我还偏要看看，这个叫展峰的年轻人葫芦里卖的是什么药。咱们也上车，追过去！"

…………

拧动车钥匙之前，展峰告诉吕瀚海，这回的目的地是 70 公里开外的洪河大坝。导航显示，出殡仪馆左转，上主干道，一条直路开下去就能到达。

吕瀚海从后视镜中瞥见那辆现场勘查车也跟了上来，驾驶位上正是那个长相水灵的小妮子——陈果。

他竖起拇指朝向后方："展护卫，要不要把他们甩了？"

"不用！速度慢点，别让他们跟丢了。"

"哎，我说展护卫，"吕瀚海有些不快，"还有你，肌肉亮，这都什么时候了，老鬼可还在里面吃苦受罪，你们不抓点紧，还有心情陪这祖孙俩过家家？"

专案组里，吕瀚海跟老鬼最为交好，起先他并不知晓老鬼具体犯了什么事，他还是在一个很偶然的机会听见小车班的司机跟人闲聊，才晓得原来老鬼被人告发了，说是与浮尸案有关。

虽然他并不清楚案情，可当得知展峰要接手此案时，他也猜出，老鬼能否洗刷冤情，全看这起案子能不能被专案组破了。

俗话说："事情发生在别人身上时叫故事，发生在自己身上才是事故。"打前些天，在解剖中心听法医老方说要带着外孙女来观摩，吕瀚海就对这对祖孙谈不上有好感。

"看热闹不嫌事大是吧？"吕瀚海把目光从后视镜上挪开，"展护卫，丑话我先说在前面，方向盘在我手里，我怎么开你别管，他们追不追得上，那是他们的事，我只知道我磨叽一分钟，老鬼就要多受一分钟的罪。我和老鬼可是哥们儿，一辈子的那种，我不管他犯了什么错，反正啊，我绝对相信他这个人！"

说完，吕瀚海一脚踩下油门，蹿出了老方祖孙俩的视野。

"姥爷，车没了！"

"这什么意思？"老方也有些纳闷，"专案会主动邀请我旁听，怎么在这个节骨眼上把我们甩了？"

"我也不知道啊！"陈果无语。

"是不是，你开得太慢了？"

陈果指着路边的指示牌说："限速60迈，我开到59迈，哪里慢啦！就刚才那一脚，车至少飚到150迈了，我看他们就是存心的！"

"不对，依我看，展峰不是这么浮躁的人，估计是那位叫道九的司机，他不知道这里面的情况，着急办案，才会开这么快。"

有了个台阶，陈果的心情顿时舒坦许多。"照姥爷这么说，还真有可能。可是，车跟丢了，我们怎么知道他们往哪儿去了？"

老方气定神闲地说："哼，带着这么多瓶瓶罐罐，指定是去取水样了，没事，不着急，你就慢慢悠悠地照直走，往洪河大坝的方向开，反正咱们只是观摩，赶到地儿，兴许他们都没准备好呢！"

祖孙俩如意算盘打得倒是好，可他们哪里知晓，吕瀚海能在夜里开着满载的拉煤车全速行驶，别说这种车况较好的民用警车了，放上警报器[1]，开成"贴地飞机"对他来说也不是难事。

....

当陈果按照姥爷的要求，顶着60迈的速度赶到洪河大坝时，展峰四人已坐上"水上派出所"的警用快艇逆流而上了。

老方到岸边的警务站一打听才知道，展峰几个人通过部里的关系，协调要了一辆时速约120公里的超级巡逻艇，这种巡逻艇耗油量巨大，为了确保顺利返航，警务站让展峰提前报备了航线。

也正是从这张航线图上，老方总算猜出了展峰的意图："看来，他是要重走六处案发现场了。"

"去现场干吗？采集水样？"陈果问。

"应该是。"

"姥爷，听您的语气，好像您也不太确定？"

"是这样的。"老方解释道，"他们百分之百是去采集水样了，可我并不知道他们要做何种检验。"

"只是一瓶水而已，能检出什么来？"

"这里面学问可大了！"老方负手而立眺望远处，见展峰的巡逻艇已完全消失，他也没了继续跟的念头，于是他转而看向站在身边的外孙女，"解答你的问题前，你先回答我一个问题。"

"姥爷您说。"

"你告诉我，尸体沉入水中后，会发生什么变化？"

一阵河风吹起了陈果的头发，她望着那座横跨于河面的大桥，脑中幻想着尸体从桥面坠落的全过程，等画面形成后，她胸有成竹地说道："正常人比重在吸气后为0.967，比淡水稍轻，呼气后约为1.057，比淡水稍重。因水中尸体重量大于等体积水的重量，所以首先会下沉。随后，人体内的厌氧细菌会产

---

[1] 带有警报器的车辆，无论制式警车，还是民用警车，只要警报器闪烁，就可视为在执行紧急任务，在确保安全的前提下，不受行驶路线、行驶方向、行驶速度和信号灯的限制，其他车辆和行人应当让行。

生作用，使尸体发生腐败，当此过程达到一定程度后，尸体会快速上浮，出现巨人观等特征。"

"嗯，不错，记得挺熟，"老方又问，"那你再告诉我，水中尸体上浮，跟哪些因素有关？"

"我只能记住个大概。"陈果道，"首先是尸体本身的性状。如肥胖程度、年龄段、衣着因素等，其次是尸体腐败速率。还有就是尸体所在水域特征，比如，水域面积、水流、水位之类的。"

"嗯。回答得比较笼统，不过也算是说到了点子上。"老方满脸堆笑，"那好，我来解释你刚才的问题，展峰他们为什么要去采水样。

"如果我猜得没错，他们首先要解决的是尸体上浮问题。

"本案是裸体抛尸，且死者均为女性，年龄相仿，身材相似。这么一来，在浮起速度上起决定性作用的，只有水域特征。

"我国地势西高东低，由于水位落差、河面宽窄及受污染程度不同，每段水域都有特定的生物群落，这会导致水的密度、酸碱性发生改变。

"在洪河里，分段取水样，其实就是为了搞清抛尸河段水域变化的规律，从而为之后的浮率推导做打算。"

"姥爷，什么叫作……浮率推导？"

"展峰他们还没进行到这一步，你就容我先卖个关子，晚点他们做了再跟你说。"

陈果撇撇嘴："那您怎么就能确定，人家接下来就会按您的想法行事？"

老方哈哈大笑："那咱俩打个赌，谁输了，谁请吃小龙虾。"

陈果伸出小指："空口无凭，拉钩为誓！"

老方嘿嘿一乐，也依葫芦画瓢："你啊你，拉钩还是你小时候，姥爷我教你的，得嘞，都依你！"

十八

专案组乘巡逻艇返航时，夜幕已降下，贴满标签纸的水样，在后备厢中摞了三层两列。

虽说取样过程颇为机械，可仍是一项高强度的体力劳作。也许是受了吕瀚海的刺激，凭着一股劲，嬴亮一个人包揽了近七成的取样任务，无论展峰如何劝他换人，他始终装作没听见。结果在返程的途中，嬴亮再也无法控制疲惫的身躯，刚一坐进车里，立马睡了个鼾声震天。

他的师姐司徒蓝嫣也好不到哪儿去，因为晕船，还没到第一个案发地，便被迫下岸等着，直到返程后，她还干哕个不停。

考虑到水样需要及时冷藏，吕瀚海只得先把两个人送回市局营房，他跟展峰则小心翼翼地带着样本赶往解剖中心。

从接案至今已过去多日，吕瀚海终于等到了与展峰独处的机会。

码完水样，他把展峰抓到了一片空地上。

"别看了，我都观察好几天了，这里是个监控死角。"吕瀚海叼起两根烟，点燃后，拔掉一根，递给展峰，"喂，不会嫌我脏吧！"

展峰微微一笑，毫不介意地将那根带有口水的烟屁股放进自己嘴里，他深吸一口，辛辣的尼古丁突然上头，驱散了不少倦意。

"有事要说？"

"废话，肯定有事啊！不然躲着监控干吗？你脑袋瓜子这么能转，怎么净说废话呢！"

展峰的双目总算适应了黑暗，眼前原本有些模糊的人影，此刻也变得真切起来，他盯着吕瀚海，微微一笑。"因为老鬼？"

"方不方便说？"吕瀚海听着有门，精神一振。

"你想知道什么？说说看吧！"展峰平静地说。

"他是因为什么被抓起来的？事情大吗？"

"有人举报他在浮尸案中做了手脚，说他贪赃枉法。"展峰不紧不慢地吸了口烟。

吕瀚海摇头道："就因为别人的三言两语，你们警察就抓人？是不是太草率了些？"

"当然不是三言两语的事情，"展峰轻叹，"要是只有言辞证据，怎么可能直接抓人。"

"难道老鬼被人抓到了证据啊?"吕瀚海瞪大眼,"他还能出这事?"

展峰吐口烟雾,点了点头:"他卡上平白无故多出九十万,他还拿这笔钱给他儿子买房了。"

"这事我知道……"吕瀚海焦急地说。

"你知道?"展峰奇怪道,"你怎么知道的?"

"他买房刷卡时,我就在旁边,用的是他亲戚的卡嘛!因为他亲戚的名字起得很'奇葩',我一下就记住了。"

"是不是叫隗磊?"

"对!"

"老鬼告诉你钱是从他亲戚那里借的?"

"没错。"吕瀚海猛点头。

"那,他有没有说别的?"

"我也就知道这么多了,不然我问你干吗啊?"吕瀚海无语。

展峰将烟卷丢在地上,用脚使劲踩。"老鬼对你说了谎,压根儿就没有隗磊这个人。"

吕瀚海眼皮一跳,心头拉起警报:"你是说,有人拿钱故意陷害老鬼?"

"以我对老鬼的了解,我也不信他是这么容易被收买的人,这其中绝对有什么隐情,只不过……"

"只不过什么?"

"只不过他现在什么都不肯说,也不能说。"

"不肯说……不肯说……"吕瀚海仔细品味着其中的深意。一瞬间,他想起了老鬼闲谈时对他说过的一番话:"干咱这行,一定要经受住糖衣炮弹的袭击,否则稍有不慎,就会万劫不复。合理合法的钱,一分不能少;歪门邪道的钱,一分不能要。"

当时吕瀚海听到这番话时,还以为是自己露出了马脚,可在后来的相处中他才晓得,老鬼说这番话,完全是在自我提醒。可老鬼为什么要自省呢?老鬼这个人生活非常节俭,甚至都要找自己蹭烟,怎么看也不是那种贪婪之人,所以在很长的一段时间里，吕瀚海也没能想明白其中蹊跷。一直到刚才听闻，他的卡中多了九十万，才隐隐觉得大事不妙。

以老鬼的性子，能说出那种话，就算再穷也不会收取不义之财，可怕就可怕在，有人故意给他挖了个坑，让他以为钱的来路是正常的，而他对外人隐瞒了"钱"的事，说明老鬼也觉察到了猫腻，只是这时他已经跳进了坑里，只能走一步，算一步，直到越陷越深……

试问，谁会给老鬼"下药"？展峰固然不知情，可吕瀚海心里却是门儿清，毕竟要说被人拿着把柄，威胁到脸上的，他自己就是其中之一。

想明白了前因后果，他顿时担心得不行，急切地问道："展护卫，老鬼那九十万要是来路不正，会怎么处理？"

远处路灯射来了微光，展峰神情中罕见地带上了一丝落寞："数额在三十万以上，就涉嫌巨额财产来源不明罪，可以立案侦查。五十万为数额巨大，要是按照现在的量刑标准，老鬼的事要是坐实，最少要面临五年以上的有期徒刑。"

"什么？五年以上？老鬼的儿子马上就订婚了，他那个未来亲家还是个难缠货，他要是进去了，我估计他儿子的婚事准泡汤了！"

说着吕瀚海气呼呼地啐了口唾沫，嘴里骂道："这帮人太他妈不是东西了，老鬼省了一辈子，不过就是想给儿子买套房，这能有什么错？逮着一个老实人往死里整，算他妈什么本事？"

展峰脸色一变："你说的是哪帮人？"

吕瀚海察觉自己说漏了嘴，唰的一下涨红了脸，好在有夜幕的掩护，否则他绝对会被展峰看出破绽，他定了定心，因为紧张，嗓音都高了几个分贝："哪帮人？我能说哪帮人？不还是省厅纪委那些孙子，为了自己的乌纱帽把人往死里整，算什么本事。有能耐把浮尸案给破了呗！能力不行，玩阴的一个比一个在行，我呸！什么东西！"

一顿骂完，吕瀚海还真觉得心情好了许多，可面对他这番义愤填膺，展峰却没有吱声，他心有余悸，嘿嘿笑道："我说展护卫，怎么不说话了？是不是觉得我骂得在理？"

这句试探，总算如愿以偿地换来了回应。

"骂什么？又没有用……算了，不说了，时候也不早了，先按老鬼的要求，咱们尽快把案子破了再算别的账吧！"

"嘿！我就知道，你这人，面冷心热，他们都挑事挑到咱们脸上了，你铁定要给他们好看……"吕瀚海佯装关心，顺势问道，"我说，现在咱们有几成把握？"

"不好讲……"展峰双手插兜，朝车的方向走去。留下吕瀚海站在原地嘀嘀咕咕："老鬼啊！你可别怪我，有的事我也没办法说……展峰他一定会把你给折腾出来的，我信他，也信你啊！"

十九

三日后，解剖中心会议室内。

截至目前，与案件相关的所有样本都已检验完毕，要是此番还没有实质性的进展，那么老鬼可能永远都洗刷不了冤情了。

为了加快进度，展峰刚一拿到结论，就马不停蹄地将人召集起来，法医老方也是在睡梦中接到了陈果的电话。

祖孙俩赶到时，会议正巧刚刚开始。

伴着投影器"嗡嗡嗡"的启动声，白色幕布上的画面逐渐清晰。那是一张辐射形思维导图，起点位置是死者头发的概貌照片，由此引出多条线段，每条线段末端或是标注文字，或是直接配上了图案。

老方把脸贴近监控屏幕，右手扶着老花镜，直到逐条看清幕布上的内容，他才发自内心地赞叹道："展峰这小子，思路确实清晰，看来，他是想从硅藻生长规律上着手，这一点连我都没想到。"

跟姥爷有赌约在先，陈果一听就来了精神。"姥爷您不是说，他们取水样是分析水域吗？难道您猜错了？"

"可以说，既能算对，也能算错，一半一半！"

"您是不是想耍赖？说好的，我要吃小龙虾！"毕竟是少女，陈果哪儿有耐性，一听就着了急上了火。

"哎呀，请我外孙女吃顿小龙虾，姥爷我自然愿意，不过也不能光想着吃，我让你回去多查一查关于硅藻的资料，你查了吗？"

"姥爷吩咐的，我肯定照做。"陈果得意地道。

"那好，我问你，决定水中硅藻生长的条件有哪些？"

陈果不假思索地说："第一是温度。硅藻存在最低、适宜及最高生存温度。温度适宜时，硅藻生长繁殖最快，低于最低温度或高于最高温度时，硅藻难以生长。

"第二是光照。光是藻类生命活动能量的主要来源，它们需要利用光能进行光合作用。

"第三就是流速了。江河等动态水体中，硅藻靠水流形成的浮力悬浮于水中。适宜的流速可使空气融入，增加水体中的二氧化碳，提高光合作用，利于藻类生长繁殖。流速也可降低硅藻细胞周围代谢产物的浓度，避免代谢产物长期聚集在周围抑制其生长。

"第四是水质。这个当然很好理解，水的pH值、水体营养化及污染情况，都会影响硅藻的生长。"

"嗯，说得很全面。"老方点头赞许，而监控室内展峰的声音被他逐渐放大。

…………

"历史上的洪河，是一条独流入海河，受×河长期的影响，洪河的地形和水系发生了巨大变化，河床普遍淤高，经常出现洪涝。再后来，因为过度的非法采砂，洪河水质已变得十分混浊。好在经政府的长期治理，现在河水已有所改善，不同水域的硅藻种群也相对趋于稳定。

"在横向水域（自西向东），光照、温度、流速、水质等因素决定了硅藻的种群，而在纵向水域（自南向北），行船等人为因素，决定了硅藻的种类。"

见众人听得似懂非懂，展峰深入解释道："硅藻是靠浮力漂浮于水体，河岸2米范围为近水区，这里水浅、浪大、泥沙搅动频繁，混浊度高，不利于硅藻获得足够光照，所以含叶绿素较少的小号硅藻无法存活，在此区域内，我们只能找到大号扁平状硅藻。

"2米至20米范围，属于浅水区，因来往船只较多，所以也只适合大、中型的硅藻生长。在河中心位置，水流速度最快，可融入空气，增加二氧化碳含量，提高光合作用，有利于硅藻的生长。

"也就是说，在正常行船的普通水域，除了岸边2米左右的位置会存在单一的硅藻外，其他地方的硅藻种类应该是很丰富的。

"六名被害人均为机械性窒息死亡。凶手抛尸入水后，尸体会先下沉，然后再上浮，在此过程中，会经过浅层水面、中层水面和下层水面，尸体受到水压的影响，在腐败的过程中，会将河水吸入体腔，如此一来，我就能通过硅藻种类，来确定抛尸的水域，可是……"

突然的转折，让所有人屏息凝神，包括监控室的祖孙俩。

展峰按动遥控器，在投影上调出了另外一张照片。稍有些检验基础的人都能分辨出这是在高倍显微镜下被染色放大后的某种生物体，形态很像是米粒，可是具体叫什么，在场的人无一知晓。

展峰手指生物体。"生物学专家按照硅藻适应水环境的能力，把其分为碱性、嗜碱性、中间型、嗜酸性和酸性生物型。我在几名被害人的发根、口腔、耳道、鼻腔、腋窝、会阴等部位，发现了大量的舟形藻。它是一种体积微小，耐性很强的藻类。其他藻类只能在pH值为7.8至8的范围内生存，而舟形藻生存的范围却可以放宽到9至12。死者身上硅藻的单一性，决定了凶手投尸水域的特殊性。"

司徒蓝嫣想了想说："展队你是说，凶手是在碱性水域抛的尸？"

"尸体被发现时，已经高度腐败，光凭这一点还不太好确定！"展峰看向思维导图下方，那是一行带有化学元素的汉字标注，"长发样本中，检出锌、铜、铅等金属离子，鬓角的短发，也含有相同的成分。说明死者长期生活在重金属超标的地方。另外，在死者体腔溺液中，也检出了锌、铜、铅、镉、砷、镍等，而这，正好是炼钢废水的主要成分。"

"废水被排到河中，导致水域pH值升高？"嬴亮抢答，"工厂偷偷排污很常见，可能性的确很大。"

司徒蓝嫣点头："不光是排放那么简单，头发样本内也含重金属，说明当地的水源都已经被污染，也就是说，抛尸地，极有可能是炼钢厂聚集的地方！"

"没错！"展峰调出数据列表，"早年案发期间，炼钢的方式主要有转炉、电炉和平炉三种。方法不同，废水的重金属含量也不尽相同，经仔细对比，这个结论还可以更加精确一些。"

众人都竖起了耳朵，展峰说出了答案："这些排出废水的炼钢厂使用的是氧气顶吹转炉炼钢设备。"

赢亮以此为关键词展开检索。"氧气顶吹转炉炼钢法：先把废钢按照配料要求等装入炉内，然后倒入铁水，并加入适量的造渣材料。加料后，将氧气喷枪从炉顶插入炉内，吹入纯度大于99%的高压氧气，使它直接跟高温的铁水发生氧化反应，除去杂质。此法在炼钢过程中会产生大量棕色烟气，严重污染环境。"赢亮灵光一现，"没有地方政策扶持，这种重污染企业扎堆的情况绝不可能发生。"

"2005年以前，多数地方还是以经济发展为中心，所以在环境治理方面，尚未有足够的重视，对某些企业有政策优惠，也很正常吧，扎堆很奇怪吗？"司徒蓝嫣摇头。

"师姐说得没错，可我想说的重点不是这个。重点是洪河这么长，沿河的炼钢厂也不在少数，我们要怎么确定重点搜索区域？"

展峰会意，调出电子地图，他以最西侧480公里处的4号尸体发现地为起点，用黄线拉出一条线段，软件自动换算的数值随线段的拉伸也在不停变换，直到展峰停笔，数据终于定格在了200公里的地方。

…………

陈果有些不解："姥爷，怎么突然就蹦出个200来？数据是怎么得出来的？"

"这就是展峰的过人之处。他并没有推算死亡时间，你不觉得奇怪吗？"

听姥爷这么一说，陈果也很诧异。"对啊，课本上说，接到一起案件，第一步就要明确三要素。即死亡原因、死亡时间、是否为第一现场。"

"理是这个理，可是水中的尸体，若是想要找到抛尸点，分析死亡时间是关键。因河水流速可以测出，所以只要知道时间，就能推算漂浮距离。对水中高腐尸体，第一步就是要观察是否形成尸蜡。"说到尸蜡，老方又习惯性地看向了身边的外孙女。

陈果了然。"尸蜡是人死后，在特殊的环境下，皮下脂肪皂化或氢化后形成的蜡样物质。尸体形成尸蜡的部分，呈灰白色或黄色，有油腻感，可压陷，脆而易碎，燃烧能发出黄色火焰。"

"尸蜡的具体成因是什么？"老方又问。

"体内脂肪水解为甘油与脂肪酸，脂肪酸同蛋白质分解所产生的氨结合，形成脂肪酸铵，再和水中的钙、镁等离子结合，形成不溶于水的皂化物。尸蜡能在较长的时间内保存尸体上的伤痕、鸡皮疙瘩等病理、生理特征，所以对识别死者身份具有重要意义。"

"嗯，很好！"老方接着上一话题道，"没有发现尸蜡，说明尸体并未长时间漂浮，那就表示可以按照尸体腐败的规律来推算时间。

"死亡时间的推算方法有多种，比如，新鲜尸体可利用尸斑、尸温、尸僵等推算，腐败尸体可利用昆虫、霉变、DNA降解等做反推。

"本案中，尸体在漂浮中经过了不同的水域，因环境的变化，生物种群的更迭，利用尸体自身变化来推算时间，更为准确。"

"姥爷，这项工作当初您做了吗？"

"自然做了！"

"那您是用的什么方法？"

"死者眼球内玻璃体液钾浓度。"

"这个书上有说，我记得，除非是眼球遭受损伤，否则玻璃体液不易遭到污染或发生腐败，人死后玻璃体液内的钾含量会呈规律性增长，所以测量其浓度，可以准确地推导出死亡时间。"

"因人有个体差异，所以这种检测方式也会存在误差，判断一个人的具体死亡时间，绝对不能单靠哪一项，一定要综合多种检验结论，这样才会准确。"

"明白，果果记下了。"陈果乖巧地点点头。

老方仰头望向窗外，当年在法医室忙碌的身影又在他眼前浮现。"为了确定本案的漂浮时间,我和师兄带着十几个人,折腾了好久才得出一个模糊的答案。"

"姥爷,你们的结论是几天?"

"十到十五天!"

"怎么……有这么大的误差?"

"对啊!现在看来,我们是走了弯路!"老方盯着会议室内的展峰,"从他刚接触这起案件时我就发现,他的思路清晰得可怕,几乎从来不会被迷惑,要是没有丰富的办案经验和悟性,绝不可能这么游刃有余。果果,你还记得前几天我们的赌约吗?"

"当然记得,我这些天都在找关于浮率推导的相关资料,可依旧一无所获。"

老方嘿嘿一笑:"你当然查不到了,因为它只会存在于个案中,没办法归纳总结。"

陈果好像听懂了一些,说:"姥爷您是说,那200公里的数值,就是通过这个算出来的?"

"没错。"老方拿起笔,在纸上画出一条直线,由西至东,他标注出六个点,分别写上480公里,540公里,590公里,620公里,645公里,690公里。

陈果默不作声地注视着姥爷的一举一动,直到他在两个相邻的数据中算出差值,她才开口问道:"这是干吗?"

老方指着数值道:"你看,60公里,50公里,30公里,25公里,45公里,差值极为相近,为什么会出现这种情况?说明此时,尸体已完全上浮,处在平稳漂流期。

"480公里,590公里,620公里的这三具都是在夏季被发现,此时,室外温度、湿度、流速等外部环境变化不大。硅藻分布也能证明,凶手是在同一水域抛尸,那么可以肯定,它们的漂浮行程存在重合,接下来再通过分析尸体的腐败情况,就能找出规律。

"比如说,在480公里的4号尸体上并未找到蝇蛆,而到了590公里的1

号尸体上，出现了成蛆。提取蛆虫样本研究生长规律[1]，就可得出，在110公里的范围内，尸体漂浮了多长时间。"

老方歇了口气，又接着道："人死后，只要条件适宜，蝇蛆就会在最短的时间内到达尸体表面。4号尸体仅有少量未孵化的蝇卵，没有成虫，说明其刚刚上浮就被人发现了。在已知死者的性别、身高、体重的前提下，参照实验表，就能估算出尸体沉入水中到完全上浮所需要的时间。再把刚才得出的浮率与之相乘，就是入水后直至被发现，尸体在水下漂浮的距离。"

陈果秀眉一拧，说："可都是估算值，势必会存在较大的误差。"

"没错，这种方法，并没有考虑到高低水位、过往行船、渔网拦截等特殊情况，所以算出的数值，必须放大，想必展峰也是经过深思熟虑，才给出了200公里的估值。"

"姥爷，您当年估出的距离是多少？"

"这项工作我……当时没做。"

"没做？为什么？这多重要啊！"陈果惊讶道。

老方摇了摇头："你那时候还小，并不了解当时的社会情况。我们省依靠重工业发展经济，2005年洪河两岸到处都是小型钢厂，别说200公里范围，就算缩小一半，那也是无从查起！"

老方说到这里，有些无奈地说道："虽然这小子了不起，可他不明白这些本地情况，年斌又不让我协助，我看他这么查下去，只怕到头来功夫费了不少，却还是破不了这个案子啊……"

相对老方的了如指掌，展峰的确并不了解G省的地域环境。

在有了明确线索后，他就让嬴亮与刑警总队对接，让他们出些人马，按划

---

[1] 蝇是完全变态昆虫，其生活史包括卵、幼虫、蛹、成虫四个阶段，共需十二至十五天。成年雌蝇刚排出的卵很小，1克卵有13000个左右，当温度在25摄氏度，相对湿度为70%时，孵化期为十二个小时。刚孵出的幼虫为乳白色，怕光，在尸体鼻孔、耳道、口腔等处活动、采食。其生长速度极快，四至五天便可长到1厘米长，此时开始化蛹。蛹经过三天发育，蛹体由软变硬、由黄变棕红色，再变为黑褐色，蛹壳破裂、羽化成虫，经1小时后开始进食、饮水、飞翔。三至五天后性成熟，雌雄蝇再次交配产卵。在某些未被及时发现的尸体上，可出现多代蝇蛹。其生长规律是分析死亡时间的重要依据。

定的范围，沿路进行摸排。

这时候的展峰还不知道，他们距离最终的目标，还有很漫长的距离要走。

二十

仿佛是第六感作祟，这些天，展峰只要一闲下来，便会感到心慌。作为一个科学研究工作者，展峰知道所谓直觉，其实是人的潜意识对接收的信息加工后的产物，并不是玄之又玄的东西，表面意识很难察觉的规律，会让你觉得，自己身边可能有什么麻烦事将要发生。

对这种感知，他第一个想到的，就是家里那个定时炸弹——高天宇。

由于无法对高天宇当面监视，离家时间越长，他心头的不安就会越强烈，因此，即便在外出办案期间，只要有一点点空闲，展峰都要找机会回家看看。

这回直觉又开始报警。

展峰估摸着嬴亮最快也要在两三天以后才能反馈结果，于是他立即订了最近的一趟航班，飞往罗湖市。

就在他简单收拾，刚要准备起程时，耳蜗里的内置电话却突然振动起来，出乎意料的是，来电者不是高天宇，而是S专案组的技术部。

它是一个为侦破S级悬案专门设立的机构，只有专案组组长及分管领导才知道这个部门的存在，就连作为专案中心大管家的莫思琪也不清楚，在中心内部，还有一块她无法监管的区域。

S专案组成立这么久，展峰还是第一次如此突兀地接到技术部的电话。

"发生了什么事？"

"展队，刚才我们收到热力感应设备的报警，你家里闯进去一个人！"

展峰汗毛竖起，惊道："什么？对方什么身份？是怎么进去的？"

"我们调出了安装在屋外的隐藏摄像头，发现对方是翻门进院，撬窗入室的。"

"这低劣手段……难不成是小偷？"

技术部对展峰的推测予以否认："不像,他只是在屋内随意翻找,并未盗走财物。"

"那高天宇呢,他有没有被人发现?"

"暂时是没有,在对方入室时,他早就听到了动静,藏进了衣柜的暗格里。"

展峰紧绷的神经顿时松弛下来。"康安家园拆迁之初,自建房就被重新布局过,只要他没被发现就行。"

"可是……展队,还有别的问题……"

展峰皱着眉头,厉声道:"说话别大喘气,说重点!"

"那个人离开自建房时,把一个嗷嗷待哺的婴儿丢在了旁边的院子里,康安家园除了你家之外就是一片荒地,我们担心时间久了孩子会出问题,现在必须请示您,要不要把这事转接当地110,以盗窃案处理。"

"一片荒地,我也不在,谁会报警?听我说,你们绝对不能这么做,否则之前的所有工作都会功亏一篑,"展峰揉了揉太阳穴,压下心中前所未有的烦躁,"这件事交给我处理,还有其他事吗?"

"没了!"

"行,那挂了。"

中断通话,展峰从外勤车的隐蔽空间里取出了那台带有S图标的笔记本电脑。

技术中心检测到的热力图,已通过加密通道传输过来。

展峰的自建房里,一共安装了三套监控设备,第一套是挂在院外的定点监控。展峰与高天宇都知道。第二套安装在展峰的卧室里,是高天宇利用手机摄像头改装而成,这台设备,高天宇知晓,但他以为尚未被展峰发现。

还有一套是安装在天花板内部的热力感应系统,它不能捕捉具体影像,但可以毫无死角地监视所有物体表面的热力分布,包括高天宇每一次的吃喝拉撒。

自打高天宇在自建房住下,展峰就不止一次发现,在自己离家后,高天宇曾寻遍了屋内的每一个角落,甚至每块开关面板都被他一一撬开,他这么做的目的,除了寻找监控,展峰也想不出其他更恰当的理由了。可高天宇哪里会想到，螳螂捕蝉黄雀在后，展峰早就将那张最大的网罩在了他的头上。

屋里进人是大事，高天宇并没有直接告知，说明正在利用此事试探，要是这个时候展峰正好回去，就露了马脚，智商超乎常人的高天宇肯定可以猜到，展峰始终在监视他，那么两个人之间建立起的微妙信任也会随之烟消云散。

展峰退掉机票，仔细地观察着入侵者在屋里的行动轨迹。他发现，此人在卧室、厨房、卫生间逗留了较长时间，察觉对方曾经多次查看碗碟和洗漱用品时，展峰便猜到了来人的目的。

办理贼帮案时，高天宇从自建房里拨打了一通网络电话，这无疑暴露了自建房里另有他人。当时展峰与高天宇都认为，必须防备有一天会有人找上门来。两个人这段时间也做好了充分的准备来应对，包括隐藏个人用品、在衣柜内扩充隔间供高天宇躲藏等等。所以就算有人闯入，也不太可能会查到什么。

只是，让展峰感到无比愤怒的是，幕后这帮人竟毫无底线，用婴儿的生命做赌注引诱他出手，来证明他们的猜想。康安家园拆迁户早已悉数搬走，平时拾荒者都少见，而丢弃孩童的地点又极为隐蔽，要是引来游荡的恶狗，后果将会不堪设想！

"能想出这个计划的，绝对是个疯子！"展峰咬了咬牙。

此时展峰就像是踩着高空钢丝，任何方向上的举措都有极大的风险，稍有不慎就可能对当前形势造成万劫不复的影响。情急之中，他只剩下一个选择——吕瀚海。

二十一

自打加入专案组，吕瀚海还是第一次进入这辆车。他以为里面会像詹姆斯·邦德的秘密据点，科技感爆棚，可进了里面，他才发现，这里与集装箱唯一的区别，就是多了一张折叠办公桌。

吕瀚海不甘心地四处看看，大失所望，又把目光挪到展峰身上，他这才发现对方面色难看。吕瀚海顿觉不妙，小心问道："怎么了展护卫，发生什么事了？"

"有件很重要的事，需要你帮忙。"

"什么事……"吕瀚海笑笑，试图驱散过于沉重的气氛，"能把你这么沉得住气的人急成这个熊样，那得是多大麻烦？你说呗！"

"事关重大，你不能跟任何人说实话，可事情必须办成。"展峰盯着他，一字一顿地又重复一遍，"除了你我之外，不管是谁，都不能说实情。"

吕瀚海收敛笑意，认真地问道："展峰，这种事你确定要交给我？"

展峰点点头："我信得过你。"

"冲你这句话，道九给你办了。"吕瀚海脸上露出复杂的笑意，"不过我还想问问，你从什么时候开始完全相信我的？"

"从答应让你进组的那一天。"展峰直接对上吕瀚海的目光。

"为什么？你知道吗？有时候我自己都不怎么相信自己。"

"不需要什么理由，"展峰目光如炬，"我看人，从来不走眼，我相信你，更相信我自己。"

吕瀚海沉默片刻，眼圈微红地说道："谢了，展护卫。"

"说正事吧！"展峰毫不拖延，"这事没钱给你，但是必须尽快处置。"

"你说，只要不是要我的命就成。"吕瀚海习惯性地开了个玩笑。

"不用你卖命，现在是要你救命。"展峰严肃道，"康安家园，我家自建房往南50米的地方，有个拆了一半的四合院，院子里现在躺了个不到周岁的婴儿，不报警的情况下，你有没有什么法子能把孩子给救出来？切记，此事要做得滴水不漏！"

由于老鬼的事，吕瀚海最近特别警觉，虽说展峰只是说得囫囵半片，但他的直觉立马告诉他，这件事可能跟某些人有关。他不由得在心中暗骂了一句："丧尽天良。"

"你到底有没有办法？"展峰急切地问道。

"必须装作偶然发现的样子？"

"对！必须是！"展峰仍然盯着他，很明显，没有得到吕瀚海的确切答案，他就不能安心。

"行，包在我身上。"吕瀚海立下了军令状。

二十二

吕瀚海的鬼点子确实多，门路也不是一般广。不到半天的工夫，展峰就从技术组得到消息，婴儿已被一途经的拾荒老者发现，并送到了辖区派出所，经查是个小男孩。

民警在朋友圈发布寻人启事没多久，小孩的母亲就被找到了。根据来领孩子的母亲说，孩子是在附近村庄被人偷走的，当地警方已调取了监控，发现孩童失窃的地方是监控死角，偷孩子的贼具体是谁，仍在继续调查中。

心中一块大石头落地，展峰的心情顿时舒畅不少，可当接到嬴亮的反馈后，他发现自己又陷入了新的麻烦中，还远不到放松心神的时候。

在接下来的第三次专案会上，嬴亮公布了调查结果。

"从上游280公里至480公里这段流域内，一共有四个地市。往前数十五年，每个地市的洪河两岸，都建着密密麻麻的小型炼钢厂，由于氧气顶吹转炉炼钢设备价格较低，所以99%的小作坊使用的都是这种设备。"

"情理之中，意料之内。"展峰叹息着回了八个字。

"线索现在算是断了，展队，咱们接下来该怎么办？"嬴亮双手一摊。

"也还没全断，有两个问题仍值得深究，首先，六名死者都未曾生育。其次，有四人身上文有鱼的刺青，虽然从文身上看不出鱼的种类，但造型都很相似。"

嬴亮有些不以为意："不都已经推测是失足妇女了吗？如果怀了孕，就等于是断了财路，再说从事这类行当的人，不要孩子是普遍现象。另外……"他在电脑上打开一个文档，上面有数张颜色各异的树状图，每幅图下，都标注了一种鱼类名称。显然，展峰提及的事情，他没有简单下结论，而是把考证做在了前面。

"按照要求，不管是犯罪嫌疑人，还是刑嫌人员，只要进入公安机关，就必须采集指纹、血样、足迹、声纹及人像特征照[1]。所以,我以鱼为关键词,在系统中检索了所有鱼类的刺青照。其中鲤鱼是占比最多的,达到50%。排在第二位的是鲨鱼,占比7.5%。排第三位的则是食人鱼,占比4%。剩下的占38.5%,要么是鱼头蛇身,要么是鱼身鬼头,还有一些抽象形似的鱼类,我就把它们都归纳到了一起,管它们叫杂型图。我这些天一直在浏览,目前已排除了两万多张,剩下的,预计一周内能看完,一有情况,我就跟你汇报!"

"做得不错,"展峰道,"辛苦你了。"

嬴亮难得被展峰如此直接地夸奖,反而感觉有些尴尬,连忙转过头,展峰接着看向了司徒蓝嫣。

司徒蓝嫣知道这是展峰在询问自己的看法,欠身道:"我也有一些推测。"

"说来听听。"

"六名被害人长相并不出众,加之年龄较大,性交易的价格不会太高。我觉得,她们没有固定的场所(按摩院),全靠站街拉客。"

嬴亮在一旁帮腔:"要是有固定场所,她们也不可能在凶手家中交易。"

"没错。"司徒蓝嫣继续说,"凶手选择她们作为嫖娼对象,间接证明,这个人的经济水平并不高。他嫖娼就是为了释放性冲动,而这一点,符合心理画像的只有单身男性。

"经济基础决定上层建筑,嫖娼一般被归纳为精神消费,也就是说,凶手在解决温饱的同时,尚有一些余钱。又因他居住环境潮湿、低洼,地理位置偏僻,所以我觉得,他有一定的经济来源,但工资不高。

"使用金属扎带杀人,并在作案后,顺利将之取下。可见他对该工具的构造及使用方法极为熟悉,我甚至怀疑,这种工具会不会是他亲手制作的,再结合炼钢废水的情节……"

"师姐,你是说,凶手是小型钢厂的工人?而作案工具就是他们厂的产品?"嬴亮顿悟。

"我就是这么想的。"

---

[1] 特征照包括刺青、胎记、伤疤、黑痣等的照片。

"这就好办了！"嬴亮一拍桌子，"我回头查一下，看看有哪几家钢厂在那几年曾经生产过这玩意儿。"

"嗯，这也是一条值得深挖的线索，不过……"司徒蓝嫣顿了几秒道，"我觉得展队刚才提出的那个问题，确实值得推敲。"

"什么问题？"嬴亮一下子反应不过来。

"被害人到底为何不生育？"

"呃……师姐，这一点，我不是回答过了吗？"

司徒蓝嫣耐着性子解释："道理虽然说得通，可我觉得不会那么简单。因为卖淫跟其他违法犯罪还不一样，它带有一定的牺牲性。卖淫是为了获取经济来源，过上富足的生活。按照纪委主任赵德新的说法，鬼叔的油画已经完稿二十年以上了，要是画上的人就是被害人，那么她们在二十多岁年轻貌美的年纪，便从事了这个行当。

"多数失足妇女普遍有一种心态，那就是趁着年轻好看，赶紧多赚点钱，回头找个老实人成家。可是这么一来，我们的受害者，为何要放弃女人最重要的生育权呢？这一点，你不觉得很耐人寻味吗？"

嬴亮认真地想了想，最后点了点头。

司徒蓝嫣又道："除此之外，我还要说说文身。在历史民俗的影响下，有一些地区确有文身的习俗，但随着城市的变迁、社会价值观越来越多元化，文身早就被赋予了更多的含意。归纳起来，大致可分为三类，即古代的图腾崇拜、近代的反叛低俗、现代的时尚审美。

"而从文身者的角度出发，他们选择在身上刺青，无外乎四种心理：内心好奇、显示刚强、追求美感、拉帮结派。

"我们可以逐条来做心理分析。

"被害人中，有四个人在年轻时，文了鱼的刺青。让我感觉奇怪的是，从刺青的用料及手法，可以看出差异性，也就是说，她们是不同时期在不同的店内，文了相同种类的鱼。

"要是她们彼此很熟悉，又事前有过商量，在精神上达成一致，那么相约一起去文身，才是合情合理的选择。

"可现实情况却是，她们率先有了精神共识。凶手能连续多年，将她们逐一杀害，我怀疑，她们在现实生活中，除了这个文身相似外，并没有实质性的联系。"

"什么？她们都是同乡，怎么可能没有联系？"嬴亮不敢苟同。

"同乡不假，未必不认识，但平时肯定不怎么联络，否则群体成员陆续失踪，不会不引起怀疑，也就不会没人报警了。"

这个合情合理又颇为大胆的推测，引起了展峰的重视。"蓝嫣你是说，被害人不生育，且在身上文身，其实是跟她们的精神信仰有关，而并非相互间熟悉，互相影响？"

"没错！这种奇怪的信仰，恐怕还具有传承性，被一部分人所认可。这就好比同一个地区的教徒，他们彼此并不认识，但他们都有共同的信仰。当然，我只是举个例子，并非特指。"

听了这番话，展峰顿时有了拨开迷雾见彩虹的感觉，要是以此反推，之前的很多疑点就能迎刃而解。不得不说，在关键时刻，犯罪心理侧写确实有它独特的魅力。

展峰很快调整了思路，把几名死者从"小团体"瞬间扩充到了"大群体"。既然群体中有这么多人选择从事性服务行业，那么不可能所有人都能逃过公安机关的打击。

也就是说，在违法犯罪系统中，很可能找到相同类型的文身者，一旦找到这样的人，就可以进一步了解，她们到底是什么群体，又是信仰了什么，让她们在身上文上了鱼形刺青。

…………

为了节约查询时间，嬴亮凭私人关系，找来了十几个眼明手快的小师弟帮忙，两天后，G省上林市桥相区永墩派出所录入的一条人员信息，引起了专案组的注意。

嬴亮利用高级权限，把涉案情况及违法人员信息全部调了出来。

这是一起卖淫嫖娼的治安案件，简要案情介绍如下："2010年3月5日，永墩派出所在唐庄巷巡逻时，见一女子衣着暴露，形迹可疑，于是蹲点守候。

半小时后，巡逻民警在其住处将涉嫌卖淫的金玉蓉及嫖客李松一举抓获。两人谈妥以 100 块的价格进行性交易，目前二人已被处以治安拘留十二日的行政处罚。"

派出所在录入人员信息时，拍摄了五张特征照，伤疤两张，文身三张。

经众人仔细比对，此女身上的文身跟浮尸案的文身，在形态上颇有些神似。另外，金玉蓉的户籍地与几名死者的颅面骨地理分布也完全吻合。

…………

深夜，人影幢幢的 MISS 酒吧。

舞池里的人群，早就在酒精和强节奏音乐的刺激下逐渐失去理智，他们大声喊叫，扭动身躯，伴乐狂舞。

身着"三点式"的穿皮靴女郎，在高出一人的圆形金属台上搔首弄姿地舞蹈着。性、酒精、烟草，在节奏强烈的 DJ 舞曲中融为一体。不得不说，这种纵欲的快感，足以让很多年轻人都迷失其中。

相比之下，待在卡座上独酌的刀疤就成了异类。连续拒绝了三个啤酒小妹的邀请后，他终于被酒吧招待们暗中打上了"gay（同性恋）"的标签。

他左手端着酒杯，不紧不慢地喝着酒水，右手则始终揣在兜内，紧握着那部看起来有些古老的直板手机。直到他喝完一整打啤酒，手机才突然振动起来。

那是"10086"发来的提示短信，破译"资费"密码，刀疤如影子般闪进了人群，他再次出现时，已是在韩阳惯用的包间里。

挥手打发走手下，韩阳颇为亲切地笑问："康安家园的事，办得怎么样了？"

刀疤警惕地看了一眼门的方向，没有言语。

"隔音的，门口还守着人，说吧！"

刀疤微微欠身，小声道："派人进去了，屋子里除了有些难闻的怪味，没发现什么异常。"

"厨房、卫生间、电表、垃圾桶都看过了？"这件事是韩阳定的搜索方案，毕竟整个组织里，在这方面的缜密度，可没有谁能跟韩阳这个前刑警媲美。组织有类似需求，就算是对韩阳颇有微词的庞虎，也向来是让刀疤向他咨询。

"都按您的要求逐一检查过了，没有第二个人的生活用品。"

"电表什么情况？"

"展峰临走前，电闸是拉下来的，电表压根儿没跳过！"

"没跳过？"韩阳眉心一皱，"不对！"

"有什么不对？"

"那套自建房，已有多年历史，线路老化在所难免，就算拉下电闸，也不可能没有电路损耗！"

"那……您的意思是？"刀疤心中微惊。

韩阳捏着下巴在屋内来回踱步，思索了最少半支烟的时间，他才开口道："很多时候，太过完美就是一种暴露。IP追踪的地址就是那里，绝对没有错。我敢打赌，展峰的屋子里，肯定有什么古怪！"

刀疤没有接话，等韩阳把话说完。

"对了，我让你安排的那个婴儿，没有告诉虎哥吧！后来怎么样了？"

"被一个拾荒的老人捡走了！"

"捡走了？"韩阳的眼神冷了下来，"孩子还安全吗？"

见此情况，刀疤心里放松了不少，他发现韩阳虽然表面看起来不择手段，但并不是毫无底线的歹毒之人。其实在行动之前，已经下了命令，这个孩子只是个诱饵，必须保证他的安全，否则，所有参与者必须负上连带责任。现场貌似只有男婴一人，但其实刀疤亲自埋伏在一旁，细心观察着风吹草动。

要是真的没人过来管孩子，刀疤自然也准备了手段去接他，不会让他发生意外。

"您放心，拾荒老人把小孩送到了派出所，他现在已经安全回家了。"

"直接送到了派出所？"韩阳一愣，然后露出一抹玩味的笑，"一个拾荒者，居然都不跟人商量一下，直接送到派出所里……觉悟这么高？不考虑找孩子家长，领点红包？有意思……"

"我查过，那个人确实在当地拾荒多年，身份没有问题啊？"

韩阳的眸子中寒光闪闪。"没问题就是最大的问题！"

二十三

刀疤很是不解："这能有什么问题？"

"康安家园拆迁多年，早就没什么可捡的了，如果是陌生面孔误打误撞，说不定还说得过去，熟悉本地的拾荒者，怎么可能不清楚这一点？他专门去那个地方干吗？真就凑巧找到孩子藏身的院落？"

刀疤闻言，对韩阳细密的心思顿时加深了认知，他心中拿定主意，往后在韩阳面前，必须多加小心，沉默了一会儿，他又点头迎合道："经您这么一说，这件事确实有问题。"

"对了，你查清楚集团放弃康安家园项目的原因了吗？"

"侧面打听了一下，据说是当年在拆迁时，展峰他母亲不愿意签字，跟他本人没有什么关系。为这件事，唐总还亲自跑了一趟。"

"康安家园对集团来说只是个极小的项目，为了一个拆迁户，唐总竟亲自出马？"韩阳惊讶地说道。

"不光是这样，"刀疤又靠近他一点，"当天唐总跟展峰他母亲单独谈了整整一上午，具体聊了什么，没人知道。只是在谈判结束后，唐总找来公司高层，直接拒绝了讨论，下达了一条指令。"

"看来那条指令就是项目停工的原因吧？"韩阳冷笑。

刀疤点点头："对，唐总说，没经他的同意，展峰的那套自建房谁也不许拆！"

二十四

十年前，金玉蓉接受处罚时，就已年近半百，可能是因为没有生育的缘故，她如今看起来还是要比同龄人年轻许多。

不过正所谓"红颜弹指老，刹那芳华"，女人一旦过了那个年岁，无论用什么方法，也逃不了年老色衰的魔咒。

正如《黄帝内经》所述："女子七岁，肾气盛，齿更发长……七七，任脉虚，太冲脉衰少，天癸竭，地道不通，故形坏而无子也。"也就是说，大多女子从四十九岁绝经之后，就如同失水的苹果，急剧枯竭，直到皱成一团。

现年五十有七的金玉蓉，早就过了那个年纪，所以她感觉自己最近衰老的速度也加快了许多。

她跟专案组约见的地方，是一座与户籍地相隔百十公里的村落。村子里交通很不便利，就连导航都无法显示具体路线，吕瀚海一路开一路问，费尽周折才摸到村口。

村子面积不大，错落有致的几十套平房被一堵围墙圈在其中，村口没有悬挂任何指示牌，要不是路过的孩子指着那扇连轿车都挤不进去的铁门说"村口在那儿"，估计谁也想不到，这看着像极了敬老院的地方，正是金玉蓉口中的"姑婆村"。

小村入口是一扇门中门，双开铁门常年紧锁，只在靠左的那半边上又开了一扇小门，吕瀚海用手比画了一下，要是人吃得胖些，怕是挤进去都费事。

专案组刚要侧身进门时，便被一位六十多岁的老妇给拦了下来。虽说展峰等人掏出了证件，但仍没逃过她的一番质问。

直到金玉蓉亲自赶到解释，专案组才算有了这儿的通行许可。

连接村口大门的，是一条宽约2米的水泥路，也是村里唯一的主干道。以此路为界，自东向西，门牌号依次增加，金玉蓉所住的48号，建在了道路的尽头。

今天阳光温热，不怎么晃眼，所以村里大多数人都在门口晒太阳。一路走来，展峰注意到村中竟没有一名男丁，门前，或是打盹儿，或是攀谈，或是朝着他们窃窃私语的，都是年岁较大的老媪。

他们事先有过约定。不管警方调查的是多大的事，金玉蓉都坚决不愿出门，这才让专案组不得不跑了一趟，也是因此，展峰才能目睹姑婆村的真实生活。

走在他们前面的金玉蓉，虽头发花白、满脸褶皱，但一样认真打扮，精神十足，脚下步伐也很矫健。下了主路，拐进一条羊肠小巷，左手第三栋，就是她的家。

这是一栋不带院的二层平房，见众人好奇，金玉蓉介绍说，楼上楼下加一起，也才40平方米。一层被改造成了客厅餐厅，洗漱休息都在二楼。

金玉蓉找来方凳，在拥挤的空间内安排几个人坐下。这里面积不大，但屋里的家具摆设却被安排得非常合理，加上环境整洁，让人置身其中，倍觉温馨宁静。

此屋并不朝阳，从隆起的地板能看出屋子返潮严重，可就算是深呼吸，也闻不到刺鼻的霉熏味。

司徒蓝嫣环视屋内，悬挂在墙上的三张黑白照片吸引了她的目光。

一行人中只有司徒蓝嫣一名女子，从进门那一刻，金玉蓉的视线就没有从她的身上离开过。"她们都曾住在这里！"她微笑着说。

"都？"司徒蓝嫣回过神，转头看向她，"那她们是您的……"

"我其实不认识她们。"

司徒蓝嫣疑惑："不认识？那为什么要在家中悬挂她们的遗照？"

金玉蓉眼中透着伤感之情："因为我们都是鲮女。"

"鲮女？"司徒蓝嫣看向展峰，从他疑惑的表情上不难分辨，很明显，大家都是第一次听说这个词。

见金玉蓉伤感稍去，司徒蓝嫣柔声问道："婆婆，能不能说一说你们鲮女的事情？"

也许是太长时间没有体会到亲情，这声"婆婆"叫得金玉蓉心中一暖。

"哎！这也不是什么秘密，既然你们想听，老婆子就说给你们听。"

她抬头看向窗外，口中娓娓道来。

"我们鲮女大多出身贫寒，从一出生就被打上了赔钱货的标签。以我为例，我家兄弟姊妹七人，我排行老五。父母都是老实巴交的农民，就想要个儿子传宗接代，但他们不管家里有没有口粮去养活这一大家子，所以，为了生存，他们必须做出选择。

"十岁时，我就被他们送出家门，临走前，母亲含泪在我身后泼了一盆清水，从那天起，我跟这个家就再没有任何瓜葛了。

"很多人觉得我们鲮女是古代自梳女[1]的一种延续，其实我们跟她们之间，还是有着很大的不同的。

"我觉得，鮟女应该是我们当地特有的。听这行的老姑婆说，最早一批的鮟女出现于二十世纪二三十年代，那时丝绸是我们家乡的支柱型产业，到了1930年那会儿，生活动荡，经济不行，我们当地一些以缫丝为业的女子为了维持生计，就下南洋（马来西亚、新加坡等地），去香港、澳门这些地方做用人，很多年后，要是过了谈婚论嫁的年纪，就干脆终身不嫁。

"在古代，要成为自梳女，需买来供品拜祭天地，要遵从一定的礼法。她们的辫子一旦梳起就不得反悔，日后若行为不轨，还会遭到酷刑毒打，甚至被装入猪笼投河溺死。而我们不一样，我们随自己的意愿，想嫁便嫁，想寡就寡。可能是为了跟自梳女区别开来，我们就给自己起了一个鮟女的称号。"

"为什么叫鮟女？有什么寓意吗？"司徒蓝嫣问。

"鮟鱼是我们家乡特有的一种鱼，它在古代神话传说中是人鱼的化身。鮟鱼就算生养，也不会大肚，游起来身段优美，能与少女相提并论，它看起来就好比不会生育的我们。鮟鱼在水中不怎么结群，始终自己一条身，我们很多人都终身不嫁，也是一条身。久而久之，我们就以鮟女自称。"

"原来是这样。"司徒蓝嫣轻声回了句。

"选做我们这一行，各有各的苦衷，但十有八九都是因为穷。虽说都是做伺候人的差事，其实仍分三六九等。

"按照薪资高低，近身是里边等级最高的一种，只伺候当家人，有点像电视剧里皇上的贴身侍女，在家中无须干脏活累活。排在第二的是凑仔，负责照顾小主人，类似奶娘。接着是饭娘，也就是家厨，负责家里人的一日三餐。第

---

[1] 自梳女也称妈姐或姑婆，是指女性把头发像已婚妇女一样自行盘起，以示终身不嫁、独身终老，死后称净女，是古代中国女性文化的一种。中国古代封建礼法严苛，不少女性不甘受虐待，矢志不嫁，或与女伴相互扶持以终老，这就是自梳女的雏形。明代中后期，蚕丝业的兴起为女性提供了独立谋生的机会，自梳的习俗在封建礼法的压迫下，得以相沿三百余年，在晚清至民国前期达到高潮，直至二十世纪三十年代以后，随着女性社会地位的提高和战乱的影响而渐趋消歇。

四是杂役，多干些扫地、洗衣的杂活。排在最后的是一脚踢，她们干的都是最苦最累的体力活，不受人待见，当家人一个不快活，就会一脚踢走，一脚踢的名字也由此而来。

"可不管是富人还是穷人，只要是个人，都讲究一个情字，如果确定这辈子要走鲮女这条路，越早住进东家院里，好处就越大。

"我十岁离家就是想能在成年后混成近身，多攒些钱，回家找个人嫁了。可事与愿违，那几年不管是国内还是国外，经济都不景气，雇我的东家本是香港的富商，虽然腰缠万贯，但也没躲过经济危机。

"1998年，三十五岁的我被东家赶出了门，说好的工钱，也被克扣了，我诉苦无门，只能自认倒霉，白白浪费了二十多年的青春。好在我入户的时候，东家曾给了一笔不菲的报酬，至少在当时，解了我家人的燃眉之急。

"那一年像我这样被赶出门的鲮女有好几百位，她们中最小的才刚成年，最大的已鬓角斑白、步履蹒跚。

"我们都是女人，为了安全，一起回的乡，可是回来后怎么维持生计，就成了我们最大的难题。那个时候，国内经济不景气，要说请个保姆可能还有人愿意接受，可要是请个终身住家的用人，既没这个环境，很多人从思想上也接受不了。这不是钱不钱的事，时代背景造成的，你看很多蹬人力三轮车的，没啥生意，其实说白了，就是坐车的人觉得心里过意不去。

"我们也想过去做短期家政，可习惯了大户人家的生活方式，我们也根本无法与琐碎的柴米油盐酱醋茶较劲，尤其是一些年轻漂亮的小姑娘，她们可没少被短期雇主性骚扰，大户人家规矩多，虽然也不能说完全没有，但还是要安全许多。

"时间长了，我们鲮女这个群体为了活下去，就有了不同的去向：年纪稍大、行动不便的，会守在姑婆屋中直到老死。就如这间屋子一样，只要一次性缴纳一笔租金，就能住进来，费用中还包含一笔丧葬费，若是发生不测，村长会过来帮忙料理后事。

"姑婆村有很多间姑婆屋，你们现在看到的便是其中一个，在我们当地，类似的姑婆村还有很多。这里不光接待鲮女，一些无儿无女或者无人赡养的孤寡老妇也可以住进来。人活一世，最担心的就是老无所依、老无所养，有了姑婆村，某些方面上，也解决了我们心中的顾虑。这里是我们最后的退路，也是我们唯一的保障。

"当然，有了这个底气，我们鲮女就很少去关心婚嫁了，从当初踏进雇主家门的那一刻，我们其实就做好了终身不嫁的准备，就算后来被赶出去，这种刻在脑子里的观念，一时之间仍改不了。

"我们中流行一句话：'与其嫁人当牛做马，不如自己独自为家。'

"我们不但对婚嫁置身事外，甚至还用实际行动来表示对婚姻的拒绝。在我们中，有不少人在身上文了鲮鱼的文身。"说着，金玉蓉撸起袖子，露出了那条已有些模糊的绿色文身，"文它就是为了时刻提醒自己是个鲮女，我们老了有姑婆屋做保障，切不可上了男人花言巧语的当。"

考虑到六名死者中有两个人身上并没有发现文身，司徒蓝嫣柔声问道："婆婆，是不是也有例外？"

"对！我们鲮女中，也有一部分人想着赚到钱后，找个老实人嫁了，我之前不就有过这种想法？可后来觉得，找个好男人比住姑婆屋难多了，不过啊，姑娘们心存幻想，也是正常的。"

"被赶出来后，你们又不愿意打短工……那，你们都靠什么生活？"司徒蓝嫣接着问。

金玉蓉双手贴在大腿根，前后搓了搓，表情有些尴尬，不过在司徒蓝嫣那双温和眼睛的直视下，她也只是沉默了片刻，便开口道："你们是怎么找到我的？一定是因为我当时留下的案底吧……我们靠什么为生，你们应该心里有数才对。人为了求生，什么都做得出来，那时候大家都太难了，没有架子可以摆。

"我们做的一贯是伺候人的活计，在本地怕遇到熟人，为了避免难堪，基本上都是选择去外省做事。

"刚从南洋等地回来，我们对国内的情况并不熟悉，于是住在姑婆屋的老姑婆，就成了我们咨询的对象。很多人也是在她们的建议下，有针对性地外出……干一些不入流的行当。"

"你们外出务工，是否结伴？"司徒蓝嫣没有点破，而是说了一个常规用词。

"有，但是很少！而且就算结伴出行，找到活儿以后，彼此间也很少联系。"金玉蓉的目光微暖。

"为什么？你们不会互相照顾吗？"

"你们有没有看过电视剧《甄嬛传》？"见司徒蓝嫣点头，金玉蓉道，"我们在大户人家做用人，里面很多情况，都跟电视剧里很像。只不过前者是官斗我们是宅斗。要是没有一点心计，很难在雇主家中混下去。所以，被赶出家门的我们，彼此间多少都会有些猜忌与提防，我们虽然知道大家都是苦命人，但也很难交心。就算三五成群集体外出，到了某地，也是散开生活，各自为营，互不干扰。"

"你们都做哪些行业？"

金玉蓉回忆道："二十世纪九十年代末，全国上下都在大力搞经济，因此也带动了娱乐行业的发展。尤其是桑拿、洗浴场所，基本是二十四小时都在不间断地招聘技师。

"我们这些来自外地的女子，本就无所顾忌，一些年轻小妹，经不起蛊惑，很快便下海捞快钱。俗话说，一粒老鼠屎坏一锅汤。

"大家都是一起来的，有人一个月赚的比你一年还多，换作你，你心里也很难平衡。于是我们就像一块块被推倒的多米诺骨牌，纷纷下海。年轻时，我们都在场所里面做，到了年老色衰时，就只能站街拉客。"

听到这里，嬴亮突然产生了一个疑问，按理说，她们这群人都是踩着"红线"赚钱，可嬴亮在数据库中，也就找到了金玉蓉一人有文身。违法人数与打击处理不成比例，其中必有原因，于是嬴亮学着师姐的语气，尽量温和地问："金婆婆，你们是不是……有逃避公安打击的诀窍？"

"这个啊……"金玉蓉故意拖长声音，似乎很不想回答。

"没关系，金婆婆，现在到处都是人脸识别探头，其实你说不说，也没有多大影响，反正现在也不适用了。"

不可否认，嬴亮这个狗脾气确实很容易把天给聊死，不过他这话，落到生性刚烈的金玉蓉耳朵里，竟歪打正着，成了一种"激将法"，她有些赌气地道："哼！就算有再高的科技，也比不上我们这双眼睛。"

司徒蓝嫣连忙趁热打铁："婆婆，难道你们对这个，有什么特别的心得体会？"

金玉蓉看向她，情绪也缓和下来。"其实也不能算是什么，都是被逼出来的。我们在雇主家干活，从来都是弓腰而行，不敢正视主人。久而久之，我们便练就了一个本领，只要听到脚步声或看人的步子，就能分辨出一个人的身份高低，就算是陌生人，也可以做到。"

"真的假的？"嬴亮的质疑对金玉蓉无疑又是一记"暴击"，让金玉蓉非常想证明一下自己的能力，她有些生气地说："对你们来说很难，可对我们来说就很简单。人的气质都是用钱堆出来的，要是一个男人，平时习惯穿那种高档西装，他就算是换上运动服，走路姿势还是会刻意昂首挺胸，一步是一步，下盘稳稳的。

"另外，察言观色是我们做用人的一项基本技能。你们公安局的人，看人的眼神和走路的姿态跟一般人很不一样，离大老远我们就能认出来。所以，除非是你们一对一地盯上我们，否则有点风吹草动，我们早就看出端倪跑了。"金玉蓉瞪着嬴亮，"就算现在有高清摄像头，要想抓到我们！那也不容易。"

察觉金玉蓉对嬴亮的针锋相对，司徒蓝嫣连忙找了个借口，让嬴亮离开了姑婆屋。考虑到同性问话，能寻出更多线索，展峰也识趣地跟了出来。

他没想到，这个举动被嬴亮理解为展峰在向他主动示好，两个人刚坐在门口，嬴亮就开始有一句没一句地和展峰聊了起来。虽然交谈展峰多以"嗯""啊"作为回应，但也算是二人关系上，一个值得纪念的开端了。

不知道过了多久，直到等急了的吕瀚海托人来催，司徒蓝嫣才缓缓拉开木门走了出来，从金玉蓉依依不舍的表情看，她俩只怕是聊了许多案件以外的东西。

洞悉心理，其实就是探索人性的一个过程，从理论步入实践的司徒蓝嫣，一贯很注重从人性的角度去深挖内心。

尤其是在当年"数字凶杀案"侦破后，她曾写过一篇"什么是爱"的心理研究。在她看来"爱的极致是恨",不得不说,她的这个观点很另类,或者不被多数人接受,但如果真正看完全文,很多人都会产生一种相当信服的感觉。这其中,就包括展峰。

为什么说"爱的极致是恨"呢?司徒蓝嫣在文章中的解释是,爱原本就是一种自私的心理,极致的爱,是极致的占有,因为爱,你会去关心他的全部,包括与他接触的所有异性,以至于有些人会发展到、翻看手机、邮箱、私人物品,甚至产生恐慌、猜忌,发生矛盾。爱得越深,分手时恨得也会越深。只有坚持"半糖主义",懂得平衡自己的情绪,才能让爱情自由生长。很难想象,仍是单身的司徒蓝嫣,竟能对爱情有如此深刻的理解。

....

此行,大家虽然搞清了鲮女这个群体,可是正经说来,依旧对案件没任何实质性推动,而发展至此,展峰手中的线索,终于也完全中断了。

二十五

G 省公安厅刑警总队办公室。

年斌把刚沏好的一杯铁观音送到了法医方绍页面前。"展峰他们去了FJ省,这件事你知不知道?"

老方抿了一口,吐出一片茶叶。"临行前漏了点风,我来也是为了这件事,听说他们找到了线索?"

"线索?"年斌眉毛一挑,冷哼道,"我现在都搞不清楚,这帮人到底在整什么名堂!"

"哦?这怎么说,他们做的事,我不是都告诉你了吗?"

年斌走到办公桌前蹲下,从伪装成矮柜的保险箱中取出一个泛黄的牛皮纸信封。

"这是……"老方伸手接过。

"你看看就知道了!"年斌撇撇嘴。

信封已被人拆过,老方将封口捏成椭圆,从里面摸出一张带有陈旧性折痕的白纸。将纸张完全打开后，一股难闻的药水味扑面而来。

别人不知，老方却对这种味道十分熟悉，它是显现汗液指纹常用的试剂茚三酮[1]。

既然闻到了它，就表明此信已提取过痕迹，不必小心翼翼担心损毁证据。

信上的内容只有几行，字迹歪斜，伪装特征十分明显。

老方定了定心神，小声读出内容："六名死者均为鲛女，来自南方，长期活动于本省的古集市郊区，从事卖淫活动，她们身上都有鲛鱼的文身。"

从墨水的清晰度，老方判断这封信已有些年头了，可为什么年斌要给他看这个？老方不解道："这不就是一封线索举报信？"

"要不是这次隗国安被纪委调查，连我都还被蒙在鼓里。"年斌解释道，"本案久侦不破，我们就邀请隗国安来协助画像，他进组没多久，便找了个理由离开了。过了没几天，我们就在厅门口的信箱中，收到了这封信。

"为证实内容的真伪，我们需要第一时间搞清楚举报者的确切身份，可对方反侦查能力相当强，在监控如此密集的省厅，还能完美躲过我们的视线。要做到这样，除非他熟知每个探头的覆盖范围，否则绝不可能做到全身而退。

"我当时甚至怀疑，举报者会不会是我们内部人。不过，我也只是随便一猜，毕竟找不到其他证据支持。"

"信上的内容你核实了没有？"老方放下手里的信件，神色严肃起来。

"不光核实，我还把它列成了一条重要线索去查。信上所说的鲛女确有其事，而且我们还对这个群体做了深入的探访。她们是一个极其松散的组织，彼

---

[1] 茚三酮化学名称为苯骈戊三酮，又名宁西特林，白色晶体，理论上可以直接从固相转化为气相，是医学上用以测定氨基酸最灵敏的试剂。人的指纹具有人各不同、终生不变、触物留痕等特点。人手表面每平方英寸分布2700个汗孔，人体在正常情况下只要有新陈代谢就会有汗液从汗腺中分泌出来布满手掌面。当手与物面接触时即把手上的附着物遗留在物体表面，在物体表面形成印痕。通过对这些遗留下来的附着物质进行处理，就显现出潜在的指纹来。汗液纹线中的水分在三天时间内就会全部蒸发掉，并会随客体特性的不同以及遗留时间的不同而产生变化，从而导致不同显现方法在指纹显现上也存在着较大的差别。不过纹线物质中的氨基酸成分可以在纹线中存有较长一段时间。水合茚三酮以及其他氨基酸试剂的反应原理主要都是其与汗潜手印物质中的氨基酸成分发生反应，从而将无色的汗液手印变成有色的手印，或者是通过反应产生荧光物质。

此间关系并不密切，而且，多数人确实以卖淫为生。

"这帮人非常精明，很会躲避打击。再加上法律规定卖淫必须捉奸在床，所以处理难度大，她们也很少会留下违法前科。

"她们为了防止在一个地方待长了会被盯上，习惯打一枪换一个地方，流动性很大。为了将线索彻底验证，省厅治安总队还联合当地市局开展了一次'扫黄行动'，在抓获的失足妇女中，竟没有一个人有鲮鱼文身。"

"难道线索有误？"

"不会，我怀疑，这个群体可能在古集市待过，后来流窜到了其他地方。"

"嗯！不能排除这个可能，不过这跟隗国安有什么关联？"老方不解。

年斌指着信纸下方那个半圆形的肤纹印记道："拿到信后，我直接去了痕检室，技术员在纸上处理出了成年男性的脚后跟印。"

"这上面歪八斜扭的字是用脚写的？"老方低头看看，"仔细一看，确实是脚印……"

"没错，这个你比我懂，脚后跟纹是偏门，不像指纹研究得那么透彻，虽然说也是一人一样，可就算提取到了，也没有什么比对价值，除非有一对一的样本。"

老方秒懂："你采集了隗国安的足纹，然后比对上了？"

"对！"年斌重重点了点头，脸上的表情说不出地复杂，仿佛不愿相信这个事实，"其实，要不是他遭到举报，我也绝对不会想到这一茬。我是抱着试试看的心态做了比对，谁知结果是同一认定。也就是说，隗国安绝对知道本案的内情。他被举报，就算冤，也不会太冤。"

老方沉吟片刻："那……他现在还是什么都没说？"

"对，一个字都不说！"说起隗国安，年斌有些恨铁不成钢。

"这件事，展峰不知道吧！"老方对展峰印象颇好，难免希望把他择出去。

"我不知道他是真不知道，还是在故意演戏。"年斌叹气。

"哦？这又怎么说？"

"他们这次出差的地点，我一看就知道是核查鲮女这条线，如果展峰对我们掌握的线索真不知情，那么至少从表面上看，他与浮尸案牵扯不深，可要是他在做样子给我们看，那就不一样了。"

"你打算怎么做？"老方凝视着年斌，"这小子年轻，本事来头却不小！你现在怀疑他也有问题，可稍有不慎冤枉了人，光公安部直属这个名头压下来，也够你人仰马翻喝一壶的。"

"所以我也不真拦着他们，只是展峰的一举一动，我都在派人跟着。我感觉，他虽说年轻，但思维严密、谨慎。他故意激怒我，要的就是与我分开办案，互相别掺和，同时也直接避免了我因偏见给他们找麻烦的可能，面还没见，怎么对付我的招数都设计好了，这个人不简单，我也不会那么昭彰地直接冲他来。"

"说了这么多，你对他还是怀疑的嘛！"老方觉得好笑。

"跟您老，我就不猪鼻子插葱装什么象了。"年斌认真地道，"您觉得，就眼下这个局，我能不怀疑他吗？只是说真的，我也不知道这小子后手在哪儿，对这种说少做多的人，只能走一步，算一步，多盯着，少说话。"

老方眼中精光一现，说："你的感觉也是我的感觉，我也觉得这个展峰深藏不露，按咱习惯的套路，可算不出他的打算，咱们还是……先死死盯着他，看看他到底要干什么。"

二十六

线索中断后，专案组再次返回了解剖中心，法医老方带着外孙女陈果照例过来观摩。

望着屏幕那边正在解冻的尸体，陈果不解极了。"姥爷，您不是说，尸体上已经没有线索可查了吗？那他们现在这是在干吗？"

老方并不吭声，他目光如炬地盯着专案组的一举一动。只见展峰与嬴亮每个人一个边，支开三脚架，接着把一个类似单反相机的方盒物体置于其上，司徒蓝嫣则端着笔记本，不停地下达左移、右移、靠前、靠后的指令。直到她盯着显示屏做出 OK（可以）的手势，站于两端的两个人，才相继退后，走到她的身边。

透过分镜头,老方注意到,一切调整妥当后,展峰敲击了三次回车键。随动作发出的则是很有节奏的"嘀、嘀"声,听起来与医院 ICU 的设备声音有些类似。

与此同时,电脑屏幕上开始一格一格地显现出尸体图案,缓存的速度如用 2G 网打开网页一样。

老方看了一下右上角的时间,光是尸体正面显示完,就用了快五分钟。

这种高科技装备,老方也是大姑娘拜天地——头一回见,他倒不是不想回答外孙女的提问,只是他也给不出明确的答案,只能大致猜出,这是针对陈旧性尸体的某种无损检验设备。

…………

四个小时后,六具尸体被重新推回了低温冷藏柜,祖孙俩再次接到开会通知时,已是夜幕低垂。

投影大屏上,尸体的 3D 扫描图逐一排开,不同伤口及特征,被标注成了红、黄、绿三色。

其中,绿色覆盖的,为文身、致命伤之类已分析完毕的尸表特征,黄色是待定的尸表特征,少量红色部分则是完全未知的领域。

就在法医老方惊叹"检验技术已高到这种程度"时,展峰已把多具尸体上面积相差不多的红色区域逐一剪裁,列成了一排。

这种细微的皮肤外伤,肉眼观察时根本不会注意,可当全部放在一起比对时,却足以让人看出端倪。

"姥爷,这些只有指甲盖大小的锯形皮肤伤口是怎么形成的?"

"如果不是把它们单拎出来,我绝对会以为是尸体肿胀而产生的皮肤裂纹。"老方思索后说道。

"难道不是吗?"

"形成皮肤裂纹靠的是张力,当尸体回到干瘪状态时,在尸表留下的是闪电状痕迹,绝对不会是这种锯齿形的。"

…………

祖孙俩嘀嘀咕咕之际,展峰已经把红色痕迹放到最大,他指着有明显褶皱的痕迹两端说道:"尸体在浸入水中后,会形成漂母皮特征[1]。"

说着,他在电脑上拉出测量尺,分别标示出每个痕迹的横宽、竖高,在代入一套公式后,数个极为相近的椭圆面积被算了出来。

"面积相差不大,说明致伤工具口径相同。痕迹两端均有褶皱,是在漂母皮特征出现后形成的。"

"是鱼齿印!"屏幕那边的老方,瞬间反应过来。

"姥爷,您说什么?鱼齿印?"

"确切地说,是一种肉食性鱼类的鱼齿!"

"那,姥爷您能不能从齿痕上判断具体种类?"

"这个嘛……已经超出了我的认知范围,如果不查阅资料,我也不清楚。"老方摇了摇头。

对这种微小痕迹,展峰也给出了相同的判断,不过他的解释,要比老方的更为细致精准。

"下位,口裂小,齿间细,颌齿及犁齿均呈弯带状排列,犁骨齿带连续,后缘中部略凹。所以,尸表这些不起眼的皮肤伤口,是被鲶鱼撕咬后留下的。"

嬴亮迅速在数据库中检索到了相关内容。"鲶鱼主要生活在江河、湖泊、水库、坑塘的中下层,多在沿岸地带活动,白天多隐于草丛、石块下或深水底,夜晚觅食。秋后居于深水或污泥中越冬,摄食程度会相应减弱。"

展峰对这个很适时机的补充颇为满意,他给了嬴亮一个肯定的眼神,继续说道:"我查了洪河的鱼群分布,尤其是鲶鱼。在倒梯形的河床内部,由上至下,鲶鱼的大小依次递增,个头较大,可抵抗暗流的鲶鱼,基本都藏于河底的污泥中,伺机觅食。它们一般不会上浮到浅水层。"

---

[1] 皮肤表层因汗液代谢,会产生油脂。短时间内,可防止皮肤直接从外界吸水。可是皮肤浸泡在水中时,油脂会被水逐渐冲淡分解,此时皮肤在渗透压的作用下开始吸水。人的皮肤分为表皮层及真皮层。两者并非完全紧密地粘在一起,表皮只有某些带有结缔组织的部分,会紧紧地粘在真皮上。当表皮吸水肿起时,粘连部分不受影响,其他地方则吸水肿胀,呈现凹凸不平的状态;从外观看起来,皮肤的表面犹如有皱纹。而手、脚的掌趾部分,是全身表皮层最厚的地方,所以极为明显。皮肤的其他部位在水中浸泡,也会产生如此反应。自古,有些以替人洗衣服为生的妇女,双手长久泡水,时常有褶皱,如此成为一种职业特征,古时称洗衣妇为漂母,所以这种现象也叫作漂母皮特征。

司徒蓝嫣问道:"展队,你是不是通过比对痕迹面,判断出这些咬痕是河底的大个鲶鱼所致?"

"没错!它们还有一个名字,叫八须鲶鱼。"

"我没明白!"嬴亮问,"判断出这个,对案件有什么帮助?"

"当然有!"展峰调出河床剖面图。

他还没开口,那边的法医老方已预先推出了答案,在陈果的追问下,老方指着画面上的倒梯形解释道:"抛尸入水,有多种可能。如果沿着河岸抛尸,尸体在下沉过程中,会受淤泥影响,停留在坡面上,不会快速沉入河底。"

"姥爷,这么说来,那个凶手并不是站在岸边抛尸?"

"对。要想尸体完全沉入水底,抛尸点必须在河中间,并且要有一定的高度差,这样才可以保证落水后产生足够的动能,尸体才会落入深处,激起河底大鲶鱼前来觅食。"

"在河中间位置抛尸?有高度差?"陈果的大眼睛突然一闪,"姥爷,您是说,凶手是在……"

老方简短而有力地回了一个字:"桥!"

"姥爷,这算不算是新发现啊?"陈果很是兴奋。

"算!"老方点头,"这个叫展峰的后生,真让我大开眼界啊!当年全省的顶尖法医一起,都没分析出抛尸的位置,没想到……看来,他应该是早就心中有数了。"

"姥爷您为什么会这样说?他们不也是刚刚才得出结论吗?"

"不,他早就发现了,否则不可能一上来,就有针对性地去寻找和分析这么不起眼的痕迹。"

"可我还是没理解您的意思,如果他早就知道,为什么不一开始就跟进这条线索呢?"

"这就是展峰的过人之处了,"老方毫不掩饰赞叹之意,"作为一名优秀的专案组组长,无论遇到什么案件,都要有自己的办案思路,你应该知道,警务工作有很大的人力缺口,刑警更是一个人拆成八个来用,所以不管什么时候,办案思路,都要以最小付出为原则,尽量节约警力和资源。展峰之所以这样做,是因为相比之下,金玉蓉的口供更为直观。毕竟死者与金玉蓉同属鲛女这个群体,而且她也从事卖淫活动。如果她能直接认出死者,那么抛尸地,也就不必再大费周章地去调查了。"

"原来如此,他们的办案思路还真是很清晰啊!"

老方闭口不言,心中暗道:"看来他所做的一切,都是紧紧围绕案件展开,年斌这小子,说不定还真错怪人家了!"

二十七

分析结束,红色齿痕也被重新标注成了绿色,此时的尸体虚拟图上,仅剩下最后的黄色。

展峰将多处金黄伤口圈出,解释道:"我查阅了多起高空抛尸入水的案例,如果是在直流水域抛尸,尸表不会出现这种不规则的磕碰伤。此外还有一个细节,在这些尸体上,都没有发现行船所致的螺旋桨伤。以480公里处的4号死者为例,该尸体上并未发现活体蝇蛆,说明其浮出水面两个小时内,就被发现了。而此时的尸体,已完全充气肿胀形成巨人观,腐败过程,只能在水下形成。也就是说,尸体在深水中潜入了较长时间,直到完全高腐,才在一瞬间浮出水面。"

司徒蓝嫣假设道:"难道说,是遇到了水草、渔网之类的东西,才使尸体久沉不浮?"

"如果是这样,会在尸体上留下相应的痕迹,可是事实截然相反,不过除了蓝嫣所猜测的,还存在一种可能性。"

"哦?是什么可能性?"嬴亮好奇道。

"河底暗流!"

"暗流?"嬴亮边嘀咕,边检索相关信息,"从字面上的意思理解,河底暗流指的是在比较平静的水面下有一股或几股局部的汹涌水流。碳酸钙岩石受到富含二氧化碳的流水的侵蚀之后,在河床下沿形成了一定的空间,水流受势能影响，导致靠近河底部分，流速加快。它常形成于地壳上升、河流下切、河床纵向坡降较大的地方，尤其是支流汇入、河底地形复杂的流域，最容易出现。"

"解释得很准确！"展峰把目光投向尸体上的黄色区域，"高空抛尸，尸体最先沉进河底，随后受暗流影响，短时间内无法浮出水面。如果只是河底地形复杂，尸表多见的是线条状擦划伤，但本案的死者，却出现了大面积磕碰和骨折伤。"

"展队，莫非尸体在漂流的过程中遭到了碰撞？可……这对我们判断抛尸地点有用处吗？"

"当然有，"展峰调出了一张动态模拟图，他手指那条S形的河流，一字一顿道，"我的结论是，抛尸地位于洪河上游某条S形支流的桥上！"

…………

此时的老方再也坐不住了，他在陈果的搀扶下，径直走进了会议室，激动地喊道："展队！"

展峰连忙上前，尊敬地应道："前辈，您说！"

"不敢当，不敢当！"老方坐下，自惭道，"我简直是愧为前辈，本案打从你们接手，老朽一路观摩过来，确实感到受益良多，长江后浪推前浪，真是不服不行。不过……"

见老方面露犹豫，展峰试探道："不过什么？您尽管说。"

"那我就有话直说了，"老方挺了挺身子，正色道，"当年我们总队曾分成好几组，对上游可疑区域进行过摸排，虽说也没找到直接证据，但高空抛尸也是在我们猜测范围内。我很同意你刚才所说，但只是部分同意！"

"您可以细说吗？"展峰有些急切地问。

老方瞥了一眼尸表的黄色区域，说："暗流撞击，看似可以说通，但有一点不得不考虑在内，如果支流转弯处存在岩石凸起，那么一个弯头，其实也可以形成多次撞击。"

这种特殊情况，展峰并非没有考虑，他只是觉得，转弯处水流湍急，除非是体积较大的巨型岩石，否则在水流长时间的带动下，多半会顺着流向发生位移。

展峰习惯把大概率事件放在首位，只有这样行不通时，他才会着重攻克细节。S形支流比起弧形单弯支流，无疑更有针对性，展峰当然不能说老方有错，但他给人的感觉更像在吹毛求疵，考虑到对方是年长的前辈，展峰只能听着，并没有打算反驳。

老方上下打量了展峰一番，笑道："怎么，你好像很不服气？"

展峰平静地说："我的战友还在你们省厅纪委监察室里，既然你们总队调查的结果不便向我们透露，那么我想，由我主导的侦查，我也有最终解释权。"

"你就这么有自信？"老方好奇地问。

"不是我！"展峰指向大屏上受害者的尸体，"一直以来，是她们在一步一步指引我们找到真相！"

…………

在极不和谐的氛围中，陈果将老方连拖带拽地拉出屋外。

"姥爷，您刚才也太挑刺了吧？"

"有主见、有思想、有担当、有能力！"老方连连点头。

"姥爷，您不是老糊涂了吧？您都在说些什么啊？"

老方神秘一笑："傻妞儿，要是刚才展峰顺从了我，说明他这个人善于隐藏自己的真实想法，换个角度考虑，他对我们隐瞒，或许就是带有目的性地逢场作戏，可他并没有对我这么做！"

"这又能说明什么？"天真的陈果当然搞不懂老狐狸的想法。

"在大是大非面前，展峰很有主见，这种人，绝对不会犯原则性的错误。"老方一乐，"年斌啊年斌，做人太刚愎自用，只怕要踩到屎的哟！"

陈果总算知道发生什么了。"姥爷，您刚才是在故意试探他？"

老方长舒一口气，白眉下的眸子突然焕发出生机与活力。"嗯，没错。至少，展峰现在已经过了我这关了！"

二十八

当天夜里，一条关于洪桥的短视频，同时刷爆了抖音、B站、皮皮虾等网络平台。由于传播过于广泛，短视频的源头到底是什么地方，已无处可查，但从由远及近逐步推进的画面分析，拍摄者是从高层倾斜向下对的焦，大概率来说，应该是洪桥附近的居民。

整个视频不到三十秒，外行都看得出裁剪痕迹，倒不是拍摄者故意掐头去尾，想要掩盖什么真相，估计是受平台上传的限制，才不得已取其精华去其糟粕，尽量把最精彩的内容留了下来。

点击播放，画面上首先呈现的是以倒三角形状排列的七个白点，白点悬浮于河面中央，隐约可见一条条细丝由桥栏杆垂直而下，因细丝有长有短，远远看去就像是倒立的手机信号标。

随着拍摄者的窥探，焦距拉近，谜底也被揭开来：细丝是拇指粗的麻绳，而白点则是一只只早就嗝屁了的"二师兄"。

"×，这大手笔，是谁在祭水神啊？"拍摄者的这句吐槽，让视频观看者脑洞大开，尤其是随后被捆的"二师兄"逐一落水，更加坐实了某种"封建迷信"的可能。

当然，这条视频之所以被刷爆，除了迷信的噱头，其实还跟洪桥特殊的地理位置有关。

洪桥位于省城北侧，横跨洪河，是连接外省陆运的枢纽。桥梁设计者在建造之初，充分考虑了来往商船这一关键因素，桥身高出路面数米。不过随着飞机、高铁等快速交通方式的普及，这座桥也在时代变迁中，完成了它最为艰巨的历史使命。

要是放在数十年前，每天往返于该桥的外省车辆，那是川流不息。可如今就算是白天，也不过小猫两三只而已。尤其是到了晚上，除了偶尔几个夜跑者固定从这里路过，长长的桥面上，冷清得连鬼影子都看不见。

多数司机都不愿由此通行，偏僻的地理位置是一个方面，内心的恐惧，却是另一方面的问题。

由于桥到水面，足足有百余米高度，这里老早就成了自杀者的天堂，嬴亮梳理过洪桥关于"溺死"的出警记录，平均一年就有近二十个人选择在这里结束生命。

当地市政府着实不得已，花巨资对栏杆进行了抬高加固，试问，一个人连死都不怕的时候，怎么可能会被这点障碍所难倒？

正因此，洪桥还有一个代号，名曰鬼桥，这也就不难解释，大家为什么都对这儿避之不及了。

…………

侦查实验刚结束。嬴亮就在皮皮虾上刷到了一条名为"神秘组织在鬼桥祭祀亡灵"的短视频。

封面鬼桥的造型，看着和洪桥很是相似，他皱眉点开了视频。三十秒很快结束，看完内容后，他把手机递给了身边的司徒蓝嫣，哭笑不得地说道："师姐，我们被人偷拍了。"

"偷拍？不会吧！"吕瀚海打着方向盘，"为了不引人注意，展护卫还专门选在晚上，再说了，你们做实验时，我就在桥面上来回溜达，就没看见有人啊！"

"视频是从远处拍的！"嬴亮把手机又递给了展峰，"而且名字起得有些玄乎。"

"做侦查实验前，我联系了老方，道九你没看到人，是因为省厅在桥头安排了便衣。"

吕瀚海接茬道："你这么一说我想起来了，桥两头确实是有人。"

坐在副驾驶的展峰将手机还给嬴亮。"百密一疏，准备工作做得再充分，也会有意想不到的事发生，凶手作案亦是如此。"

吕瀚海附和道："说得没错，若要人不知，除非己莫为，只要能找到破绽，就能帮老鬼洗刷干净冤屈了。"

提到老鬼，车里的气氛突然沉重起来，原本因短视频有些轻松的大家也止住了声。

到底什么时候能破案呢？嬴亮这样想着，把头偏向窗外，望着连成线的灯光沉默了。

…………

车到桥头，吕瀚海礼貌性地摁了一声喇叭，趴在驾驶室昏昏欲睡的陈果打了个激灵，惊醒过来。

"姥爷，他们做完实验了？"

老方捏着展峰提前交给他的实验大纲，随意翻了几页。"只是告一段落，最快也得一天后才能出结论。"

"那他们这是在做什么？"

"测量尸体大致的落水高度！"

陈果揉了揉惺忪的睡眼，感觉清醒了许多。"他们不是判断出抛尸地在S形支流上吗，洪桥在主河道上，地理环境完全不同，做这种实验有什么用处？"

"怎么能说没用？"老方从实验手册中抽出了一张卫星地图彩打件，手指着数十个红色圆圈，"这些都是嬴亮筛选出的符合抛尸条件的S形支流。"

陈果惊呼："居然有这么多？"

"天然形成的支流并没有多少，其中绝大部分都是为了排污，后天开凿的。"

陈果恍然大悟："哦，我明白了，做这个实验，其实是为了确定抛尸的高度范围？"

"没错。"老方翻开手册第二页，看了一眼实验用品列表，"展峰有丰富的实战经验，他早就根据平均体重，估算出了大致高度，不过为了做到数据精确，必须通过实验的方式来证明。

"原理很简单，选取与人体密度接近的哺乳动物，在指定高度投入水中，再观察落水后的轨迹。

"在自然界里，大猩猩的DNA与人类的相似度可达99%，猪的DNA与人类的相似度为83%，考虑到实验成本，自然选取猪的尸体作为样本，最为合适。"

"那为什么要做七次？"

"你说得可不准确啊，不是做七次，他们是以5米为间隔，依次投入，说明展峰估算的数值，存在35米的误差。这外行看热闹，内行看门道，他做的并不是常规实验，而是在经验推断基础上的自我论证。另外，他还在每头猪身上都安装了定位装置，这样就可以捕获尸体从落水到浮出的完整轨迹。"

"姥爷，您刚才为何说，最快也要一天后才能出结论？"

"因为展峰还要验证一个推论。"老方若有所思。

"什么推论？"

"尸体受河底暗流影响的程度。"老方解释道，"支流湍急，尸体是无法停留的。嫌疑人抛尸入水后，尸体绝大部分时间仍在主河道内移动。如果能测出主河道暗流的流速，那么抛尸点的范围又能缩小不少。以二十四小时为单位，取均值，误差最小。"

陈果觉察到姥爷是有意留了个尾巴让她去参悟，疑惑中她翻开随身携带的笔记本，望着密密麻麻的笔记，其中一串数字让她茅塞顿开。"我明白了姥爷。他们之前已经根据浮率算出抛尸点在上游200公里的范围内。而这个实验，其实也是对该推论的一个印证。"

"没错！"老方赞许地摸了摸外孙女的脑袋，"测算玻璃体液钾浓度，可判断死亡时间。展峰又分析出，纤维蛋白网刚形成不久，尸体就被投入水中。不考虑细小误差的前提下，我们用200公里除以死亡时间，将得到的速率与实验速率相比，如果误差不大，那么之前的侦查方向就没有偏差，否则，就还要考虑一种特殊情况。"

"什么特殊情况？"

老方指着一条波浪形的支流说："如果计算速率远低于实验速率，那么这种曲曲折折的支流，也会被他重新纳入嫌疑之列，不过，从损伤程度看，可能性嘛……并不是很大。"

二十九

二十四小时刚过，展峰就组织召开了专案会，出乎老方意料的是，他的那些推断，展峰寥寥几句就带过，倒好像之前的实验重点并不在此一样。

展峰把2号尸体的3D扫描图打到投影上，右胸肋骨的断裂伤被他标注成红色后，他说明道："三根肋骨呈倾斜形断裂，断口排列整齐。尸检之初我本认为，这可能是死者落水后撞击硬物形成的碰撞伤，但通过实验得知，尸体在入水后，受浮力的影响，到达河底的速度，远不足以形成与之类似的撞击伤。"

司徒蓝嫣提出问题："展队，你之前不是说，尸表伤是因暗流撞击形成的吗？"

"其他死者都是，唯独这位不是。"

"什么意思？"嬴亮迷糊了。

"暗流撞击伤较为随机，可分布在尸体的任何部位。而要想造成这种肋骨线性断裂，必须受到一个迎面的作用力，如果是撞上硬物，就不可能只存在右胸，头面部及肢体上也难以幸免。而我在2号尸体上，只发现了右胸肋骨断裂，这一点真的很奇怪。"

话音刚落，监控室的老方突然拍起了巴掌。"这个展峰，真是百年难得一遇的天才啊！"

见姥爷高兴得手舞足蹈，陈果问道："难道，又是新发现？"

"何止啊！这是重大发现！"老方情绪激动，"展峰说的这个伤在众多骨折中，绝对是很容易混淆视听的，但剥离开来，便清晰了起来。"

"排除暗流撞击，那么骨折只会是在落水时形成！"老方把右臂蜷于胸前，比画了个动作，"死者应该是以这种姿势，迎面落水，才导致了骨折伤。"

"这就是您说的重大发现？"

"它只是前提！因为搞清了这一点，就能算出抛尸高度了。"

陈果一惊："这怎么算？"

"很简单。"老方拿笔在纸上快速列出公式，看书写速度完全是个年轻人，哪里有平时老态龙钟的样子，"死者在下落的过程中，首先做的是自由落体运动，根据能量守恒定律，尸体瞬间接触水面导致肋骨骨折的力，均来自自由落体运动的能量转换。

"自由落体运动公式为：$h=\frac{1}{2}gt^2$。换算公式 $h/t=\frac{1}{2}gt$，用路程 h 除以时间 t，就是下落的末速度 V。另外，该公式还可换算成 $2V=gt$。

"冲量公式中，Ft=MV1-MV2，高空坠地的末速度 V2=0[1]。如此一来，公式可变成 Ft=MV1。其中 V1 是尸体贴近水面的末速度，也就是自由落体速度 V，M 是尸体重量。t 是尸体接触水面的时间，这个时间在其他高坠实验中有过测算，约为 0.1 秒。

"因作用力 F 直接导致了胸骨断裂。通过压强测算仪器，可以得出 F 的最小值。只要把 F 的数值代入 Ft=MV 公式中，就能算出尸体接触水面瞬间的速度 V。

"把这个速度，再次代进自由落体的换算公式 2V=gt[2]，能得出下落时间 t。最后把 t 放回原公式，h=$\frac{1}{2}$gt²，算出的 h，就是抛尸高度了！"

老方的理论刚刚讲完，展峰同时在屏幕上打出了结论。

"抛尸点位于 4 号尸体上游 160 公里范围内，单 S 形支流，有桥，桥面至水面高约 65 米。"

三十

在展峰算出具体数值前，嬴亮已经梳理了多个疑似抛尸点。他原本以为，有了桥高数据，可以进一步帮助排查，可谁想得到，比照计算出来的高度，他居然得把之前圈出的点全部推翻了。

就在他怀疑是数据出了问题时，展峰却大笔一挥，将桥这一关键线索给剔除了。

这么做也得到了老方的认同，毕竟案件发生了十余年，其间因旧城改造，不知拆除了多少旧桥，抛尸点是不是也被一并拆除了呢？这个可能性完全是存在的。

此路不通，只能重新调整思路，嬴亮最终发现，只有 CQ 市境内的一段峡谷状支流，符合抛尸高度，且误差不到 2 米。

---

[1] 人从高空坠落水面的末速度 V2 虽然不为 0，其数值也相对较小，可以 0 计算。
[2] g 是重力加速度，在地球上 g ≈ 9.8m/s²。

调出实景地图，当众人看到谷壁那些密密麻麻的排污孔时，展峰拍板，立即进行实地勘验。

虽说地图上标注的直线距离并不远，可道路却是百转千回崎岖难走，就连自称是"秋名山车神"的吕瀚海，也被绕了个晕头转向。

一路上，手机导航像是卡带般不停地重复着："前方有急转弯，请减速慢行。"吕瀚海硬是憋着一股硬刚到底的劲，这才赶在太阳落山前到达目的地。

不过抱怨归抱怨，推门下车后，吕瀚海还是被眼前那"长河落日圆"的美景给惊艳到了。

远处，金色夕阳正在缓缓下坠，西边的天空一片通红，把洪河两岸的轮廓清清楚楚地勾画出来。阳光映在河面上，金灿灿的，好像铺满了碎金，晃得人睁不开眼。

见展峰几人在峡谷边缘处又是测绘又是拍照，百无聊赖的吕瀚海则迎着湿润的微风，来到一个僻静的角落，舒展身体。

"啊！"他举起手来对着远处的河面高喊，偶尔传来的船笛声，像是给了他回应。

他笑眯眯地从岸边揪了根狗尾巴草叼在嘴中，几天来压抑的心情顿时舒畅了不少。转过身，见展峰还在忙活，吕瀚海又多扫了一眼附近的地理状况。

他在养父调教之下，可谓是精通风水，一看之下，很快察觉此处的方位并不符合自然河流的布局逻辑。通俗点来说，这曲曲折折的支流，非常有可能是人工开凿的。

其实这里是不是人工搞出来的，吕瀚海并不关心，他好奇的是对岸那片被孤立的小岛。远远看去，岛上的杂草有一人多高，从杂草随风出现的缝隙中，依稀可见断壁残垣。

"这么大的一片地就荒在这儿，真是可惜了，如此美景，若是能开发成度假区，搞个河边烧烤啥的，绝对能赚大发了！"

他正感叹着，省厅那辆现场勘查车也停在了路边，下车的除了老方祖孙俩，还有一名肩扛"两杠二"的中年干警。

见他们上前，展峰几个人也围了过去。吕瀚海啐掉狗尾巴草，回到车里，为了避嫌，他只能摇下副驾驶车窗，远远看着，算是满足了自己的好奇心。

前后不到10米，几个人的对话顺着河风飞来，他耳朵灵便，听得清清楚楚。

老方介绍，那个精瘦的干警名叫张青柏，管了这片儿二十多年，这里发生的一切，他都门儿清。

"展队，你说得没错！"张青柏瞄了一眼残留在断崖壁上的四根水泥柱，"这里曾有一座石桥，只是后来被拆了。"

"年久失修？"

"不全是！"张青柏指着对岸，"在抗日战争年代，那一大片杂草地是日本鬼子的兵工厂，这条支流就是鬼子用炸药给炸开的。崖面上那些密密麻麻的圆孔，就是那时挖的排污管。

"也许是走水运比较方便，再加上这里地势高，易守难攻，所以小鬼子才把兵工厂建在这里。我们当地人习惯把这里称作鬼子营。

"日本人投降后，鬼子营经多年变迁，被我们市的欣康集团收入囊中。集团老板康元斌靠炼钢起家，后来也不知怎么和我们市委书记攀上了亲戚，两个人沆瀣一气，把钢厂开得哪儿哪儿都是。头二三十年的时候，这里离老远就能闻见刺鼻的气味，老人都说，这个欣康集团，造孽呢。"

张青柏点了支卷烟，深吸一口，回忆道："唉……有句话说得好，做人要懂得守底线，否则必遭天谴，后来康元斌因涉黑锒铛入狱，市委书记被定为保护伞，附近包括鬼子营的炼钢厂也全被拆除。"

"多久之前的事？"展峰问。

张青柏眉头一紧，算了算。"估摸着……也有十好几年了！"

"桥也是在那时候被一起拆除的？"

"那倒没有！鬼子营是分批拆除的，先拆的炼钢厂，后拆的民宅，最后才炸的桥。"

嬴亮调出了一张二十年前的卫星地图，放大俯瞰图，鬼子营呈菱形分布，东西窄、南北宽，中间一块相对平坦的地方，架满了如"灯泡"一般的炼钢

第一案 鲛女冤魂 109

抛尸地鬼子营现场还原平面示意图

设备。围着钢厂的则是一圈圈低矮的屋舍，有砖瓦房、小平房，还有少量四合院。虽说二维面形状不一，可三维高度却相对精准平衡。

嬴亮将地图递给张青柏，他看了看，说道："鬼子营附近，地下多为硬质岩石，要是不借助专门的器械很难深挖，这儿地基都打不深，只能建一些低矮的砖瓦房，稍微高一些，都有倾倒的危险。"

老方看了看光秃秃的河岸，又瞅了瞅遍地的野草。"小张，鬼子营荒了有多久了？"

"最少一二十年了！"

"怎么会闲置了这么久？"

"鬼子营说小不小，说大也不大。再加上地基难挖，不符合承建小区的条件。退一万步说，就算是建成小区，谁会住这鸟不拉屎的地方啊？"

"话虽如此，要是由政府出资，改造成公园、休闲广场这种民生工程也行啊，荒着多可惜啊？"

"甭提了！"张青柏倒起苦水，"我们市接连落马了五任市委书记，在全国都是出了名的。鬼子营这块地不是没人搞，是想搞的人太多，要不然也不会被拆得这么干净，据说最后一任书记连设计图纸都弄好了，桥这边刚炸掉，那边人就出了事。有人说，日本人在建立兵工厂时杀了不少中国老百姓，鬼子营是一块大凶之地，谁沾这儿谁倒霉，后来这事越传越邪乎，到了今天，这里干脆无人问津了，我估摸着就是这个缘故。"

见老方问完，展峰又把疑问拐到了桥上。此前，他已根据纤维蛋白网的形成时间推断出凶手就居住在以桥为圆心，1公里为半径的范围内。要想继续跟进线索，搞清圆心的情况，尤为重要。

"张警官，麻烦问下，连接鬼子营的桥具体是什么时间被拆的？"

"你冷不丁一问，我还真有些想不起来，不过我回头到档案室查一下接警记录，就能告诉你精确时间。"

"接警记录？"展峰突然警觉起来，"难道说桥上发生过案件？"

"也不能算是案件，但这事影响十分恶劣，桥也是因它才被拆掉的！"

"小张，你就别卖关子了，快点说来听听，这么一破桥，还能出大事？"老方在一旁连忙催促。

"情节倒是不复杂，就是当年有一名男子，为爱殉情，从鬼子营的石桥上跳了下去。尸体在两天后被发现，他口袋里装着身份证，所以尸源很快被核实，死者名叫纪鸿博，是鬼子营炼钢厂的一名工人。法医解剖确定，纪鸿博为自杀，可他的工友在给他料理后事时，发现他身上有很多伤，怀疑是被人殴打后推入水中毁尸灭迹。他们还怀疑我们公安局草菅人命……"

"抱歉，打断一下，我有两个问题！"展峰客气地道。

"展队你说。"

"为什么是纪鸿博的工友给他料理后事？他家里人呢？"

"关于纪鸿博的身世问题，我们做过细致调查。他从小就无父无母，被同村的老伯养大，老伯去世后，他就跟着同村的人出来打工了，那些带头闹事的工人大都是他的亲戚，按辈分，有的自称是叔，还有的算他大爷。得知这种情况，纪鸿博的尸体也只能交给他们去料理。"

"还有，这些工人如此仇视我们警方，是不是存在什么误会？"

张青柏嘬着牙花子道："鬼子营的炼钢厂因污染严重，不知被群众举报了多少次了。不论他们有多大的后台，我们接报后，必须按法律程序将涉事钢厂关停。换位思考，我们这么做，就等于断了人家的财路，所以鬼子营大大小小几十家炼钢厂的几千名工人，没一个待见我们的。"

见展峰了然，张青柏继续说道："跟这帮大老粗，你根本讲不通道理。我们把尸体交给他们前，问过他们对鉴定结果有没有异议，他们口口声声说没有，还在告知书上签了字。可谁想得到，这帮人翻脸比翻书都快，前后不到一天，就拿着几张照片，说纪鸿博身上青一块紫一块，是被打死的！那时，市面上最高清的拍照手机也就 30 万像素。他们拍的照片根本啥啥都看不清。就算对尸检存有疑问，也不是没有解决办法，我们还可以申请上级公安机关重新鉴定。可闹心的是，他们已经把尸体给火化了。

"我被他们缠得没办法，就帮忙联系法医，让法医对着尸检照片一张一张解释，说这些磕碰伤是落水后撞击河底岩石形成的，不是殴打所致。可无论我们怎么说，他们就一口咬定是我们公安局徇私枉法！"

"起先他们这样闹那样闹,我还傻傻地认为,他们是在帮工友讨说法,直到后来有一个名叫纪尚超的男子出面,要求和我们公安局私了,我才彻底看清他们的嘴脸。"

"私了?莫非是要钱?"

"方法医,您可说到点子上了。那个纪尚超张嘴就要五十万,如果不给他就去找媒体,还要去上访,这不就是讹咱们吗?"

"他们胆子够肥的,都敲诈到公安局头上了!"嬴亮听得那叫一个义愤填膺。

张青柏跟着说道:"可不是?不管是出警程序,还是尸检结果,都完全合理合法。我们自然不会吃他们这套,我当时就告诉他们,如果他们敢闹,我大不了这个警察不干了,也要奉陪到底!

"这帮人纠集了一大群钢厂工人,不是来派出所静坐,就是到市里省里上访。后来我一气之下,把这些人全部行政拘留了。

"那时候吧……我也是年轻气盛,这帮人出所后,告了我很长时间,虽然上级领导对我并没有产生什么偏见,可必须应付各个部门的询问,也耽误了我不少时间。总而言之,他们前后闹了有四五年才彻底消停下去。

"那啥,我们市最后一任书记,也接访过他们,所以当市里决定开发鬼子营时,第一时间就是把这座惹事的桥给拆了!"

三十一

了解了大概情况,展峰等人立即驱车前往派出所,从档案室内调出了"纪鸿博自杀案""纪尚超等人寻衅滋事案"及数次上访的相关材料。

"浮尸案"悬而未决这么多年,作为亲历者的老方,终于在这个时候看到了一丝曙光,情绪一直颇为激动。展峰又何尝不知,老方的毕生心愿就是亲眼看到该案成功告破呢?

要不是因为隗国安,他跟老方也不会站在对立面上。可是对事不对人,误会只存在于私情上,只要利于办案,不管彼此之间有多大私人矛盾,其实都能拧成一股绳。所以当老方提出要联合侦查时，展峰并没有拒绝，而是爽快地答应了他的要求。

传阅完卷宗，展峰尊重地请老方先谈谈他的看法。

虽说已是古稀之年，可只要说起案件，老法医的思维还是非常敏捷。"系列浮尸案从2005年7月发案至2008年11月结束，三年时间，六条人命，之后凶手就再也没有作案。纪鸿博是2005年1月跳河自杀，石桥于2009年3月被拆除。两件事，在时间节点上高度吻合。

"另外，我还发现一个巧合之处。"老方翻开"自杀案"的卷宗，找到纪尚超的问话笔录，"他跟纪鸿博同村，为堂兄弟关系，是他把纪鸿博带进了炼钢厂，他说纪鸿博是因为被女友古霜霜欺骗，才选择轻生。你们可能没有注意到这句话！"老方拿起铅笔，在狂草般的字中圈出一小段，接着他让陈果把笔录铺在桌面上。

展峰面对如此潦草的钢笔字，也是一脸蒙。只有心直口快的嬴亮尝试着读出了声："吃……吃什么饭的？我认不出这个字……"

"确切地说是吃裆饭的！'裆'是裤裆的裆，也可以写成铃铛的'铛'，是本地农村的方言，意思是靠裤裆里头的生意吃饭，也就是'卖淫为生'。"

老方又从"证据卷"中找到了纪鸿博的银行流水信息。"账单上显示，受害人与古霜霜之间有多笔转账，支付方式为出账。"

"有没有这个古霜霜的身份信息？"嬴亮问道。

老方知道嬴亮是高级情报专员，于是他直接把卷宗递了过去。"开户信息上标注的应该有，我老花眼，年轻人，你替我瞅瞅！"

嬴亮仔细瞧过，可银行打印流水使用的都是热敏纸，纸张上的热敏涂层会随时间而发生变化，尤其是间隔较小的身份证号码，最多一两年，就会晕染在一起，变得模糊不清。

嬴亮顿时抓耳挠腮，展峰却拿起铅笔对准纸背面涂抹起来。"银行使用的多为针式打印机，是通过打印头内的24根金属针击打复写纸，形成字体。纸张正面的墨迹会因时间而发生模糊性改变，但字体痕迹依旧存在，只要用铅笔在背面轻轻涂抹，就像这样……"笔尖与话音同时停下，一串数字果真清晰地显现了出来。

"方老,您觉得,我这次表现得怎么样?"

老方的试探之举被展峰识破,不过他并不尴尬,而是赞许地点了点头。"你只用了四笔,手稳,基本功非常扎实,难怪你解剖的手法如此精准,看来平时没少在这方面下功夫!"

"方老谬赞了。"对前辈这老顽童式的试探,展峰难得地被逗出了一丁点笑意。

两个人说话时,嬴亮已检索到了人员信息。

"古霜霜,1985年1月1日出生,GD省人,2012年4月2日因涉嫌诈骗罪,被SD市人民法院判处有期徒刑十五年,目前还在SD市农场监狱服刑。"

"她也是南方人?"司徒蓝嫣眉头一紧,"师弟,能不能从系统中调出她入狱前的特征照?"

"师姐,咱俩想一起去了!等我切个系统,就五分钟。"作为高级情报专员的嬴亮,有公安部最高权限,只要是内网系统,他都可以无限制浏览,很快,他就在协同办案系统中调出了古霜霜的文身照。

与几名死者不同的是,她文的是彩色骷髅鱼刺青,在系统中,这张照片的备注名称是"恶魔鱼"。

虽说图案有些抽象,但展峰还是通过鱼鳞特征判断出骷髅下方是鲮鱼。也就是说,古霜霜应该也是一名鲮女。

展峰猜测过,纪鸿博的自杀,会不会与浮尸案有关。不过这只是他的主观推断,并无实质性证据。要不是老方在厚厚的一摞卷宗里,找到关键的几个字,他也绝不会这么快锁定古霜霜。不得不说,姜还是老的辣。

跟金玉蓉不同的是,古霜霜能与纪鸿博产生纠葛,说明她就住在鬼子营附近。按常人理解,远了不认识也正常,可抬头不见低头见,再说不认识,就有些讲不过去了。退一万步讲,就算喊不出真名,至少也能说出个一二三来,而且古霜霜如今还在服刑,老实交代,还可以争取个减刑的机会,对她而言,是百利无一害的事情。

会议进展至此,似乎曙光就在眼前了……

三十二

然而，大家没想到的事情还是发生了……

"我不认识她们。"古霜霜的开场白像盆冷水，把所有人都当头浇了个透心凉。

嬴亮不死心地指着被打印出的死者画像，说："你再仔细看看，你们都在鬼子营附近活动，怎么可能互相之间不认识？"

跟公安局打过太多交道，三十多岁的古霜霜看起来相当老练，她叼起那根"审讯烟"，慢悠悠点着了，接着眯起眼睛，很享受地让尼古丁在肺中循环了一圈。"当年鬼子营附近'吃裆饭'的同乡，少说也有六七十人，我哪儿能个个都认识？况且'吃裆饭'也有'吃裆饭'的差异，照片上的几个人长相难看，如果我猜得没错的话，她们应该是'沿河女'。"

"沿河女？"老方也是第一次听到这种称呼，不由得问出了声。

古霜霜又要了一支烟，慢条斯理道："早前鬼子营附近有大大小小几十个炼钢厂，光固定工人就有好几千，再加上前来采购的商户、码头上的水手什么的，粗算一下，每天只要一下工，最少能有上万人在鬼子营附近转悠。

"有人流就肯定有买卖，只要有男人，就永远离不开吃喝嫖赌，那时鬼子营附近有很多人'吃裆饭'。

"本地人有人罩着，可以穿得花枝招展，明眼人一看就知道。我们外地人，穿着相对保守，跟普通人没什么区别，否则一不小心就会被弄进去。我们平日守在工人下工的必经之路上，靠着眼神与工人们交流，只要对上眼，挑个眉毛，大家就明白是什么意思。

"人靠衣装，虽都是'吃裆饭'的，但我们也还是不敢跟当地人抢生意。没有衣装的衬托，我们只能靠自己的颜值去吸引顾客。于是就有了厂妹与沿河女之分。

"'裆饭'分为'快餐''中餐''晚餐'三种，快餐只做一次，做完就走。中餐包两个小时，不限次数。晚餐就是陪客人过夜。

"厂妹大多年轻漂亮一些，不愁生意，只做快餐和中餐。

"至于长相不出众的沿河女，平时没多少生意，只能夜里在河边溜达，找一些年纪大、眼神不好，或者没什么钱、要求不高的顾客。只有她们才会做晚餐。"古霜霜掐灭烟卷，"你们刚才问我认不认识画中的人，实不相瞒，只是眼熟，可都不了解，她们应该都是过了黄金时间段才出来捡漏的沿河女。"

"那么你们这桩生意，黄金时间是几点至几点？"展峰问道。

"钢厂三班倒，上午十点到十二点，晚上六点到八点，都是人流最密集的时刻。"古霜霜伸了个懒腰，把身子往后一仰，用一副"你还要问啥"的目光淡淡地瞅着众人。

坐在她对面的展峰，并不介意被她这么观察，他显得很有耐心，不厌其烦地翻看着刚才的口供。古霜霜虽是一副不咸不淡的模样，但展峰还是从中抓住了重点，尤其是沿河女的诸多习惯，竟与案件细节不谋而合，那么新的问题又来了：凶手为什么不选择厂妹下手？

展峰分析，就算凶手经济水平再低，攒几天钱找个厂妹也不是难事，哪怕出来买春，自然也是找个漂亮的好，所有的受害人都是沿河女，这不可能只是巧合。

经过一番思索，他觉得只有一种可能，那就是时间上不允许。于是他又问道："工人的作息时间你清楚吗？"

"就指着这个吃饭呢，当然清楚了。"古霜霜不假思索地说，"白班是上午八点到下午四点。中班是下午四点到晚上十二点。晚班是十二点到次日早上八点。"

展峰心头盘算："杀人抛尸是一项体力活，必须在精神极度饱满的状态下方可进行，因此刚下班就作案的可能性不大，中班可排除。晚班从十二点开始，时间有些仓促。如此一来，凶手上的只能是白班。"

想到这儿，展峰朝赢亮耳语了几句，对方迅速调出了2000年至2010年十年间鬼子营的卫星地图。

对比图中变化，展峰发现，鬼子营作为"疮疤式"地区，其涵盖的炼钢厂已在2005年前全部停工，当年也只有河坝附近的零星几家还在偷偷经营。

展峰以石桥为圆心，1公里为半径，画出了凶手的大致居住范围。右边是荒无人烟的鬼子营，那么唯一存在嫌疑的，就是靠近河坝的那部分屋舍了。

确定好区域，询问突然被展峰叫停，古霜霜也只能由狱警代为看管，其他人则被展峰召集到隔壁，开了个短会。

他接连抛出了几个问题：

"凶手的作案动机是什么？

"在鬼子营附近'吃裆饭'的外地人很多，他为什么只选择鲮女下手？

"2005年之前未发生过类似的案件，怎么纪鸿博跳河后，那边就开始接二连三地发案？"

司徒蓝嫣其实也一直在考虑纪鸿博与浮尸案之间的关系。两者间的联系，看起来有些偶然，但实际上也存在一定的必然，于是她思索后道："犯罪动机是促使犯罪人实施犯罪活动的内心起因。不合理、不正当、无节制的需要是形成犯罪动机的主要原因。而犯罪动机最终会由犯罪行为来体现。动机不同，反映出的心理痕迹也不同。

"人的心理活动是由心理过程和个性心理两方面构成的，是特定情境中内心活动的综合表现。

"而人的一切行为又都是对外界刺激反射的结果。凶手首次作案成功后，其行为方式就在大脑皮质中建立了刺激，随着作案的一次次得手，这些刺激也得以加强，最终形成思维定式和动力定型。

"浮尸案彼此间相隔数月，凶手却始终存在犯罪动机，足以说明，外界条件可以给他带来源源不断的心理刺激。也就是说，被害人或许经常在他眼前转来转去，引诱他去作案。当刺激积攒成作案冲动时，惨案就随之发生了。

"古霜霜说，沿河女夜间在河坝附近转悠寻找客人。展队分析，凶手是上白班的钢厂工人，具体工作时间为上午八点至下午四点，这么看，无论是上班点还是下班点，他都不可能看到沿河女。

"于是，选择沿河女作为目标就存在两种叠加可能性。

"第一，凶手本人住在河坝边，对沿河女是抬头不见低头见，很容易形成心理刺激。第二，还存在其他的诱因。"

"师姐，你说的诱因，是不是和纪鸿博有关？"

"暂时还不能肯定，"司徒蓝嫣实话实说道，"系列杀人犯的认知异于常人，他们或是缺少道德感、责任感，或是存在心理变态、人格缺陷。

"如果他们在社会生活中遇到较大的挫折，如婚姻或家庭关系不和谐、精神压力过大、遇到社会处置不公，或是被人报复陷害，仇恨无法消除，等等，很容易导致对政府、社会的不满，诱发对某个群体的偏见，进而产生报复心理。

"当某事件成为导火索，在这种报复心理的支配下，他们就会用犯罪的方式去解决问题。像本案一样，在多次得逞后，心理刺激不断强化，作案技能也随之熟练，最后，就会形成稳定成熟的作案模式。具体表现在对时间、空间、侵害对象、工具的选择都存在习惯性。

"本案凶手夜间作案，石桥抛尸，目标为沿河女，嫖娼后使用不锈钢扎带致被害者机械性窒息死亡。作案过程完全符合系列杀人犯的诸多要素。所以我断定，系列案为单人作案，不存在他人模仿作案的可能。

"那么话题又绕回到之前的问题上，凶手最初的心理刺激到底来源于何处？在学术上，我们一般把心理刺激分为内在本源刺激和外界间接刺激。

"如果是前者，说明凶手与被害群体存在仇恨。而嫖客与卖淫女间，无外乎就是因嫖资引发口角之争等等。可这种鸡毛蒜皮的事，都不足以形成针对群体的杀人动机。所以，我更偏向后者！"

"师姐，你是说，浮尸案与纪鸿博的死，存在直接联系？"

司徒蓝嫣没有否认。"我们假设，凶手与纪鸿博关系要好，那么这个刺激，就足以促使系列案的发生。"

"那么谁跟纪鸿博走得最近呢？"嬴亮跟了一句。

坐在桌角的法医老方道："当然是他堂哥，那个去派出所闹事的纪尚超！"

…………

"他就是个王八蛋，要不是他，鸿博也不会死！"再次询问古霜霜时，她突如其来的粗话，让所有人错愕万分。

"你确定你说的是纪尚超？"展峰又一次强调了对方的姓名。

"就是他，是他把鸿博带进了工厂，自称是鸿博的堂哥，呸！他就是一个不折不扣的小人。"

古霜霜那发自内心的憎恶，超乎了所有人的意料，为了搞清楚隐情，展峰停了下来，直到对方情绪表现得稍微稳定后，才开始发问。

"你和纪鸿博的事，能不能跟我们说一说？"

古霜霜早就料到会被眼前的这群人刨根问底，她也知道保持沉默是不明智的，再说，临来前管教就给过她承诺，只要能帮助破案，就能减刑，她虽然并不知道具体案情，但从管教紧张的态度上依旧可以看出，警方找自己的事一定小不了。

反正纪鸿博已逝去多年，她自己也锒铛入狱，这段孽缘被画上句号，对她来说也没有什么好隐瞒的了。

古霜霜定了定心，缓缓开了口。

"我和鸿博认识，其实是因为一场赌注。那个年代，一切向钱看，不像现在管理得如此之严。钢厂是高污染企业，招的全是男工。工人们下班后，都喜欢找点乐子。所以鬼子营附近到处都是'吃裆饭'的。这儿的皮肉生意太好做，就连我们外地人都慕名而来。

"那时我二十多岁，刚做这行没多久，有一位熟客把鸿博介绍到我这里，进屋时，我能明显感到他很担惊受怕，一看就是第一次找小姐的雏儿。

"我俩年纪相仿，于是我就耐着性子一步一步教他男女之事。完事后，他告诉我，是他同村堂哥纪尚超跟人打赌，说他还是个处男，别人不信，于是就怂恿他来找个小姐破个处。如果小姐能给他包红包，就算他们赢。

"我问他赌注多大，鸿博直摇头，说不知道，我看他老实的模样着实好玩，于是就给他包了个十块的红包。

"俗话说，一回生二回熟。有了第一次，这家伙就好像认准了我一样，只要手里有些余钱，便会来找我，而且每次都会带些礼物，虽都是些不值钱的发卡、头绳，但我仍然能感受到，他对我是很用心的。

"我印象最深的，是一个夏天的傍晚。那天我和其他厂妹站在居民区门口等活，这时鸿博从我身边路过，可怜巴巴地瞅了我一眼。他这个人性子憨厚，开心不开心都写在脸上，我就跑过去问他怎么了，他告诉我，他这个月可能不能来找我了，因为他的工资被他堂兄纪尚超一把拿走了。

"在我的逼问下，鸿博才告诉我，纪尚超好赌，月月工资月月光，周围的工友都被他借了个遍，鸿博就是他介绍进厂的，人家张口借钱，鸿博也找不出拒绝的理由。

"经鸿博这么一说，我才把纪尚超是何许人也对上号，他就是我们厂妹间说的那个连小姐钱都骗，绰号叫丧超的工人。

"讲句真心话，我当年也算有几分姿色了，点我的人很多，我不缺钱。我就是觉得鸿博很可怜，于是我就跟他说，如果他信得过我，每月就把钱放在我这儿，我替他保管，为了不让丧超找麻烦，我还提出做他的假女友。男朋友赚的钱，给女朋友花，到哪儿说理都是天经地义。

"你们都说婊子无情，戏子无义，可我从没想过骗他的钱。

"在他心里，我是第一个跟他发生关系的女人，那种情感自然不一般，换位思考也是一样的，不瞒你们说，我到现在都记得夺走我初夜的男人长什么样子！

"鸿博对我的话一直是言听计从，接连的几个月，他都把工资如数交到我这里。当初说好我是假扮他女友，可后来我才知道，他是真把我当成了他的女人。

"他把工资交给我，就是为了今后能多攒一些，让我放弃这行，跟他去过正常人的日子。他说，他也不逼我，什么时候想过安稳日子了，什么时候就去找他。

"要是这些话从'老嫖子'嘴里说出来，我肯定一笑了之，可他的话，我绝对信。

"当初我被家里抛弃，又被南洋雇主赶了出来。双重打击，促使我在身上文了鲮鱼，决定终身不嫁，死后进姑婆屋，了结一生得了。

"可是鸿博的出现，动摇了我的想法，他是孤儿，我也算是没爹没妈，很长一段时间我都在幻想，如果以后真能跟他结婚，找个陌生的地方安个家，也是很幸福的一件事。于是，我也偷偷开了张卡，把他的工资和我的钱都存在了上面。

"可让我没想到的是，几个月后，纪尚超找上了门，说我是个诈骗犯，诈骗了他弟弟的工资，后来我就被派出所民警带去问了话。

"人都喜欢戴着有色眼镜看别人，尽管鸿博极力帮我做证，但民警还是觉得他因为我鬼迷心窍，毕竟我的身份是个厂妹嘛！

"民警让我把卡里的两万块钱退还给鸿博，就能既往不咎。我心里清楚，把我弄进局子的就是这个纪尚超，这些钱一旦拿出来，绝对会被纪尚超给赌掉，他那时在外面欠了很多赌债，就指着鸿博的钱救急，否则他也不可能越过鸿博，去派出所报案抓我了。

"我虽没上过几年学，但法律常识我还是懂一些，只要鸿博态度坚决，我绝对算不上诈骗，我坚持不交，谁也拿我没有办法。

"后来和我预料的一样，派出所以不足以立案为由，把我给放了。

"出了派出所大院，纪尚超一路走，一路骂，说鸿博被婊子迷了心窍，说如果不是他带鸿博出来打工，鸿博还在村头厕所挑大粪呢。

"反正什么话难听他就骂什么，可让我失望的是，我都知道反驳两句，唯独鸿博一声不吭。

"经历了这件事，我突然觉得，我可能不应该对男人抱有什么幻想。

"于是我从卡里取了两万块钱交给了鸿博，并告诉他，男人不该如此软弱。我见他拿着钱，没有说话，我的心也就彻底凉了。于是我连夜离开了那座城市。反正我们鲮女从出生那天起，就注定四处漂泊，走到哪儿不是走呢？

"离开的第三天，我接到了鸿博的电话，他说他想清楚了，不该做个懦弱的人，他想见我，和我一起远走高飞。

"哀莫大于心死，我们鲮女本身感情方面就很脆弱，一旦放弃了，就会彻底放弃，所以不管鸿博在电话中如何哀求，我都不愿再多见他一面。再后来……"说到这里，一直对一切不以为意的古霜霜动了真情，说话也有些哽咽，"再后来，我就接到了派出所的电话，说鸿博他……他为了我跳河自杀了！"

问话至此，询问室内的气氛伴着古霜霜的抽泣变得压抑而沉重，在场的所有人，都对两个人这段阴错阳差的感情唏嘘不已。

沉默片刻后，展峰问道："你知不知道，纪尚超曾为了纪鸿博的事到处上访，甚至还被关进了拘留所？"

"我听说了。"古霜霜抬手擦去眼角的泪水。

"他为什么要这样做？你知道吗？"

"还不是为了钱。"古霜霜不齿道。

"人都去世了，他还能搞到钱？"

"鸿博死后，他以亲戚的身份从厂里搞到了一笔抚恤金。这笔钱很快被他挥霍一空。他尝到甜头，后来就打算敲诈政府。跟他一起去的，都跟他有债务往来。他在外面放话说，只要能闹来钱，就把借款平掉，谁去，就先还谁的！"

"你不是离开了吗？又是怎么知道这些的？"

"我在鬼子营待了那么长时间，在厂里有不少熟客，之前我的事，有些人知道，暗中对他不满的人也多，多少能听到些消息！"

"我能不能再多问一句？"司徒蓝嫣抬起头，与她对视。

"可以，你问吧！"古霜霜点点头。

"纪鸿博的死，对你有什么影响吗？"

古霜霜难掩悲伤之色。"说实话，我没想到他会为我去死，我就这样错过了一个真心对我的好男人。我为他感到不值得，我也恨我自己，他明明在电话中说了，如果没了我，他活着也没什么意思，可我还是把那当成了一句玩笑话。"

她仰起头，试图让眼泪重新流回眼眶，以此来掩饰自己的脆弱，可无论她把头仰得多高，泪水还是在她的脸上连成了晶亮的泪线。

三十三

结束问话，包括法医老方在内，都认为这个纪尚超猪狗不如，之前假设出的"替弟复仇"的作案动机也直接被排除在外。

接着，专案组又花了两天的时间对纪鸿博的社会关系进行了彻底梳理。事实确如古霜霜所述，除了纪尚超，他几乎没有什么社会关系。

凶手到底是什么人？出于什么动机作案，又一次成了未解之谜。

关键时刻，几个人只能把调查至今的资料反复翻阅，查缺补漏。这回老方也加入了办案队伍中，可遗憾的是，这次辣嘴的"老姜"，也没能捋出新的思路。

合上卷宗，大家都沉默不语，不久之后，展峰却提出了一个很刁钻古怪的问题："既然是群体，那么凶手是怎么从做皮肉生意的女人中，区分出鲛女的呢？"

"对啊！"老方也感到疑惑，"既然有许多外地人在鬼子营附近做沿河女，凶手怎么能准确地以鲛女为下手目标？况且，她们都在夜晚出门，根本看不清长相！"

"这还不简单！"嬴亮不以为然，"外地人，说话有口音。就算看不见长啥样，上前搭两句话不就知道了！"

"询问古霜霜时，你听出口音来了吗？"展峰问。

"这个……好像有一点，并不明显。"嬴亮说话声一时变小。

"蓝嫣，你呢，你听出来没有？"

"她说的是普通话，不仔细听确实听不出来！"

"方前辈，你呢？"

"能判断出是外地口音，但不能准确判断是哪里人。"

这个结果早在展峰的意料之中，为了让众人明白接下来的推论，他很有耐心地解释道："我们平时所说的方言、口音、惯用词、俚语、赘语都可归纳为言语习惯特征[1]。

"每个人从咿呀学语开始要经过上万次听说学习，才能形成符合当地言语规范的说话方式。这种与听觉、神经、大脑相关的条件反射，一旦形成就很难改变。

---

[1] 痕迹检验学中声纹的研究范畴。

"外地人说普通话，是对固定言语特征的刻意改变，如果都是外地人，或许听不出差别，但如果听者是一个土生土长的本地人，绝对可以分辨出细微的差别。这也是蓝嫣和嬴亮都听不出古霜霜的口音，方前辈却能判断出她是外地人的原因所在。

"只不过方前辈生活在省城，距离这里还有好几百公里，如果长期居住于此，分辨起来，难度并不大！"

"嗯，是这么个理！"老方赞同道，"不论川普还是粤普，只要对方一张嘴，我就能听出来。"

"当然，光听可能还不行。所以我同意蓝嫣的侧写，凶手就住在河坝边，他时常可以看到这些沿河女。每个人的面相，他都有印象。因此，在夜晚光线不足时，依靠模糊长相加言语特征，才使他精确锁定了被害人！"

老方听完，开始在纸上认真记录。

"还有一条线索！"

低着头的老方从声音判断出，这句话明显是冲着他说的，他猛然抬起头与展峰对视。"什么线索？"

"凶手使用的是一根口宽为1厘米的不锈钢扎带，这种扎带很廉价，但他在行凶后，每次都把扎带取下，您觉得这是为什么？"

"你是说，凶手担心我们会从扎带上找到线索？"

"就是这样，所以我有一个大胆的猜测……"

"臭小子别卖关子，赶紧说来听听。"老方顿时来了劲，说话也亲昵了很多。

"我怀疑，这种扎带就是凶手任职的炼钢厂的产品！"

"有道理啊！不过之前就有这个揣测了吧！"老方有些不满。

"您听我往下说，鬼子营的钢厂停工较早，可以排除。沿河的钢厂则是我们接下来要调查的重点。尤其是从业工人，要逐一摸底。但眼下比较棘手的是，这需要花费大量的人力、物力，靠我们几个人，十天半个月也完成不了。"

"你的意思是？"

"能不能麻烦方老传个话，让年斌队长他们派些人来支援一下，毕竟我们是协助办案，查获嫌疑人的主动权仍在总队。"

"说得在理！"老方顿时哈哈一笑，对展峰的意思⋯⋯得非常清楚，他怎么可能不知道，这是展峰的亲和之举呢？堂堂公安部专案⋯长，别说市一级公安局，就算调用省一级的资源，也是手到擒来的事。

现在抛尸点已经找到，嫌疑人的身份、职业、居⋯都有了大概的描述，若是一切顺利，在摸排工作中就很有可能锁定真凶了，⋯展峰存有私心，撇开省厅单独行动，把案件成功破了，那么，刑警总队⋯，该往哪儿放？很明显，人家展峰就没计较的心思。

可就凭年斌又是怀疑又是拒绝的那一套，再看看⋯又有两三页纸的卷宗，老方心中也不免一阵羞愧。他自己也曾站在年斌一⋯时专案组产生过质疑，如今看来，完全是以小人之心，度君子之腹啊！

就在他准备拿起电话联系年斌之时，展峰却摆摆手，让⋯人暂时回避一下。

很快，屋内只剩下他们两个人。

"展队，难道你还有什么话没说透？"对展峰的好意，老方自问已⋯清楚了，现在单独面对面，又是什么缘故？

展峰揉了揉眉心，驱走一些疲惫。他是专案组的精神支柱，不管有多困难，都要强打精神，可不管怎么说，他到底仍是个年轻人，有的事还真要拜托老方这种前辈才能解决。

展峰搓了搓脸颊，说道："方老，还有两个星期就是鬼叔儿子订婚的日子，我答应过鬼叔要救他出去，所以年队那边，这一回，⋯您无论如何都要做通他的工作……"

"你答应过隗国安限期破案？"老方不可思议地问，也不可能不吃惊，毕竟这种重大案件定时侦破实在太难，对上级立军令状也就⋯了，怎么跟自己的一个组员也较真呢？在他看来，展峰跟隗国安之间的感情⋯得上是很深了。

"是……"展峰点点头。

"你当时答应的是多久？"老方很好奇。

"一个月……"

老方摇摇头:"你就这么有把握?"

"我有。"展峰直视着老人的双眼。

"你啊你,你这份自信从哪儿来的?人家这么多年都没破案,你是不是把自己当超人啦?"老方这话说得有些感慨,说实话,他觉得隗国安远不值得展峰这样的聪明人为他做出这种严苛的承诺。

"因为我相信鬼叔!"

"包括那些画象?你觉得,他画得对?"

"没错!从专业上说,没有人比得上他。"展峰加重语气,"从人品上,也一样。"

老方盯着展峰那双明亮的眸子,许久没再发问。

"方前辈,时间不等人,我只给您一天时间,您看行吗?"

"行,你放心吧!年斌这小子从入警时就跟着我,他绝不是小肚鸡肠的人,只要有助于破案,你不让他来,他也会主动要求参战的。"

展峰心神一宽松:"那就好,麻烦方前辈了!"

三十四

一切正如老方所料。得知案件有了眉目,年斌果断带着全总队的人冲过来进行增援。他不带来了所有存档资料,随后很快发现,2005年鬼子营沿岸有三十余家炼钢厂,其中,生产过不锈钢扎带的有五家,登记在册的本地工人有上百人。有一大半单身男性居住在河坝附近的屋舍内。

要怎么对这十多人做进一步甄别呢?年斌集思广益地征求了半天意见,仍没人能给出好办法。

展峰则认为,凶手使用的扎带,并不是市场上的常见规格,虽然时过境迁,厂家售销已无从查起,但并非一点抓手没有。那时可没有电商,考虑到各种成本,这类廉价商品,不可能销售到太远的地方。所以他进一步断定,扎带是在果树嫁接时使用的。

既然从生产渠道找不到线索,那么从销售渠道或许会有发现,毕竟"买家秀"永远比"卖家秀"体验得更为深刻。

按照这个思路，年斌领着刑警总队一百多人分成二十组，对全省的果蔬生产基地进行摸排。

两天后，一条极其重要的线索浮出了水面。

距鬼子营不到 200 公里的地方，有一处颇具规模的葡萄园，此处以生产价格昂贵的葡萄品种享誉全省，其嫁接的"阳光玫瑰"比日本进口的还要甘甜。

葡萄园负责采购的经理在翻看进货单时，找到了十多年前的一笔交易。上面记录了一句话："扎带规格不符，要求返厂重做。"

随后经理又回忆起一些细节，他告诉调查组，当初葡萄园规模不大，扎带需求量也不是很高，他去鬼子营问了一圈，没有几个人愿意做，毕竟利太薄。后来问到一家名为晨光炼钢厂的小作坊，对方听后才把活给接了下来。

于是经理提供了尺寸和要求，但在交货时，实物比合同上的规格宽了 5 毫米。虽说误差不大，但是他们做的是进口水果嫁接，要求极其严格。他本也想得过且过，但是请来的专家不同意，坚决要求重做。经过协商，钢厂也承认是他们的失误，所以后来就停止了合作，至今他们的仓库中，还保留了几百个样品。

拿到样品，展峰对死者脖颈上的勒痕进行了测量，经仔细比对，无论是卡口位置，还是扎带宽度，都完全吻合。

就此，晨光炼钢厂的四十余名工人均被列入了重点调查目标。

在展峰给出的本地男性、单身、独居、住在河坝边、钢厂上白班等诸多苛刻的条件限制下，最终只有一个人被筛了出来。

他名叫姚彬，男，1974 年 8 月生，1994 年曾因强奸罪被判入狱三年。他当年居住在河湾村 17 号，位于河坝的最边缘，与鬼子营石桥的直线距离不到 400 米。他同时是晨光炼钢厂的工人兼技术员。

虽说锁定了目标，可让展峰等人头疼的是，该案发生至今，案发屋舍和抛尸的石桥都被拆除，就算姚彬亲口承认，也只是单一证据，没有旁证支撑，依旧无法形成完整的证据链。

在这个时候，展峰提出，鲮女间知根知底，还都有悲惨的身世，彼此提防、缺少交流也属正常，可这并不代表她们不结交外界的朋友，同为沿河女的外地人，说不定能够提供一些线索。

考虑到省厅纪委一直怀疑凶手可能与隗国安有某种钱财交易，所以专案组的人并不适合直接接触嫌疑人。

于是展峰决定，大家兵分两路：一组由年斌带队寻找姚彬的下落；另一组由他指挥，以"鬼子营卖淫"为关键词，从办案系统中梳理出曾被打击过的沿河女，让她们对隗国安给出的死者画像进行辨认。

三十五

GK省PT市祥和大街中段，赵黑胖砂锅店。

刚刚下工的姚彬照例点了一份辣子鸡米线，在自己的常用位上坐了下来。他现在是服装厂的流水线工人，上的是大夜班，从晚上六点一直要做到凌晨四点。

他的习惯是在下班后饱餐一顿，回家美美地睡上一觉，接着再等第二天上工。他很赞同网上的一句话，"忙是治疗一切神经错乱的良药"，事实上，也只有高强度的工作，才能让他寻得一丝内心的平静。相比早些年一躺下就噩梦来袭，这几年，他已逐渐回归到了普通人的生活。

凌晨的祥和大街，只有少数几家餐馆还亮着灯，相比当地土著，姚彬算得上是北方人了，太清淡他吃不太习惯，太油腻，他的胆囊受不了，所以经过多次尝试，只有赵黑胖砂锅店最符合他的胃口。

这是一家门脸不大的店，面积也就20平方米，店内最北端的长方形区域是厨房，受面积限制，店内未设收银台，客人要吃什么，结账什么的，全靠老板赵黑胖一人忙活。因人力有限，所以店内只摆了八张长条桌。

姚彬是这里的常客，他一进门就道了句"老样子"。还在瞌睡中的赵黑胖倒了个趔趄，突然惊醒，当看清来者是姚彬时，他乐呵呵地回了句"来了！"，接着起身忙碌起来。

没过多久，店内又进来一个人，此人戴着口罩，一身得体的黑衣，显得十分干练，从鞋底气垫附着的浮灰可以看出，他今天走了不少路。

自从出了那件事后，姚彬练就了一身察言观色的本领，他只是微微一瞥，就觉得此人非同一般，只有上过战场的军人或破过大案的警察身上，才会流露出如此精悍的气场。

一想到警察，姚彬的汗毛孔立刻炸开，他佯装低头吃粉，眼睛却已经瞟向了后方的通道。不过那个人似乎并不在意姚彬的一举一动，只是自顾自地吃饭，看他狼吞虎咽的模样，应该也是真的饿了。

姚彬还注意到一个细节，那个人摘掉口罩，嘴角露出了一个狰狞的刀疤，疤痕很宽，像是被某种锐器硬生生地从脸上削去了一块。

姚彬没吃过猪肉，也见过猪跑，有了这个疤，不管是参军还是从警都会被拒之门外。顾虑被打消后，他松了口气，三口两口吃完，掏出十块钱丢给赵黑胖。

虽说电子支付早已普及，但姚彬从不用，就算买个打火机，他也只用现金，其小心谨慎可见一斑。

姚彬朝门口走去，经过那个人时，注意到他正在用调羹一勺一勺地把汤底送入嘴中。平常以重口味自居的他，也不敢轻易尝试这种混合了各种调料的汤底。

"看来确实是饿极了……"姚彬剔着牙，出门左转，进了一条比较黑的小路。

那个人突然耳朵一竖，警觉得像只等待捕猎的猫，一个闪身就出了店门。

赵黑胖揉了揉眼睛，还以为碰上了吃霸王餐的主儿，于是他骂骂咧咧地追了上去，可那个人早已不见了踪影。等他返回店里收拾碗筷时，才发现碗底压着一张十块钱纸币。

"他是什么时候放进去的？"赵黑胖捏着钱，半天没想明白。

黑暗中，那个人站在巷口，紧闭着双目，姚彬的双脚每一次碾压地面的声响，都被他如蝙蝠般灵敏的耳朵捕获。

确定了目标，他右手撩起上衣，一把别在裤腰上的短刀被他握在手中。就在他与姚彬还有不到 10 米远的距离时，目标突然警觉，迅速跑进了四通八达的城中村。

那个人见他逃走，却好像并不担心。无论姚彬如何改变逃亡路线，他始终不紧不慢地跟在姚彬身后，似乎城中村复杂而犬牙交错的地形，早就在他的掌握中一样。

他有的是时间，他现在要等的是一个最省力的机会。等到姚彬体力透支、无法挪动半步时，他的死期也就会随之而至。

那个人本以为战斗会在一个小时内结束，可他并没有料到，才不过半个小时，他就听到了姚彬躲在墙角大口喘着粗气的声音。

那个人嘴角一挑，将匕首转了一下，握在掌心，月色下，如镜般的刀身散发着森森冷气，刀刃上凝着点点寒光。

听见追踪者的脚步声越来越近，姚彬却筋疲力尽，动弹不得。

"你到底是谁？"被逼进死胡同的姚彬彻底绝望地怒吼。

那个人没有说话，始终不紧不慢地走来。

没经历过大场面绝对练不出这份沉稳，黑暗中，姚彬甚至没有心情注意对方手上的匕首，他只是觉得，过到今天，自己的好日子算是到头了！

就在那个人刚刚举起右手时，突然一道光柱扫了过来。"住手，干什么的！"

那个人被这一声喊叫搞得措手不及。他顾不上想自己怎么会暴露，转身疾跑，一个飞身越过院墙，随后便消失在了黑夜中。

半个小时后，验明正身后的姚彬被十余名特警拖出了巷口，刺眼的红蓝灯在警车上交替闪烁，引来不少路人驻足观望。

....

百米开外，四层小楼的顶端，一名身着西装的年轻男子放下手中的红外望远镜，冷哼了一句："好个庞虎，想杀掉真凶，让隗国安永远背锅，这招玩得挺妙啊！就连养的狗都这么忠心，真有点意思……看来，我还真不能小瞧了你！"

正在此时，男子口袋中的老年机突然振动起来，来电显示为110接警平台。

接听后，那边说道："您好，感谢您的报警，犯罪嫌疑人已被成功抓获，为了表达对您的谢意，我们公安局将奖励您人民币一万块，请问，能否告知您的真实身份？"

"不必了，都是我应该做的！"男子挂断电话，拔出电话卡掰断，随后将那部直板手机一脚踩碎，踢进了楼下的垃圾池。

…………

刑警总队办案区里有一间特殊的审讯室，房门是一块加厚的金属板，门上没有把手，指纹解锁后会自动打开，里面是面积约20平方米的独立空间，内置一个无门厕所。

目所能及的墙面上，到处粘满了皮质软包。贴有石膏线条的墙角，挂着四个高清摄像头。分屏一开，就算一只苍蝇飞进屋内，也能看得真真切切。

特别值得一提的是，墙顶正中间，还悬着一根半米长的机械摇臂，厚重的金属质感彰显着科技感。摇臂的下方紧抓着一台摄像机，无论后台如何操控，它始终都会以审讯椅为摄像目标。

启动摇臂，摄像机自动进入工作状态。操控室内与之相连的六十寸液晶屏也会同时亮起。此时，审讯椅上的嫌疑人如同电影主角般被放大。由此开始，受审者的一举一动，一言一行，甚至一个微表情，都会被自动抓取，并导入计算机中进行分析，一旦在某些关键问题上出现说谎反应，会第一时间传到审讯者的电脑中。

高科技的审讯系统，针对的一定不是普通嫌疑人，有人做过统计，审讯室建成以来，从这里离开的人，就没有一个能继续活在这个世上，因此，这里也被内部人戏称为死亡之屋。

此时，穿着蓝色工作服的姚彬坐在审讯椅上，宛若困兽。他的实际年龄不到半百，但因干瘦而显得修长的脖颈使他看起来就像只苍老的鱼鹰。也许是因为长时间吸入各种化工原料，从他进到审讯室那一刻起，每隔几秒，他就要干咳两声。仪器显示，其咳嗽的频率与心率成正比，也就是说，他正在故意制造生理反应来掩饰内心的恐慌。

他，一定有事，而且不小。

他被冷落了两个多小时，展峰与年斌一前一后走进审讯室。

姚彬先是低下头，不敢正视，直到年斌大声喊他，他才缓缓直起腰来。虽然动作幅度不是很大，但展峰可以明显感觉到，他似乎越来越自信了，从隔壁大屏上能看到特写，他的目光陡然一凛，随后就变成了一副无所畏惧的模样。

"警官，我想请问一下，你们把我抓到这里来，究竟是为什么？"没等展峰开口，他却先发制人。

展峰淡淡地说："我们在你家中找到了一本《中华人民共和国刑事法大全》，死刑那一章，你看得是相当认真！做了不少标记。我们对书上的笔迹做了鉴定，是你的字体，书写时间在2009年前后。"

姚彬冷笑着摇头："这又能说明什么？难道我爱学习也有罪？"

"鬼子营石桥于2009年3月被拆除，从那时开始，你失去了作案条件，于是你心里便开始恐慌……"

姚彬强行打断："你在说什么？我听不懂。"

展峰并不生气："打个你能听懂的比方吧！犯罪有时就像手淫一样，开始之前，心情急切，甚至不惜一切代价。结束之后，情绪低落，罪恶感油然而生，觉得以后都不想再做。可是等到平复一段时间后，又会产生新的念想，随后就这样不断循环反复。

"石桥被拆，就好比你的生理系统出现了问题，让不能勃起的你，每天都在痛恨和反思中度过。你担心，你害怕，所以你要选择逃离。于是，5月份你辞掉工作，买了一张南下的火车票，躲在一个陌生的城市，昼伏夜出，过着黑白颠倒的日子，直到被我们抓获。"

"你的意思是说，我犯罪了呗？证据呢？"姚彬冷笑。

"裸体抛尸，无人报案，石桥被拆，时过境迁，确实是一件比较棘手的案子，但是——"展峰猛然举起右手按动了开关键，一块白色幕布，从姚彬视线正前方缓缓下落。

姚彬盯着幕布，把身子往后一仰，一副要看好戏的模样。

幕布垂放到位后，伴着嗡嗡的轰鸣声，几张栩栩如生的人像依次被投放了出来，这些画像均出自隗国安之手，自始至终，展峰都没有对隗国安的专业性产生任何怀疑，所以他需要事实证明，隗国安的画像是精准的，如此才能让老鬼洗脱嫌疑。

人像被编辑成了短视频，每张间隔三十秒，在姚彬眼前一一掠过。仅仅三分钟的时间里，监控仪器便捕捉到了大量紧张、恐惧、震惊的微表情。

姚彬如此反常的表现，也算是间接证明了画像的真实性。

视频播完，分析结果在第一时间传到了展峰那里，也给接下来的审讯工作奠定了基础。

"是不是很眼熟？"展峰问。

姚彬冷静片刻，摆出"葛优躺"，一脸负隅顽抗的模样。"不认识，没见过！"

展峰早有预料，他再次点击播放，当进度条过了六十秒后，他暂停了下来。"这个人你应该有印象，沿河女中，她长相还算不错，不过她话很多，每次都要跟你讨价还价。"

姚彬正要否认，展峰举手阻止。"你不要这么快回答，我再给你个提示，她在整个背上文了一条鱼。你还问过她为什么要文这个，因为是常客，她告诉了你鲛女的来历。对了，她叫杨萍萍，你喜欢喊她萍姐！"

展峰问话期间，年斌一直盯着审讯电脑共享的监测画面，从捕捉的数据来看，姚彬无论是心跳还是血液循环，都有明显的增速。

他，很紧张！

"怎么？不说话了？"

姚彬深吸一口气，心率顿时降下来不少。"哼，嘴长在你身上，你想怎么说就怎么说，我有什么意见，你们警方在乎吗？"

隗国安的麻烦已被暂时解除，虽说很多细节展峰还来不及询问，但至少他心里的压力已减轻不少，所以在审讯姚彬时，他显得耐性十足。

他双手插兜，起身慢悠悠地走到姚彬面前，弯腰低语："萍姐已经被你扔进了河里，死无对证！但是，再看看她们，你认不认识！"

展峰右手一指，投影仪开始播放第二段视频，同样是三分钟六张图片，但不同的是，这段视频的内容并非画像，而是真人照片。

"吴兰、田俊娟、郝世芬、汤香梅、曹艳艳、刘杏花，当年她们都是常在你家附近转悠的沿河女，你应该面熟。"

姚彬铁青着脸，没有说话。

展峰步步紧逼道："你不知道的是，汤香梅和杨萍萍私下结拜成了姐妹，你杀杨萍萍当晚，她们做过约定，做完你这单，清早一起去逛街买新衣服。见面的地点，就约在你家门口。

"如果你还有印象，应该能回忆起汤香梅去找过你，而你跟她说，杨萍萍做的是快餐，做完就走了！自从那天起，汤香梅就再也没见过杨萍萍。

"如果汤杨二人只是普通朋友关系，你的回答并不会引起汤香梅的怀疑，但是，你没有料到，她俩之间有金钱往来，汤香梅至今都还欠着杨萍萍一千块钱。

"你不止一次找过杨萍萍，应该知道，她这个人极其吝啬，有时五块十块都能争半天，所以，杨萍萍不可能连钱都不要，就一走了之。

"随着杨萍萍失联时间越来越长，汤香梅对你的怀疑在加深，于是她联合几个关系不错的沿河女，不分昼夜地开始注意你的一言一行。"

展峰一挥手，投影仪上出现了两张带有污渍的衣服照片。"杨萍萍被害后，你又作案三起，针对的都是鲛女，其中两起是在夏天，一起是在冬天。夏天衣物单薄，你都是带到炼钢厂一烧了之，而冬季衣服较厚，携带不便，所以你就趁着夜色，把衣服丢在了河道口一处废旧的污水井里。井口又窄又深，还盖有水泥板，一般人根本发现不了，除非……"

展峰绕着审讯椅缓缓地走了一圈，姚彬听着他的脚步声，紧张地咽了一口唾沫。

"除非有人跟在你身后，发现你做了什么，然后又把这些你以为丢掉的东西，给拿了出来。"

仪器显示，姚彬的心率已达到峰值，他的身体也开始不受控制地微微战栗，能否攻克防线，就看展峰的致命一击了。

"嘎嗒。"按钮声再次响起，投影仪上又播放了一段视频。

"虽然像素只有30万，但从房屋的构造可以很清晰地分辨出，画面中亮灯的，就是你的住处，深夜三点，你扛着一个床单包裹的东西从家中走出，十五分钟以后，你拎着空床单返回家中，而当天，床单里裹的就是其中一名死者！"

"怦怦怦怦怦……"

展峰几乎能听到姚彬剧烈的心跳。

"沿河女都是弱势群体,她们害怕被报复不敢报案,但不代表她们没有正义感,她们也希望,警方有一天能找到她们,然后名正言顺地把视频交到警方手中。"

"怦怦怦怦怦怦怦怦怦怦怦怦怦……"

心跳迅速加剧,就像在拍打姚彬的耳鼓。

之后,一段新视频被调了出来,其内容并无差别,只是清晰度提高了不少。

"这是处理后的录像,不得不说,你年轻时体力确实不错,扛着尸体还能健步如飞,跑得这么快。"

再次与姚彬对视,展峰从他眼中看出了满满的恐慌。就在这时,他又抛出了证据链上最最关键的一环,盖有省厅物证鉴定处红章的 DNA 报告。

"我们从你的毛衣夹层中提取到了微量的脱落细胞,经比对,与其中一名死者完全吻合。"

展峰走到了审讯桌前坐下,仍用一种平静的口吻对着眼前的连环杀手说道:"姚彬,我们现在能正式开始了吗?"

三十六

中央空调,恒温 20 摄氏度。

汗,在姚彬的额头聚成水珠,看起来,他的脑壳儿犹如刚从冰柜中拿出的饮料。

屋内,安静得有些诡异。

在监控画面上,姚彬的心率如股市图般渐渐走高,当到达波峰时,又开始逐步回落,这预示着,他的心理防线已经开始崩塌,展峰很会把握节奏,在心率下降最快的那段区间,用很随意的语气说道:"不要再耽误大家的时间了,说吧,我想,这些年来,你应该也不好过。"

话语中暗藏的体贴让催促立竿见影，姚彬涨红了脸，轻叹了一声："唉！算命的半仙说得真准，他说我这辈子会死在女人手里，没想到还真是！"

"你可是连杀了六个人，也活够本了，不是吗？"年斌冷冷地说道。

"我本来也不想的，但谁让她们害死了我的恩人！"

"恩人？他叫什么？"展峰捕捉到了那个关键词。

"我不知道他的名字，我俩只有一面之缘。"

"那，你的恩人是怎么死的？"

"听说是跳河自杀的。"姚彬搓搓手。

展峰眼皮一跳，调出了纪鸿博的照片，展示给姚彬辨认。"是不是他？"

姚彬注视了很久，直到眼眶微微变红，他才重重地点了点头，说："没错，就是他！"

"你们只见过一面？你就为他杀了人？"

"对，只有一面！"姚彬再度肯定。

与司徒蓝嫣一起共事，展峰对犯罪心理也多少有些了解，听姚彬这么说，展峰立刻猜到，纪鸿博的死可能只是诱因，而他对女性的仇视，或许才是他真正的作案动机。

为了将整件事的前因后果彻底搞明白，展峰给这次审讯找了个切入口。

"1994年，你是因为什么被判处了三年有期徒刑？"

"有人告我强奸！"姚彬愤愤地回答。

"强奸可是重罪，刑期在三年以上十年以下。你为什么只判了三年？"

姚彬咬牙切齿道："因为我当初是被人陷害的。对方说，只要肯赔钱，她出谅解书我就能被放出来，可到最后，我还是蹲了三年！"

"可不可以说说具体经过？"

彻底放松下来的姚彬既然已经承认了更重的连环杀人案，对之前的事也没想着有所隐瞒，于是他向年斌要了支烟，抽了两口之后开了口。

"我从小就是有妈生没妈养的种。我爹还是残疾，自己都顾不上，爷爷奶奶年事已高，一家四张嘴要吃饭，我从刚记事起，就没过过什么好日子。

"好不容易等熬到成年，爷爷奶奶陆续走了，父亲一个人也饿不死，我想着自己还年轻，就跟同村的人一起外出打工，我是在电子厂里认识的那个女人，她叫丰婷。

"当年我俩在一个流水线，她就站在我对面，有时她想偷点懒，我就把她的活也一并干了，就这么着，我俩渐渐熟悉起来。

"因为我俩的工作时间差不多，而且还都住在公司宿舍楼，所以只要想，天天都能碰面。

"我出村时，同乡就跟我说过，出来一心挣钱，不要动歪心思，尤其是在大城市，什么坏人坏事都能遇见。当年我跟同乡被中介分到了不同的厂，没有他在身边，我根本分不清什么是好人什么是坏人。

"丰婷比我大十多岁，离过婚，也特别放得开，有事没事就挽着我的胳膊请我吃饭。我起初还有些不好意思，后来习惯了，就开始对她有了些好感。

"第一次发生关系，是在厂后院的一个树林里，那天晚上她喝了点酒，让我陪她出去走走，走到树林深处时，她突然停了下来，一把抱住了我。

"我当年才十八九岁，正是血气方刚的年纪，虽然她长得并不出众，但朝夕相处中，我也早就馋她的身子了。

"那一晚，我们做了两次，第一次是在树林中，第二次是在公园的厕所里。

"虽说我们捅破了这层窗户纸，但她并不允许我把我们俩的关系说出去。

"初来乍到的我，对她当然是言听计从。也就是从那天起，我的工资就全部落在了她的腰包里，不管吃什么，喝什么，都要张嘴向她要。

"我虽然来自农村，但我也不是傻子，我放个残疾的爹在家里不管，就是想多赚点钱回去娶妻生子，给他老人家养老送终。而且我也知道，我和丰婷根本就不可能，她差不多过了生育年龄了，大家在一起玩玩还行，过日子那是想都不敢想。

"她断了我半年的口粮，我感觉也对得起她，于是我就提出，不再把工资给她了。让我欣慰的是，她也没有反对，到了月底发工资，我俩在小旅社开了间房。在发生关系的过程中，她用力抓我的背，抓得都是血印，她还让我打她，说这样刺激。于是我也就照做了。

"完事后，她点了一支烟，很冷静地告诉我，让我以后还把工资给她，否则就告我强奸。

"我当时年轻气盛,当然不可能同意,而且我觉得她的做法很卑鄙,于是在争吵中我就给了她一巴掌,后来我离开了旅社。

"结果下午警察就找到我了,说丰婷告我强奸。我说我俩是自愿的,但是丰婷却告诉警察,说我打了她,她也反抗了,并在我身上留下了抓痕,再加上丰婷提供的阴道擦拭物,一切都足以说明,我是违背妇女意识,强行与对方发生了关系,她告我强奸一点毛病都没有,最要命的是,我手上是一点证明自己清白的证据都没有。

"再后来,经过一番调查,检察院也采纳了相应的物证,以强奸罪批捕了我。"

"除了口供,你还有什么?"年斌问了一句。

"啥也没有!丰婷是摆明给我下的套,我一个初出茅庐的小子,哪儿能玩过她?而且旅社老板还出了一份口供,证明他听到了房间内有人在争吵,他还看见我打了丰婷一巴掌!你觉得这种情况下,警察会相信谁?"

"这不是相信谁的问题,警方只会尊重事实,看取证情况。"年斌心有戚戚地说道。

姚彬一脸无奈:"谁说不是呢,后来丰婷带话进来,让我赔她一万块钱,只要给了钱,她就给我写谅解书,我就能出来。看守所里的日子不好过,我是一天都待不了,我实在没办法,只能让同乡帮我凑,他借了一圈,也才弄到七千块钱。起诉之前,丰婷确实给我写了封谅解书,可到最后,我还是被判了三年!"

"再后来呢?发生了什么?"

"我被判了我活该,可我心疼那七千块钱。我同乡辛苦一年也攒不下来这些钱。我恨死了丰婷这个贱女人。可回头想想又能怎样?如果不是我自己把持不住,怎么可能轻易上了别人的钩。所以说,我只能自认倒霉。"

姚彬眉头微微一皱,似乎想起了什么,他继续道:"我如果记得没错,应该是我服刑半年后,我们号房来了个经济犯,名叫熊弘壮,我喊他大壮,他是因为偷税漏税被判了两年,我们俩睡上下铺,又被分到了一个工组。

"那个年代,监狱都叫劳改队,我们每天都要去农场干活的,大壮这哥们儿,别看长得五大三粗,可细皮嫩肉,一看就不是干活的料。而我不同,我从小就在庄稼地里长大，不管脏活累活，我都能摆平。

"服刑期间，他完不成的工分，基本都包给了我。也可能是我干活太勤快，还给他挣了个三个月的减刑。

"我们俩的关系很铁，但是他始终没跟我说他家里是干啥的，我也懒得问。出狱那天，他给我留了个电话，说以后要是不好找工作，就给他拨过去。

"这种客套话我听得多了，本来没当回事。他给我的号码，我压根儿也没记。

"出狱后，我就回了老家接着种地。第二年，我爹因为积劳成疾，撒手人寰。料理完他的后事，我就成了孤家寡人，不知下一步该往哪里走。

"可就在那年夏天，我的生活突然出现了转机，我记得那天，我刚吃完晌午（午饭），村长就来找我说有个人来寻，还开了辆小轿车。

"我寻思我也不认识什么达官显贵，就迷迷糊糊地跟着去了，到村部我一看，来的居然是大壮！

"他见我一身破衣烂衫，气得给了我一脚，他埋怨我出狱后为什么不给他打电话，他还是凭着记忆才找到我住的地方。从那时起我才知道，他是真把我当哥们儿看待的。

"当天下午，我就收拾行李上了他的车，闲聊时他告诉我，他做的是家族企业，只不过企业法人是他，实际掌控者还都是他的父辈，偷税漏税的事，他只是背个锅，监狱人多嘴杂，他也不敢提。

"出来后，他大伯给了他一条外包链。我也不知道外包是干啥的，就知道很赚钱。他让我跟他一起干，可我大字不识一个，哪儿是干那个的料。不管他怎么劝我都没同意。我怕干砸了，以后连兄弟都没的做。

"大壮见实在拗不过我，就提出让我去他大伯的门板厂当车间副主任。我连当个工人都费劲，哪儿能当那玩意儿，可我拗不过大壮，就依了他的要求。

"大壮背锅给家族立了功，所以只要大壮开口，他大伯都没意见。我连培训期都没有经历，就直接上了岗。

"进了厂后，我才知道什么叫厂外有厂，我工作的地方是四号车间，好几千平方米，上百名工人。全厂像这样的车间有十二个，产品种类也是包罗万象。

"我们车间主要生产木质模压门板，多安装在橱柜、衣柜上，这个工作不需要耗费什么体力,所以车间里的女工很多。

"我虽然顶了个车间副主任的纸帽子,但干的还是流水线的活,多亏了大壮打招呼,我每个月的工资能拿到两三千,要知道,那时候政府公务员每个月也不过一两千而已。

"如果照这个样子干下去,那未来的日子也有了盼头。可我哪里知道,我的到来却得罪了厂里的一个老员工——潘莲。

"我也是后来才晓得,她的儿子也在厂里上班,她还给厂里的分管领导送了大礼,领导也允诺提拔她儿子干这个车间副主任,没承想,竟让我捷足先登了。

"所以这个潘莲在厂里是处处针对我。她是厂里的老员工,跟厂里的很多领导都熟悉,我猜也许是我进厂的路子有些野,她侧面打听过我的消息。后来,过了没多久,整个车间都在传我是个强奸犯。这傻子都能想到,肯定是潘莲传出去的。

"有一回,我正在车间做工,她又上来发神经,说我是强奸犯。我本想,她一介女流,我不跟她一般见识,可她当着那么多人的面揭我伤疤,我就算脾气再好也裹不住火。

"于是我们俩就在车间吵了起来,当时跟潘莲好的女工都围了上来,就在我成了众矢之的的当口,乌春云站了出来。

"她跟潘莲常年不对付,见我被欺负,她觉得看不过去,一股脑地把潘莲儿子没当上车间副主任,借故撒泼的丑事给抖了出来。她还说,潘莲的儿子就是个狗仗人势的货,要是让他当领导,一个车间都没好果子吃,她还说我为人实在,十几个车间,几十个副主任,也只有我亲力亲为。她这一说,大部分工人都觉得对,都站在了我这边。潘莲也就只能作罢了。

"那天下班,我想请乌春云吃顿饭表示感谢。可是她死活不同意。出于客气,我就拉着她往饭店走,我的动作很轻,可没想到,她竟然哇的一声叫了出来,我见她痛苦的样子,以为是我下手重了。

"可她却告诉我,不关我的事,这一切都是因为她老公。那天,她跟我说了关于她的故事。

"她家一家三口,有一个两岁的儿子,丈夫是当地的矿工,嗜酒如命,性格暴躁。结婚的头几年，日子过得还算安稳，可自从孩子出生，琐碎的事情多了起来，她丈夫的脾气也变得越来越坏，动不动就对他们娘俩拳打脚踢。

"后来被逼得实在没办法，她把孩子送到了姥姥家，自己每天忍受着丈夫的虐待。

"听完她的述说，我也唏嘘不已，不过清官难断家务事，我也帮不上什么忙！只能当故事听听。

"我本打算吃顿饭表达完谢意，就跟她分道扬镳的。可有些事就是邪乎，我刚结完账，前脚要走，后脚她丈夫就走进了饭店。我都还没来得及解释，就被她丈夫结结实实地打了一拳。

"她丈夫是一口一个奸夫淫妇，说得别提多难听了。要不是饭店人太多，怕遇到熟人不好解释，我真想跟他派出所见，不过后来在乌春云的哀求下，我也只能白挨了一拳。

"她丈夫原本是要到饭店炒个小菜，回去喝酒，出了这档子事，也没了心情，连拖带拽地把乌春云弄回了家！不用想都知道，她回到家后将面临什么。

"可我还是没想到，她丈夫能把她往死里打。我第二天见到她时，她眼角淤肿，嘴唇上的血渍还没干。一想到这一切都是因为我，我心里也不是个滋味。

"我们车间有个货仓，只有我有钥匙，我主动把她喊到货仓里，告诉她我想买些烟酒登门跟她丈夫澄清一下，如果他们夫妻俩因为我误会加深，那我心里也过意不去。

"听我这么说，她也不知是委屈还是咋的，哇的一下就哭出声来。那时厂里效益好，门口天天排队等货，仓库根本用不上，她这一哭，回声特别大。我见她没有停下来的意思，就上前一把捂住了她的嘴巴，安慰她。

"我没想到的是，她却一把抱住了我，趴在我肩膀上小声抽泣。当时正值夏天，我俩穿得都很单薄，她又属于那种比较丰满的女人，她的胸顶在我的身上，让我一阵燥热。我在女人身上栽过一次跟头，吃一堑长一智，我可不敢轻举妄动，我把手举得高高的，没有占她一点便宜。

"觉察到的她，渐渐从我怀里离开，不过她的手还搭在我的肩膀上，保持着不远不近的距离，她抬头深情地注视了我好久，说我是个好人。我不敢和她对视，就怕干了什么出格的事。

"可有些事不是我不想就不会发生的。在我毫无心理准备的情况下，她亲了我一口。我当时脑子一片空白，完全蒙了。接着她就开始脱我的上衣，还说从我刚进厂不久，就喜欢上了我。

"我是一个劲地反抗，可我越是这样，她越觉得我是个好男人，反过来她却更加主动。

"我被逼到了墙角，她见我无路可退，直接脱掉上衣，露出了比少女还坚挺的胸部。

"她那时也才二十七八，比我大不了几岁，论长相，在车间也能排中上等。尤其是她的身材，属于前看让人想犯罪，后看也想犯罪的那种。

"她说她跟潘莲始终不对付，是因为潘莲的儿子借故摸了她的屁股，被她甩了一巴掌，梁子就是这么结下来的。就在她解开我的裤带之际，我也终于把持不住了。

"发生关系后，我有过很多想法，我也怕捅娄子，所以刻意与她保持距离。不过她好像也对自己当天的冲动深怀歉意，私下里跟我道过好几次歉，还偷偷给我买了些补品。

"我也担心，她会不会与害我入狱的那个婊子是一类人，可又经过了一段时间的相处，我发现并不是这样。

"她很贤惠，也很善解人意，我觉得那次发生关系只是偶然。也许是长期被家暴，她太需要一个男人的肩膀依靠，而我刚好又出现在了她面前，仅此而已吧！

"之后大概有小一个月的时间，我俩的关系始终不远不近，可没想到，到后来，耐不住寂寞的人却是我。

"那天我在车间正常上工，有人跑过来告诉我，说乌春云打电话来，要请三天假。我突然有种不祥的预感，出了车间，我就联系上了她。她在电话里没说两句，又小声呜咽起来，我一猜就知道，准是她丈夫又打她了。

"这人与人之间一旦有了情感纠葛，就好像有了牵挂一样。虽然她有丈夫，有小孩，但我依旧感觉有些心疼。

"在我的逼问下,她告诉了我医院地址,到了医院我才晓得,这次她丈夫把她打成了脑震荡,要住院观察三天。

"我看她躺在病床上绝望的表情,心里说不出地难过。很快,一个念头像毒蛇一样冒了出来,我告诉她我有前科,以后也很难找到对象,只要她不嫌弃,我们俩在一起过,孩子我来养。

"听我说完,她一脸震惊,不过她并没有答应我的要求,她说我还年轻,人又忠厚老实,肯定会有女孩子喜欢,她配不上我。

"不过那时候我脑子已经发热,她说什么我都听不下去,到了她出院的那天,我强行把她带到了我的出租屋,并发生了关系。

"事后我问她:'你丈夫天天这样打你,你为什么不离婚?'

"她告诉我说,孩子不能没有爸爸,她也幻想她老公有一天能改过自新。

"我能看出来,她是个优柔寡断的人。于是我就劝她,趁孩子还小,当断则断,否则孩子大了,想断都断不了。

"她觉得我说得很对,但她还需要一段时间考虑,这段时间内,她不想回家了,就想待在我那里。

"就这样,我俩白天像陌生人一样,各自上班。晚上就在我的出租屋过二人世界。

"一个月后,她丈夫终于憋不住找到了厂里。那天我戴着面罩,她丈夫并没有认出我。两个人在办公室谈了大半天,她最终还是甩开了丈夫的手,回到了车间。

"晚上,我问她和丈夫怎么说的,她说她考虑清楚了,这么过下去确实没有意思,她决定跟丈夫离婚。

"我听完后,激动万分,我每天都在期待她能与丈夫彻底撇清关系。

"可让我万万没想到,结果却是来了个一百八十度大转弯,最后那个被撇清关系的人居然是我。

"我问她为什么,她说她丈夫知道错了,答应以后好好对她和孩子,她儿子虽然年纪小,但心理上还是认他的父亲。

"这么说,我也能理解,毕竟孩子是无辜的,只要她觉得好,我也不会强求。于是我俩从那天起，就彻底断了联系。

"大概又过了三四个月，大壮从外地回来了，我们在餐馆里聚了一次，不知怎么的，就聊到了结婚的话题。大壮见我也老大不小了，就托当地的熟人给我介绍了一个。

"我没想到，我这个车间副主任的纸帽子那么好用，中间人介绍了几个，都对我没啥意见，甚至不计较我那点事，后来我看中了一个叫平雯雯的姑娘。

"她比我小四岁，是附近纺织厂的工人，她并不在乎我的过去，虽然能看出来，她和我在一起有一定的功利因素，但最起码和她相处，让我有了恋爱的感觉。

"每天下班，她都会来车间找我，然后我骑着自行车载她回家。

"而就在我谈朋友期间，我觉得乌春云对我的态度极度冷淡，有时甚至还故意刁难，这让我有些想不通。

"后来我忍无可忍，把她约进了仓库，想问问她到底因为啥。

"她却告诉我，说她吃醋了，她心里一直有我。

"我当时被她说得有些恼火，我反问她，既然心里有我，为何不跟丈夫离婚。她却狡辩说，都是为了孩子。她还说，她丈夫不跟她同房，虽然她丈夫现在没了脾气，但依旧找不到和我在一起的那种感觉。

"我觉得她有些自私，就不想再谈下去了。

"她却说，再给她一个月，时间一到，她就去办手续。

"我寻思和雯雯还在恋爱期，连家长都没见过，她能接受我的过去，不代表她家里人能接受，再加上彩礼、房子等客观上的条件，未必就没竹篮打水一场空的可能。我见乌春云信誓旦旦的样子，心一软就答应了。

"那段时间，我白天和雯雯谈恋爱，晚上和乌春云厮混在一起，过着脚踏两只船的生活。

"我没想到，她给我的期限也是一拖再拖，我俩为了这个也吵了好多次。

"半年后，我实在受不了这样的日子，下定决心与乌春云一刀两断。

"她看出我是认真的，就凶相毕露拿雯雯威胁我，如果我不同意跟她厮混，她就把我们的关系公布出来。

"我蹲过号子，什么大风大浪没经历过，当然不会吃她这一套，她见这招不管用，放出了自己的必杀技。"

姚彬的语气越来越冰冷，不难想象，接下来的事，应该是他人生的第二个拐点……

"乌春云恐吓我说，如果我不应了她，她就告我强奸，让我身败名裂！

"这句话彻底触到了我的逆鳞，我一巴掌甩在了她脸上，她也在一怒之下，报了警。

"警察把警车开到了车间门口，她拽着我一起上了车，这种事我也不是第一次经历，就算警察把我抓走，我也不可能有事。

"可千算万算，我没料到潘莲竟召集一帮女工，把经理室给堵了。她们说，我本来就是个强奸犯，现在又再次犯案，厂里那么多女工，以后人身安全谁来保障？要求厂里必须把我开除。

"从派出所出来后，我接到了大壮的电话，他在电话中劈头盖脸把我训了一顿，我也懒得解释那么多，直接去厂里办了离职手续。

"临走前，一个关系不错的小兄弟请我吃了顿饭，他和乌春云曾是同学，对她也是知根知底，他觉得我因乌春云被开除，一点都不值得，也是从他嘴里，我才彻底认清了乌春云这个女人的真面目。

"原来乌春云和她丈夫於修诚也曾是青梅竹马，她丈夫还曾是一名知识分子，之所以变成现在打老婆的家暴男，是因为两人婚后育有一子，孩子的血型与父亲不匹配，也就是说，这个孩子是乌春云跟别的男人所生。

"於修诚放不下对乌春云的感情，但又接受不了孩子并非他亲生的事实，所以养成了酗酒的习惯。

"乌春云与潘莲结下梁子，也不是因为潘莲的儿子摸了她的屁股，而是乌春云主动上前勾搭，被潘莲识破。

"知人知面不知心，在女人身上栽了两次跟头，也彻底把我摔醒了，我发誓，以后就算大富大贵，也不会对女人动真感情。

"想通后，我背起行李，回到了家乡，经中介介绍，我在鬼子营南边的一家炼钢厂找了份活计，做了一年多，又在河岸边买了间瓦房，准备潦倒过一生。"

姚彬看向展峰，说："正如这位警官说的一样，鬼子营附近有很多站街女，我平时手头宽裕时，也会找她们解决生理需求。

"我在钢厂上白班，干的都是体力活，回到家不睡一觉，根本打不起精神，可等我睡醒，年轻漂亮的小姑娘，也都基本收工。不过就算不收工，我也玩不起。

"所以我只能去找'经济实惠'的沿河女，玩来玩去，我发现南方的沿河女服务态度最好，什么'舌滑''漫游'她们都会，全套下来，舒服得不得了。而北方的沿河女每次都疲于应付，给你弄出来就收钱完事。

"不过凡事也不能一竿子打死，南方沿河女喜欢斤斤计较，一分钱都给你掰扯得清清楚楚，北方的则相对大方些，有时手头紧，还能赊账。

"你们说得没错，我最喜欢找的就是萍姐，我不知道她的大名。我每次找她，都是晚餐，完事后，她还能跟我聊聊天，告诉我一些我不知道的事情。她说，她是从小被家里人卖到国外，给大户人家当丫鬟的鲛女。出于好奇，我还问过她一些关于鲛女的事情，她也没有隐瞒，她告诉我，在鬼子营附近，有很多跟她情况一样的人，不过她们彼此之间都不太联系，毕竟都是出来卖肉的，也不是什么光彩的事。

"萍姐这个人什么都好，但就是太贪，一切向钱看，只要有成本的，什么安全套、湿纸巾，她都收费，而且一分钱不能少。她还不是个例，跟她口音差不多的沿河女，都是这副德行，一点都不大气。

"我挺喜欢这种混吃等死的日子，我知道你们要问，我过得好好的，为什么杀人，其实这是源于一件很小的事。

"我所在的晨光炼钢厂是一个私营企业，主要产品就是地条钢，平时偶尔也会接些订单。

"当年厂里有个不锈钢扎带的单子转到我这儿。这玩意儿我经常做，手熟得很，我也没当回事。

"可大意失荆州，我没卡准尺寸，成品被东家给退了回来，老板让我承担全部损失，有一万七千块！

"我根本就拿不出这么多钱，老板提出，从我工资里扣，直到扣到数为止！

"一想到要白干一年，我心里便不是个滋味，下班后，我自己跑到鬼子营夜市，找了个大排档喝闷酒。

"我一直喝到了后半夜，路上连个鬼影都看不到。都说借酒消愁愁更愁，可我是越喝越清醒，于是我又点了两瓶。就在我刚起开瓶盖时，一个年轻小伙坐在了我面前。

"我见他一脸愁容，就知道他心里有事，我以为他没钱买酒，就拎了一瓶放在他面前，告诉他随便喝，我买单。

"他也没客气，半斤的老白干，让他一口喝下了大半，这酒壮怂人胆，他喝醉后话也多了起来，他也不管我爱不爱听，把他跟他女友怎么认识，他怎么把工资给对方，然后对方怎么和他分手的，断断续续地说了出来。

"能看出来，他平时不常喝酒，说话也是头上一句，脚上一句，那天我也喝了不少，脑袋本就不清醒，只能大约猜出他是什么意思。

"好像是他跟一个站街的鲮女谈恋爱，然后他把每月的工资都给了对方，后来对方又把他给甩了！

"我一听他的经历，简直是我的复刻版，借着酒劲，我把这些年的怨气一股脑地也撒了出来。

"我是一哭二闹三上吊，不知喝了多少，醉得五迷三道。早上醒来时，那个小伙已经不见了，我起身时，感觉口袋里鼓鼓囊囊的，我一摸，是两万块钱，还有一张字条。上面写着，哥，谢谢你陪我走完最后一程！

"我当时脑子一蒙，就问老板，那个小伙子朝哪个方向走了。老板告诉我，他去石桥了。一听石桥，我心里咯噔一下，因为我依稀记得，当时我对小伙说了一句话。我说，人有时真的活得太憋屈，真想从石桥上跳下去一了百了。

"我没想到，他竟然当真了。我听饭店老板说，他是鬼子营钢厂的工人，我四处寻了他一个星期，也没找到下落，后来从其他人那里得知，公安局在下游找到了一具尸体，死的就是那个跟我喝酒的小伙。

"从那天起，我就一直在关注这件事，我原以为小伙是自杀，可后来听他工友说，他是被人打过后，推到了河里，全身都是伤，他的堂哥多次去公安局讨说法，都被轰了出来。"

年斌从言语中听出了怨恨，他打断道："关于这件事我待会儿会向你解释的，你先接着往下说！"

既然成了瓮中鳖，姚彬虽然好奇，可也自知没有讨价还价的权利，他继续说道："人之将死，其言也善，我虽与小伙只有一面之缘，但他却把最后一点信任留给了我，所以我必须为他做点什么！

"我并不知道对小伙骗财的人是谁，我只是从只言片语中了解，那个女的与萍姐来自同一个地方，都是鲛女。"

讲到这儿，姚彬朝讯问桌瞟了一眼。"实话实说，我并不相信你们警察，我到现在都觉得，那个小伙是被人殴打后推下河的。

"虽然萍姐口口声声跟我说，她们这帮人都是各干各的，可我又不傻。我曾跟一个本地的小姐发生了一点矛盾，她跟我说，她背后有人罩着，让我不要惹事。

"所以，我觉得，萍姐这帮外地人，后面肯定也有人罩着，而小伙的死，也许就跟他们有关。

"于是一个恶念在我心头始终挥之不去，我想用这些南方婊子的命，给那个小伙陪葬！"

三十七

G省公安厅纪委留置室。

被禁足多日的隗国安正对着墙上的电子钟发呆。屋内的床单被罩已经很久没有更换，散发着一股说不出的汗酸味。

隗国安在想，如果这个时候吕瀚海在他身边，指定又会说他懒得屁股爬蛆了。

留置室没有信号，他的手机也被收走，这段时间，他都是过着与世隔绝的日子。

第一案 鲛女冤魂　149

唯一能让他解闷的，还是吕瀚海。

只要不忙，吕瀚海就会站在留置室入口处，对隗国安隔空喊话。

虽然中间隔着几道门，但扯着嗓子喊，还是能勉强听清的。

吕瀚海是编外人员，并不知道案件进展，他只能把每天发生的事情，尽量转述给隗国安。有时正经事没说两句，瞎扯淡都能扯半天。

其实，比起案子，隗国安觉得还是吕瀚海的黄段子更加亲切。

每每分别时，隗国安都能听到一句话："老鬼，在里面好好的，等你出来，我下血本请你喝酒！"

这句话说得是铿锵有力，不过，吕瀚海没有料到，他每次离开时的那声叹息，隗国安也听得清清楚楚。

四天前吕瀚海告诉他，专案组要去外地出差，很久之后才能回来。

隗国安只能小心嘱咐一句"注意安全"，然后就开始继续对着时钟发呆。

在地下室，他分不清白天黑夜，墙上的电子钟还是十二小时进制，他稍一分心，就会忘记日子。

手中的笔记本画满了"正"字，每一画则代表十二个小时，隗国安算过，只要把格子写满，就是他儿子订婚的日子。

他每天都会把"正"字数上无数遍，越写他越心慌，要不是展峰答应过他会不惜一切代价把他救出去，他估计没有信心撑到现在，早就精神崩溃了。

十二点的钟声响起，隗国安拿起笔又画了一道线，画完后，他仍不忘用笔尖在每个"正"字上逐一点过。

"还剩下最后六天，不知道展队那边怎么样了！"

一阵长吁短叹后，他突然听到了窸窸窣窣的脚步声。

"道九这小子回来了？"隗国安从床上一跃而起，他把嘴对准了铁门上的透气孔。

"喂，道九，是你吗？"

"鬼叔，是我！展峰！"

门禁一道道被打开，脚步声越来越清晰，隗国安的心跳也随之疯狂加快。

最终，留置室的门也被打开了。

隗国安善于观察人的脸，他一看就知道，在展峰刻意打起的精神下，藏着一副疲惫不堪的身体。

"你托的事，我给你办妥了！"

展峰薄薄的双唇中吐出的开场白，让隗国安瞬间满血复活，他热泪盈眶地问："真的？"

"对！嫌疑人抓到了，我能找到关键人证，多亏了当年的画像。"

"证据扎实不扎实？"隗国安咧开嘴。

"很扎实，他跑不了。作案动机、作案过程，都交代得清清楚楚！"展峰从兜里掏出了平板，"笔录电子版我都给你带来了！"

隗国安顾不上穿鞋，赤脚站在瓷砖地板上读完了姚彬的全部供述。

展峰搬了一个塑料凳坐到他的身边。"关键证据是通过你的画像找到的，证明画像不存在问题。另外，省厅纪委的同志也调查了，你和姚彬之间没有任何关联。这些足以证明，举报信有些内容是在故意污蔑你。不过为了证明你的清白，还需要解释清楚两个问题。第一，那些裸体油画是在什么情况下完成的？第二，那九十万块钱是谁打给你的？"

"展队，你放心，对你我绝对不会有任何隐瞒。"隗国安抬头看了一眼墙角的监控，"但有些事，我还是不想让他们知道！"

"案件已破，专案组与省厅的关系也有所缓和，按照部领导的要求，我们的对话仍需要全程录音录像，不过省厅纪检部门仅能看到针对举报信的那部分，完整内容只有相关部领导有权查看，现在赢亮就守在监控室门口，连一只苍蝇都不会放进去！"

"这样最好，这样最好！"隗国安终于放下了思想包袱。

"其实，这些话也憋在我心里很久了，第一批914专案组成立时，我之所以没有加入，不是因为我隗国安贪生怕死，只是事关重大，我觉得还要再观望一下！可让我没想到的是，我却等来了第一批组员殉职的消息。你作为幸存者，难道就没有怀疑过其中有蹊跷？"

面对这个问题，展峰并没出声。

这一举动，让隗国安产生了误解。"有些事一句话两句话讲不清楚，加上你刚才的问题,我从头到尾,一个字不落地说给你听!"

隗国安一屁股坐在床上,然后开了口。

"我母亲是一名裁缝,每天就待在家里给人缝缝补补赚些家用。因为我母亲的手艺好,所以每天来我家的人,也是络绎不绝。

"小时候没什么玩的,我又是一个性格比较闷的人,母亲只要一做工,根本顾不上我。

"我家住的是四合院,我最喜欢做的,就是拿着母亲量衣用的粉笔在地上写写画画。起先,我就画些花花草草。后来觉得没有挑战性,我就开始画人。

"我记得,凡是来我家的常客,基本都被我画过,我们家的院墙上,有很多人像画,谁见谁夸。

"镇上的杨老师,经常找母亲做棉鞋,当他看到我的画时,说我有天赋,还把我推荐给了我的恩师——单选超,他当年是学校唯一的美术老师,专攻人体画和人体泥塑。师父看过我的画后,大吃一惊,他觉得我是可造之才,就收了我。我六岁时,母亲花钱杀猪宰羊,举行了拜师礼,从那以后,我就跟在师父后面边读书边学画。

"我二十岁从美院学成,毕业时,师父已经仙逝两年了,为了完成师父的遗愿,我果断接了他的岗,在学校当了一名美术老师。

"受师父的影响,我的主攻方向也是人体绘画。稍懂些绘画常识的人都知道,这世上最难画的就是人,因为人不像景,人是时时刻刻都在变化的对象,要想把人物画得传神,需要捕捉更多的细节,一个笑容、一点愤怒,甚至一点不耐烦,都能给人不同的感觉。所以,要想把人物画好,必须找真人模特。

"在那个思想还未开放的年代,一般画像模特都不好找,更何况全裸模特,你就算给再多钱,也不会有人愿意干!

"后来我通过美院的同学,认识了一个叫彭智勇,小名大勇的中间商,他说,他可以帮忙想办法去找模特,只需要我提供画画的地方就行。由于他开的价格在我接受的范围内,我也是欣然接受。

"不过让我感到奇怪的是,大勇每次带来的人都好像很赶时间,最长不能超过一个小时，只要稍微超时一点，价格就要翻一倍，怎么商议都不行。人体模特是他一个人的独门生意，我也没有讨价还价的机会，为了节省成本，我只能分两步走，模特在时，我只画人体，脸部轮廓全部空在那里，回头再补。

"我的想法很简单，这些女子的脸天天都能见到，没必要在脸上浪费时间。毕竟人体绘画，还是要以人体为主。在绘画时，我也曾问过大勇这些模特的来历，可他总是支支吾吾，不过我也不是傻子，从这些女子花枝招展的穿衣打扮上不难看出，她们可能来自歌舞娱乐场所。不过在那个年代，这种情况也很常见，毕竟大家观念保守，出来当模特，还是很难启齿的。而我们作为画匠，也不好直接与她们接触，于是就出现了像大勇这样的中间商，他赚他的介绍费，我们也不至于落个坏名声。各取所需而已。

"在这些模特中，有一个群体我特别喜欢，她们都来自南方，只要价钱谈拢，她们相当配合，而且她们身上都有十分显著的文身特征，这对我们绘画者来说，是特别容易刻画人物个性的东西，十分难得。

"逐渐熟悉后，我知道她们是属于一个叫鲮女的群体，都来自同一个地方，有相似的身世，为了以后给自己养老送终，有部分人选择下海赚钱。

"因为她们具有地域代表性，身上又有故事，所以我便有了一个大胆的想法，给她们做一个系列油画。油画的工序很复杂，极耗时间。长相标致的鲮女不愁生意，不想在我这儿瞎耗，于是大勇只能去找那些相貌平庸、年纪稍大的鲮女。

"就算是这样，想在一两个小时内完成一幅油画，也是非常困难的一件事。于是我还是按照以前的法子来，只画身体，面部轮廓全凭想象来。我当年画了很多，把这些油画分为好几类，其中那些带有鲮鱼文身的，是我最满意的精品。

"时间一晃过去了好多年，我所在的学校因招不到学生面临重组。学校关门后，我就失业在家了。

"再后来，一个偶然的机会，公安局招人，我就抱着试试看的心态报考了一下。那时的竞争力没有现在这么大，面试时，当组织部门知道我曾当过教师，就判定我是高级知识分子，在总成绩上还给我加了5分，就这样，我稀里糊涂地进了公安队伍。

"穿上了警服，就意味着责任，我不可能再因爱好，让大勇去帮我找模特，这要是传出去，警察的脸还往哪里搁？而且那时我已成家，为了不让家人看到这些裸体画，我悄悄租了个房子，把这些画藏了起来。

"不过画画和泥塑是我这辈子都不可能扔掉的东西，所以只要我不忙，我都会去我的小屋，要么画幅画，要么整个人体泥塑来放松心情。

"我在公安系统真正出名，也是因为一个很偶然的机会。

"当年我们省发生了一起系列杀人分尸案。凶手杀人后毁容，那时 DNA 技术尚未普及，数据库不全，无法核实尸源。

"省厅抽调了多名刑侦专家协助破案，其中有一位就是我们局的法医，他叫张权，我们俩的关系很不错。

"此案前后拖了小两个月，始终没有进展，张权回来时，跟我闲聊了些案情。

"我问他问题出在哪里，他告诉我，是因为不知道死者长什么样子。

"我一听就乐了，他问我笑什么，我说这个问题很简单，我可以画像。

"他以为我在吹牛，我告诉他，我是正规美术学院毕业，学过美术解剖学，颅骨画像，是人像绘画的基本功，再加上我有师父的独门绝学——人体泥塑，要想给死者画像，并不困难。

"他看我言之凿凿的，转头就把情况汇报给了专案组组长。我连夜被喊到了百十公里外的专案组办公室里。

"在张权的配合下，第一步，我们先把头皮剥离，再处理掉颅骨上的组织。第二步，按照颅骨的生理特征，完成泥塑。第三步，在泥坯制的基础上进行绘画。前后折腾了两天，我才把草稿图画出来。几经修改，最终定稿。

"专案组拿着我的画像，按图索骥，一天后，就有人认出了死者。核实尸源后，该系列案件成功告破。我也因为此案在我们省一炮打响了。之后要是有案件需要画像，省厅领导第一个就会想到我。我呢，也不负众望，只要是涉及刑事画像领域的事，一般都难不倒我。

"省厅还专门把我上报至全国刑侦专家库，为此，我获得了不少与其他画像专家切磋的机会。后来公安部成立了专门攻克悬案及疑难杂症的914专案组，刑侦局多次给我打电话，希望我能加入，可是因为一件事我拒绝了！"

聆听半天的展峰突然警觉起来，说："什么事？"

"话题有些敏感，展队你要做好心理准备！"

展峰表情严肃，直视隗国安道："鬼叔你尽管说。"

隗国安缓缓伸出两根手指，用一种不可思议的口吻低声说道："有个神秘人找到我，愿意给我两百万，希望我进专案组。"

展峰虽有心理准备，但听到这个数目，还是心中一惊，他定了定心神，很快捋清了思路，问道："神秘人是谁？"

"我知道你肯定有很多疑问，其实我也一样，不过话既然都说开了，我就会把当时的具体细节一字不落地讲给你听。"

隗国安选了个舒服的姿势，盘上腿。"那是5月20日的上午，我接到分局办公室电话，说局长有事要找我。因为这个日子比较特殊，所以我记得特别清楚。我还记得那天是星期一，局长有早会，办公室主任让我抓紧点时间。

"八点半，我准时坐在了局长办公室里，局长递给我一份公安部刑侦局的文件，希望我能加入新成立的914专案组。

"我属于大器晚成型的，在派出所默默无闻了半辈子，虽然一下子爆发了，但也到了折腾不动的年龄。局长让我回去自己考虑，最好能争得家人的同意，毕竟这一去可不是三个月五个月就能回的。

"说实话，自从穿了这身警服，我就已经做好了随时牺牲的准备，既然国家有需要，我自然义不容辞，我回到所里，直接跟所长汇报了此事。我们所长当晚还安排全所的兄弟在一起聚了个餐，算是提前给我送行。聚餐时我喝了点酒，为了散散酒气，我一个人沿着马路步行回的家。

"聚餐的饭店叫老八排档，距我家直线距离只有4公里，如果是走大路，需要过七八个十字路口，而要从城中村穿行，可减少三分之一的路程。我是在离家门口最近的凤凰庄被人截住的。

"凤凰庄是我们那里地形颇为复杂的城中村，绝对的藏污纳垢之所，因为挨着火车站，里面住的多是外来人口。区政府不管是装路灯还是装监控，都能被整坏!

"对方选择在这里伏击我,说明事先肯定做过精心的准备。我被迷药迷晕,后面就不知道发生了什么事,等我再次醒来时,我的手脚被捆,眼睛上也蒙了黑布。我能闻到泥土的味道,周围很安静,我猜我应该是被带到了乡下。

"屋内有两个人以上的脚步声,分不清是三个还是四个。他们始终没有开灯,或许那间屋子就应该没有灯。没过多久,我听到了一个很奇怪的嗓音,非男非女,具有很明显的电子音特征。

"我想,那个说话的人戴着变声器。他告诉我,希望我跟他们合作,只要我顺利进组,就给我两百万现金。

"我问他进什么组,他回答我说,914专案组。

"我大吃一惊,从我拿到文件也才不过一天的时间,他们是从哪里得到的情报?另外,在交谈中,对方把我从小到大的所有情况一字不落地说了出来,甚至连我老婆孩子都调查得清清楚楚。从他的言语中,我听出了威胁的味道。

"不过对方似乎并没有想对我怎么样,他只是把话撂下,希望我好好考虑,之后我再次被迷晕,再醒来时,我躺在了家里的床上。

"我问我爱人我是怎么回来的。她说我喝多了,躺在小区门口,是邻居发现后把我扶回来的。

"我刚清醒过来,就赶忙去调沿途监控,结果无功而返,也就是说,我到现在都不知道绑我的人是谁。"

隗国安点了支烟,冷静了一会儿后,接着说道:"以当时的技术手段,想找到谁绑的我,相当困难。可是出了这档子事后,我不得不考虑一个问题,专案组这浑水我到底能不能蹚?

"一开口就是两百万,还能把我的底细摸得清清楚楚,对方到底是什么人?他们为什么要选择我?

"对方没有伤害我,说明他们想要利用我,至于利用我做什么,他们虽然没说,但从开的价码来看,绝对不会是一般的小事。

"他们调查我的底细,用钱来买通我,分明就是把我当成了见钱眼开的主儿,这未免也太门缝里瞧人——把我给看扁了。我既然选择穿了这身警服,就绝对干不出明修栈道，暗度陈仓的龌龊事。

"好在914成立当年，从全国遴选了两名刑事相貌专家进组，一个是我，另一个是H省的陆闫。就算我不去，也不会影响专案组的成立。

"我和老陆在一起培训过，如果是单论画像，他的技术绝对在我之上。第二天，我和他通了个电话，当他那边确定没问题后，我便去找局长，说家里没协商好。我给所里兄弟们的解释是，自己没有竞争过别人。

"最终我没进组，那帮人也没来找过我，事情是过去了，可我心里就像是吃了屎一样恶心。

"让我万万没想到的是，有一天，我竟会被通知参加老陆的追悼会。我几经打听才知道，整个914专案组，除了你，都被嫌疑人给炸死了。"隗国安看向展峰，"我俩第一次见面，是在老陆的追悼会现场，你还有没有印象？"

这番话，似乎又把展峰拖入了痛苦的回忆里，他缓了好一会儿，才重重地点了点头。"有，你还问我到底发生了什么事。我说是在勘查现场的过程中，嫌疑人引爆了炸药。你问我到底有没有查清楚，是不是存在隐情。我回你说，我不清楚！你说，这里面有鬼，希望部里彻查。"

隗国安有些吃惊。"你都记得？"

"对，你说的每一句话我都记得，所以第二批914专案组成立时，我才敢在周局面前拍胸脯说，能把你招进组。"

"你怎么那么肯定我会进组？"隗国安有些不解。

"因为你对陆老师的死有所怀疑，你一定知道些什么，当时你希望部里彻查，说明你也需要知道真相，我们有着共同的目标！"

"没错！"隗国安义愤填膺地说，"如果老陆的死真与这帮人有关，那我就算拼掉老命，也不会放过这些家伙！我确实很想知道真相，所以我来了。"

"可是你进组后，并没有表现出你应有的热情！换句话说，你好像在顾忌什么？"

"这也被你看出来了？"隗国安惊讶道。

"不是用看的，是猜的！"

"哦？怎么猜的？"

"一个为了画像，可以几天不眠不休的人，怎么可能会表现得如此懒散，除非，是在刻意伪装。"

"虽然你很年轻就当上了专案组组长，但我对你的能力一点都不敢小瞧。"隗国安会心一笑，"你说得没错，我虽然没有答应他们，可我们组是不是还有其他人被收买，我不清楚。所以我只好表现出一副吊儿郎当的样子，为的就是给人一种毫无能力、疲于应付的感觉。我认为只有这样，那帮人才不会再次盯上我。"

"意料之外，情理之中。"展峰顿了顿，接着说，"对了鬼叔！"

"嗯？"

"你觉得，我们组谁最有可能被收买？"

"实不相瞒，进组前，我的确很担心这个问题，可是进组后，我发现谁都不可能！"隗国安掰起了手指，"你是专案组组长，绝对不可能。嬴亮这小子和我有过命的交情，他父亲还是全国优秀人民警察，有良好的家风，也能排除。蓝嫣这丫头，父母都是军方高官，而她自己从小生活在大院里，根正苗红，一般人想接近都难，更别说说动她或威胁她了。

"最后就是道九。他这个人，小毛病是多了点，有时还带点痞气，但是他的人品绝对没话说，而且脑瓜子灵光，在专案组出了不少力。再说，他是你带进组的，你肯定对他知根知底，才能这么做，所以我对他也很放心。说来惭愧，我要不是太节俭，也不会让那帮人误以为我是个贪财鬼，好拿捏了。"

"节俭和贪财是两码事，我对鬼叔从没有过半点怀疑。"展峰露出真诚的笑容。

隗国安眼圈一红，哽咽道："谢谢！谢谢你！"

三十八

屋内的气氛从沉闷到活跃，多亏了吕瀚海在门口的一声鬼哭狼嚎。

"老鬼你马上就没事了！晚上我请你喝酒……肌肉亮……你大爷的……轻点……"话还没说完，他就被疾步赶来的嬴亮给拖了出去。

眼前恢复平静，隗国安发自内心地笑了笑，说："这些日子道九都会来陪我，我很感激他，要不是他，我估计早熬不下去了，谢谢你把他带进组里。"

不得不说，吕瀚海确实是专案组的调味剂，说到这里，展峰的心情也好了不少，他眉毛一挑，半开玩笑道："我也觉得我看人真的很准！"

"确实没有跑偏，"隗国安甩了甩胳膊道，"被道九这么一闹，我还真想快点出去走走。得，不耽误时间了，我今儿把该说的话一口气说完了。先说鲮女画像的事吧！

"这起系列浮尸案，一共六名受害人，说来也巧，尸体随着洪河水一路漂，刚好一个地级市立了一起案子。调查初期，这些案件都是个案，并没有串并。直到接连发案，案子才被一步步汇报到省厅。刑警总队派出法医专家，对尸体重新解剖，找到了串并依据。案件最终被总队直接接手。这起案子难就难在，没有失踪人员报案，无法核实尸源。

"因为尸体面部腐败，总队就邀请我进组给死者画像。我做的是面部复原，处理的只是颅骨，不需要知道案情。不过在我画像的过程中，我感觉出这些人有些面熟，但我没有放在心上。毕竟我平时也很喜欢速写，只要和某个人打过照面，我都能回忆起来。

"画像结束后，法医老方才给我看了尸检结论。当我看到死者的尸表特征时，我惊得汗毛都竖了起来。这些文身特征我太熟悉了，我几乎当场就能确定，她们中带有鲮鱼文身的，都给我当过模特！

"可这件事要怎么说出口，确实让我犯了难。我总不能说我入警之前，托人找小姐当过模特？若要传出去，别人会怎么想？孤男寡女共处一室，知道的说我是在画画，那不知道的呢？况且这件事我的家人、朋友都不知情，万一被爆出来，不知道会被传成什么样子。

"我想了好几晚上，也只能把我知道的线索，通过匿名信的方式转到总队。在确保总队收到信后，我才离组。

"我看了姚彬的口供才知道，原来这帮鲮女经常打一枪换一个地方，流动性如此之大。虽然信上写得有些出入，但我也谈不上误导侦查……"

"匿名信我看过，地理位置的问题，对案件帮助确实不大！"

"听你这么说,我心里稍微好受了些!"隗国安点点头。

"本案凶手已经被抓获,能找到证据链,全是靠你的画像,就冲这一点,你的冤情也已经洗清了。"

"那也多亏了你。要是换成别人,我从这里出去还是猴年马月的事呢!"

"咱们之间,不用说客套话。"展峰强调了一下。

"得得得,不说了,聊正事!所有问题都有了答案,剩下的就是那九十万块钱的事!"隗国安用手掌搓了把脸颊,正色道,"是一个很偶然的机会,我上了一个叫画家网的论坛。因为虚荣心作祟,我把其中一幅鲮女的油画上传到了这个网上。

"上传前,我没有考虑那么多,可上传后才得知不能删除,我这才有些慌乱。毕竟我心里清楚,这幅画与案件有关。不过很快我便安慰自己。首先,油画上的人脸,是我后期想象着画出来的,并不是真人,也不怕有人对号入座。其次,我看过尸检报告,就算有人问起,我也可以狡辩说,我是在模仿死者身上的文身绘画。也正是有了这两条无法撼动的说辞,我才自欺欺人,勉强心安理得。直到有人找我买画,我也并没有察觉出异样。

"那段时间,儿子应亲家的要求,必须买房才能结婚,我急需一笔钱拉儿子一把,所以我只把对方当成了圈内人。"

"对方能出九十万块钱这么高的价,你就没有怀疑过?"展峰问。

"文化圈子里的交易,从来都不是等价交换,圈子里很流行一句话,有钱难买我喜欢,只要某某人的画被金主相中,卖个几十万上百万也不是什么稀罕事。

"我当时在画家网上,已颇有人气,有很多中介都找到我,想代理我的画,按照他们的说法,只要炒作得好,我的画一幅卖十几万块钱不成问题。我也是严格按照这个底线来报的价,没想到对方连想都没想就答应了。我当时只是单纯地认为我遇到了金主,我根本没想到,会被人摆一道。"

"也就是说,这九十万块钱,都是卖画所得?"

"千真万确!我可以赌咒发誓。"

…………

结束问话后，隗国安仍没有马上获准离开留置室。

完整的录音录像被第一时间送至公安部纪检组。一支由二十人组成的调查小组，开始针对隗国安的口供进行核查。

调查组在隗国安的工作室中找到了他曾经的作品。

多名高级情报专家，根据模特身上的文身、胎记、刀疤等特征，在系统中进行检索，最终共核实了七个人的身份。她们的供述，与隗国安的不谋而合。除了充当模特，她们与隗国安之间，并未发生过其他任何交易。

另外，通过分析隗国安提供的画家网账号、银行卡、手机、短信等物证，也基本可以证实，对方转过来的这些钱，主要用途就是买画，至于对方的身份，仍在进一步调查之中。

至此，举报信中的内容，终于被彻底推翻。

当隗国安走出留置室时，距离儿子隗阳的订婚日还剩最后一天，他到底还是赶上了这个好日子！

第二案
白骨情缘

大约也就十来铲的工夫，选中的方框全被挖开，三组人看到里面埋藏的东西后，瞬间停下了手中的动作。
"饶科长！人……人头……人颅骨……"

一➤

"哈力！"边防派出所训练场里，教官徐安正手持飞盘吸引训练犬的注意。

被唤作哈力的黑背，是公安部自行培育的国产品种，比许多国外品种都要通人性，教官每次下命令，它都会竖起耳朵，迅速转为对视。可今天，不管教官如何用飞盘试探，它就是大张着嘴坐在那里纹丝不动，时不时还发出"呜呜呜"的低语，表示抗议。

"嘿，这家伙，又想偷懒了？"徐安走上前，一把揪住哈力的耳朵，像训斥小孩一样喝道，"你咋就这么懒呢？晚上就轮到你出勤了，你可不能给我掉链子……"

"好了安子。"一个中年男子的声音从身后传来，徐安转头一看，是他的带班组长，比他大上一旬的霍元兵。霍元兵性格随和，没什么架子，组里的人都喊他老兵。

"你跟狗置什么气？快松开！"

"老兵呀老兵，你就会护犊子，也不看看哈力最近天天吃了睡，睡了吃，都快肥成啥样了？"

"你懂个屁！"老兵将他挤到一边，怜爱地抚摸着哈力顺滑的毛发，"犬科动物只有脚底有汗腺，所以最是怕热，不是它不想动，现在室外气温都快40摄氏度了。换位思考一下，要是让你穿一身貂，站在太阳底下，你想不想动！"

哈力像是能听懂似的，又"呜呜呜"地叫了起来。

老兵见状大乐："你看吧，我这话说到人家心坎里了吧！"

"得得得，你是组长，你想咋样就咋样！"

老兵抬手看了下表，说："白天没啥事就别折腾了，晚上六点开始夜巡！"

虽然语气温和，可这就是下了命令，徐安连忙立正敬礼，回了句："明白！"

尽管经过改革后，边防派出所人员已由武警全部转为人民警察，但在行政职能上，它跟内陆派出所还是有着本质的区别。

作为国家大门的守护者，他们承担着巨大的压力，也肩负着更重的责任。

走私毒品、偷越国边境……类似的大事只要稍不留神便会发生。

白天有哨兵的严防死守，可到了黑压压的夜晚，罪恶就有了可乘之机，所以夜巡是边防派出所每天工作的重中之重。

夜巡没有固定时间的，全看日头的明暗，宜早不宜迟。正值盛夏，晚上八点天上都还能看到晚霞，老兵、徐安及其他四名巡防员共六人，坐上了警用皮卡车。

车子发动前，哈力一个纵身跳进了车斗，只要不顶着毒日头，它就显得精神奕奕起来。

PC市连绵数百公里的边境线，全是边防所的辖区，每天所里要派出十个小组，共六十人、十只犬，对边境线进行地毯式的巡逻。

老兵带的第六小组，算是所里的尖刀组了，组员都有特种训练的经历，无论体能还是战术，在所里都首屈一指。

正所谓能者多劳，他们这组主要承担边境线附近地势险峻、森林覆盖处的步巡任务。

这种地方存在天然的地理屏障，非常容易给罪恶形成掩护。

夜幕渐渐低垂，老兵带着巡逻组结束了外围巡查，他们刚把车停在黑瞎子林入口，哈力就"嗷嗷"地咆哮起来。教官徐安摸了摸哈力的头，安抚它焦躁的情绪。

哈力虽不会说话，但并肩战斗多年，所有组员都知道，哈力一定是在这片荒无人烟的丛林中，闻到了陌生人的气味。

老兵一改往日的慈眉善目，肃声道："兄弟们，把弹匣装满子弹上好膛，看来,今天晚上有鬼。"

"明白!"几人动作整齐划一,将微型冲锋枪紧握在手中。

黑瞎子林之所以叫这个名字,其实与熊瞎子并无半点关系。只是因为这里遍地阔叶木,树与树之间间隔较大,要是熟悉地形,吉姆尼这样的小型越野车可以自由穿梭。

再加上头顶阔叶的遮盖,所有观测设备,就跟瞎了一样,起不了任何作用。

起先,老兵他们也不知这片林地叫啥,后来陆续抓了多名偷渡者,嫌疑人都供述是从黑瞎子林穿越而来,直到指认现场时,老兵才知道,这望不到边的林地竟然还有名字。

近期降雨很少,野草枯黄,看起来颇有点非洲草原的味道。

为了不暴露目标,全组人戴上夜视仪,跟在哈力身后缓缓向前推进。

徐安握着牵引绳的手被越勒越紧,哈力奔跑的速度也越来越快,它似乎在用行动告诉组员,已经快接近目标。

正当所有人准备着铆足劲往前冲时,哈力却突然停下脚步,嘴中发出"呜呜呜"的警报声。

"怎么回事?"老兵问徐安。

徐安压低声音说道:"哈力说,前方有危险!"

"后退,找掩体!"老兵打了个手势,六个人瞬间如鸟兽散,火力夹成三角对准了哈力凝视的方向。

很快,树林中就有了响动。

众人快速举枪,视线、准星、缺口连为一线,只等目标出现。

"哗啦,哗啦……"声响越来越近,在判断对方可能进入了感应区后,老兵打开了手持热像仪。

屏幕中,红黄蓝三色拼接成了"人"形,随着仪器上的颜色逐渐加重,老兵吹响了警惕的口哨。

几分钟后,一名衣衫褴褛的男子冲进了包围圈。

哈力最先警觉,上前一口咬住了对方的衣袖,那个人双腿一哆嗦,瞬间跪倒在地。

"干什么的？"六个枪口对准了那个人。

"警察？你们是中国警察？"

男子操着拗口的中文，众人一听心里便有了谱——这家伙多半是个偷渡者。

老兵厉声呵斥道："你是干什么的？"

"我终于看到活人了，佛祖保佑，佛祖保佑啊……"此人涕泪交加地喊道。

像这种偷渡者，派出所一年不知要抓多少个，老兵可没耐心跟他废话，继续喊道："别给我装糊涂，现在正式告知你，我们是中华人民共和国警察，请你配合调查！"

"我配合，我配合，我什么都说，我是'邮差'，吞了二十颗，他们答应我事成给我两千块人民币，跟我对接的是一个叫胖头虎的人，只要你们带我离开这里，我发誓，我可以帮你们找到他。"

人体藏毒可不是什么高明的贩毒伎俩，边境之外的国家因为连年战乱，有很多人生存无望，所以愿意铤而走险，他们把自己称为"邮差"，只要成功一单，换回的酬金就够在该国全家吃喝一年。

因为他们肩负着家庭的重担，所以极难审查，多数人被抓后，不是装疯卖傻，就是用外国人的身份打掩护。

像这个人这样交代得如此爽快的，老兵还是头一次遇见。

事出反常必有妖，老兵不敢放松警惕，将男子控制起来后，低声问道："除了这些，你还有什么没交代的？"

"没了，就这些，求求你们，快把我带走，我不想待在这个地方！"

老兵瞥一眼旁边的哈力，突然福至心灵地问："林子里有什么？说！"

男子闻言战战兢兢，露出了一副极为恐惧的表情。"有鬼，林子里有鬼……"

二

老兵这些年都在跟边境线以外的人打交道，他知道，那个国家的人相当迷信，百分之八十的人，就算家里揭不开锅，也会请一尊神像供在家里。

"鬼神之说"老兵自然不信，可他觉得，男子既然能被吓得魂不守舍，一定是看到了什么。

在老兵的逼问下，男子用磕磕巴巴的中文讲述了整个过程。

男子叫鑫利达，为了赚钱给重病的女儿治疗，他吞了二十颗海洛因毒丸步行穿越边境线，贩卖到中国。

为确保毒丸不在半路中因为肠胃蠕动排出，他不能吃饭，于是饿着肚子走了两天三夜。

进入黑瞎子林不久，他看到林中有几处房屋，本想上前讨点水喝，可刚走近，便看到一团蓝幽幽的火光从屋后飘起，他吓得腿一哆嗦，慌不择路地到处乱跑，没想到跑了几圈又回到了原处。

他以为是遇到了鬼打墙，吓昏了过去，再次醒来时，他发现鬼火已经散去，他觉得自己稍稍清醒后，连忙起身往外跑，这才撞上了老兵他们几个人。

黑瞎子林里曾有过不少村寨，有房屋在里面也不足为奇，老兵他们在巡逻时，也常能遇到。

不过随着国家经济的发展，地方政府的帮扶，很多密林村寨都已人去楼空，村民也搬离了故土，来到山林之外定居，过上了现代化的小康生活。

通常而言，只有逢年过节上坟祭祖时，林子里才会有人群聚集。

鲁迅曾说，地上本没有路，走的人多了，也便成了路。黑瞎子林里面也有几条被村民拓宽过的主干道，容得下一辆轿车单向进出。

每条主干道周围，都能看到零星的几座房屋。这些屋舍修建材料不一，有木屋、泥巴房，还有用砖石垒砌的瓦房。

男子是第一次闯进黑瞎子林，老兵看他精神萎靡，便给他灌了几支葡萄糖，待他稍稍恢复体力后，这才根据他结结巴巴的叙述，大致摸清了"鬼"的方位。

为了彻底搞明白情况，老兵决定带领小队前去一探究竟。

徐安脱下男子的一只鞋给哈力闻了闻，在下达了追踪的口令后，小组六个人带着男子朝林子腹地走去。

不得不说，人在紧张害怕的状态下，确实可以激发潜能。

男子嘴里说自己跑了并没多远，可老兵几个人疾步走了快三个小时，竟然还没到地儿。

当老兵也迷惑不已，反复质问男子是不是记错了路时，忽地，几团淡蓝色的火焰在林中幽幽地飘荡了起来，宛若无形的鬼魅浮在半空。

这种诡异的景象，众人也都是头一次见。

男子已经吓掉了魂，作为组长的老兵定了定心神，让徐安打开了肩膀上的执法记录仪。

"走，我们过去看看！"

老兵刚一下令，戴着手铐的男子便扑通跪在地上，他死死拽住老兵的裤脚哀求道："警官不能去，千万不能去，会没命的！"

"怕什么，我们有枪，"年轻的队员一脚踢在了男子的屁股上，"别磨叽，快起来！"

"我不去，就算你们杀了我，我也不去……"男子躺在地上流着鼻涕大哭道。

"得得得！反正找到地方了，带他也是个累赘。"老兵见状，看向队尾两人，"小冯、小张！你俩看着他，原地待命，其他人跟我来。"

"明白。"

留下两个人看护男子，老兵打头阵，四人呈"V"字形快步向前。当距离蓝火越来越近时，老兵一抬手，众人纷纷躲在了树后。

测距仪显示，在前方280米的位置，有一座用石块搭建的四合院，热力仪上，除了有几只耗子大小的哺乳动物来回穿梭外，并未捕捉到人形图案。

确定房中无人，老兵向前一挥手，小组两两互相掩护，迅速来到门前。

院墙上的双开铁门上着明锁，从附着的锈迹看，这里已经很久无人问津了。

老兵带头翻进院子，目所能及的范围内到处杂草丛生、蛛网遍布，完全一幅破败的景象。

幽幽的蓝火仍飘浮在半空，透过热力仪能看到有一团红色的高温物体从地下不停地往上蹿。

"难道……这里有地下室？"徐安随口一问。

"不会是用地道贩毒吧？"组员小吴也接了句。

"瞎说八道的电视剧少看点，"老兵白了他一眼，"这里距离边境大几十公里，周围还有山体，这要是挖地道得挖多少年？退一万步说，真有地道，这么大的工程我们都没发现，那我们还是回家种红薯算了，别浪费国家粮食。"

"说得也是……"小吴挠了挠头。

"不过，这里肯定有什么蹊跷，咱们分头找找看，或许能发现入口……"

院子面积虽然不大，可杂草却有一人多高，加上又是夜里，几个人翻来覆去，也没发现什么异常。

紧要关头，哈力一个纵身从墙外蹿了进来，只见它在院子里兜兜转转，最后停在了西北角草地旁。

老兵朝徐安使了个眼色，对方会意疾步跑到哈力面前蹲下。

"是不是在这里？"

哈力低声叫唤。

"老兵，哈力说这里有情况！"

"收到，把这儿的草除掉看看！"

徐安掏出匕首，一把握住草叶，就在他想下刀时，失真的触觉让他发现了异样，"这一片的草是假的。"

"假的？"老兵他们循着声走了过来。

徐安一用力，把一块方形的草皮拎了起来，厚约5厘米的人造草垫子下，果然出现了入口。

那是一道四四方方的金属门，与地面卡得严丝合缝，U形的锁鼻上并未发现锁具，老兵一用力，厚重的金属门被掀开。

顺着手电筒的光柱，能看到一条延伸向下的红色金属梯，老兵点了根火柴扔了进去，火焰瞬间熄灭。

"氧气不足，等等再下。"

老兵一声令下，四人一狗就蹲坐在了洞口。

闲不住的徐安，时不时就拿手电筒往里面照一照。"哎哟喂，少说有十来米深，你们说挖这个到底是干啥用的？还有那团蓝火，跟这个地洞到底有啥关系？"

"我看你改名叫十万个为什么吧！一会儿下去你不就知道了吗？"老兵抬手看了眼时间，"估计再过半小时应该差不多了！"

"那啥……刚才打开盖子时，你们有没有闻到一股奇怪的味道？"组员小吴问。

"闻到了！"徐安说，"一股子霉味。"

"确切地说，是霉腥味……"

"多一个字而已，有什么区别？"

"我老家在东北，家家都挖菜窖，菜窖不光放菜，还会放些大米啥的，要是冬天吃不完，一发霉就是这个味。"

"你是说，这里有可能是人家挖的菜窖？"

"扯淡，"老兵摇头，"这院子拢共就两间房，最多住三四个人，有那么多菜要吃啊？挖那么深的菜窖根本不符合常理。"

说着，老兵又丢了根火柴，这次火柴一直燃到坑底才缓缓熄灭。

"差不多了，我先下！你们在洞口掩护。"

老兵脱下装备，叼着一个手电筒，勉强挤进了洞口，在"嗒嗒嗒"的脚步声中，他迅速下到坑底。

灯光在洞口忽闪，不到一分钟，老兵又返回了洞口，面色很难看。

"有什么情况？"众人连忙问道。

"出大事了！"老兵紧张地大喘粗气，"洞里……"

"洞里怎么了？你大喘气干吗？"

老兵吞吞唾沫，说："洞里……发现了三具骷髅！"

三

边境是走私、贩毒最为猖獗的地方，团伙间黑吃黑的情况也屡见不鲜，在这么偏僻的地方发现三具白骨，就算再不懂事的人也都知此事非比寻常。

老兵第一时间带人把现场封锁了，市局技术科也在接到电话后火速赶了过来。

折腾了一夜，天蒙蒙亮时，负责勘查外围地形的老兵才发现，原来石屋西边不足1公里处，有条宽约3米的主干道，道路两侧可见稀稀拉拉的屋舍，不过每间屋都是关门闭户，早无人迹可言。

屋墙上的标语"树林属于国家，偷砍要去坐牢"，唤起了老兵的记忆。他印象中，刚上班那会儿，他好像就因一起盗伐林木案，跟着带班师父来过这里，那时，这里就没几户人家，一晃过去了三十多年，只怕原本的住户早就搬得干干净净了。

绘制好地形图，饶旭科长带着全科室六名技术员赶到了目的地。

老兵与饶旭同龄，在一起并肩战斗过无数次，相当熟络。

两句寒暄之后，老兵连忙把发现此处的前因后果原原本本地说了出来。

听完经过，饶旭问道："蓝火？什么样的蓝火？"

老兵打开执法记录仪，将录像画面调了出来，说："你看，就是这个。"

饶旭瞟了一眼，乐了。"嗐，我当是什么呢，原来是磷火！"

"磷火是什么玩意儿？"老兵好奇地问。

"就是那个'邮差'口中的鬼火，"见老兵有些打破砂锅问到底的劲头，饶旭解释道，"鬼火是一种很普通的自然现象。人体内部，除碳、氢、氧三种元素外，还含有其他一些元素，如磷、硫、铁等。人体的骨骼里含有较多的磷化钙。人死了，躯体埋在地下腐烂，发生各种化学反应。这时骨骼中的磷会由磷酸根状态转化为磷化氢。磷化氢是一种气体，燃点很低，在常温下与空气接触便会燃烧。尸体腐败产生的磷化氢沿着地下的裂痕或孔洞冒出来以后，在空气里面燃烧时，会发出淡蓝色的光，这就是磷火，也就是坊间传闻里的鬼火了。"

"有趣，我长这么大，还是第一次见呢！"老兵道。

"这玩意儿可不是想见就能见的，它一般只出现在盛夏的夜晚。"

"是因为气温？"

"没错！"饶旭边穿防护服边说，"盛夏天气炎热，气温高，当地表温度达到 40 摄氏度时，磷化氢遇到氧气就会发生自燃。其实白天也会发生，只是因为磷火是淡蓝色的，白天肉眼不好分辨，所以一般晚上才能看见。"

听完解释，老兵又突然回忆起一件事。"饶科长，昨晚'邮差'还说了一个细节，劳烦你再给解答一下吧！"

"什么细节？"

"'邮差'说，他一跑，鬼火也跟着跑，这是真的，还是他吓出了幻觉？"

"这个是真的，"饶旭拉上防护服拉链，"在夜里，特别是这种林子里面，没有风的时候，空气一般是静止不动的。因为磷火很轻，当你移动时，脚步周围空气流速快，压强小，磷火在大气压强的作用下，会跟着空气一起飘动，甚至伴随人的步子，你慢它慢，你快它快，你停它停，看起来很是诡异。又因磷火经常出现在尸体聚集的墓地或乱葬岗，所以才有人把它叫成鬼火。古人搞不懂原理，就把这种现象叫作鬼追人！"

老兵恍然大悟，饶旭也带着组员做好了勘查前的准备。

用仪器检测完氧气浓度，确定已经符合呼吸标准后，饶旭带队，七个人依次进入了地坑。

照明设备将坑内照得是灯火通明：

这是一个长方体空间，东西长南北宽，高约 11 米。入口扶梯架在东北角。

西、南、北三面墙放置有金属货架，普洱茶似的黑色叶状物铺满了架子。

在中间相对平坦的位置，可看见三具衣着完整的白骨化尸体。

饶旭站在入口位置，用工兵铲挖出土样，跟他猜想的一致，地面之所以如此干燥，是因为混入了沙砾、石灰等防潮辅料。

如此大的面积，铺设近 20 厘米的防潮辅料，普通菜窖不会如此大费周章。再说了，菜窖多见于北方，南方鲜有人用，冷不丁在这么个地方，出现这么大一个地窖，很难不让人猜测，它的真实用途到底是什么。

现场还存在诸多疑点，饶旭轻易不敢挪步，生怕破坏相关证据。

他抬起头，把光源对准了窖顶，在墙角线的位置，他发现了多个日光灯管，由灯管引出的电线，在西北墙角汇成了一股，直通地面。这里的房屋废弃已久，早就不供电了，那么地下用电又是从何而来的呢？

饶旭与地上的老兵通了个电话，按照他的推测，老兵果真在石屋中找到了一台汽油发电机。

根据铭牌上的型号，这是一台功率为20千瓦的汽油发电机，按如今的市价，在三万块左右。

为了一个菜窖，配置如此高功率的发电机，这就更说不过去了。

在饶旭倍觉迷惑之际，他突然想起了一件事，于是他折回地面，调出了执法记录仪中的回放录像。

他发现那团蓝火冒出的地方，并非地窖，而是要再往西偏一些。

"难道说，这里面还有尸体？"

带着这个疑问，饶旭将视线转到了地窖的西墙上。

不看不要紧，仔细一看，他很快发现了猫腻：南北两侧货架都可见干枯的菜叶，可唯独这面墙的货架空空如也、异常干净。

饶旭提着皮锤，溜边来到了墙根处。

"咚——咚——咚——"

伴着空洞反弹回的撞击声，饶旭的心顿时紧张起来。"里面还有空间——"

"头儿，入口在哪里？"组员问道。

饶旭上下打量了一圈，在顶角极其隐秘的地方，发现了几股电线。

"小许，上去把咱们的发电机取下来，把这几根线通上电试试！"

"好的科长！"小许按照来路小心地退出现场。

"记住，现场情况未明，千万不要触碰任何物证，包括石屋内的发电机！"

"明白，放心吧科长。"众人答道。

没过多久，饶旭怀着忐忑的心情，站在墙角，地上的发电机已全速运转，发出了很有节奏的"突突"声。

约莫几分钟后，地窖里听到"嘀"的一声响，所有日光灯管只是一闪，便又暗了下来。

这在饶旭的意料之中，虽然照明设备全部瘫痪，但最起码能证明一点，这里的电路仍处在通路状态。只要找到发动开关，或许就能知道墙后的秘密。

饶旭搬来折叠梯，接着把埋入墙内的电线，一点一点地扒开，顺着线路，他果真在北墙货架的底端，发现了一个红色按钮。

为了不破坏潜在指纹，他只是用螺丝刀轻轻一触。

只听"哐啷"一声，货架上的浮灰抖落了一地。

"饶科长，墙开了！"

组员兴奋的话音刚落，墙体就裂开了个近1米的豁口。

饶旭手一挥，所有组员贴着墙根走了进去。

里面依旧是一个长方体空间，面积跟前一个相比不分伯仲。

只是这里没有摆放货架，三面墙，都被用白色自喷漆画上了方框。从上到下，从左到右，每个方框内，都喷有数字。

每面墙都是从一喷到九十，三面墙共有二百七十个方框。

"饶科长，这是干吗的？"

"里面放的会不会是毒品？"

"不是毒品，也有可能是走私物！"

议论纷纷的组员们给出了各种猜测，饶旭则绷着脸，在他心中，有了一种不祥的预感。

"饶头儿，下一步我们该怎么办？"

"随机进行抽样，"饶旭环视着道，"北墙，三号，七十八号；西墙，二十六号，五十四号；南墙，四十六号，六十二号。你们分头把这几处挖开，看看里面到底是什么！"

"收到。"

队员接令，两两一组，一人持铲开挖，另一人则手托物证袋，将挖出的土样收入其中。

大约也就十来铲的工夫，选中的方框全被挖开，三组人看到里面埋藏的东西后，瞬间停下了手中的动作。

"饶科长！人……人头……人颅骨……"

"里边全是颅骨……"

四

SD市，上岛咖啡厅。

要不是为儿子订婚，隗国安一辈子都不会来这种瞎花钱的地方用餐。

按旧风俗，子女订婚宴上除双方家长，还少不了七大姑八大姨们。

隗国安的爱人祁梅也跟未来亲家母楚丽事先沟通了订婚宴的事，本来是好意征询对方意见，可没想到，楚丽在电话里回的尽是"都新时代了，还抱着那些老传统""子女结婚，除了父母都是外人""只要子女幸福就好，无须外人看热闹"之类的内容，话里话外就是不想搞大排场。

隗国安哪里不清楚，楚丽自打离婚后，就以女强人自居，亲戚妯娌没有人受得了她那泼辣的性格，纷纷与她划清了界限。其实不讲究传统是假，叫不来一个亲戚帮衬才是真，她就是丢不起这个脸。

有句话说得好，看透不点透，还是好朋友。

既然对方提出一切从简，隗国安也就揣着明白装糊涂，应了她的要求。

程序上的事来回折腾了好几次，总算落定。可没想到，在订饭店的环节上，又出了问题。

在中国，无论是相亲还是订婚，由男方出钱，似乎已成了一件理所应当的事。对这种花不了几个钱的事，隗国安自然不会吝啬。

他与爱人祁梅商量后，在省城最好的饭店订了个小包间。饭店名叫徽州人家，以徽菜为主打，口味在省城也是首屈一指的，夫妻俩把一切都做到了极致，可仍换来亲家母一句"没有情调"。

郭德纲嘲讽过：喝咖啡高雅，吃大蒜低俗。可隗国安没想到，还真有人拿这玩意儿说事，而且还要套个"与时俱进，跟国际社会接轨"的大高帽。

隗国安寻思，自己跟祁梅都是老实人，不怎么喜欢跟人斤斤计较，要是换成别人，这婚怕是都结不起来。

威斯汀包间内，充斥着隗国安听不出好歹的交响乐，看着菜单上歪七扭八的英文，以及那不低于三位数的单价，他跟祁梅是如坐针毡。

倒不是心疼钱，只是中国老百姓讲究个物超所值，你说要花个几百块买根羊腿，隗国安绝不含糊，可让他拿这钱买一杯苦不拉叽的咖啡，他怎么喝怎么不是个滋味。

他经常调侃那些去米其林星级餐厅吃饭的人，经济实惠的不要，偏吃填不饱肚皮的玩意儿，绝对脑子不好。今天他也着实体会到了，自己跟所谓的"高雅"确实还差着不少等级。

一曲终了，包间门应声而开，一身贵妇装扮的楚丽牵着女儿林晓晓走了进来，隗国安一家三口连忙起身相迎。

"快坐下，都快坐下！"楚丽摘掉墨镜，笑盈盈地道，"真没想到，我未来的亲家公不光是警察，还是一位知名的画家啊！"

"不敢当，不敢当！"隗国安报以微笑。

"哎，谦虚过度就是骄傲啦！"楚丽毫不客气地坐在了面门的主位，林晓晓则被她拉到了身边，这举动就像在向众人宣布，未来这小两口，到底谁才是家中的话事人。

楚丽摘掉手套，看向隗国安。"亲家公，我知道你们搞艺术的都喜欢情调，怎么样，我安排这地方你还满意吧！"

"满意，满意，相当满意！"隗国安赔着笑点头。

"冒昧问一句啊！您通常画一幅画，需要多长时间？"

"怎么？您对画也有研究？"

"不，我就是好奇！"

"那要看画的尺寸了，要是正常的人物画，大概需要一到两天。"

"哟，这么快？"楚丽很是惊讶。

"景物画会更快。"

楚丽眼睛闪闪发光。"听说您六幅画就卖了九十万，照这么算，您这比印钞机来钱都快了？"

隗国安回头见儿子眼神躲躲闪闪，心中了然，一定是儿子把卖画付首付的事告诉了林晓晓，这事才会传到了楚丽耳中。

这一细微的动作自然落在了楚丽眼里。"亲家公，您也不用多虑，今天吃完这顿饭，咱就是一家人，以后我和我们家晓晓，还需要你们多帮衬帮衬，是不是啊晓晓？"

见女儿没有回应，楚丽硬是用胳膊肘捅了她一下。

林晓晓没有理会，而是很懂事地看向隗国安夫妇。"叔叔阿姨，你们久等了，快点些东西吃吧，这顿饭我和隗阳买单！"

林晓晓的知书达礼让隗国安很是欣慰，可楚丽却有些恨铁不成钢了，她白了女儿一眼，接着翻起了菜单。

隗国安此刻心里有说不出的难受，他被调查这事，家人还都被蒙在鼓里，部里成立的调查组，其实还在深挖。虽然他的行为不算违法，也够不上违纪，可一旦查实是什么人故意搞事，退回这九十万是迟早的事。

他现在每个月工资还不到五千块，自己的房子还是早年的小产权房，压根儿没办法卖，就算老两口不吃不喝，要想凑齐这九十万，没个十年八年，也是不可能的事。

隗国安被调查，自知给专案组蒙了羞，从留置室出来后，他就主动要求退组。展峰这次倒是没有跟他打感情牌，而是给他算了一笔账。

专案组常年在外办案，程序上可算作出差，在原有工资的基础上，每人每天可拿八十块的交通补助，一百块的餐食补助以及三百五十块的住房补贴。要是省吃俭用，长久下来也是一笔可观的收入。

展峰作为专案组组长，当然具有举荐权，他的态度很明确，914专案组已磨合多年，已经形成了默契。刑事画像这一块必须由隗国安继续负责，周局对此也没有任何意见。

另外，最让隗国安感动的是，算完这笔账，展峰掏出了一张银行卡给他看。

展峰告诉他，要是真到了要把钱如数奉还的那天，展峰愿意用全部积蓄补上他的窟窿，到时候让他慢慢还给自己，麻烦事就算解决了。

平时看似冷心肠的展峰，都把事做到这个地步了，隗国安感动得是无以复加，钱他当然不会要，案子嘛！他铁了心要跟专案组往下办了。

下午三点，忍着配合了亲家母老半天，总算把儿子的大事搞定的隗国安，突然接到了中心打来的电话。

简单沟通后，内勤莫思琪告知，中心接到了指令案件，展峰派司机吕瀚海正在赶往他家的路上，预计三十分钟后到达楼下。

电话刚挂断，吕瀚海紧接着就打了过来，说是车停在了路口，随时可以动身。

儿子的终身大事得到解决，隗国安心头也舒畅了不少，加上不必再跟组里隐瞒什么，对侦破新案，他心里还生出了些许期待。

隗国安被留置的那段日子，吕瀚海心里也是空落落的，这俩总算又凑到一起，路上自然就有聊不完的话题。

直到帕萨特停在专案中心停车场，两个人才依依不舍地把对话结束在了明星八卦上。

…………

走进会议室，一股热浪袭面而来，这是电器工作时缓慢渗出的热量。展峰几个人显然已经来了不短的时间。

"家里特殊情况，小儿订婚，来晚了来晚了……"隗国安双手合十，满怀歉意地说道。

"没关系，我跟大家解释过了。"展峰看向赢亮，"既然鬼叔来了，你先说说你那边的调查情况，让他安心。"

"鬼叔，关于你手机、银行卡的分析工作，部里交给我去处理，所以……"

"一码归一码，你尽管说你的。"隗国安嘴上这么说，心里还是咯噔一下，他也担心，万一在这个节骨眼上真查出对方身份，那这笔钱估计立马就要退还，可无奈的是，他现在压根儿就没有偿还能力啊！

"难道真要借展峰的钱？"隗国安心里正琢磨着，赢亮打开了笔记本，投影仪上密密麻麻的思维导图，让他头皮发麻。

"我通过鬼叔的小号，查到了对方的手机。该号码没实名认证，也没注册支付宝、微信，而且只跟鬼叔一人联络，无法分析社交圈。最奇怪的是，通话时，对方基站显示的是一串乱码，技术中心通过分析，初步怀疑对方极有可能使用的是私人基站[1]。"

具体的调查和分析过程极其烦琐,而赢亮最终给出的结论却是"无从查起"。

手机的事告一段落,银行卡也遇到了同样的情况,对方转钱使用的卡,是从一名经济窘迫的拾荒者手中购买的。

身份证和银行卡一共卖了一千一百块,每成交一单,对方都会去派出所补张身份证接着卖,所以他也不清楚,到底是卖给了谁。

合上电脑,赢亮有些歉意地说:"鬼叔,我这边尽力了!"

隗国安悬着的心终于落下来:"嘿!咱爷俩,你说这话!我还信不过你吗!"

"不过鬼叔你放心,部里已派专人调查此事了,周局说了,一定要把诬告你的人给揪出来!"

"呃……"隗国安顿了顿,"不着急,不着急,我的事可以放在一边,还是办案要紧!是不是啊展队……"

"难得鬼叔有这觉悟,那我们就先搞急活吧!"展峰拨通内勤室的电话,"思琪,你把案子的具体情况转过来!"

中断通话,他的电脑上很快就收到了一个加密压缩包。

解压后,具体案情被投在了幕布上。

"接公安部指令,在西南边境附近,发现了二百七十个颅骨及三具骸骨,以当地的办案条件很难侦破,受害者死于多年前,算是陈年旧案,案情复杂,部里要求我们914专案组协助调查。不知大家有什么意见?"

"又是现发案件啊?"赢亮的语气有些不耐烦。

"没错,的确是刚刚发现的。"

"展队,有些话我憋在心里很久了,今天我真的很想说出来。"

展峰凝视赢亮片刻,点头道:"那你就说吧!"

"有没有这样一种可能,部里为了脸上有光,专拣那些有侦破条件的下手,

---

[1] 一般来说,GSM、CDMA及LTE使用的频段并非免费,若要架设私人GSM基站,必须获得相应频段的使用权,而频段由国家掌控,由无线电管理委员会统一管理分配。要想使用私人基站拨打电话且不被捕捉到任何踪迹,其难度可想而知。

而那些暂时没有任何线索的案子，就会永远放下去？"嬴亮直截了当地说道。

"你所谓没有条件的案子指的是哪一起？"展峰微微一笑。

嬴亮深吸一口气，说："展队，我今天是心平气和地跟你探讨这个问题，没有想和你吵架的意思，你铁定知道是哪起案子，何必明知故问呢？"

"我还是那句话。"展峰的语气平和了下来，"我虽然有接案的决定权，但前提依旧是在上级领导的推送下。"

"你的意思是，石头的案子，不在推送范围？"

"目前是的。"

"为什么？"嬴亮拍案而起，"这起案子死的可是人民警察，难道还不足以引起重视吗？"

"我可以很负责地告诉你，上头很重视。"

"你不觉得你这话说得自相矛盾吗？"

"我不觉得矛盾，就是因为太重视了，才不能轻易推送。"

"我真没工夫跟你在这儿玩绕口令！"嬴亮怒气冲冲地说，"行不行，这么麻烦吗？不就一句话的事。"

"你心里清楚，这到底是不是你说的那种事。我问你，你觉得鬼叔为什么会被举报？"

迎着展峰淡定的目光，嬴亮顿觉语塞。

这些天来，他也在思考这个问题，他跟隗国安来自同一个地方，有过命的交情，绝对知根知底。老鬼虽然吝啬，但君子爱财取之有道，他绝对干不出见不得人的勾当。

老鬼一辈子都以老实人自居，从没跟人脸红过，就算是有人故意找碴儿，他也往往是一笑了之。

两个人在一起办案时，嬴亮也问过老鬼："别人都欺负到头上了，为什么总是这么怂？"

老鬼的回答是："我上有老下有小，很多事必须学会忍耐。打架这事，打赢了吃官司，打输了住院，怎么算都是自己吃亏不是？"

这个回答对嬴亮的触动很大，要不是人活得足够明白，绝不可能在受气的情况下把事情看得这么透彻。

赢亮可以确定，老鬼这种人，绝对不会在生活工作中，跟任何人结下梁子。如此一来，问题也接踵而至，无冤无仇的，用九十万做诱饵，写举报信污蔑老鬼的人，究竟是什么目的？

"别想了，我直接告诉你，有人想让专案组散伙。"展峰掷地有声地给出了答案。

"散伙？"赢亮大吃一惊。

"我们914的每个人，都是各自领域的拔尖人才，我们的电脑接入的是全国最全的数据中心，我们的检验技术比欧美发达国家还要先进，为了案件顺利侦破，整个专案中心上百人都在为我们服务，我们每个人身上都肩负着使命，这自然而然会让很多居心叵测的人有所忌惮。所以他们会不计后果使出卑劣的手段，逼迫专案组解散。而我们现在要做的，就是要让他们先露出马脚。"

展峰的视线落向赢亮，说："有些话，我不方便说太多，不过我给你个保证，石头的事，我迟早会给他一个交代。"

五

负责对接案件的，是市局技术室的饶旭科长。他和展峰都是搞物证鉴定出身，所以两个人之间沟通起来比较顺畅。

"展队，这是现场的方位图。"饶科长将一张航拍图打在了投影上。

"从高空俯瞰，中心现场就是一座极为普通的院落。方位是坐南朝北，一道围墙两间房。西边较大的为堂屋，东边稍小的是厨房。整个院落相对空旷，西北角有一红色方块，注明地窖入口。屋前可见到大片杂草，屋后有一长方形水泥地坪，推测为停车位。房屋西侧不远处，有一条主干道，车辆可由此驶入现场。"

方位介绍完毕，饶科长双击鼠标进入地窖。

"我们把中心现场分为东西两块！"饶科长说，"东边长14.4米，宽6.2米，高10.3米，重点部位发现三具骸骨；西边长11.5米，宽6.7米，高度和东边

第二案　白骨情缘　181

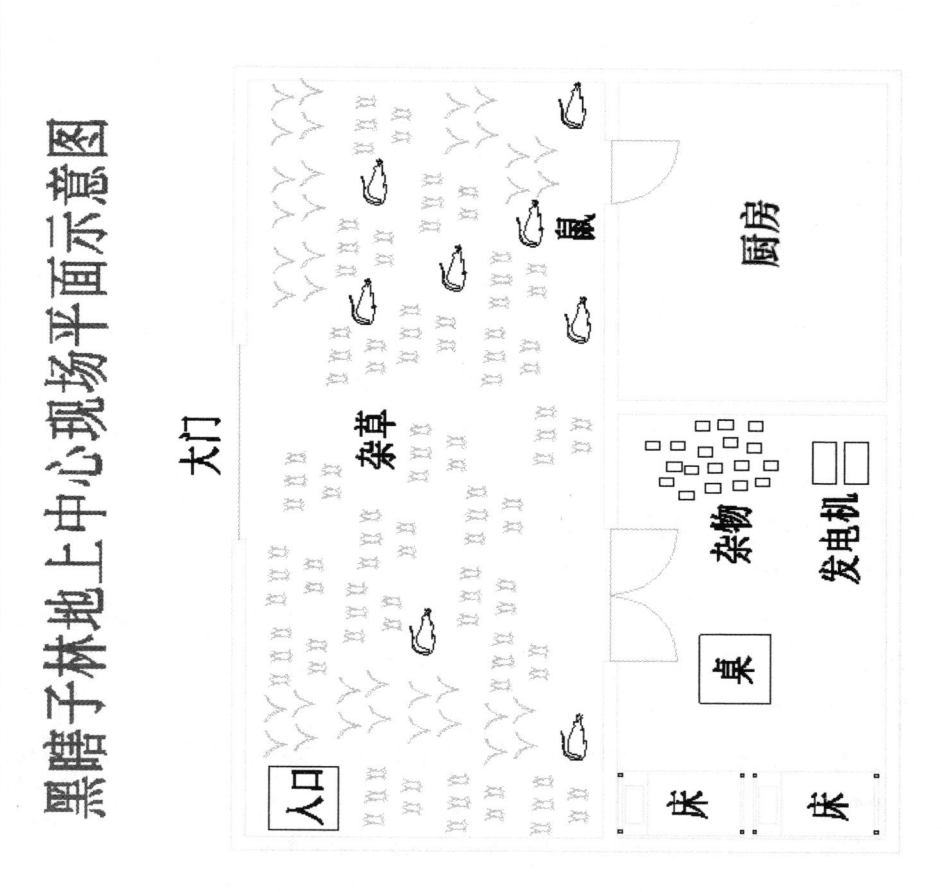

一样,也是 10.3 米,三面墙内嵌有二百七十个颅骨。初勘现场时,我们进行了全程录音录像。"饶旭说完,将那段精简至五分钟的视频文件双击打开。刚看两分钟,司徒蓝嫣便想起了韩国那部著名的恐怖片《昆池岩》。

纵观整个现场情况,并不复杂,目前最让人头疼的是物证较多,处理起来没有抓手,且难度极大。

这一点饶科长也是心知肚明,否则也不会将案件层层上报了。在得到公安部的回复后,饶旭第一时间派人将现场严密封锁,并采集了所有参与人员的手印及足迹样本。至于三具骸骨和二百七十个颅骨,目前仍在现场原封未动。

这种现场不像刚发案件,存在极强的时效性,所以早一天进入晚一天进入,倒也没有多大的影响。

然而原始现场的时过境迁,也代表着痕迹物证的大量灭失,对这种毫无头绪的案件,每一次实地勘验都是对现场的一次破坏。所以,展峰一般都是采取无损勘验。而开展这项工作,必须等专案组的那辆外勤车到场才能进行。

这一回,他们兵分两路,展峰等人先乘机前去,吕瀚海则带着一名武警战士驾车赶往现场。

据导航显示,全程有足足 2840 公里,虽有军牌加持、日夜兼程,但跑完全程,吕瀚海还是用了两天两夜。

黑瞎子林内的主干道,比村村通还要窄上不少,一路上,外勤车硬是顶着树杈,噼里啪啦地开到了目的地,吕瀚海边走还边在心里盘算,全车补漆到底需要多少"孔方兄"。

这几天,现场一直由边防派出所干警轮流值守,警戒圈设在了现场百米开外的地方。

饶旭带着自己的勘查组离开后,圈内就再无人涉足半步。

在多台高功率发电机的帮助下,外勤车就像被唤醒的"擎天柱",瞬间就进入了工作状态。

展峰根据示意图,将现场分割成了三个部分。

东侧骸骨地坑,标注为 1 号;地上院落及房间,标注为 2 号;西侧颅骨地坑,则标注为 3 号。勘查顺序,也依此进行。

第二案　白骨情缘

……………

"喂，领导！"

警戒圈外，吕瀚海正倚着大树歇息，他感觉声音是冲着自己来的，便微微睁开了眼。在他眼前，一名手持微型冲锋枪的干警冲他不好意思地笑了笑。

"你是在喊我啊？"吕瀚海手指自己。

"是的，领导。"

吕瀚海指了指警戒圈，笑道："你没看到我也被轰出来了吗？我只是个辅警兼司机，领导真不敢当。"

"您别谦虚了，强将之下无弱兵，早就听说过你们专案组的名号，今天终于见到真人了！"干警起了个话头，其他人也纷纷朝着吕瀚海围了过来。

"对啊，对啊，听说你们专案组可神了，就没有能难倒你们的案件！"

"这位小兄弟有句话说对了。"吕瀚海正襟危坐，指着圈内正在忙活的几个人，"这四位，那可都是全国顶级的侦破高手。穿西装皮鞋的那位，是咱们的队长展峰，公安部最年轻的高级物证鉴定工程师。那个穿牛仔裤扎马尾辫，长得特别好看的，叫司徒蓝嫣，犯罪心理专家。秃顶大叔是我老哥，隗国安，刑事画像专家。剩下的那个肌肉男是情报分析专家。我呢，名叫吕瀚海，专案组的御用司机，偶尔兼职干些杂活。"

"领导，难不成就来了你们五个人？"干警们好奇地张望。

"我纠正一下，不是就来五个人，是专案组拢共就五个人。"

"不需要其他人帮忙？"第一个搭腔的干警满脸佩服。

"前期勘查，对他们来说可不是事。"吕瀚海说着觉得挺骄傲。

"领导，你可能不知道案子细节，这里面有三具骸骨，二百七十个颅骨呢，这么大的现场，就他们四个人，那得忙到什么时候？"

吕瀚海半开玩笑道："我看你不是担心专案组，而是怕在这儿执勤吧？"

"两样都有，都有。"干警笑眯眯地回了句。

"你放心吧，他们速度很快的，你们刚才瞧见那个跟工地测绘仪一样的东西没？"

人群中有人举手。

"我看见了！"

"我也看见了！"

"那玩意儿叫 3D 实景扫描系统，把它放在现场中心位置，只要一开开关，不管是肉眼看得到的还是看不到的，它都能在几分钟之内全部扫进电脑里。等这步做完，再把采集到的数据导入 VC 系统，就能进行虚拟勘查。"

"虚拟勘查又是什么东西？"

吕瀚海喝过 VC 泡腾片，所以闲聊时老鬼一说，他便记在了心里，至于为什么会叫 VC 系统，他是不得而知，但大致上的原理，他还是能想象出来。

"VR 眼镜你们玩过没？"

"我玩过！"有人回答。

"我也玩过！"

"虚拟勘查，就是戴上 VR 眼镜，进入采集后的现场进行物证分析。"

有人立刻反应过来："哦，我明白了，这么做，就不会对现场造成二次破坏了，真神了嘿！"

六

警戒圈外的侃大山还在持续中，展峰等人此时已将数据整理完毕，进入了虚拟勘查系统。按照所标序号，系统此刻显示的是东侧地坑的全景建模。

勘查第一步，展峰先是清除现场所有物证，只留下了 14.4 米 ×6.2 米 ×10.3 米的长方体空间。

"展队，你这是要分析什么？"嬴亮问。

他将其中一面墙的影像放大，指着密密麻麻的矩形凸起说道："这是挖坑铲留下的人工挖掘痕迹。西侧的空间也是一样。说明这么大的空间，挖掘过程中并没使用任何机械。"

"这不很正常？北方农村挖地窖，都是自己动手。"

"其实不正常，"展峰道，"按照地质学的基本规律，从地表向下，土壤被分为五层。耕作层，厚度一般为 15～20 厘米；犁底层厚约 5～7 厘米；心土层平均深度为 50 厘米；之后是母质层；再往下，便是基岩层，一旦到了这一层，再想往下挖，就必须借助机械工具。依最大数值，可供人工挖掘的土壤层也就在 3 米左右，东北地区的人工地窖，最多也就是这个深度。"

"照这么说，此坑有十多米深确实不正常……"嬴亮沉吟道。

"不光这样。"展峰切换地面影像，在靠近入口的位置有一圆形红点，点击后，引出一张犹如汉堡的树状图，自上而下分别标注着软土层、石灰层、砖石层、陶土层。

"这是饶科长提取的土壤样本，共分四层，分层并非随意搞出来的，而是一种特殊的防潮设计。在北方，有一种叫地坑院[1]的建筑。地坑院就是在地上挖坑，在土壤层中掏出来的住宅，这种建筑最大的问题便是回潮。那时没有水泥，古人为了解决这一问题，会用软土烧制成陶土，铺在最底层，接着再将陶土砸成碎末，撒在上方填补缝隙。第三层则铺上生石灰阻隔。最上层则用软土压实。做完这些，再燃篝火使室内水分蒸发，就能起到加固防潮作用。"

司徒蓝嫣道："所以说，这个地窖是参照北方的地坑院设计的？"

"是的，"展峰将现场重新还原，"首先，能人工挖掘 10 米之深，说明此地存在特殊的地理环境。其次，除挖坑铲及生石灰外，剩下所需材料，都可以就地取材。再者，黑瞎子林到处杂草丛生，挖出的泥土，也方便处理。"

"不管是选址、修建，还是后续工作，都带有极强的目的性。这个坑洞是达成某种诉求的'工具'。从主观上说，本案的那三具骷髅，应该都不存在自杀的可能性。"司徒蓝嫣的一句话，把勘查重点引到了死者身上。

为了区分，展峰将三具骸骨分别用红、绿、蓝三色标注。其中红色为 1 号死者，绿色为 2 号死者，蓝色为 3 号死者。

三个人头西脚东地躺趴于地面，1 号死者位于中间，2 号与 3 号分别趴于两侧，所在位置距离入口 6.23 米。

展峰道："按成年人平均每步 60 厘米，0.5 秒一步计算，三个人进入地窖

---

[1] 也叫天井院，是古代人们穴居方式的遗留产物。

后，向前徒步约 5 秒便倒地不起。"

"这么快？难道是吸入了毒气？"嬴亮猜测。

"能在这么短的时间内将人放倒，要是毒气，浓度也是极高。那么三人刚到入口处就应该中毒，不可能再向前步行十多步。而且，你们看这里！"

展峰将三个人前方的地面放大。"虽落有浮灰，但依旧可见多道抓痕，死者甲缝内也找到了大量泥土。显然，他们曾试图站起，但此时已浑身无力，处于昏迷状态。"

随后，展峰启动快速扫描，在按下按钮的瞬间，死者的每块骨头依次闪烁，直到三具骸骨逐一亮完，众人视野中出现了结论：未发现骨折。

"骨骼完整，衣物无刀口。可以排除钝器与锐器致伤。是不是存在服毒的可能，有待检验。不过我认为，个体代谢存在差异，同剂量的毒药，也会有发作间隔，三个人同时毒发的可能性较小。能让人在极短的时间内倒地，那么大脑必须受到突然的外界刺激。"

展峰调出了两个金属货架，系统标注出的数据为：4 米 × 0.3 米 × 2.5 米。

"这是超市中最常见的组装货架，南北两面墙，分别摆放一组，共四个；每组货架上，都有大量霉变的植物根茎及残叶，种类包括土豆、圆白菜、西红柿、韭菜、空心菜、生瓜、冬瓜、青椒、山药、西蓝花等保存型蔬菜。总重量经过计算，新鲜时应该在半吨左右。

"植物与动物一样，需时时刻刻靠呼吸作用获取能量。在氧气充足的条件下，将碳水化合物、脂肪、蛋白质等有机物氧化，释放能量、二氧化碳和水，其为光合作用的逆过程，被称为有氧呼吸。当室内氧气不足或无氧时，植物中的有机物可以部分分解，产生少量二氧化碳并释放能量。该过程被称为发酵作用，又叫无氧呼吸。不管有氧还是无氧，二氧化碳都是最终产物。"

展峰又道："空气是一种混合物，其中氮气的体积分数约为 78%，氧气的体积分数约为 21%，稀有气体的体积分数约为 0.94%，二氧化碳的体积分数约为 0.03%，其他物质的体积分数约为 0.03%。

"其中，氮气分子量为 28，氧气分子量为 32，二氧化碳分子量最大，为

第二案　白骨情缘　187

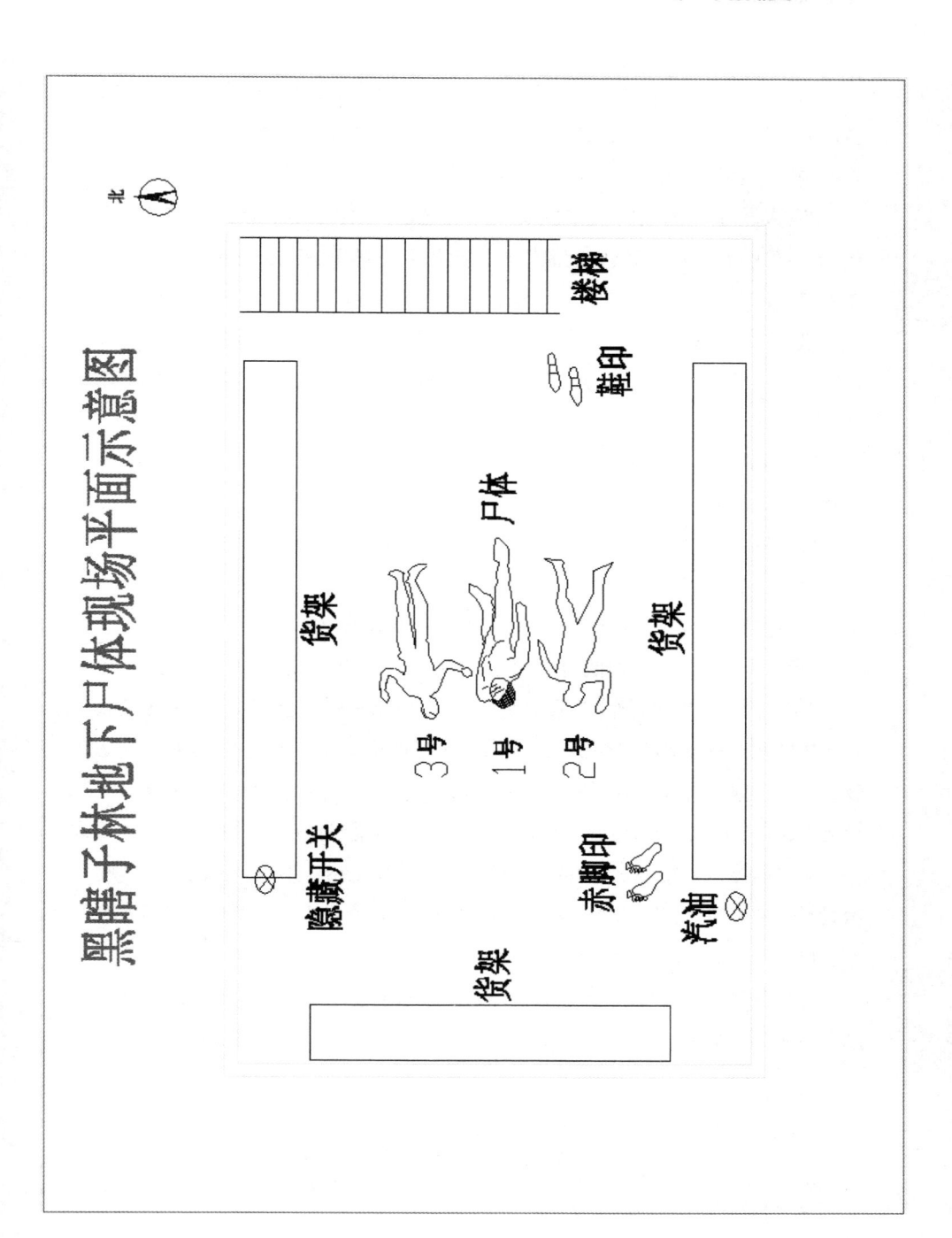

黑瞎子林地下尸体现场平面示意图

北

楼梯
鞋印
尸体
3号　1号　2号
货架
货架
隐藏开关
赤脚印
汽油
货架

44。根据玻尔兹曼分布律[1]，可以得出，二氧化碳的分子密度沿垂直方向衰减，要比氧气和氮气更明显。因此，越是地势低洼的地方二氧化碳越容易集聚，比如说洞穴、地窖、坑道、窨井、地下室等等。

"有人做过实验，在密闭的空间内堆满蔬菜，最快三天，就可以使二氧化碳的浓度达到15%。空气中的氮气含量达到78%都不会有任何问题，而空气中的二氧化碳含量达到3%时，人就会感到呼吸急促。当达到10%时，便会造成血液中二氧化碳浓度上升，使红细胞运氧能力迅速下降，导致血液酸中毒，抑制呼吸中枢，最后，大脑会在极短的时间内丧失知觉，致使呼吸停止最终导致死亡。

"我推测，三个人在进地窖时，并未经过充分通氧，由于在入口处，氧气含量较高，所以在下坑的过程中，他们并未感到不适，而当三人行到中间时，二氧化碳浓度突然增大，三个人反应不及，最终导致呼吸衰竭死亡。"

"要是我，憋口气或许还能自救！"嬴亮摇头。

"只可惜他们都喝了不少！"隗国安在旁早就洞悉一切。

"鬼叔，你是怎么知道他们喝酒的？"嬴亮惊讶地问。

"这个问题我来回答你！"展峰切换到第二现场——堂屋实景图。那张摆放在正中的八仙桌被单独呈现出来，桌边可见三副碗筷，每个碗内都盛有大量动物骨骼，肉眼可辨有猪蹄、鸡爪、鸡翅等卤味。盘中尚存少量卤味未啃食。除此之外，每副碗筷旁还放有一个酒精浓度为52度的空酒瓶。

展峰指着八仙桌说："堂屋房门朝北。八仙桌正南，正东，正西，都摆放有餐具，按照咱们国家的餐桌礼仪，面门为上，正南是主座。正东、正西为陪座。可见三人之中，存在主次之分。

"陪座碗中，食物残渣较多，主座较少，非迎客之道，所以我推测三个人的身份应存在差异。

---

[1] 玻尔兹曼分布是一种覆盖系统各种状态的概率分布、概率测量或者频率分布。当有保守外力（如重力场、电场等）作用时，气体分子的空间位置就不再均匀分布了，不同位置处分子数密度不同。玻尔兹曼分布律是描述理想气体在受保守外力作用或保守外力场的作用不可忽略时，处于热平衡态下的气体分子按能量的分布规律。

"现场没有发现盛酒器，我怀疑他们是直接对瓶畅饮。桌面食物基本食用殆尽，三个人明显是结束饭局后下的地窖，要是他们在清醒的状态下，可能还能逃过一劫，但在醉酒的状态下，生还的可能为零。"

司徒蓝嫣点头道："饮酒可以使人兴奋，降低判断力，甚至出现精神麻痹达到壮胆的效果[1]。这也是饮酒与犯罪率成正比的主要原因。人在精神恍惚的状态下，会产生欲望诉求，对男性来说，或是'性'或是某种'冲动'。地窖中埋有二百七十个颅骨，他们进入地窖，绝不是为了壮胆，而是这些颅骨可以满足他们某种积极的诉求，所以才促使他们在酒酣耳热之时迫不及待地下到地窖中，至于这些颅骨能用来干什么，暂时还不清楚，但它们却是这三个人死亡的主要原因。"

嬴亮思索道："师姐，你的意思是可以直接排除他杀了？"

"那就要看，是不是有第四个人在场了……"司徒蓝嫣别有深意道。

七

摩尔庄园内。

庞虎正对着自己刚刚完成的作品啧啧欣赏个不停，管家老黄来到门口低声呼唤。

"什么事？"庞虎目不斜视，视线始终不离桌案。

"老板，刀疤他又来了！"

庞虎冷冷哼道："事情给我办成这样，他还有脸过来？"

管家弯腰道："明白了老板，那，我现在就叫他回去？"

"等一等，"庞虎放下狼毫，"他最近来过几次了？"

"回老板，加今天，一共三次。"

"算他有点自知之明，还晓得事情没办妥。"庞虎朝门缝中瞟了一眼，视线

---

[1] 酒精是脂溶性的物质，可迅速透过大脑中枢神经细胞膜，作用于细胞膜上的酶，使皮质功能受抑制，表现为先兴奋后抑制。

末端，一个模糊的身影如同雕塑一般站在那里一动不动。

"罢了，"他长叹一声，"总得给个机会，一而再，再而三，也不能伤了兄弟的心，你去让他进来吧！"

管家应声出门传话，一个转身的工夫，刀疤就大步走进了庞虎的书房中。

"虎哥！"刀疤满脸愧疚地道，"有负所托，没脸见您……可是，有些事还得您来拿主意。"

"行了行了，坐！"在庞虎的吩咐下，刀疤忐忑地坐了下来，庞虎在他对面坐下，端详片刻，道，"之前两次我都没见你，你会不会记恨我？"

"我哪儿敢，是我事情没办好。"刀疤诚心诚意地说，"我明白，您是让我好好反省。"

"嗯！你是我身边的老兄弟了，我的脾性你知道，那件事大多是机缘巧合才会坏了菜，你既然也明白我的意思，好好反省过了，这事情，咱就算翻了篇儿，不过下一次……你可不能再这么大意了。"

"那是，那是，谢谢虎哥给机会。"刀疤双手在裤腿上摩挲着，显得很是内疚。

"你今天来，是不是因为警方还在调查那九十万块钱的事？"庞虎问道。

"是，前些日子动静很大，不过最近好像消停了不少，可是我看，他们应该没有彻底不查的意思。"

"那他们查出什么没有？"

"这点您放心，从一开始就盘算着有这么一天，怎么可能给他们找到蛛丝马迹呢？"

"放心？"庞虎一笑，"让你干掉那个凶手姚彬前，你也是这么跟我说的，铺垫了这么久的一盘棋到头来功亏一篑。刀疤啊！要是能逼隗国安从专案组退出，对展峰他们来说就是致命的打击，现在好了，想利用隗国安制造点不和谐气氛都没了门儿。"

"虎哥，我这次来，就是要跟您说这件事……"刀疤内疚之情更重，"我是真的没料到，有人居然能追着我。您怎么认下我这个兄弟的？不就是因为我身手没的讲？能跟上我的速度，那就不是一般人，恐怕暗地里有什么厉害人物在对付咱们，所以，我让人去查了……"

庞虎早就知道了这一点，之前不见刀疤，也是为了促使他去追查这个方向。他也不掩饰，直接地问："查出到底谁跟踪你了？"

"暂……暂时还没有。"刀疤为难地摇摇头。

"那你说个屁。"庞虎嗤笑道。

"您别说，我这些天一直在回忆，思来想去，我觉得只有一个人能摸清我的行踪！"

"谁？"

"韩阳！"刀疤恶狠狠地说道。

"为什么是他？"

"我觉得除了他，不会有别人了。而且……"

"而且什么？我是谁？你小子有屁就放。"

"您真不能小看了他，我总感觉，韩阳这个人，绝不是一般小辈那么简单，不说别的，他猜您的心思，那可是神准。所以我觉得，我的举动只怕他也了如指掌。"

庞虎抬手斟了一杯凉茶捏在指尖。"我看你是有些多虑了，他顾虑我自然要多揣测，可他坏你的事，目的何在？他做过的那些事，决定了他不可能是专案组的线人，更不可能是什么卧底，为专案组张目对他有什么好处？还有，韩阳是老爷子选的人，凭你的感觉，你觉得他平日的优势在哪里？"

"做事稳、准、狠，而且有些不择手段……"

"你还少说了一点！"庞虎将酒杯在手中摇了摇，"他身上有年轻人的激情，但也存在年轻人的冲动，这样的人老爷子敢用，自然是因为可以拿捏住他，我派你到他身边，也是为了不让他触碰到老爷子的底线，别平白弄坏了一把好刀。"

"您是说，展峰？为什么？"

"嗯，"庞虎并未否认，"韩阳上心的是唐紫倩，他一直把展峰视作眼中钉，也是因为他把展峰当情敌看。不过，打那件事后，老爷子一直很关心展峰的安危。韩阳但凡有些远见，都不会始终盯着展峰不放，所以呢，说他有多深的城府，我看也不见得。"

"如果不是他，我实在想不通，到底是谁能摸到我的行踪，又不引起我的注意。"

"换个角度想嘛！"庞虎将冷了的茶一饮而尽，"隗国安这事就像杀王八，要是一刀没斩首，那么整个王八就会缩在壳里，而且会越缩越紧，再想下刀简直难如登天，总之专案组现在凝心聚力，这对我们来说，可不是什么好事。"

"有谁会希望这样的结果发生？"

"目前为止，你的行踪，除我和韩阳外，其实还有一个人知道。"

"谁？"

庞虎面露无奈："老头子……"

"这……这怎么可能？"

"我觉得倒也有可能啊……"庞虎道。

"为什么？"

"因为老头子不喜欢杀生，而你跟我在他看来，只怕煞气都太重了——"

八

无损勘查告一段落后，三具骸骨也被逐一抬了出来，展峰在大巴车外搭起了临时帐篷。

负责警戒的值守民警，一个个都伸长脖子想一探究竟。然而军用帐篷犹如砖墙，压根儿不透光。众人只能把帮忙抬尸的民警围住，问东问西，来满足暴涨的好奇心。

帐篷里各种系统已搭建完毕，嬴亮打开笔记本电脑，做最后的调试。他觉得，眼前这一幕有些滑稽，着实像极了"农村大舞台"开场前的准备工作。

接通电源，隗国安收到指令后，立刻将帐篷关严实，只留下巴掌大的通风口。一个个在门口伸长的脖子，也只好怏怏地缩了回去。

白骨尸检就此开始。

"1号死者，男性，身高一米七二，结合耻骨联合面、牙髓腔等诸多生理特征综合判断，年龄在五十五岁左右，毛发稀疏，存在秃头的可能。

"尸骨观之完整，无肢体残疾，曾多次洗牙，平时很注重口腔卫生，放大可发现磨牙手法一致，证明这个人习惯去固定的牙科门诊，当然，也不排除他有私人牙医。颅骨具有北方人特征，应该不是本地常住人口。

"死者上身穿蓝色棉质 T 恤，下身穿黑色西装裤，深色三角内衣，脚上穿软底老北京布鞋，白色薄袜。最值得注意的是，他左手腕上有一块印有 Rolex（劳力士）字样的机械表。

"2 号死者，男性，身高一米六五，年龄在三十岁左右，长发，骨骼完整，牙齿疏松，牙结石较厚，可以看出是以粗粮为主食。颅骨具有明显的地域特征，疑似本地人。

"上身穿土黄色圆领 T 恤，下身穿蓝色过膝短裤，未穿鞋。衣服附着大量污垢，可以看出常年未清洗。

"3 号死者在生理特征上与 2 号几乎没有任何差别，衣着特征也极为相似，同样是圆领 T 恤和过膝短裤，未穿鞋。衣服上的污渍跟 2 号相比更多。

"三个人已经完全白骨化，利用骨同位素测算，死亡时间应该超过十年了。"

尸检告一段落，几个人先后进入了虚拟勘查系统。

在他们眼前呈现的，依旧是一号现场——地窖的影像。

"服装标码检索出结果没有？"展峰问。

"已经导入了系统。"只见赢亮轻触几下按钮，每件衣服上都出现了注释图标，"2 号死者、3 号死者穿的 T 恤和过膝短裤为地摊货，没有正规的品牌标志。相比之下，1 号死者的穿衣打扮就要讲究得多，上身是意大利品牌布里奥尼的高领 T 恤，下身是阿玛尼的薄款西装裤，就连他的内裤都是 CK 的。除了那双老北京布鞋不怎么上得了台面，其他的都是国外知名品牌。"

展峰扫了一眼，说："尸检时我也曾注意过 1 号死者的穿着。衣服用料很讲究，上衣、裤腰、裤脚都有剪裁痕迹，这几件衣服可不是出自网购，而是到实体店量体裁衣！"

"能一次出现这么多高端品牌，这家店铺至少也是在顶级商圈吧！"

"也不一定！"展峰道，"你有没有注意到，水洗标上并没有任何中文标志？"

"难道说，是他在国外购买的？"

展峰看向死者左手腕，说："如果我没猜错的话，这块劳力士也不是国内款！"

"没错。"赢亮道，"这块表生产于2005年，号称是纯手工打造的限量款，目前售价在十万块人民币左右，国内没有进行过售卖。"

"欧洲有些国家很排外，一些经典款的手表，他们都明令禁止在中国销售。从服装特征不难看出，死者应该有过出国游玩或生活的经历！"司徒蓝嫣皱起秀眉，"身份地位悬殊的三个人，同时死在地窖中，十多年来没人报案，还真是让人匪夷所思。"

"也许，这就是一桩命案也说不定！"隗国安自言自语的一句话，落入了众人耳中。

赢亮不解："鬼叔，你说什么？命案？案件分析还没结束，你是怎么判断出来的？"

赢亮的提问，让隗国安避之不及，见展峰也饶有兴趣地望过来，他只能硬着头皮反问了一句："展队，你能不能先回答我一个小问题？"

"你尽管说。"

隗国安把画面切换至第二现场，指着满桌的残羹冷炙道："能不能告诉我，这吃的是午饭还是晚饭？"

展峰微微一笑，显然是从这个问题摸到了老鬼的思路，展峰还没开口，赢亮的老毛病又发作起来。"鬼叔，你的想法还真独特，这都什么时候了，你还在关心他们吃的是哪顿饭？"

洗清冤情的隗国安，自然不会像以前那样吊儿郎当，要露出真本事了，他指着几样家具说道："屋里只有两张木板床，1号死者的衣着派头如此讲究，是不可能睡在这里的。如果他们吃的是午饭，1号死者酒醒后，还能趁着天亮徒步离开。要吃的是晚饭，酩酊大醉的他要怎么离开呢？"

赢亮恍然大悟："鬼叔，你的脑洞还真是大，对啊，晚上喝多了在这荒郊野岭的怎么走？步行？走不动。驾车？他已喝醉，除非……"

"现场应该有辆车！"展峰调出1号死者的鞋印照片，"他的左脚鞋和右脚鞋的掌心部位都有严重的磨损特征，这是长期驾驶车辆所致。"

展峰轻触按钮，系统将两块磨损面积的测量数据标注出来。"自动挡轿车没有离合，左脚不会出现磨损特征，所以，1号死者驾驶的是一辆手动挡轿车。从右脚磨损面积推测，他的车不是大型SUV[1]就是MPV[2]。1号死者穿着考究，搭配合理，是个极其注重外表的人，脚上的老北京布鞋，绝不符合他的审美，他换上这双鞋，就是为了便于驾驶。还有一个细节值得注意。我在2号死者、3号死者身上，发现了大量花粉，它们都来自附近的植被。而1号死者身上却很干净，连裤脚都没有发现任何花粉残留。"

"很明显1号死者是把车直接开到了门口，正所谓双脚离地了，花粉自然就上不去了。"隗国安的调侃，让气氛轻松不少，唯独司徒蓝嫣还在思索案情，她接着说："既然有车，他还敢喝酒，那么当晚还有一名司机？"

"对喽！"隗国安继续补充，"案子发生在十年前，也就是2010年。那时手机已经普及，为什么在现场一部也没看到？1号死者换布鞋多半是要长途驾驶，要说没带身份证可以理解，那驾驶证、行驶证总该随身携带吧？可是这些在现场也没有发现，还有，地窖入口的盖子虽然没有锁上，但也是关闭的，你们不会觉得，它是自己关上的吧。所以我认为，当时绝对有第四个人在场！"

司徒蓝嫣继续深入推论："我们姑且把这个没有掌握的司机标记为4号。他能跟1号死者同行，1号死者愿意在酒醉的情况下让他开车，至少表面彼此相互信任。那么此事就有两种可能。

"第一种：1号死者、2号死者、3号死者在屋内吃饭，让4号去地窖通风，结果4号操作失误，通风不畅，致三人死亡，4号由于害怕，畏罪潜逃。

"第二种：4号故意为之，谎称地窖已通风，诱骗三人进入，致三人死亡。

---

[1] Sport utility vehicle，即运动型多用途汽车。
[2] Multi-purpose vehicle，即多用途汽车。

"第一种属《中华人民共和国刑法》上的过失致人死亡罪，第二种则是故意杀人。无论哪一种，4号的行为都满足追诉条件。"

嬴亮捏着下巴，说道："前者主观恶意性小。可要是后者，那本案就要复杂得多！"

"我更倾向于第二种！"展峰直接给出了判断。

嬴亮斜着眼睛，说"展队，这是你的猜想，还是有证据支持？"

"当然有证据，"展峰道，"人体内虽含有厌氧菌，可使尸体发生腐败，但在无氧的状态下，其腐蚀能力是有限的，所以在缺氧的环境中，尸体其实很难完全白骨化。"说着，他用红线在一号现场的墙角处圈出多个区域，双击放大后，一颗颗棕褐色的椭圆体显现出来。"这是蝇蛹壳。"他说，"人死后，食尸蝇一定是第一个接触尸体的，并在眼角、口鼻、会阴等湿润处产卵。只要温度达到20摄氏度以上，就可以孵化。从三人单薄的穿着可见案件发生在夏季，蝇卵孵化的温度条件完全能得到满足。

"苍蝇的生长周期可分为卵、幼虫、蛹和成虫四个阶段。死后一小时苍蝇便可在尸体上产卵。蝇卵经十二至二十四小时孵化成蛆，要是气温在30摄氏度以上，蛆虫的生长周期可缩短三分之一，四到五天就可成熟。

"成熟后的蛆虫会寻找地缝、墙角等泥土疏松的地表化蛹，蛹在一个星期左右即可变成蝇。从时间推算总共需要两个星期左右。

"成蝇孵化后，会接着在尸体上产卵，继续完成整个生长过程，这时产生的蝇蛹为二代蝇，以此类推为三代蝇、四代蝇。

"根据'尸体农场'的实验数据，氧气充足，平均气温在25摄氏度时，一具成年男性尸体会在二十四天左右完全白骨化。

"一号现场只发现少量二代蝇蛹壳，说明在二代蝇生长的过程中，食物源已不充足，白骨化趋于明显。

"按照这个推算，尸体其实不到二十天就已完全白骨化。其中起决定性因素的，就是温度。

"也就是说，案发时地窖的温度最少在30摄氏度以上，而室外气温也不低于35摄氏度。所以本案发生在酷暑季节——不是8月就是9月。"

结论被记录下来，展峰继续道："三个人都因缺氧窒息而死。而氧气是苍蝇生长过程中必备的外界条件。也就是说，三个人死后，一定有人打开地窖通过风，而且氧气含量足以支撑蝇蛆完成两个生长周期。这个地窖，要不是经过长时间通风，氧气绝对达不到这个浓度。

"我们假设本案是过失致人死亡，4号发现了不对劲，应该会进入地窖施救，那么现场就不可避免会留下鞋印及拖拽痕迹，但实际上，我们并没有发现。

"相反，4号能漫不经心地等氧气充足后再进入，说明他对结果早有预料。也就是说，这一切，其实都在他的精心策划中。"

展峰再次切换视角，把地面单独拎了出来，用红、黄、绿三种颜色分别填充。

"这是地表压强图。未受压的平坦部分，被标注成绿色。无法辨别的稍许坑洼，被标注成黄色。疑似人为踩踏，被标注成红色。墙角溜边部分的踩踏，是饶科长在现场勘查时留下的，我们可以删除。

"2号死者与3号死者都没有穿鞋，赤脚的足迹，也能一并去掉了。这么一来，现场就只剩下两串足迹。其中一串从入口延伸至1号死者脚底，无鞋底花纹，为1号死者所留，并非嫌疑鞋印。"

展峰如玩消消乐一般，把凌乱的红色印记逐一清除，直到最后，系统中仅剩下一串倒"U"形鞋印，接着他又把三具骸骨添加进来。

此时可以直观地看到，该鞋印刚好绕着三个人走了一圈，就算展峰不做解释，众人心中也已经有数了。

"成趟的足迹，步幅稳定，可见来人不紧不慢，在几个人的衣物口袋附近都有做出停顿，估计是在掏取兜里的物品。直行部分在分析步长、步宽及步角之后，可知4号身高在一米七五左右，年龄在四十五岁上下。鞋底无花纹，怀疑他穿的也是一双老北京布鞋。"

"下坑取物，却没有拿走死者的劳力士，难道对方不识货？"嬴亮很纳闷。

司徒蓝嫣道："能取得死者信任，说明4号与1号死者的关系并非一般，或者说，1号死者也没有料到，4号会置其于死地，否则不会这么轻易上当。

两个人在彼此了解的前提下，要说 4 号不知道这块表值多少钱，可能性不大。所以我觉得，4 号翻口袋的目的不在于钱，而是要拿走可以查实几个人身份的物品。"

"确切地说，最关键的是手机！"隗国安道。

"为什么是手机？"

"4 号只有确定人死后，才会放心大胆地通风。而如何确定对方已死？安全系数最高的方法，就是多打几次电话，无人接听，那人自然是死了。可是这个时候，对方手机里存在 4 号的来电，要是不拿走，事情败露后，警方会根据这一线索找到他的，所以他才会冒着风险下地窖！"

九

一号现场勘查完毕，专案组在抽丝剥茧中终于掌握了案件性质、死亡原因以及作案过程。

用隗国安的话说，要是把案件比作一幅画，那么现在已经初步勾出了轮廓，剩下的就是往里填充细节的事了。不过要想解开谜团，现场的分析工作仍然要继续深入。

系统切换，众人眼前，二号堂屋就成了新的场景"主角"！

据测量，该室东西长 7.52 米，南北宽 4.8 米，高 2.7 米。约 40 平方米，一眼望到边，没有任何隔断。

双开木门，上面没有锁具。

进门靠西墙，放着两张木质单人床，规格为 1 米 5 × 2 米。床上除了床单和枕头，并无他物。

床下有拖鞋若干双，没有品牌，也无法确定销售渠道。

木床东侧 2 米的位置，为三名死者进食所用的八仙桌，桌子边可见三个木凳，桌面上有大量食物残渣。

靠东的墙边凌乱地堆放着杂物，表面已落满浮灰，物品堆积高度近 2 米。这堆杂物有水缸、谷物、被褥、棉衣、电饭锅、电磁炉等。与之对应的是空旷的东南角，只并排放置两台汽油发电机。据饶科长介绍，外侧那台红色机组曾连接过电线，里侧那台蓝色则是备用电源。

展峰仔细观察每个角落，当他的视线再度落在桌面上，他问嬴亮："三个人喝的白酒是什么品牌的？"

"大春精酿1573，是当地自主生产的一种粮食酒，每500毫升的市场价在一百零八块左右，铺货量很大，附近所有商店、超市都能买到。"

展峰又瞅了一眼，说："只有酒瓶，没有包装盒？"

"暂时没有发现。"

"酒的原包装是什么样的？"

嬴亮打开电商网站，检索关键词，呈现出的包装盒，就是国窖1573高仿版，其相似程度，就跟飞天茅台与茅台王子酒差不多。

大春精酿1573为纸盒包装，分为上红、下金两块，上面红色部分写着大春精酿，下面用金色标注着1573，包装上并不能找到任何特殊印记。那么……凶手为何要将此包装带走？

在几人大惑不解之时，喜欢小酌两杯的隗国安悠悠地开了口："电商卖这酒，六瓶原价六百四十八块，促销价是三百块包邮。酒的实际价格，估计都不到五十块一瓶。在白酒市场中，最常见的就是42度和52度，由于后者的酿造手法更为复杂，口感也比前者醇厚，因此高度白酒的价格一直较高。常喝酒的人都知道，低于七十块一瓶的高度酒，不会是什么好酒。"

隗国安指着餐桌说："明眼人都能看出，1号死者就是前来慰问的，他一身名牌，还戴着十来万的表，要是单纯去买这种酒，会不会太抠门了些？"

"不是买的，难道是送的？"嬴亮问。

"送的可能性很大，"隗国安道，"我就曾不止一次遇到过这种情况，超市搞促销送礼品，有的商家还会在这些礼品包装盒上印上自己的商户名称，再做一次广告！"

"对，我也遇到过！"嬴亮很是赞同，"难道4号拿走包装盒，就是这个原因？"

"但是……"隗国安又皱起眉来，"三瓶酒少说也值个一百五十块，他们到底买了什么,商家才会给这么丰厚的赠品?"

展峰手一挥,把屋内所有用电设备全部罗列了出来,它们飞舞在虚拟空间中。

当隗国安看到电磁炉和电水壶时,心中瞬间就跟明镜一样。"都是大功率用电器,这得烧多少汽油啊?"

司徒蓝嫣觉得奇怪:"屋里有谷物,地窖里有半吨蔬菜,这分明是做好了常住的准备。可现场并没有发现汽油……"

展峰将场景切换至地窖,赤足足迹被标红单独显示出来,从图中可以看出,足迹呈多次往返状,并集中在西南墙角。该位置无货架,两人来回搬运的,绝不会是蔬菜。

"汽油具有高挥发性,在室内温度28摄氏度,相对湿度85%的条件下,只需二十分钟,挥发率可达到55%,以当时的气温,只有把汽油藏在地窖中最为合适。我们下窖勘查时,并没闻到汽油味,有两种可能,一是汽油已挥发殆尽,二是被密封保存。至于是哪种情况,回头再实地看一下便知!对了,嬴亮,发电机的情况查了吗?"

"查了!发电机在边境地区是常备物品,几乎家家都有,品牌也是种类繁多,到处都可以买到。现场的两台发电机都是国产的,销售渠道也很混乱,所以从这上面几乎找不到线索。"

勘查进行至此,堂屋的所有物品,已被全面地分析了一遍,就在展峰询问是否还有补充时,司徒蓝嫣不紧不慢地开了口:"我还有一个问题。"

"嗯,你说!"

司徒蓝嫣看向餐桌,说:"四个人在场,可为什么桌上只有三副碗筷?"

"师姐,这不是很正常吗?也许是他吃过了呢?"

"在这荒郊野岭,他为什么能比其他人提前吃饭?"

"或者他不饿?"嬴亮乱猜。

"从这里到最近有人烟的地方,最少两个小时的车程,一路开车过来,对体能的消耗还是不小的,有饭就应该会吃才对。"

"这个……好像也对!"嬴亮皱着眉头,"师姐,那你觉得会是什么情况?"

"我认为,4号与被害人不是利益共同体,换句话说,是1号死者故意在吃饭的时候把他支开的。"

"哦？何以见得？"展峰发出疑问。

司徒蓝嫣伸出四根手指，说道："第一，1号死者被害时，脚上穿的是老北京布鞋，且鞋底有磨损痕迹，也就是说，这双鞋是他平时开车的时候穿的。他换上布鞋，可以说明，在到达这里的时候，车是他开的，所以4号并不是他的专职司机。

"第二，车不在现场，1号死者还喝了酒。可以推测出，两个人事先有过约定，1号死者喝酒，返程时由4号驾车。如果4号是专职司机，那么为什么来的时候是1号死者驾驶？显然是因为1号死者才是对这个地方熟门熟路的那个人。

"第三，地窖内的氧气浓度很高，足够蝇蛆完成两个生长周期。我上网查过，如果只是在地窖短暂停留，并不需要那样长时间通氧，4号会这么做，说明他对地窖通氧的情况并不了解。

"第四，地窖内最多的就是赤足足迹，这里分明就是2号死者和3号死者的常住地，1号死者又对此地熟悉，那么他们三个人才是利益共同体。4号对他们来说，极有可能是外人。"

见众人频频点头赞同，司徒蓝嫣又道："这么一来，作案动机就要重新定义。

"三号现场里埋有二百七十个颅骨，这些东西对1号死者来说，不管是精神上（宗教信仰）的还是物质上（商品贩卖），肯定都是某种利益的实现品。1号死者通过非法手段达到目的，且他又与4号相熟，那么后者应该也是常走'夜路'的人。

"我们可以重建一下当晚的场景：三个人正要吃饭，一时兴起要下至地窖，委托4号进行通风。而通氧需要相当长的时间，所以我怀疑，1号死者是以帮忙为理由，把4号支开。而其目的，一定是不想4号听到内幕。所谓的秘密，多半就与那二百七十个颅骨有关。

"这里前不着村后不着店，2号死者与3号死者甘愿窝在这里，明显是受雇于1号死者。4号不可能与他俩有任何矛盾，所以他俩的死，是受了1号死者的牵连。

"1号死者能把关乎身家性命的活交给4号,证明他对4号还是相当信任的。而一个人对另一个的信任,百分之百都是建立在利益的基础上。这桩凶杀案会发生,说白了,就是因为双方利益没有达到平衡。"

"这么看来,在两个人共同操作的某件事里,1号死者的利益没有遭受损害。但4号的利益却受到了严重损害,最终导致他要杀掉1号死者,来维持平衡。"

"从犯罪心理学上来讲,本案可能是由主从心理所引起的。"

"举个很典型的案例,AB是男女朋友关系,两个人同居,A的性欲很强烈,有时在B的生理期,也要强行发生性关系。要是B不在生理期,她对A的行为并不反感。可一旦遇到生理期,A的这种行为便会使B产生杀人动机。最后,A被杀死,原因是B在生理期,A欲强行与其发生关系。"

"此案中,A就是典型的主动方,而B则处在被动的状态。A认为与B发生关系是男女之间的正常诉求,却没想到B会因此加害于他。"

"所以我认为,1号死者和4号的利益关系,极有可能是1号死者主动索取,4号被动给予。"

"索取?给予?"嬴亮转过弯来,"师姐,你是说,这二百七十个颅骨可能跟4号有关吗?"

✚➡

7月的康安家园,总是冷不丁地能让人在城市里,得到一次农村旱厕式的风格体验。

没有了建筑的遮挡,那些在拆迁中被翻出的带有生活气息的泥土,犹如被放在煤炉上烘烤,释放着阵阵臊臭难当的气味。

热浪无情地灼烧地面后,又钻进空气中,使得视线都开始变得扭曲。

自建房内,门窗紧锁,阳光经玻璃的折射,威力又大了许多,屋内那台柜式空调因为长时间的运转,发出刺耳噪声,它早已到了"大限",一副奄奄一息的模样。

展峰最怕夏季，他曾试图用多种方法来抵挡酷暑，可始终收效甚微，说来也就只有高天宇有幸看到，堂堂914专案组组长只穿条三角裤在屋内晃晃悠悠的场景了。

"哗啦！"

悬在墙顶的遮光窗帘被一把拉开。阳台、客厅、餐厅，只在瞬间就变得透亮起来。

早上七点的日头，虽还不算太热，但要在下面晒上一会儿，仍会觉得燥热难耐。

在这种极端天气下，高天宇依旧是西装笔挺、皮鞋油亮，穿戴得整整齐齐。

很奇怪的是，这时的他并没躲躲闪闪，他把自己完全暴露在阳光下，茶色玻璃虽能阻隔视线，可是有心之人，依旧可以轻易地发现他的存在。

多年的试探，终于让高天宇紧绷的弦得到了一丝放松。他扬起嘴角，不由得想起了当年。

在反抗幕后人的计划失败后，高天宇为了保命，硬生生地走了一步险棋，他决定直面展峰，以"合作"的方式与这个警察达成保命协议。

这看似极端疯狂的举动，恰恰体现出了高天宇思维的过人之处。

首先他坚信，他的案子做得天衣无缝，展峰手中没有能定案的证据，就算展峰拒绝"合作"，将他扔进看守所，最多也就因"涉嫌犯罪"关个三十天。

没有直接证据，时间一到，还会被变更为软性措施[1]。退一万步来说，有了这份强制措施，也就等于警方在暗中保护他。别的不说，留住自己这条性命，绝对不会是什么难事。

不过他算准，只要展峰是个聪明人，就不会这么做，因为强制措施有时间限制，最长的取保候审，也不过十二个月，要是在此期限内，警方拿不出足够

---

[1] 公安局通常把取保候审或监视居住称为软性措施，因为它们与拘留一样，也算是刑事强制措施，但由于无须关押，力度比起拘留要小了很多。

的证据将他绳之以法，那么他将会重新获得自由身。当然，这份"自由"必然还是在警方监视中的。不过这正是他想要的结果。届时，他保命的目的依旧可以达到，而警方则等同于把自己逼进了墙角。

第一批914专案组成立之时，他就对所有组员做了系统的分析，虽说展峰年纪最小，但综合实力绝对排在前两位。

高天宇甚至认为，展峰的智商，绝对不会在他之下。

首批专案组出事后，展峰办理了停薪留职，高天宇立刻猜出这其中必定有诈。

首先，他认为能主动加入专案组的，绝非贪生怕死之辈，所以展峰不会因此而退出。

其次，爆炸案几乎让国内最顶尖的专案组全军覆没，部里竟然认同了"嫌疑人自杀式爆炸"的结论。

要是当初展峰也一并完蛋了，或许高天宇还能勉强说服自己，相信公安部都是笨蛋，可是展峰活了下来，并且毫发无伤，而这次展峰的做法，完全不符合他以往的风格。

所以，高天宇坚信，警方必定是在明修栈道暗度陈仓，看似回家当厨子的展峰，背地里一定还和重要部门之间藕断丝连。

他禁不住再往深处想，展峰伪装身份的目的到底是什么？

要是单纯为了破案，那完全可以明目张胆地调查，没有必要"曲线救国"。因此高天宇认定，展峰或许跟他一样，也发现了事情没有想象的那么简单。

…………

在没有遇到那个令他无比牵挂，比世界上所有人都重要的女友时，高天宇并不担心警方能从他之前做的案子里查到什么，他很有自信，警方是逮不到自己的。

可人这种动物，一旦有了感情寄托，就会害怕这种情感遭到破坏。以至所有能影响到"两人相爱"的负面因素都会被无限放大。

为了永绝后患，他设计了一个"清除计划"。买通一位癌症晚期患者模仿他的手法再作一次案。而这次，他的目的是引蛇出洞，而后用自杀式爆炸将整个914专案组一网打尽。

虽说，逃了一个展峰，计划没有完美实现，但这件事对整个专案组来说，绝对是致命的打击。就在高天宇为自己的计划沾沾自喜之时，他发现，自己的行动竟然惹来了杀身之祸，那天若不是他听到动静，躲进了衣柜后的为了逃避警方打击专门做的安全屋内，他可能早就被乱枪打死了。

正因为这次经历，他突然意识到，原来螳螂捕蝉黄雀在后，他在利用别人的同时，有人也在利用他。最为恐怖的是，他并不知道对方是谁。

如果他是没有牵挂的人，以他的智商，要想抓住他，几乎没有可能，可女友却是个普通人，为了保证她的安全，他必须想一个万全之策。他断定，展峰要找的跟准备将他灭口的是一伙人。这伙人故意诱使他除掉专案组，下一步就是将他灭口。

于是，他有了一个疯狂的念头：与警方合作。

他是突然造访展峰家的，他也能看出当时展峰根本没有心理准备，但他依旧对展峰保持警惕。尤其是他不能理解，为什么展峰如此放心地将他一个人留在家中。

关于这个问题，他也问过展峰。

可展峰却说："你要想走，我也不会拦着。"

他认为，如此轻描淡写的回答，有两种可能：一是展峰有把握将他"锁"在股掌之中。二是展峰确实没有把他放在心上。他甚至认为，展峰在某种程度上，是把他当成鱼饵，万一哪天他真的出了事，那展峰就有了调查的切入点。

然而在屋内居住的这段时间里，他并没有发现自建房中藏着秘密监视设备，尤其是前些日子陌生人突然闯入，展峰未因此而归，也没有表现出任何异常，这让他更加坚信了第二种想法。

贪图一时的安稳，这绝不是他的初衷。多年寄人篱下，也无非就是为了日后能与爱人双宿双飞。

贼帮案的那通救命电话，显然已引起了"幕后者"的注意，康安家园这片鸟不拉屎的地方，频频有生面孔进入，这就是最好的证明。

他是坐以待毙，还是让展峰牵着鼻子，只求个活命而已呢？

不可能，当然不可能。

两件事，都不可能。

高天宇沐浴在阳光下，扬起的脸上带着快乐的笑意。

他可以死，但是他的生死，只有他自己可以把握。

所以，他必须主动踏出第一步。

窗台前，高天宇深吸一口气，从缝隙中蹿入的空气被他吸入肺中，他很享受这种感觉，因为，他已经开始嗅到了自由的味道。

这个世界上除了他跟她之外的人，都不过是此间棋子——

十一

两天后，针对第一和第二现场的专案会准时召开。

虚拟勘查系统中，各种已检物证被分门别类地显示了出来。

展峰将数据导入，地窖现场最先呈现在众人面前。

与现发案件相比，陈年旧案的物证鉴定工作主要分为三大块：尸体检验、理化检验和痕迹检验。

前两项工作已告一段落，剩下的痕迹检验，是最复杂也是最重要的。

痕迹研究的范围可概括为手印、足迹、工具痕迹、枪弹痕迹、特殊痕迹，简称为"手""足""工""枪""特"。

它几乎涵盖了你所认知的方方面面，而随着时代的发展，人类生活方式的改变，光一个兜底的特殊痕迹，就够很多人研究半辈子的了。

展峰依据痕迹量的多少，先从足迹着手，为了区分，他用了红、黄、蓝、绿四种颜色。"红、黄、蓝三种颜色为死者所留鞋印，剩下的绿色是嫌疑人鞋印。暂未发现第五种鞋印。凶手为一人，男性，身高一米七五左右，四十五岁上下。身份不明，标为4号。"

展峰将场景切换到堂屋，继续说道："泥土地面，稍有阴雨便会回潮，巧合的是，三个人在室内都留下了立体足迹。从步角特征分析，4号也去过堂屋。只是他的鞋印全踩在了别人的反向足迹上。明显是等三个人出屋后，他才进去的。"

"他进堂屋做什么？"嬴亮问。

"难道是启动发电机？"司徒蓝嫣道。

"对。"展峰使发电机单独成像，与案件有关的数据，也被一一列出。

"品牌：YONGSHENG/ 永盛；型号：KL20kw；产地：中国大陆；额定电压：单相220V；频率：50Hz；燃料：90# 汽油以上；净重：212KG；机油容量：2.75L；油箱容积：55L；信噪比：85dB；

"常规数据都很直观，我要重点解释一下信噪比。声纹是痕迹学研究的范畴，关于声音的常用单位有两种，其中强度单位是 dB（分贝）[1]，频率单位是 Hz（赫兹），信噪比就是噪声强度。最小可听的声压是 0 分贝，堵车时按喇叭产生的噪声为 85 分贝，摩托车的轰鸣声是 95 分贝。据美国国立耳聋研究所的数据显示，持续暴露在 85 分贝的噪声中会对人体造成危害。这台发电机标注的信噪比是 85 分贝，估计实测噪声要远大于这个数值。

"汽油发电机是把化学能通过机械能转化为电能，功率越大，其产生的噪声强度也就越大。这种大功率发电机在发电过程中无人看守，很容易会因自身的抖动终止工作。

"4 号的立体鞋印出现在发电机两侧，呈跨立姿势，能推断出他是以双手按压的方式来降低抖动，从而减小噪声的。

"又因发电机每次启动前，需排掉旧机油，换进新机油，所以常用发电机在发动拉杆、上方扶手等位置，都会黏附大量的黑褐色油污，若有人触摸，便会留下指纹。这些污渍中含有积碳，稳定性强，所以无论多少年，只要未遭到破坏，使用碘熏法[2]就能显现出油污指纹。"

---

[1] 分贝是用来表示声音强度的单位，在物理声学上，它是以测量点的声压 P 除以基准声压 Pr，然后通过对数计算得出的；如果看到 dB 后面没有标注其他参数，那一般代表是用纯音刺激测出的结果，因为目前有国家标准的听力检测用声信号只有纯音。
[2] 人体皮肤表面分布着皮脂腺和汗腺，遗留在客体表面的指纹多为皮脂和汗液的混合物，晶体碘是非极性的双原子分子，当其受热升华时，紫色的碘蒸气接触手印物质，因相似相溶的化学原理，会溶解于手印中的油脂中，形成棕黄色的手印纹线。此原理适用于所有附着有机溶剂的指纹。

说完原理，几枚看起来如"箩筛网"似的指纹图案，分别从发电机的扶手及拉阀位置[1]被引线引出。

"这是什么？"嬴亮问。

"叠加指纹。"展峰解释说，"分为两种情况：一是4号多次触摸把手，留下的单一叠加纹线。二是4号与其他人的混合叠加指纹。在没有确定4号身份时，这种指纹没有利用价值。"

"唉！我说嘛！都乱成这样，怎么可能有用！"

嬴亮还在唉声叹气，展峰手一挥，又切换到了地窖现场。

同样一根引线从墙内引出，引线末端又是一枚指纹，相比叠加指纹，这枚指纹看起来要清晰许多。

嬴亮顺着引线找到了附着客体——藏在墙内的铁皮油桶。

展峰道："暗格里共放有二十个容积为50升的方形铁皮桶，桶上无任何标志，我在每个桶盖上都发现了同一个人的油污指纹。"

"都是没有使用过的满装桶？"隗国安问。

"对！"

"那指纹肯定是加油的人留下的！"

"是的。"

"有没有比对结果？"

"暂时还没有！"展峰摇头。

"那……油品成分检验了没？"

"已经抽检过了。"

隗国安目光炯炯，说："我问问啊，桶里装的是不是勾兑汽油？"

归队后的隗国安果然像是满血复活，思维比展峰想象的还要敏捷，他手一挥，检验报告出现在众人眼前。"鬼叔说得没错，桶内装的是93号调和汽油。关于调和油，2015年中央电视台的'315追踪'曾曝光过，它是在90号汽油

---

[1] 汽油发电机在发动时，是手持带有拉绳的拉阀，迅速向外拽动，从而引燃发动机。启动过程与汽油割草机类似。

中加入石脑油、芳烃、甲基叔丁基醚、戊烷等化工原料勾兑而成。且这种工艺生产出来的汽油，完全符合国家检测标准。由于质检部门在抽检汽油的过程中，只分析元素含量，并不检测主要成分，所以就让不法分子钻了空子。同样的案例还有在奶粉中混入三聚氰胺来提升蛋白质含量的[1]。正常汽油的售价为六千五百块一吨，调和汽油一吨只需四千五百块。调和油在燃烧的过程中，会产生大量杂质，所以发电机表面才会附着如此多的油污。"

"鬼叔，你是怎么知道汽油有问题的？"

隗国安对嬴亮解释："加油站管理也是派出所日常工作的一部分。正规加油站绝对不会出售桶装私油。如果被抓，会被吊销执照。要知道，现在一个汽油证，都能卖到好几百万，不会有哪家加油站能看上这点蝇头小利。

"要真是为了应急，必须本人携带身份证、介绍信，到辖区派出所开具证明，每个地方的要求不同，我们所规定，普通轿车一次不允许超过10升。他们一次加了1000升，绝不是出自正规加油站。

"目前加私油有两种途径，一是流动摊点，二是固定油站。前者是用一辆伪装的厢式货车，根据顾客的需要，上门送油或就近贩卖，这种方式较为灵活，安全系数高，经常出现在人流密集区，但货车承载量有限，只适用于私家车这种少量用油的情况。

"后者虽加油量大，但因站点固定，要是在人流密集区，很容易被查处。所以敢明目张胆售卖调和汽油的，多半都是偏远地区的小型加油站。"

展峰道："流动摊点销量小，不可能搞加油送酒的促销活动。所以正如鬼叔所说，这些油，只会出自小型加油站。

"那么接下来，我们只要将附近符合条件的加油站全部摸排出来，再把站内十年以来的从业人员全部找到，比对指纹，就能确定油出自哪个加油站了。

"另外，加油站无论大小，基本都是二十四小时营业，早晚班交接时，必定要对账。而对账的内容，往往都是××车牌，加油××钱。"

---

[1] 由于食品和饲料工业蛋白质含量测试方法的缺陷，三聚氰胺常被不法商人用作食品添加剂，以提升食品检测中的蛋白质含量，因此三聚氰胺也被人称为"蛋白精"。

"那就简单了啊！"嬴亮兴奋得声音都提高了几个分贝，"如果真能搞到车牌，分析轨迹，我有信心一定能查到4号的落脚点！"

十二

"紫上云间咖啡与书"的二楼隔间内。

一身洛丽塔装扮的萌妹子正叼着棒棒糖，饶有兴趣地盯着那几块价值不菲的超清显示器。

屏幕上各种编程符号在飞速跳动，唯一能让正常人看懂的，只有最下方的那行小字："正在解析……"

"吧嗒！"浴室门被轻轻推开，裹着粉色浴袍的唐紫倩趿拉着卡通拖鞋走了过来。

"到第几层了？"她瞟了一眼。

妹子呜呜两声后回答："就剩最后一层原始码了！"

唐紫倩不以为意，从咖啡机中接了杯卡布奇诺，半开玩笑道："这都多少天了，还没搞出来，小心我扣你薪水哟！"

一听要扣工资，妹子立刻扮出楚楚可人的模样，说："老板，人家很努力了，你可不能扣人家的口粮。"她指着屏幕，呜咽起来，"这个家伙……他……他太厉害了，加密手段与你比都不相上下……所以……所以……"

正说着，机箱突然发出"叮"的一声脆响，妹子脸一黑，伸手将棒棒糖丢进垃圾桶，气场已从可爱的萌妹瞬间变成了阴森的鬼娃。

"总算是解析完毕，害得老娘忙活这么久，我倒要看看这个家伙到底是谁！"

妹子一顿操作猛如虎，可惜还是不清楚，瞬间泄了气，瘫软在椅子上。

看着屏幕上得到的一串乱码，唐紫倩笑道："人家使用的是自己编写的非对称加密算法，你要想查清他的身份，必须拿到原始秘钥。别说是我，就算师父出手也有些难度。没想到对方竟然这么厉害，也确实难为你了。"

"不厉害能被政府给收编了？"小萝莉点开电子地图，她指着那个不停闪烁的蓝点道,"几次位置都重合在了这里,虽然查不清对方的身份,但我百分百可以确定,数据就是从展峰的自建房传出来的。"

"奇怪,他家里真的有人?"唐紫倩摩挲着下巴。

"老板,你可别因为爱情迷失了自我,他家里为啥就不能有人?说不定还是跟我一样的萌妹子呢!"

唐紫倩白了她一眼,佯装生气道:"就会贫嘴!"

"啧啧啧,这才哪儿跟哪儿,胳膊肘就往外拐!你想想,咱这圈儿里的顶尖大神,哪个不是妹子啊?"

"还说是吧?"

萌妹子连忙假装求饶,可嘴上依旧不尽:"哎,老板,我还真想起来一件事。"

"什么事?"

"我好像记得有一次你提过,说展峰去超市买了两包成人纸尿裤!"

"对,有这事,怎么了?"

"坏了!瞧我这臭嘴!"

"什么叫坏了?你个小丫头片子,在说什么?"

萌妹子一蹬地,转椅带着她快速挪到了一台粉色电脑前,只见她轻轻敲击几下键盘,关于展峰的影像抓拍、手机定位、行车轨迹等一系列资料,都在大屏上显示了出来。包括展峰的实时位置,也在她的监视之中。

萌妹子选取了多日前展峰在超市购物的一段影像,接着她又调出了康安家园外高空球机的画面。

两段画面播放完毕,萌妹子绷着脸说道:"老板,经鉴定你的准男友,极有可能是个渣男!"

"说什么呢,怎么就渣男了?"

"你自己没看到,他从超市买了两包成人纸尿裤,从家里出来后,换成了两个黑色塑料袋。你猜里面装的是什么?"

"你觉得是什么?"

"还用问?肯定是用过的纸尿裤啊。"

"那又怎样？"

"怎样？他家里就他一个人，他用这玩意儿干吗？他难道漏尿吗？"

"你就凭这个说他是渣男？"唐紫倩不解。

"这还不够吗？"萌妹子噼里啪啦敲击键盘，调出展峰购物时的影像，"瞧见了没，他几乎每个月都要去买两包！"

"这又有什么问题？"

"什么问题？"萌妹子瞪大眼睛，"老板，你不懂，我来例假时，也穿过纸尿裤。尤其是晚上，比卫生巾好用多了！"

"真的那么好用吗？那我也试试看……"唐紫倩惊讶道。

"喂，老板，我发现你的关注点还真是独特，我在跟你讨论展峰为什么要用纸尿裤，你在想什么？"

"一样，也是纸尿裤啊？"

"老板，你能不能动动你的脑子想一下，纸尿裤这玩意儿，除了偏瘫在床的老人或来例假顶一下，还有谁会用？所以他家里那个人，百分百是个女的啊！"

"嗯？为什么不能是家里的老人呢？"

"我的天啊！"萌妹子一拍额头，"老板，我看你就是被那个渣男迷住心窍了！"

唐紫倩一耸肩，摆出一副"无论你怎么说，我就是相信展峰"的模样。

被冷落的萌妹子拽着自己的小辫，感觉快要气炸了，她跺着脚，在心中默声道："等我侵入对方网络，抓拍一张操作者的照片，到时候要是个妹子，我看你还有什么话说！"

十三

油品线索既出，市局便组织全市派出所对边境线附近所有加油站进行了一次地毯式的排查，只要能加油的加油站，无论大小，无论是否有证，都在这次的排查范围内。尤其是搞过加油赠酒这种促销活动的，更是摸排的重中之重。

由于案件一直处在严格的保密之中，所以这次排查让所有加油站措手不及，不光是小型加油站被掀了个底朝天，甚至少量正规加油站也没能幸免。

经过三天的摸排，县道旁一处无名加油站被直接锁定。该加油站距离中心现场不到 100 公里，为兄弟三人合伙经营，除此之外，他们还在县城开了一家生活超市。店内卖不动的商品，都会被他们拿到加油站搞促销，其中大春精酿 1573 直到现在依旧被当作赠品。

经比对，油桶上的指纹就是哥哥郭庆明所留。

排查时，警方在加油站内找到了尚未来得及销毁的账本，上面清清楚楚地记录着进货上家及销售情况。

就连警方都没想到，一个地理位置偏僻，仅有两台加油机的小加油站，每个月的销售额竟能达到数十万块，这就难怪他们送得起一百五十块的赠品了。

被传唤的郭庆明目前有两个身份：一是白骨案的关键证人，二是涉嫌非法经营罪的犯罪嫌疑人。

一正一反两个角色，让展峰有了跟他谈判的条件。

既然敢卖私油，郭庆明也早就做好了准备，否则营业执照法人一栏，就不会填的都是他的名字了。进派出所之后，他始终在强调一件事："要搞就搞我，放过我两个弟弟。"

法律无情人有情，要是撇开"违法犯罪"不说，展峰还是很敬重这位比他大不了多少的中年男人的，毕竟一个加油站扛起的是三兄弟的家小，能自己一个人扛，也算是条汉子。

在赢亮介绍完相关法律法规后，展峰开门见山道："有个将功补过的机会，你要不要？"

俗话说，没有文化不知道怕，说的就是郭庆明这样的人，他原本以为贩卖私油，最多就是拘留几天，哪里料到还要判刑呢！他所谓一个人扛，也是知道没办法，总得保住两个兄弟为自己照看家小，要是三个人都进去，那才真的是完蛋了。

听见还有补过的机会，郭庆明眼前一亮，仿佛抓住救命稻草一般，他眼巴巴地看着展峰咧开大嘴笑道："需要，需要，领导，只要我能帮上忙的，我一定配合！"

"那好，要的就是你这个态度！"展峰满意地点点头。

展峰将军绿色铁皮油桶的照片摆在他面前，问："是不是你们加油站提供的？"

郭庆明看了一眼，说："这是50升的大桶，进价四十五块钱，押五十，不过这玩意儿到处都有的卖，不是我们加油站才有。"

"押五十是什么意思？"

"有些来加私油的顾客，没有油桶，可以从我们加油站租，我们站提供20升、30升、50升、100升四种桶，桶的大小不同，押金也不一样。比如100升的大圆桶，我们除了收取一百块押金外，还要加收十块的租金，如三日内不还桶，押金就不退了。"

"平时生意怎么样？"

账单已经被警方收缴，郭庆明觉得也没有必要隐瞒，他点了点头，说："还行，日营业额都在两万块左右。"

"都是什么人去加私油？"

"我们这里位置偏僻，来回行程又远，为了方便，很多人加私油。需求量大的还是各种机动车，剩下的一小部分干啥的都有，比如给饭店当燃料的，给装修公司调油漆的，还有些不通电的地方，拿来打电的。"

展峰抓住这个尾巴，问："用汽油打电的人多不多？"

"早些年很多，不过现在每家每户条件都好了，最近两年相对少了很多……"

"你都熟吗？"

"我性格内向，不喜欢聊那些家长里短，要说熟也只是面熟，至于客人叫什么，家住哪里，我基本都搞不清楚。"

郭庆明的回答也在情理之中，于是展峰又换了个思路。"你们加油站平时用得最多的是哪种桶？"

"这要分什么车了。"

"都说说看。"

"住在附近的居民，一般都骑三轮车，因为带个车斗，多大的桶都能装下。普通轿车由于后备厢高度受限，多用30升以下的桶。越野车或者商务车，选

50 升的较多。跑长途的货车，用的都是最大的那种。"

"50 升桶，一次买 1000 升，你有没有印象？"

"买这么多啊？我想想……"

见郭庆明开始思考，展峰提醒道："不是在近期，我是说十年以前。"

"十年前？"郭庆明面露苦色，"警官，你不是在说笑吧？你要问我一个月内，我兴许还能想起来，我哪儿能记十年前这么久的事情？"

展峰从一沓押金单内随意抽出一张，上面清清楚楚地记录着油桶规格、押金钱数、车牌号码及联系电话，他将押金单举起问道："当年的单子还能不能找到？"

"我干的也不是什么光彩的生意，这些单据平时也不会留着，基本是一个月一销，早就没了。"

事实情况正如他说的那样，民警翻遍了整个加油站，也仅发现了近二十天的销售清单，目前看来，想要从郭庆明身上挖出关键线索是不可能了，很多人问到这儿，可能就已经结束了询问，可展峰最擅长的就是深挖寻底，向来不走寻常路。

他从物证袋中，掏出一摞汽车杂志，说："期期不少，看来你很喜欢研究汽车？"

"这都是油贩子们送的。我平时吃住在加油站，也没什么娱乐项目，就靠这些杂志来打发时间。"

"好，那我再给你些提示，"展峰拿出了一张打印好的汽车照片，"帮我们仔细回忆回忆，就是这种车，对方把后排座位卸掉了，从你的加油站一共买了 1000 升汽油，20 桶，你送了他三瓶大春精酿 1573，箱子外包装上，还印着你弟弟超市的广告！"

…………

郭庆明回忆的同时，旁听室内的司徒蓝嫣疑惑道："展队手里拿的汽车照片难道就是 1 号死者驾驶的车辆？"

"没错！"身边的隗国安回了句。

她有些惊讶："什么时候得出的结论？专案会上怎么没说？"

"估计是来不及了，不过这你不能怪展队，是我太磨叽才会这样。"

"什么意思？鬼叔，我怎么越听越糊涂？"司徒蓝嫣不解。

"是这样的，前两天展队把1号死者的鞋子拿给我，让我将鞋底上的磨损痕迹画到纸上，要精确到毫米，我问他画这个干吗，他那时才告诉我原委。"他看向司徒蓝嫣，"你还记不记得屋后那块水泥地坪？"

"记得！"

"那儿就是用来停车的。而且修得挺随便，虽然展队没有发现轮胎痕迹，但他在四个拐角都找到了大量的水泥碎块。经测算地坪压力面，确定了汽车的轮胎宽度、前后间距及左右轴距。有了这几组数据，展队判断出是一辆商务车。

"每辆车的油门、刹车、离合器踏板，都有独家尺寸，很多人在驾车时也会有一个固定的姿势和习惯，从而能够反映出稳定的鞋底磨损特征。

"1号死者并没有很高，为了提高驾车的安全性，他习惯左脚紧贴离合，速度稍快时，就会把脚迅速放在刹车踏板上。

"因此，他左脚鞋底的磨损特征完整，能完美还原离合器踏板的尺寸和花纹。右鞋磨损特征可以部分还原刹车踏板的规格及纹路。

"结合这些数据，展队在所有品牌的商务车中逐个寻找，最终确定，1号死者驾驶的是一辆2005款奔驰唯雅诺，这车在十年前全靠进口，主打颜色为银白，因价格较高，所以存世量较少。

"另外，地窖中赤足脚印反映出，2号死者和3号死者来回负重十趟，若每趟都搬一桶油的话，数量刚好对上。所以他推测，这20桶油是一次性购入的。

"在测量了商务车的空间后，他认为，只有把后排座位完全拆除，才能满足装载要求。"

"这也行？"司徒蓝嫣惊诧万分，"展队简直把所有细枝末节都挖掘到了极致啊！"

"要不然，他怎么可能在这个年纪就能当上我们的组长？"隗国安又道，"我不画不知道，原来车与车之间也存在设计抄袭，因为我的粗心大意，之前产生了较大的误差，导致展队白忙活了好一阵子。这不！刚定稿，市局就通知这家伙到案了，所以才没来得及开专案会通报！"

"原来如此……"司徒蓝嫣朝展峰投去敬佩的目光。

…………

"想到什么没有？"展峰在一旁问。

见郭庆明始终皱着眉，他意识到一定是某个环节出了问题。要是车型不对，对方定会一口回绝，他既然在思考，那么1号死者驾驶的可能并非该车的主打颜色。

他迅速将"星辉银"抽出，逐一换上了"皓雪白""曜石黑"，当该车型的最后一个颜色"燧石灰"被拿出时，郭庆明大叫一声，随后说道："我想起来了，没错，就是这辆车，他一次拿了我20个桶，本来押金一千块钱，那个戴墨镜的秃顶男硬是给我还掉了一百。

"那人临走时还跟我说，桶他们买了，不还了。我们在边境开加油站的，最怕惹麻烦，我一听他是外地口音，也就没说什么。

"不过他一次买走1000升油，我还是有些担心，于是我就默默地记下了他的车牌！"

"那你还能不能回忆起车牌号？"

郭庆明揉了揉自己的太阳穴，说"我脑子不好，当天的事当天就能忘！"

见展峰眼中的光暗淡下去，他又说："不过我知道我记性差，所以我习惯把重要的事用笔记在我能看见的地方！"

展峰连忙问："怎么记的？记在哪里了？"

"我用铅笔写在了加油站的白粉墙上！"

十四

结束问话，专案组带着郭庆明一起回到了加油站。

这是一个占地百余平方米的站点，一左一右两台加油机分别供应汽油与柴油。离加油机刚好一个车身的距离处是一栋平房，中间被竖起的墙隔成了东西两间。

西边较小的那间布局十分简单：一张床、一个柜子、一张桌子，屋内随处可见锅碗瓢盆，衣服被褥。

东边较大的那间则被改造成了便利店，烟、酒、茶、速食品一应俱全。对这间用来"摇钱"的招牌门脸，郭庆明打点得那是相当细心。

很难想象，一个生活邋遢的中年男人，能每天坚持把便利店里里外外打扫三遍。

到了加油站内，刚一下车，郭庆明就把众人引进了西屋。

推门而入，站在门口的他，将墙上的汽车挂历一掀，嬴亮顿时感觉自己的头皮要炸开，眼前密密麻麻的字迹，让他深刻地体会到了，什么叫"好记性不如烂笔头"，只是这个"笔头"确实很烂。也许是因为受教育程度较低，郭庆明记车牌，从不写最前端的省份缩写，假如车牌号是皖K11111，他最多只记个K11111，更要命的是，随着挂历的每一次撩起、复位，都会对墙皮产生一次摩擦，有的车牌只能勉强看清后三位，或者前两位。

嬴亮大致数了一下，这一小面墙皮上最少有上百个车牌，而我国有23个省、5个自治区、4个直辖市、2个特别行政区，也就是说，一个标记清楚的号码，最少需要连续尝试数十次。这还只是蓝底白字的普通轿车，万一对方使用的是特种号牌，就又增加了更多的变数。

果不其然，同样懵圈的还有郭庆明，他在记录号牌时，是哪儿有空当就往哪儿写，一整面墙被他写得乱七八糟，他愣在墙面前看了半个小时，也没想起来当时记在哪儿了。不过也难怪，事情已经过去了十年，要是这样的事情还记得，那也挺离谱的。

无奈之下，嬴亮只能将墙上的号码全部抄录，用最笨的办法一个一个去试。

…………

第一现场和第二现场分析出的线索，已全部核查完毕，不过到头来，大家还是进入了一个死胡同。

好在路并没有完全堵死，还有第三现场尚未勘查。

可能有人会有疑问，为什么要留着颅骨现场迟迟不动？其实按照"先重点后一般"的勘查原则，颅骨现场看似有诸多物证，但它本质上不过是一个关联现场。

首先，三名死者进入地窖，就是奔着第三现场而去，可遗憾的是，他们只走了一半，就窒息而死。换言之，颅骨现场并不太可能像第一现场和第二现场那样，留下可供分析的痕迹。

其次，4号与三名死者并不是利益共同体，他到底是不是跟二百七十个颅骨有关不好说，可能有，但也可能没有。如果上来就以颅骨为重点，耗费大量人力物力不说，还不一定会有好的结果。

目前最省时省力的方法，就是找到4号，只要能核实他的身份，一切问题便迎刃而解。而4号只在第一现场和第二现场活动过，所以展峰才会紧盯着这两个现场不放。

可是，再简单的案件，也经不起岁月的蹉跎，如果本案发生在昨天，加油站的监控，就能让案件真相大白。陈年旧案则不然，刑侦技术的落后，岁月造成的证据灭失，都会造成旧案难以侦破的现实困境。

十五

机场候机楼内，吕瀚海捏着登机牌，始终有些坐立不安的模样。在他身后不到10米的位置上，一个头戴鸭舌帽的男子，正目不斜视地盯着他的一举一动。

不知过了多久，终于开始登机，原本坐在登机口的旅客纷纷起身自觉排成一行，在目送吕瀚海检票进舱后，男子望着航班号拿出手机拨出一串号码。

作为专案组最重要的行动助力，要不是发生紧急情况，吕瀚海绝不可能中途离开。然而那通来自医院的电话告诉他，他的师父生命垂危。

师父吕良白的事他未向任何人提及，这一去也不知要多久才能返回，他也是怀着忐忑的心情去找了展峰，只说有急事要请假，而且可能短期内不能归来。

让他感到宽慰的是，展峰并未打破砂锅问到底，只是轻描淡写地说了句：

"快去快回。"

为了赶时间高价买的头等舱，让吕瀚海肉疼不已，然而他刚走下飞机，就被两名男子带上了一辆商务车。

坐在副驾驶的男人一挥手，那辆价值不菲的奔驰威霆便快速钻进了车流中。

黑色丝绸窗帘把车窗挡得严严实实的，吕瀚海搞不清方向，他几次想开口提问，都被那个人举手制止。他见没的谈，索性便伸了个懒腰，身子往后一仰，找了个舒服的姿势睡了过去。

不知过了多久，他感觉有人用手拍了他一下，半睡半醒中，他嗅到了一股水藻的腥臭味。

他打了个哈欠，用手擦掉嘴角的哈喇子，稍稍清醒之后，他才注意到，此刻车上加上他才只有两个人。

那个人从前排探出头来，露出他那张打着"补丁"的脸。"怎么样？睡得可还好？"他嗓音沙哑，带着戏谑的味道。

"都头等舱的待遇了，我还能说啥？"

"这次从专案组出来，又打算要干什么？"

"刀疤哥，我觉得你问这话有些多余，你的那些小弟就差不偷窥我上厕所了，我出来干吗，你还不清楚吗？"

"你是聪明人，我警告你，最好不要耍花样。"

"我去！你们连隗国安都敢搞，弄死我还不是分分钟的事？"吕瀚海翻了个白眼。

刀疤目光一凛，厉声道："我发现自从贼帮案后，你对我们是颇为不满啊？"

"不敢不敢！"吕瀚海摆摆手，"我这人，生死由命，成败在天，人生在世早晚都是个死，何必太在意过程呢？"

"你这话是什么意思？"刀疤愣是没听懂。

"我什么意思？"吕瀚海挺直身子，"既然你提到贼帮案，那我也就跟你们掰扯两句。案发时，我作为卧底，跟老烟枪同吃同睡，他那个脑袋瓜子能转几圈，我心里清楚，不是我吹，我就是穿上警服站在他面前，他也不可能认为我是警察，要不是有人背地指使，凭他那个脑子，绝对不可能戳穿我的身份。"

"你……"刀疤被他一噎，不知说什么好，毕竟吕瀚海的确差点丢了性命。

"今儿你别插嘴，让我把话说完！我今天可是不吐不快，要是往后还想往来，就给我仔细听着。"吕瀚海捋起袖子，红着眼说，"你们想搞展峰我没意见，可不能拉我当垫背的。咱们事先有过约定，你们不能说撕票就撕票，当天要不是赢亮来得及时，我早就去见阎王爷了！我昨天接到医院电话，说我养父病重垂危，你知道我冒着多大的风险，圆了多少谎，才让展峰相信吗？可你们倒好，一下飞机就把我拦下了，我问你，到底谁在耽搁时间？你们知不知道展峰这个人有多可怕？他要是盯上我，你们一个都别想跑！"

刀疤黑了脸："你在威胁我们？"

"我现在没时间跟你们争论这些，我就一句话，要是我师父有个三长两短，我就把你们给卖了，之后要杀要剐的，随你的便！"

丢了隗国安，吕瀚海还有利用价值，刀疤也不想硬碰硬，他的态度软了下来。"行，等你冷静下来以后我再说。"

"我冷静不了，我现在要去见我师父。"吕瀚海一脸痞气。

"不用担心，你师父目前病情平稳，他没事……"说着，刀疤用手机播了一段医生与吕良白对话的视频，"我刚从医院回来，我们已经找了最好的医生，如果友邦佳和都救不了，你转到哪家医院都没招！"

病房护士的值班表吕瀚海烂熟于心，昨晚几点几分该谁上班，他心中有数，当看到视频中那位身穿粉色护士服的女子时，他知道这段录像确实没有作假。

俗话说伸手不打笑脸人，既然还没到撕破脸的时候，吕瀚海自然也要顾及一下对方的颜面，他呵呵一笑道："行，我知道了，你们就是故意把我弄回来的是吧！没关系，只要我师父没事，一切都好说！"

见对方语气平缓了下来，刀疤开口道："既然你心里憋着气，那我就趁着这个机会帮你疏导疏导！"

"你想怎么疏导？"吕瀚海觉得可笑。

"你还记不记得，你进入专案组前，虎哥说过一句话？"

"什么话？"

"不准动展峰！"

吕瀚海眉头紧锁回忆片刻，说："对，他是说过这话！"

"其中的缘故，我也不是很清楚，但至少我能确定一件事，大老板不希望展峰有事。"

"那你的意思是，买通老烟枪想害展峰的另有他人？"吕瀚海机敏地猜测。

"没错，我能跟你保证，绝对不是我这边的人。"

"有意思，你们这浓眉大眼的组织里也出现叛徒了？"吕瀚海调侃起来。

"不能说是叛徒，依我推断，应该是有人想早点结束这个'猫和老鼠'的游戏，嫌你们专案组碍事了。"

"哦，我明白了，这就跟贼帮的大执事要保冯磊的道理相同，他俩一个是贼，一个是反扒大队大队长，大执事为了他儿子，只能刮骨疗伤。可有些帮众并不想这样，于是就蹦出了金三儿。"

"没错，是这个意思。"刀疤点点头，有些佩服吕瀚海，这位被威胁着呢，脑子还能这么灵便，也不是个寻常人。

"你们组织里的金三儿是谁，查到了没有？"

刀疤叹了口气，说："这活不归我管，可目前我收到的消息是，还没有呢！"

"也就是说，你们是保展派，谋害我的事跟你们无关？"

"保展派？这个名字有意思！"刀疤微笑过后，流露出些许不屑，"别的不说，你觉得，如果我想要展峰的命，他能不能活过今天晚上？"

吕瀚海混迹江湖多年，"舔刀口"过活的人他没少见，他知道刀疤此言非虚，沉默良久之后，他点了点头："也对，你瞧着就是手里沾过不少血的，展护卫那点斤两怕是不够看。"

"一会儿我送你去医院，但有一件事，希望你能考虑清楚。"

"什么事，直说。"

"你师父的病，我们可以请全球最好的医疗团队来治，可是生老病死是自然规律，再好的医疗条件也只能是辅助，老爷子现在这个情况，今天是我们放烟幕弹，可保不齐往后真有点什么……"

"这点我懂，只要你们尽力，我道九也不是胡搅蛮缠的人。"吕瀚海点点头。

"那是自然，不过我还有一句话要跟你讲。"

"哦？什么话？"

"我们现在算得上是一根绳上的蚂蚱。要是你师父他老人家仙逝，虎哥还是希望你能一如既往地与我们合作，哪怕就算是为了保展峰的命吧！我知道，你跟他的感情可不一般。"

这帮人报复隗国安失利后，吕瀚海就想到肯定会有这么一天，这个问题他很早以前就考虑过，如何对答，他也心里有数。

"我这三十几年都是为我师父而活，他老人家要是走了，我怎么也要为自己考虑考虑，你说得没错，我跟展峰也算有些香火情，这里面的利害关系我清楚，只要你们信守承诺把我送出国，我一定会让这事烂在肚子里，至于在队里期间，希望你们也别蒙我，要是再来一次上次那种事，那不管展峰是死是活，我都得卖了你们。"

"虎哥不会蒙你的，要的就是你这句话，他是个仁义人，否则你小子早死一百回了。"

"那就劳烦你转告虎哥，以前什么样，以后还是什么样！"吕瀚海贼兮兮地笑道。

"行！我们就喜欢和你这种聪明人打交道。"刀疤脸上的刀疤蹦了蹦。

"那现在，能麻烦刀疤哥送我去医院了吗？"

"没问题！乐意效劳。"刀疤一抬腿，车辆轰鸣着飞驰而去。

十六

在展峰的指挥下，前来支援的十五名年轻法医足足干了三天，这才勉强完成第三现场的颅骨挖掘工作。

按顺序，每个颅骨对应一个坑洞，并按方位命名，如在南墙1号位取出的颅骨，那么在物证标签上，就会打上"南-1"的字样。

根据物证分类的相关规定，每个坑位的物证都要单独包装，其中颅骨样本要装进金属物证箱，头发样本装入纸质物证袋，坑内土样则放进塑料物证盒，且每样物证都要详细记录提取时间、提取方法、提取数量、提取编号等等。另外，提取的整个过程，必须录音录像刻碟保存。这是一个极其细致且烦琐的过程，例如"矿难"现场，勘查持续数周也不稀奇。

华罗庚的统筹方法，每次都能让展峰给用到极致。年轻法医负责提取，他则在第一时间抽检化验，两项工作同时进行，不浪费分毫时间。当最后一个颅骨被装入物证箱时，现场所有检验数据也被导入了VC系统。

当晚，虚拟勘查就展开了。

第三现场跟第一现场之间仅有一墙之隔，就是一个简单的长方体空间，面积也相近，这里除了排列整齐的二百七十个颅骨外别无他物。

3D扫描只在室内发现了赤足足迹，也就是说，除2号死者和3号死者外，没有其他人来过这里。

勘查开始前，展峰问了一句："车牌检索得如何了？"

赢亮道："我在加油站墙上一共整理出一百一十三个车牌号，其中完整号牌四十六个，缺一位的三十五个，缺两位的十个，缺三位的二十个，几乎看不清的两个，目前才检索了不到一半，暂时还没有结果。"

"你是怎么比对的？"展峰又问。

"我自己设计了一个软件，可以将号码导入不同省份的车管系统，看显示出的是什么车型，要是与我们掌握的不符，就直接pass（淘汰）。"

"嗯，这样倒也行。"

"什么叫也行？难道展队您有更好的办法？"赢亮又不服气了。

"如果不赶时间，你的方法也行得通，要是考虑到时效问题，我倒是真有一个小小的建议。"

"那我洗耳恭听。"赢亮好奇心顿起。

"你不妨把颜色为燧石灰的2005款奔驰唯雅诺车全部调出，提取车牌，与郭庆明所记录的号码进行碰撞，这样应该会比一个个试来得快些！"

"正向搜索"与"逆向碰撞"孰快孰慢显而易见，赢亮吃瘪似的郁闷了半

第二案 白骨情缘 225

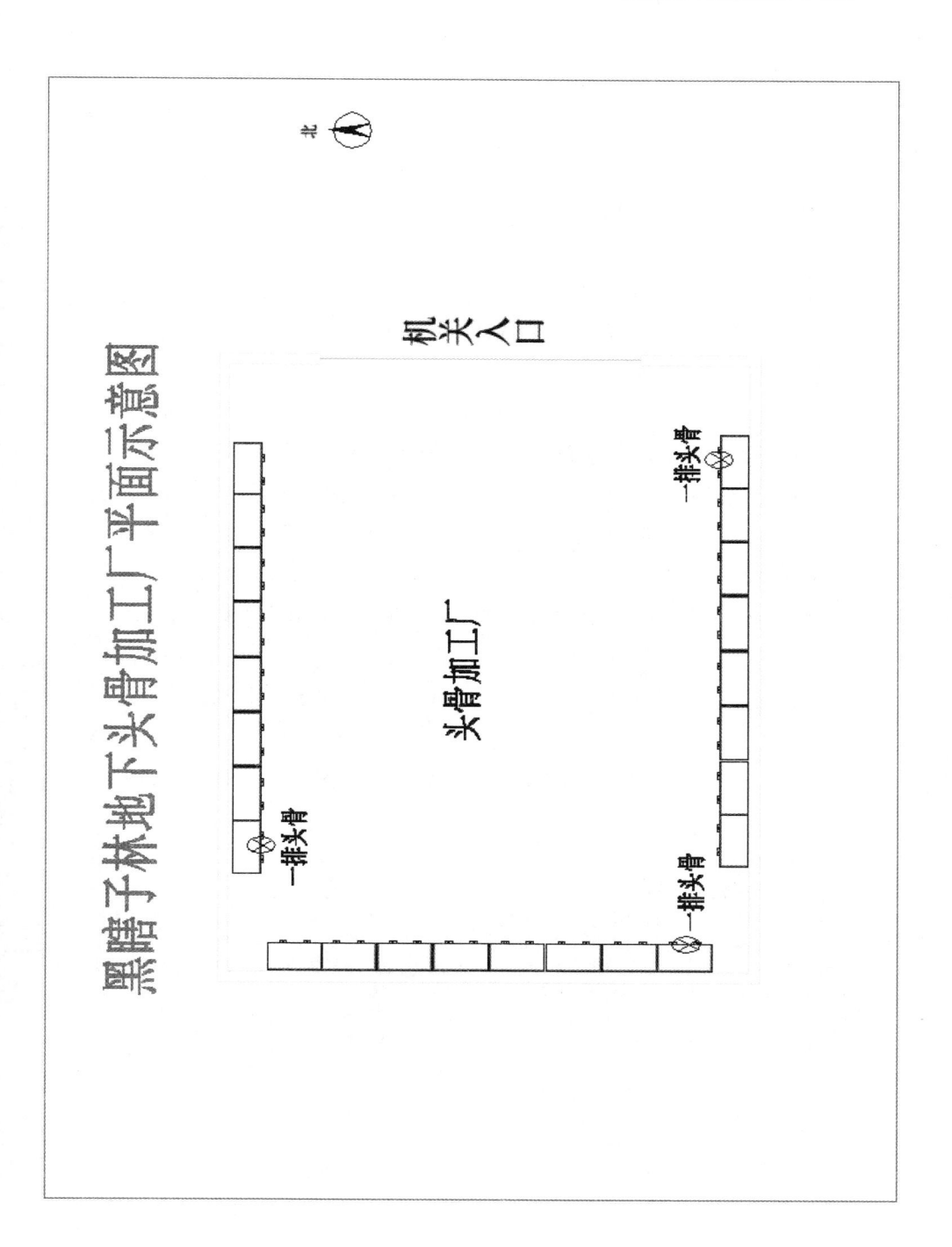

黑瞎子林地下头骨加工厂平面示意图

北

机关入口

头骨加工

一排头骨
一排头骨
一排头骨

天，不得不认可展峰提议的方法才是更快的那一个。

"车牌这条线索最为关键，所以……"

嬴亮虽性格直率，但也不是不通情达理，他也知道，这要放在早前，展峰是不会补上后面这句要求的，在他看来，这已是展峰最大的妥协，于是他认真地点了点头，说："明白展队，放心，我会争取尽快！"

等切入第三现场后，展峰一挥手，墙面每个方形坑洞中都出现了一个颅骨。他点击其中一个，四条引线从颅骨发出，自上而下分别标注着：头发、颈椎骨、土壤、生理特征[1]。

"这是其中一名死者。"展峰介绍道，"女性，五十五岁左右，颅骨完好，无疾病特征；长发，坑中发现第一颈椎骨，土壤样本中微生物群落富集。"

专案组成员都是物证鉴定领域的老手，展峰这边刚介绍完，隗国安那边便发现了问题，"是仅有一个坑发现了颈椎骨，还是全都有？"

"是全部！"

隗国安心中一惊。"难道这二百七十个颅骨，都是从新鲜尸体上取下来的？"

"没错。"展峰将那片颈椎骨放大，骨片底端几处线条状划痕被标红显示了出来，"这是极锋利的锐器切割后留下的痕迹。二百七十个颅骨，嫌疑人都是沿着第一颈椎骨环切后取下的，这样做是为了尽可能地保证颅骨的完整。"

---

[1] 这里的生理特征，主要包括性别、年龄等。颅骨的性别判定是法医人类学研究和实践的一项主要内容，在杀人碎尸、尸体白骨化、重大灾难等案件的及时处理中具有重要的应用价值。在DNA技术普及前，法医人类学家通常以测量颅骨最大长、颅骨最大宽、颅高、颅底长、颅周长、面宽、上面高、耳点间宽、上部面宽、中部面宽、眶宽、两眶内宽、眶下孔内缘间距、眶高、鼻宽与鼻高这十六项数据，并代入性别判定函数，通过计算结果来判定死者的性别。
推断年龄，则是根据牙齿生长的一般规律。通常包括四个方面：第一，牙齿萌出顺序。乳牙于出生后六个月开始萌出，两至两岁半出全，共二十个；恒牙于六岁左右开始萌出，到十四岁出满二十八个，十八至二十岁才生出智齿。第二，牙齿磨耗程度。往往随年龄而增加，但有时受个体因素影响。常按年龄组将下颌切牙咬耗举度分为六级，将第一、二磨牙咬合面磨耗程度分六种。第三，牙髓腔变化。随年龄的增长，牙髓腔逐渐变小，这是由于牙本质不断沉积于腔壁之故。第四，牙根钙化情况。牙骨质形成后可逐渐钙化，其程度与年龄有关，常用以推断少年的年龄。
等到DNA技术普及之后，只需提取骨DNA，判定基因型是XX还是XY，便可认定性别。关于年龄，也可利用骨同位素的方法进行判定。

展峰的手再次一挥，颅骨被分成了两摞，左边一摞上方标注着XX，右边则是XY。"女性颅骨六十二个，男性颅骨二百零八个；年龄在二十至五十岁之间。男性颅骨中，有六个人具有相同的Y基因[1]，也就是说，他们在同一个族谱，或是近亲属关系。另外，所有DNA样本在数据库中都没有比中信息。"

嬴亮嘴里碎碎念道："性别随机年龄随机，对象不存在针对性，他是从哪里搞来这么多颅骨？"

"我给颅骨都做了3D扫描。比对过颅骨统计学特征之后，我发现他们绝大多数都是西南方向的人[2]。对这些人的来源，我有个大胆的猜测。"隗国安切换出世界地图，并在国境外沿画了个红圈，"这里距中心现场最多百十公里，刚好经过郭庆明的加油站，而且那里恰巧又常年战乱，有充足的尸首来源，你们说，这帮人会不会在境外取头，拿到境内加工，而这里就是一个颅骨加工厂？"

"颅骨加工厂？"嬴亮咽了口唾沫，"他们这么做的目的是什么？"

"为了出售啊。"隗国安理所当然地说。

"出售？一个颅骨能值多少钱？"

"如果只是做医学研究，可能值不了多少钱，但要是加工成艺术品，那么价值可能会呈几何式增长！"隗国安说出了一个不为人知的事实。

"鬼叔，你难道对此有研究？"

"起初我只是猜测罢了，可是随着案件的深入，我发现越来越不对劲。为了这二百七十个颅骨，他们做了极其烦琐的准备工作，这世上没有无缘无故的付出，所以我觉得其中定有蹊跷。"隗国安随意点了一个颅骨放大后说道，"你

---

[1] Y染色体是决定生物个体性别的性染色体的一种。男性的一对性染色体是一条X染色体和一条较小的Y染色体。在雄性是异质性的性决定的生物中，雄性所具有的而雌性所没有的那条性染色体叫Y染色体。由于Y染色体传男不传女的特性，所以Y染色体上留下了基因的族谱。Y-DNA分析现在已应用于家族历史的研究，家族世系的遗传与进化和认祖归宗的基因鉴定。
[2] 按照生物进化理论，古代人进化到现代人，某些性状特征会发生改变，但也有一些性状特征并未发生变化，如果不发生混血，进化仅发生在人种内部而不会发生在人种之间，故其后代必然会保留某些古人的特征，法医人类学家可以根据成年人颅骨颅缝及腭缝的愈合程度，牙齿的萌出及磨耗等形态学特征，来进行统计学推论，从而判断某类人源自哪里。

们不搞艺术，可能对这些情况并不知情。骨制品，在某些艺术领域很受追捧。从中世纪开始，欧洲就有了骨骼工艺品的交易。其中，颅骨是交易基数最大的一项。因为无论是艺术品加工，还是宗教祭祀，颅骨都是人类最具有代表性的骨骼。

"据我所知，在很多国家，人骨交易并不受法律限制。最具代表性的就是YD。众所周知，H河是YD的圣河，而且YD人酷爱水葬，导致H河里的浮尸比比皆是。这使得H河也成了尸骨贩卖商的发财地。由于沉入河底的尸骨属无主物，所以最早的YD法律并未对此行为给予约束。

"直到1985年，YD政府破获一起骇人听闻的案件，有非法之徒出口了一千五百具孩童骨架，该案震惊全国。传言这些小孩是先被绑架后被杀死的，自此YD政府开始禁止人骨出口。禁令出台后，人骨交易从地上转到了地下。

"更为奇葩的是，YD很多家庭以出卖亲人遗体为荣，他们直接将去世的家人的遗体卖给尸骨贩子，这样不仅能节省殡葬费用，还能大赚一笔。这种行为在YD很多地方不但不被人鄙视，反而让人颇感光荣。

"YD是全球医用人骨的来源地，每年都有大量尸骨从YD出售至世界各地，黑市中，最好卖的就是颅骨了。

"完整的颅骨在艺术品领域从低到高分为五档。

"价格最低的第五档是陈年骨，它们多来自埋葬已久的坟墓，一般年限都超过三年，这种颅骨干枯，骨质疏松，色泽发黑，在制品的过程中极易发生断裂。

"第四档是泡水骨。这种颅骨多来自江河湖海。比起前一种，这种颅骨色泽鲜亮，但由于河水的冲刷，基本都会缺少下颌骨。

"第三档是标本骨。它们多是从使用过的骨骼标本上取下，由于长年累月被用来做研究，或多或少都会有缺失。

"第二档是遗体骨。尸骨贩子在买到一具尸体后，会根据顾客的需要，或是做成骨架，或分开出售，通常用这种方式弄来的颅骨，可以保证完整，但由于尸体贩子处理颅骨的方式不同，所得到的颅骨质量也参差不齐。

"于是为了满足刁钻顾客的需求，有一群尸骨贩子专做加工骨，这也是颅骨中最贵的一种。

"他们加工的方式，与做颅骨复原时的步骤有本质的区别。

"颅骨复原需要经过浸泡、蒸煮、脱脂、暴晒、粘骨等步骤，由于颅骨顶端存在骨缝，在蒸煮的过程中，容易使脑组织膨大，将骨缝顶开造成颅骨损伤。一旦出现这种情况，就必须经过修补才可保证颅骨完整。这样做速度虽然快，但价值会大打折扣。

"最完美的做法，就是从新鲜尸体上砍掉头颅，接着埋在微生物富集的土壤内，利用微生物的腐蚀作用，沤制出一个完整的颅骨。

"这种方法用时较长，但制成的颅骨完整度高，色泽光亮，触感滑润。另外，微生物在侵蚀的过程中，还会使颅骨表面产生均匀的包浆，延长颅骨使用寿命。利用此方法，最快三个月出货，每个颅骨的售价都不低于两千美元。"

"居然那么贵？"嬴亮一惊。

"这还是最低价，如果遇到颅骨稀缺的时候，倒几手，四五千美元一个，也是有人收的。"

"也就是说，现场这些颅骨，能卖好几百万？"嬴亮咋舌道。

隗国安摇摇头："时间太久了，现在卖不到这么高的价，不过这些颅骨都埋在特殊的土壤中，和乱坟岗的陈年颅骨比品相依旧高上不少，以我估算，一个卖五百美元，还是很有市场的。"

"难怪展队说地坑能挖 10 米之深，原来都是特殊土壤！"

展峰轻轻挥手，顺着嬴亮的话题，调出了相关的检验报告，说："地窖土壤中的主要成分包括伊利石、高岭石、微生物及有机质，天然含水量大，孔隙比大于 1.5[1]，成分为淡水淤泥。又因淤泥孔隙较大，黏度高，尸骨腐败过程中产生的磷化氢易在土层中形成包裹气泡，阻碍气体挥发，这也是尸骨在埋藏十

---

[1] 孔隙比是土中的孔隙体积与固体颗粒体积之比，一般以 e 表示，是说明土体结构特征的指标。一般来说，e 值越小，土越密实，压缩性越低；e 值越大，土越疏松，压缩性越高。土的压缩性高，表明土体的结构强度差，则土体的压缩量大。一般来说，e<0.6 的土是密实的低压缩性土，e>1.0 的土是疏松的高压缩性土。

年后,才产生磷火的主要原因。"

"他们从哪里弄来这么多淤泥?"嬴亮迷惑道。

"不用弄,现场就有。我从巡逻警那里知道,附近曾有一个用于积水的池塘,后因人口搬迁,无人打理而干涸。"

"那这帮人能把尸骨加工厂选在这里,说明他们对这里相当熟悉。"司徒蓝嫣分析。

"没错,我怀疑2号死者和3号死者就是本地人!"

"明白了。"隗国安打了个响指,"等会儿我就把他俩的画像给整出来,让亮子通过人脸识别系统看看有没有新的发现!"

"没问题鬼叔,这事包在我身上!"嬴亮兴奋地拍了拍隗国安的肩。

十七

画像一出,隗国安就已经猜到,就算他画得再精细,比对系统抓取得再准确,也不可能有指向性的结果。因为他俩的相貌太具有地域特征,不光是他们父辈,有可能往上数代,都没有跟外地基因产生过交融。越是贫穷的地方,这种情况就越显著,这种相似性会导致比对系统失去效用。

事实正如隗国安所料,经多次比对,与他们相似度超过90%的,竟然有一千余人。而因经济落后,这些人中有很大一部分都没有联系方式。最要命的是,他们的户籍所在地,也极为偏僻,若要把这些人一个个全部弄出来见一遍,那没有三五个月绝对是想都别想的事。

时间不等人,专案组不会在模糊线索上浪费精力,此路不通,隗国安与嬴亮又转战到车牌的线索上。

为了防止遗漏,嬴亮扩大了检索范围,他将2000年至2010年,全国颜色为燧石灰的2005款奔驰唯雅诺全部调出,共计四千六百二十三辆。

抓取车牌号码与郭庆明的记录进行碰撞,得到的结果却让两个人直呼邪门。完整号牌被全部排除不说,就连缺一、缺二、缺三的都没能幸免。这给人的感觉,仿佛冥冥之中有神人,特意帮助那个不知名的凶手一般。

末了，他俩只能望着那两排几乎被擦去四分之三的数字干瞪眼。

把放大后的翻拍照片交给郭庆明，他也是挠半天头，不知道自己写的是什么玩意儿。

最后，问题被推给了展峰。他认为越是模糊不清，可能性就越大，毕竟被一个挂历来来回回摩擦十余年，能保留多清晰？也实在是不现实！

但要想将这两组没有"身子"只"露头"的数字还原，还必须下一番功夫，首先就是从书写特征下手。

郭庆明只有小学三年级文化水平，连写个名字都要一笔一画戳半天。也正是因为书写水平较低，所以他在抄录车牌时，从不标注省份简称。

搞清了这一点，接下来，便是研究前的取样工作。

展峰让郭庆明把0至9，A至Z，每个字符书写一百遍，用以观察其中的规律。

在笔迹研究中，分析难度最大的，便是郭庆明这种毫无书写能力者。因为他们没有接受足够教育，对字的结构和布局认识水平有限，把握和编排文字的能力较差，基本不具有文字驾驭力。

所以他们的书写特征，完全源自后天的模仿，存在文字大小不均匀、错别字多、运笔特征不稳的特点，但经过长时间反复的磨炼，最终形成的笔迹仍可以反映书写习惯。研究他们的字迹，难就难在毫无章法可循。

至于为什么要让郭庆明写这么多遍，这是司徒蓝嫣的建议，其中牵涉到笔记心理学的研究范畴。

书写活动是通过人体各种器官，在大脑、神经系统统一指挥协调下实现的，除了生理机制外，书写人的心理机制也时刻影响着书写活动的进行。

最为典型的就是利用遗书伪装自杀的案子。正所谓，"言为心声，行为心表"，遗书是书写人真实心理感受的体现，其语言符合正常人的心理活动。包括自杀者的内心矛盾、悲观失望、轻生厌世及依依不舍的心理等等。

虽然每个人的心理活动不尽一致，但从总体上说，这种心态的有无，流露出的情感真实与否，是一个没有生活经历的人没法装出来的。

心理研究者通过分析自杀者使用的语言和采取的表达方式，就能发现他隐含在文字材料中的心理痕迹。

当然，这只是笔记心理学最为简单的运用，放在郭庆明身上，还要深入细化才行。

经过前期的询问，大家得知，在边境地区，有不少人干着违法犯罪的勾当，或是偷渡人口，或是贩卖毒品，这些都离不开机动车，郭庆明也是怕日后麻烦上身，才会以这种方式寻求自我安慰。

因此，在记录车牌时，他其实是处在一个紧张、害怕的心理状态，而一旦这种事情成为习惯，那么就会完全放松，表现出自然状态。

现在也没有人能搞清楚，郭庆明当时的心理状态如何，所以，稳妥起见只能把"战线"尽量拉长才能准确。

作为犯罪嫌疑人，郭庆明在完全蒙的状态下，一定会表现出不安与紧张的负面情绪，可随着书写时间的延长，疲劳感加重，便会本能地表现出一种放松状态。

要把所有心理活动支配下的笔迹提取完整，最简单的办法就是增加书写次数与时间。

取样结束，展峰利用透光法[1]把笔迹样本中相似的字符叠加，号牌最终被估测了出来，车终于还是被找到了。

十八

经查，车主名叫何天平，男，六十四岁，身高一米七三，当地人。他在距离中心现场不到400公里的县城开了一家酒店式餐馆。

2002年，何天平因涉嫌走私肉制品，被判处有期徒刑一年三个月，从行车轨迹可以看出，他名下的那辆奔驰唯雅诺，在边境线上相当活跃。

往前推十年，何天平的体貌特征与4号极为相像，再加上他有犯罪前科，

---

[1] 透光法是古人的一种比对方法，有两千余年历史，具体操作是在暗室中使用光源，利用纸的通透性，观察字迹轮廓，与样本叠加，看是否重合。

专案组直接将他列为头号嫌疑人。

展峰刚拿到他的指纹样本，便一头钻进了外勤车，叠加指纹对一般物证鉴定人员来说，根本束手无策，就算是展峰这种百年难得一遇的奇才，也不敢完全打包票，所以能否成功分离叠加指纹，对他来说，也是一个极大的考验。

为了抓紧时间，主审工作暂且交给隗国安、嬴亮二人，司徒蓝嫣负责记录。

当何天平看到屋内摆放的是铁质的审讯椅时，他立刻变了脸色。

他蹲过劳改，知道这把椅子代表的深意，只要屁股挨在了审讯椅上，这事就准与刑案挂上了钩。他心怀忐忑，站在审讯椅前问道："警官，我到底犯了什么事？你们能不能给句透亮话？"

"找你自然是有事！"嬴亮一拍桌子，"还站在那儿干吗？坐下。"

何天平虽已年过花甲，但依旧神采奕奕，他摸了一把国字脸下的络腮胡，轻轻地摇了摇头，说道："在搞清我犯了什么罪之前，这把椅子我不能坐。"

"行，那你愿意站着就站着，这是你的权利！"

见嬴亮始终改不掉"先入为主"的毛病，隗国安干咳一声阻止他继续说下去。

嬴亮自知自己审讯也就三板斧，白脸唱完，就要轮到红脸出场了。隗国安在基层派出所摸爬滚打半辈子，什么样的人都接触过，在嬴亮心里，论审讯能力，他绝对不输展峰，所以由他来主审，嬴亮自然觉得是很靠谱的。

隗国安起身搬了一把木椅，温和地说："老哥，要不你先坐在这上面歇歇？"

何天平双手接过，有些感激地说："谢谢这位警官，同时也希望你们能理解，我坐过牢，有些敏感。"

对方瞬间服软的态度让隗国安立刻心生警觉，俗话说，身正不怕影子斜，要是身上真没事，对方早就火冒三丈，开始跟警方掰扯了。

现在的审讯，就是为了给展峰腾时间，既然对方装糊涂，那隗国安也没必要现在点透，目前来说，绕着圈问，应该是最恰当的办法。

"这么说，老哥你之前是因为什么被抓的？"隗国安拿出聊天的架势。

"嗐！甭提了，我不是开了个餐馆吗？从外面弄了点冻肉！其实吃都是一样吃，也没啥危害，就图个便宜，没想到还犯了法。"何天平拍拍大腿，像要拍走晦气一样。

"这个稀奇，能不能仔细说说？"

也许是因为案子已经过去多年，何天平并没有觉得有什么不能讲的，他直言不讳道："我们这儿是边境省份，靠走私吃饭的人很多。开超市有进口零食，母婴店有进口奶粉，开礼品店有进口手表、打火机啥的。当年我的餐馆开张不久，就有人来问我需不需要进口牛肉，价格是市面上的一半。我当时也知道很多饭店都在用走私肉，于是我就让他们弄了些试试水。结果一尝口感比国内的还要好，于是我就跟走私犯们搭上了线。为了能最大程度地节省开支，我还找了几家饭店一起凑单，这样买得越多越便宜。"

"怎么取货送货的？"隗国安一脸兴致勃勃，弄得何天平也得意起来。

"我们是提前联系好的，等晚上天黑之后开车去拿！"

"用什么车？你的大奔？"

"我那车几十万买的，全靠它撑场面，我哪儿舍得用它拉肉啊！"何天平哈哈一笑。

"撑场面？撑什么场面？"

"我做的是住宿餐饮一条龙，奔驰车是平时负责接送团队的。"

"接送团队？"隗国安翻开笔记本，拿出一沓罚单，"那这些你怎么解释？"

"这是什么？"

"是你在边境线附近闯红灯、违停的交警单据，难不成你接待的这些团队都是偷渡来的？"

听隗国安这么说，何天平不知为什么瞬间来了底气，他高举右手说道："警官，我可以对天发誓，刑满释放后，我一直干的都是正规生意，关于这些罚单，我跟交警解释过，我的车被套牌了——"

"套牌？"这个结果让众人始料未及，嬴亮拍着桌子问道，"你说套牌就套牌？证据呢？"

"我当然有证据啦！"何天平说，"你们把2009年7月4号晚上六点那张违停的单子调出来，探头拍到了照片，能看见车里坐了两个男的。可当天，我的车就停在店门口，监控拍得清清楚楚，视频我至今都保留着，就是想哪天给自己申冤呢！"

按照何天平的说法，隗亮果然在电脑中调出了那张"违法照片"，因该车贴了淡蓝色的反光膜，加之对方故意拉下遮阳板，所以只能勉强看清车内坐了两人，别说核查他们的身份，就连是男是女都很难分清。

正如何天平所述，停车地点周围环境破败不堪，唯一有辨识度的，就是远处那个闪着黄灯的王四毛羊汤馆。

何天平的嫌疑大为削减，隗国安把扣押的手机还给了他。"把你说的那段录像现在传过来。"

何天平道了句"没问题"，点开微信联系上了"收银"。

传过来的视频虽经过压缩，但辨识度依旧很高，违停的那天下午，何天平的奔驰唯雅诺确实停在店门口未挪分毫，如果他没有在视频上做手脚，那这辆车被套牌的可能性的确很大。

可是即便有视频为证，身经百战的专案组成员也不可能就这样将他排除。

隗亮在交管系统中调出了这款奔驰唯雅诺的所有行车数据。他注意到，除了边境线附近的违章，剩下的竟然全是在火车站、汽车站周围的超载违章记录。

某一天中午的违章记录显示，此号牌车停在火车站被贴条，而后不到三个小时，在几百公里外又因超速被抓拍。这么看来，何天平是所言非虚了。

不过就算这样，也还是不能将他的嫌疑彻底排除，隗国安认为，何天平是前科人员，有很强的反侦查意识，如果是他弄辆套牌车出来，给自己制造不在场证明，一旦出事就把责任推到对方身上，也并不是没有可能的。

细心的隗国安随后又提出了一个疑点："你说你的车被套牌了，为什么2010年之后，边境线就再也没有这个车牌的违章信息了？"

"这个我怎么会知道？"何天平露出一副很无奈的表情，"难道是对方良心发现了？"

"是良心发现，还是你做了什么事，怕露出马脚，停手不干了？"隗亮问道。

"唉！这位警官，"何天平看向嬴亮，"我发现我们之间是不是有什么误会，你怎么老针对我啊？"

"我现在懒得跟你说，总之你现在可以保持沉默，等结果出来，就知道你是黑是白了！"

"得得得，我被带到这儿，要杀要剐都随你们心意，现在是法制社会，我就不信没有证据，你们还能屈打成招了！"何天平气急败坏道。

嬴亮最听不了这种"咸鱼话"[1]，正要发作之时，被隗国安一把拦了下来。

"都冷静冷静！"他看向何天平，"找你来，肯定是了解情况，实不相瞒，有人用你的车做了违法之事，如果真的可以排除嫌疑，那么皆大欢喜，如果有证据指证，还请你给我们一个完美的解释，你也好出去不是？"

这句话说得是绵里藏针，在社会摸爬滚打数年的何天平简直听出一身汗。到饭店传唤他时，去的都是荷枪实弹的特警，要不是惊天大案，绝不会有这么大的阵仗，而且他刚才也没真的实话实说，他的那辆奔驰唯雅诺，主要用来接客不假，可他是个好面子的人，只要有人来借，他也不会拒绝，早些年的违章没有短信推送，他也是到了年审时才晓得，自己的车还去过边境。

而且这些罚单中，他唯一能解释清楚的，也就是那个羊汤馆的违章停车，至于别人有没有开他的车去犯罪，他心里其实是一点底都没有。

边境上毒品犯罪猖獗，别的不说，万一他的车被哪个损友开去贩毒，那作为作案工具，他的车一定会被充公的。

他自己呢是越想越丧气，别人呢是越看他越有嫌疑。

双方对峙了有个把小时，展峰拿着比对结果走了进来。

"不管是脚印还是指纹，都跟嫌疑人不符，何天平，你的嫌疑被排除了。"

十九

再次阅读完笔录，展峰也认为车被套牌了，否则1号死者和4号也不可能

---

[1] 方言，意为贬低自己来激怒别人，从咸鱼翻生一词演变而来。

明目张胆地去做违法的事。他们之所以如此无所顾忌，就是因为在潜意识中并不害怕警方寻迹追踪，这也符合犯罪者的心态。

然而目前亟须搞清楚一件事，那张违停照片上的模糊人影，到底是不是1号死者与4号。

据地图显示，王四毛羊汤馆西南侧不到80公里的地方便是牧区。一再强调这里，是因为展峰在检测中发现，在二百七十个颅骨中，有两个人患有脑包虫病[1]，且此二人Y基因吻合，明确为近亲属关系。

被标记为"南-45"的男子，年龄七十岁上下，其中颅、凹颅骨硬膜外都存在包虫囊肿，并导致颅底蜂窝状骨质破坏，可见囊虫已在他颅骨内膨胀性生长并向颅内发展，推测他的死因正是脑包虫病。而"南-46"这名五十岁上下的男子，病情尚处在发展期，还不足以致命。

关于这些颅骨的来历，隗国安猜测是来自境外战乱的地方，这种说法虽然勉强讲得过去，但不是完全没有问题。毕竟中国边检可不是好糊弄的，颅骨一进一出无疑增加了风险。所以展峰始终觉得，这些颅骨最大的可能还是来自境内。

于是，他把所有违章信息在地图上用红点标注了出来，他发现在西南侧的牧区，红点显得颇为集中。

如果能证明那辆套牌车真正的驾驶者是1号死者和4号，那么展峰就有理由相信，这些颅骨都来自牧区。

二十

隗国安其实也根本没有想到，案件的转折点，有一天会落在他的身上。当

---

[1] 脑包虫病是棘球绦虫的幼虫寄生在人体颅骨所导致的一种人兽共患的寄生虫病。在畜牧区，绵羊是主要中间宿主，感染率一般为50%左右。羊群在放牧过程中，需要有牧羊犬防狼。而牧民以病羊内脏喂食犬类，可使犬类受感染，最终导致羊与犬相互感染。犬类粪便中的虫卵污染牧草再使羊受感染，这就完成了家畜间的传染循环。如果畜牧者与犬类密切接触，皮毛上的虫卵便有很大的可能性会通过手指入口，造成感染。犬类粪便污染蔬菜或水源，也可造成间接感染。另外，在干燥多风的牧区，虫卵还会随风飘扬，增加呼吸道感染的可能。不过这种病虽然传染途径众多，即使在畜牧区，也非常少见，病发在骨骼尤其是在颅骨，占比不到4%。

然，这不是没有要求的，那就是他必须把那张十几年前的违停照处理得更为清晰。

这个过程，专业术语叫"去模化"[1]，是图像侦查最基础的手段之一。

原理说透其实并不复杂，难的是每个人对图像的认知能力不同，有的人天生对图像不敏感，你让他做这活是做不了的。不得不说，有些行当就是需要老天爷赏饭吃，很多人一辈子都达不到的高度，却是一小拨人娘胎里自带的原始属性，就好像玩网游选门派，人家一出生技能点初始值就与众不同。

图像解析就是隗国安自带的天赋技能。他能在两个小时内完成一幅人像画，靠的就是对人物、色彩的理解。把模糊图片变清楚，对他来说，实际上就是把一幅别人尚未完稿的画作填补齐全。

而此工作的前提就是找到"画图人"，摸清他"画图"的套路。

由于当地经济条件较为落后，2009年的监控设备，使用至今都没有更换，为了分析设备拍摄过程中噪声的分布规律，专案组一行人决定转移战场，直接赶往450公里外的和阳市公安局。

处理图像前，隗国安让吕瀚海将一辆借来的奔驰唯雅诺停在监控范围内，他则在市局交管中心，利用手机来回摇电，当室外暗度接近对比图像时，隗国安点了一下快捷方式，连续截取了1024张截图。

他要做的，就是从这些图片中，找出像素规律。这对隗国安来说绝对是一项体力活，就算他的眼速再快，没个一两天，也不可能有结果。

…………

天擦黑，实验助手吕瀚海才赶回市局大院。履行完交车手续后，他提着几袋卤味径直奔进隗国安的营房。

"怎么搞到现在？"隗国安头也不抬地问了句。

"王四毛羊汤馆东边有家卤菜店，百年老字号，生意爆好，我排了快两个小时才买到。"吕瀚海提起塑料袋，"就这些，花了我两百块呢！"

"有这么好吃？"隗国安也饿了，顿时好奇起来。

---

[1]"去模化"简单来说，就是去掉图像中的噪声，尽可能还原原始图像中的有用信息。

"我也不知道。"吕瀚海将四个塑料袋逐一打开,"喏,他们家就卖猪蹄、凤爪、翅尖、鸭头这四样,其中鸭头卖得最快,去晚了还买不到呢!"

闻到香味的隗国安吞了吞唾沫,单击了一下空格键。"在这么偏僻的地方,还能有这么好的生意,绝对有什么家传秘方。"

"嘿,老鬼,要不然说你就是个人精呢,啥都瞒不过你,我听排队的人说,他们家的卤味那叫一个酥软,连骨头都能吃!"

"真的假的?猪蹄这么粗的骨头也能吃?"

"能!绝对能,我刚在路上就吃了。"

隗国安用手捏起一节趾骨,将信将疑地送入口中。随着咀嚼次数越来越多,他的眼睛也越瞪越大。"我去,果然很酥。"

"那是,要是能再整两口就完美了……可惜你干活的时候不碰酒。"吕瀚海有些遗憾。

"嗐,小事情,等案件结束,我请你嘛!"

"唉,我说老鬼,我发现你从留置室被放出来后,突然变大方了!"

"那也要看跟谁在一起才大方不是?"隗国安冲他挤挤眼。

"乖乖,我真是受宠若惊啊!"吕瀚海心里美滋滋的,嘴上却拐弯说话。

然而隗国安一本正经道:"我留置的那些天,多亏你天天来陪我说话,一直没时间跟你道声谢!"

吕瀚海不好意思地哈哈一笑:"咱俩说这些就见外了,来来来,赶紧吃,吃完你好干正事!"

"得嘞!"

吕瀚海扔了个翅尖在嘴里,边嚼边咕哝:"这些可是我排了一个多小时队买的,鸭头还限量,可都得吃完了,不能剩!"

"那是,浪费多可耻!我来尝尝鸭头!"

隗国安戴上薄膜手套拎起一个,他也招呼吕瀚海拿起另一个,两人相视一笑,分食起来。

鸭头这玩意儿就没多少肉,尝的就是个味,通常唆一唆就得扔,可他们家的鸭头,却能连骨头一起咽了,好吃还补钙,难怪店门口每天都会排起长龙。

舔完最后一根手指，尝到辣意的吕瀚海打开两听罐装百事可乐，隗国安拿起一罐，两个人以饮料代酒，在空中碰了一杯。

一阵痛饮之后，吕瀚海咂巴着嘴说："这要是能换成大春精酿就完美了！"

"嘿嘿，你年纪轻轻的，酒瘾还不小！"

也许是吕瀚海的话点中了什么，隗国安不知怎的，放下饮料的瞬间，竟突然想起了二号现场堂屋。

"喂，老鬼！"吕瀚海在他面前挥了挥手，"想什么呢？吃啊，不然我都吃了。"

隗国安看着卤味大为惊喜："猪蹄、凤爪、翅尖！这不就是……"

"这不就是什么？"吕瀚海一脸蒙。

"就是案子里那三名死者吃的卤味啊！"

"我看你是不是破案把脑子给搞坏了，这些东西又不是什么稀罕货，你随便找个卤菜摊都能买到的。"

"绝对不是猜测！"隗国安起身，点开那张被渲染了一半的监控截图，指着司机右手的反光，"表盘虽看得不是很清楚，但从表带的纹路基本可以确定，它就是1号死者手上戴的劳力士！"

说完，他又从猪蹄上拽下一根趾骨用力掰断，骨面整齐排列的细小空洞，让有密集恐惧症的吕瀚海颇为不适。

"什么情况？拿远点……"吕瀚海龇牙咧嘴道。

"跟我想的一样，他们家的卤味之所以酥软，是因为老板用了某种方法使得骨质发生了改变，这是人家的秘方，绝对会捂得严严实实。你再看这个！"隗国安调出了现场餐桌上猪蹄骨的照片。

吕瀚海揉了揉眼睛，说："我去，也有孔，一模一样！真是太巧了，我也太神了吧，买个卤味还能正中红心？"

"抓拍设备太落后，只能勉强拍清车牌，我用尽压箱底的功夫，也不可能处理得多清晰，照片内容决定着案件走向，我这心里没个底。你马上给展队打个电话，让他来看一下，如果卤味的判断没毛病，咱们就能转移战场了。"

吕瀚海乐起来："得咧！我这就把他给喊过来！他要是能把人家的家传秘方给破解了，回头我也卖卤菜去。"

吕瀚海的如意算盘打得啪啪响，可展峰给出的检验结果却一点也不给力。

从成分上分析，卤味店火爆的秘诀在于老板使用了"老汤"。它是一种可使用多年的卤煮汤汁。老汤保存的时间越长，芳香物质越丰富，香味浓、鲜味大，煮出来的肉食才会别具一番风味。

很多人时常听到"百年老汤"一说，而现实生活中，此种叫法也并非空穴来风。一锅传承百年的老汤，有加热或冷冻两种办法保持口感。前者不能断火，要保证老汤每天沸腾，如果不是家庭殷实，绝对难以办到。后者是把老汤做好，去掉肉沫残渣快速冷冻，其间保持每周沸腾便可，即便是这样，没有严格的家族传承也不是轻易可以办到的。所以"百年老汤"只是个叫法，真正能做到"百年"的，不能说没有，就算有，也是存世极少。

老汤不能直接使用，要每天根据食材添加香料、净水及其他辅料。卤制时，还要严格遵循荤素分开原则。否则稍有不慎，就会前功尽弃，这里面的弯弯绕绕，也算得上是一门学问。

经展峰的观察，这家卤味之所以骨质酥软，是使用了老汤、青柠汁、橙皮等辅料经高温高压烹饪后，再转入慢火焖炖所致。

不过，要是一家卤肉店能用得起老汤，不管是几年份的，挂个"老字号"的招牌也都不为过。但凡这样的店，都不可能把技术外传，所以展峰认为，三名死者吃的卤味，应该就是出自这家店无疑了。

抓拍截图在两天后被重新渲染出来，从图像上可以看出，无论是手表，还是上衣款式，都跟1号死者极其相似。有了两方面的佐证，就说明这一切并非巧合，基本可以认定，开套牌车的就是1号死者。

二十一

结果一出来，新的问题就冒出了头：1号死者为什么要驾驶套牌车频繁在牧区出现呢？所有人心里的答案只有一个：这里难道是颅骨的售货源头？

顺着这个思路，专案组从交警支队找到刑警支队，负责接待的是支队二把手，年过半百的严光启。

因为专案组的行踪都是严格保密的，非紧急状态不会轻易对外公布身份，所以严光启对几个人的突然到来也没有一点心理准备。

严光启搓着手，有些不好意思地说："展队，我们支队长这时候在省里培训，不知道你们要过来，有必要的话，我可以立刻联系。"

"暂时不用打扰了，我们就是来对接一些案件上的事。"

"案件？什么案件？"严光启讶然。

"你们辖区有没有关于倒卖遗体的案子？"

"倒卖遗体？"严光启思索半天，还是摇了摇头，"没听说过。"

"相关的案件呢？"

"跟遗体相关的？"

"对，比如有没有遗体失踪、盗掘坟墓之类的案子。"

一想到914专案组专门针对的是疑难杂症，严光启的思路顺着展峰的说法拓展了一下，瞬间顿悟。"我知道你们要问什么案子了。"

这倒让展峰有些蒙了："什么案子？"

"是不是肢解狂魔的案子？"严光启兴奋道。

赢亮替展峰问出了口："肢解狂魔？什么鬼？还有这种案子？"

严光启抱歉地看向赢亮：说"不好意思不好意思，这是老百姓瞎叫的，其实就是一起系列抛尸案！"话刚说完，他又自言自语起来，"这起案子被汇报到公安部了？我怎么没听说呢？难不成是支队长汇报的？"

展峰见严光启钻牛角尖，提醒道："程序上的事并不重要，你能不能现在跟我们介绍一下这起案子？"

"那没问题，"严光启点头，"案子发生时，我还在刑警队当侦查员，距离现在最少也有二十多年了。我记得那天比较热，一大清早，辖区派出所就通知我们，说在路边的阴沟里发现了一条人腿，接警后，我们值班侦查员立马赶往了现场。

"经技术队仔细勘查，阴沟里除了一条男性左腿外，没有任何发现。那个

第二案　白骨情缘　243

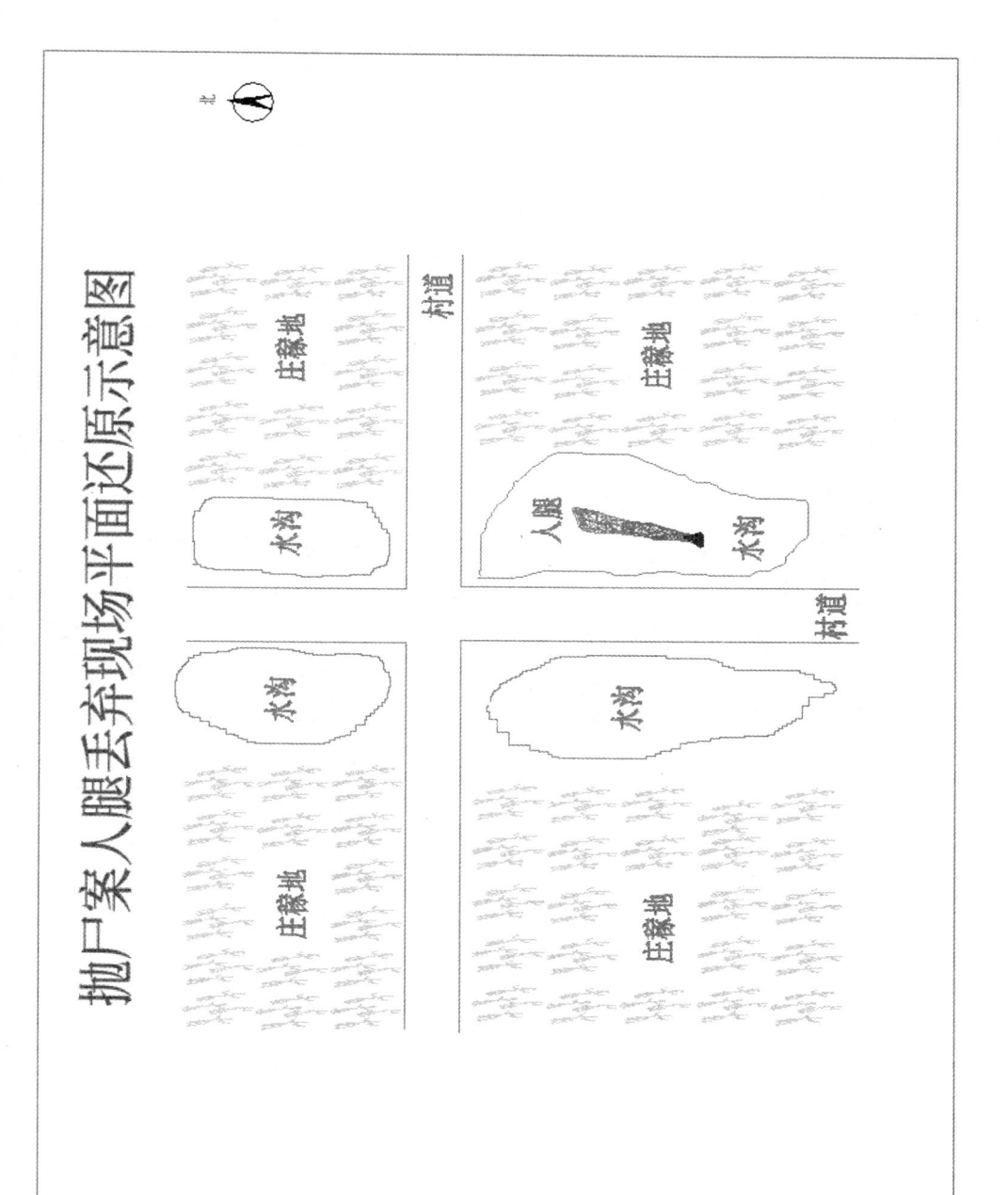

抛尸案人腿丢弃现场平面还原示意图

时候没有监控，破案手段很有限，我们只能靠挨家挨户走访搜集线索。

"我们跟派出所的同志一起，前后折腾了小半个月，也没接到一起失踪人员报案，其间更没有发生过械斗的案子，就连悬赏通报我们都贴出来了，仍是无济于事。

"于是有人就猜测这条人腿会不会是医院截肢后随意丢弃的，进而排除命案的可能。我们也觉得颇有道理，毕竟缺了一条腿，也不至于危及生命嘛！

"可始料未及的是，我们这边刚想把调查重心转移到医院，那边又接到报案，还是在阴沟里，有人发现了一整条左臂。同样又经过半个月的折腾，依旧没有查出什么名堂。"

严光启面露苦色地说："你们是不知道啊！那两年可把我们折腾坏了，我们一共发现了四条左臂、两条右臂、三条左腿、一条右腿，还有一个面部完全凹陷的人头。再往后，DNA 技术发展成熟，我们方才知道，DNA 数据压根儿没有交叉，我们发现的肢体都是来自不同的人。由于找不到报案人，抛尸地又十分偏僻，所以该案也是久侦未破。

"虽然没有受害者信息，但是这事也是够可怕的，老百姓茶余饭后都把嫌疑人称为肢解狂魔。案子过去这么多年，已经很少有人提及，近些年自媒体发展起来后，有人开始拿它做文章，案子也是越传越邪乎。我们局干脆就成立了联合专案组。可遗憾的是，凶手的作案期就在那两年里，后来就再也没有发案过。受当年技术手段的限制，有效物证的提取率特别低，暂时也没有什么好的办法去侦破，就又耽搁了下来。"

司徒蓝嫣在一旁道："虽说我没看到卷宗，但从您的只言片语里，我能感觉出嫌疑人好像对警方存在敌意。前几起案件，都是发生在警方筋疲力尽之后，这是其一。其二，要是杀人分尸，通常都有藏匿行为。嫌疑人不会傻到把尸块明目张胆地扔在路边。说起来，这样做的动机更像是为了泄愤，尸块只是他借助的工具而已。结合这两点，不排除前科人员作案的嫌疑。可能此人从事与尸体相关的职业。比如说殡仪馆、医院、医学院的从业者，甚至某些民间捞尸队、丧葬一条龙的人等等，都有可能。"

严光启有些惊讶："这位警官，您全说到了点子上，我们也是照着这个方向去调查的。"

"您能不能仔细说说调查的过程？"司徒蓝嫣鼓励道。

"对其他人可以保密，跟你们我就没必要保留了。"严光启迎上司徒蓝嫣的目光，"案件接二连三地发生，又根本没有人报案，我们当时就隐约猜到，有人在用尸块戏耍我们。于是我们立刻改变侦查方向，把全市的殡仪馆、医院、大学这些能接触到尸体的单位，全都列入了侦查范围，可伤脑筋的是，无论我们如何调查，案件还是一直在发生，尤其是最后一起，嫌疑人直接丢出来一个人头，简直就是对我们的挑衅。"

"敢于顶风作案，看来他的反侦查意识很高……"司徒蓝嫣沉吟道。

"可不是。"严光启道，"肢体 DNA 信息录入全国库都十多年了，一直没有任何反馈。让我最无法释怀的就是那个人头。我们把它带到刑警学院做颅骨复原，可由于面部损坏太过严重，赵教授也无能为力……"

"严支。"

"展队你说。"

"你们对这个人头，是怎么看的？"展峰缓缓问道。

"哎呀，"严光启叹了口气，"人头被发现时还比较新鲜，我们专案组有人认为，嫌疑人为了挑衅，说不定最终还是做出了杀人行为。可也有人认为，这个人头是从尸体上取下来的，嫌疑人并没有杀人。"

"从尸体上取下的这个猜想，你们有没有跟进过？"

严光启回忆道："我们这儿比较偏远，常住人口以少数民族为主，土葬依旧流行，另外还有其他的丧葬方式，如水葬、天葬、树葬等。我们怀疑，凶手是不是从下葬之后的尸体上截肢作案的。"

隗国安插了句嘴："严支，能不能问您句题外话？"

"您问就是了。"严光启艰难地笑了笑。

"你们这儿火葬的比例能占多少？"

"政府肯定是鼓励火葬，可考虑到民族团结，也要尊重各民族的风俗习惯，我们在查这件案子时，跟各地殡仪馆都打过交道，据他们说，火葬比例勉强能达到一半吧！"

隗国安听完，心中就有了个大胆的猜测。按严光启的说法，当地火葬施行得并不彻底，势必会导致大量遗体被土葬。这其实就给了某些别有用心之人可乘之机。如果4号干的就是从遗体上割头的勾当，那么他与1号死者狼狈为奸，就完全能说通了。

展峰的想法，却要比隗国安更深入一层，他认为，无论是腿部、手臂还是头部，对嫌疑人来说，取下的概率是完全等同的，如果为了增加案件的影响，让侦查员劳心劳力，割头是最佳的选择。

可为什么嫌疑人作案多起，只有一起抛头事件？而且颅骨还是凹陷损毁的？难道是因为完整的颅骨对他来说别有用处？那个驾车逃离现场的4号，与肢解狂魔会不会有什么内在联系？或者说，干脆就是同一个人？

要想确定这一点，其实也不难，只要把颅骨与尸块进行DNA比对，但凡有比中信息，那么就能证明，头和肢体是从同一具尸体上取下的，4号也必然就是那个拿警察泄愤的"割头人"。

二十二

深夜，紫上云间咖啡与书的二楼隔间内，手持棒棒糖的萌妹子目露冷光，右手轻敲了一下空格键，一名身穿黑色夹克，头戴鸭舌帽的男子被定格在了画面中。

他就像个训练有素的侦察兵，善于利用周遭的一切来伪装自己，在浓墨夜色的掩护下，他那双精光乍现的眼睛，始终盯着二楼的方向。

显然，对方并没有料到，螳螂捕蝉黄雀在后，萌妹子之前制造的那个看似无意的失误，其实是一场精心布下的局。

俗话说，高手过招，招招致命，对方倒也不是完全没有被钓鱼的考虑，他也算到咖啡店附近定是监控云集，所以他在图像抓拍范围外选了个恰到好处的位置。

不过，千算万算，他还是低估了萌妹子的实力，对别人来说，难如登天的互联网操作，在萌妹子手里却不过是易如反掌的事情。

利用附近麻将馆的网络摄像头，她还是捕捉到了对方的画面。

将截图简单渲染了一下，那人夹克上颇为显眼的 logo 让萝莉眉头一紧，她突然意识到什么，立刻打开另外一个显示屏，出乎意料的一幕出现了，屏幕上原本应该出现的蓝色光点，竟然完全消失了。

萌妹子猛地站起身来，汗毛直竖，她意识到自己刚刚犯下了一个多么严重的低级错误，巨大的动静引起了卧室内唐紫倩的注意。

她拉开房门，探出头来，问道："发生了什么事？"

"老板，"萌妹子面无血色，"我们，我们好像被盯上了！"

"你说什么？"这句话让唐紫倩睡意全无。

紧要关头，萌妹子也不敢隐瞒："前几天咱俩闲聊，我不是和你说，展峰家里可能藏了个妹子吗？于是……"

"于是你就侵入对方的系统，用前置摄像头抓拍，来验证对方是男是女？"

"我……"萌妹子支吾半天，点了点头。

"你是不是疯了？你知不知道，对方是个能设计非对称加密算法的高人，连我都不敢轻视他，他怎么可能会给你留破绽？"

"我知道，所以我用的只是最常规的木马程序啊，网页一抓一大把，根本找不到来路，我没想到他能找到这里！"

唐紫倩瞥见屏幕上的模糊人影。"你说的人就是他？"

"如果只有他，我不会担心！老板，你看这里！"萌妹子把夹克上的 logo 放大。

"这是什么？"唐紫倩似乎猜到了什么，但不敢确定。

"展峰经常穿的那件夹克。"

"你是说，这个戴鸭舌帽的人是展峰？"

"对！"

"这怎么可能，他不是在边境办案吗？"

"老板，你再看这个！"萌妹子把屏幕一转，"展峰在边境的信号消失了。"

"什么时候消失的？"唐紫倩忍住焦躁问。

"我……我也不清楚。"萌妹子有些害怕。

唐紫倩脸色煞白："难道我们真被发现了？"

…………

两小时前，正在专心比对 DNA 的展峰，突然接到了 S 组技术中心的呼叫，为稳妥起见，他切断了所有对外信号，只留下对话专线。

来电者的主要工作是负责监控展峰家里的高天宇，对方说的第一句话，就让展峰精神紧绷。

"高天宇离开了自建房。"

"什么？他去哪儿了？"

"没有跑远，只去了围城街后巷。"

"他去那里干什么？"

"电脑操作显示，他分析了一串数据后，紧接着换上了你的衣服离开了。"

"他出去多久了？"

"不到一个小时。"

"他都做了什么？有没有人跟上？"

"有，可他只是站在巷内一直朝北方看，大约二十分钟之后又返回了自建房。"

"巷口正北？那不是……"对地形颇为熟悉的展峰突然一惊，为了证实自己的猜测，他从外勤车的加密保险柜中取出了 S 组的专用电脑，"你现在把高天宇的行动轨迹图发到我的专网邮箱里，另外，必须盯紧高天宇，一有情况，立刻跟我汇报。"

对方领命后终止了通话，很快，展峰收到了一张标有红色曲线的实景地图，虽然不愿意接受这个结果，但现实还是验证了他的猜想。

高天宇凝视的方向只有一家店面，那就是唯一可以让展峰静下心来的紫上云间咖啡与书，它的老板也是展峰的牵挂，那个带着故人气息的唐紫倩。

二十三

二百七十个颅骨与被遗弃的肢体的 DNA 在数据库中不停碰撞比对，折腾了整整一个上午，结果却不尽如人意。两份样本，就像两条平行线，无任何交集。虽说 DNA 具有唯一性，但在某些时候，还需特殊情况特殊对待。于是展峰调整思路，决定用男性的 Y 基因再做一次比对。举个例子，A 和 A 的大伯，DNA 并不相同，但他们的 Y 基因却完全重合。

如果颅骨中有 Y 基因与肢体比对成功，那么至少可以证明：颅骨与肢体存在亲属关系，那么颅骨案与肢体案就可并案侦查。既然案件存在关联，那么肢解狂魔与 4 号之间的关系，就很值得深究。

俗话说，思路决定出路，这世上没有随随便便的巧合，Y 基因的比对结果证实了展峰的推测，最终，经过公安部协调，肢解狂魔案就这样很戏剧性地由 914 专案组接手。

在交接完卷宗和冷柜里的肢体后，展峰将所有案件资料，全部导入 VC 系统进行重建。

虚拟勘查按照时间顺序依次进行。

戴上 VR 眼镜后，众人先是眼前一黑，屏幕上紧接着出现了一行小字："1996 年 7 月 10 日第一案。"

字迹闪过，根据原始现场照片还原的模型场景也随之展现。

这是一条南北向的乡村碎石路，宽度不足一米，机动三轮车可勉强通行。道路左右两侧都是一望无际的田野，为了蓄水方便，路与田埂相连的位置被挖成了阴沟。遇到雨季，沟内可蓄满水，到了旱季，水则慢慢深入田里，保持土壤湿润。

首案发生在夏季，雨水较少，阴沟早已干涸。嫌疑人选择抛尸的地方，是两道的交叉口，东西向的泥巴路，分别通往多个村庄，南北那条不宽的碎石路，是村民出村赶集的主干道。每当天蒙蒙亮，就能看到不少人扛着工具下地锄草、施肥。一条人腿扔在沟里，想不被发现都难。

展峰手一挥，与现场有关的信息，全部在系统中显示了出来。

他望着"腿部"引线上标注的数据开口道："男性左腿，全长 796 毫米，解冻后测量坐姿膝高及小腿最大周长，代入公式得出，该男子身高在一米七至一米七五之间[1]。无疤痕、胎记及骨折愈合伤，从腿上发现不了任何指向性线索。主干道为碎石路，无法留下脚印。现场周围无监控、无路灯。夜间抛尸，无目击证人。以当年的技术条件，侦破这种案件难度确实不小。"

司徒蓝嫣道："昨天我已经翻看了全部纸质卷宗，我发现不光首案的尸块没有任何生理标记，其他现场也一样。嫌疑人不但有极强的反侦查意识，还对尸块有选择权。那么他一定有接触尸体的先决条件，这是其一。

"其二，尸体大多是在早上被发现，可见他习惯夜间抛尸。抛尸现场都在农村的阴沟里，且所有现场不重复。能在漆黑的环境中，准确摸清抛尸位置，说明他对周围的地理环境相当熟悉，可能是本地常住户。

"其三，抛尸位置多选在村民的必经之路。从犯罪心理上看，是极度渴望被发现的，这种动机源自其内心对警察的仇视，所以他要么有犯罪前科，要么就是警察侵害了他的利益。

"我想接下来，我们可以考虑从他的职业特征、居住特征和行为特征上寻找突破口。"

"我十分赞同蓝嫣的推测。那我们就先来说一下职业特征。"展峰将全部肢体罗列到一个画面中。

"首先看尸块状态。抛尸案大多发生在夏季，就算是在深夜，室外气温也能达到25摄氏度左右，该气温利于蝇卵发育。可让我感到奇怪的是，这些尸块上没有一只孵化成功的蝇蛆。"

"对啊！"隗国安揉了揉眼睛，"你不说我还没注意，尸表都是光秃秃的，只有切面上才能看到零星的几团蝇卵。"想到司徒蓝嫣曾提到过人体标本，他顺着这个思路猜测，"难不成尸块都被福尔马林泡过？"

"只要达到标准温度，就算是被农药泡过，也不会耽误蝇卵的孵化。"展峰

---

[1] 在碎尸案中，利用部分人体组织推算身高的方法屡见不鲜，其中最为常用的便是利用人的前臂、小腿测量值推算身高。测量前臂时，要使腕部呈直线、肘关节弯曲呈九十度，握拳，以中指的掌指关节圆弧做切线，测量其到腕部的距离。接着保持握拳加油手势测量前臂最大周长，代入公式，便可计算出身高。测量小腿时，要使踝、膝关节都呈九十度，从膝盖弯曲面做切线，测量到足底的距离，也就是所谓的坐姿膝高度。接着保持端坐时小腿的姿势，测量小腿最大周长，代入公式，也可计算出身高。

否定他的猜测。

"温度？"隗国安心念电转，"展队你是说，尸块都被冷冻过？"

"没错！你们再看这里！"展峰手一挥，首案的肢体消失，只留下一个坑洼的弧面，"阴沟因常年蓄水，土层松软，在抛尸过程中如果接触面固定不变，可使向下的重力集中于一处，因此，物体越硬，在软土上砸出的坑洞就越明显。现场凹陷处的淤泥已经堆积在两侧，这是受重力挤压所致。只有嫌疑人故意将尸块抛起，才会形成这么深的坑洞。"

司徒蓝嫣道："这种抛尸方式太费力了。他要么体力好，要么就处在极度的亢奋中。"

"我猜是后者！"展峰将膝盖上方放大，印出的两道凹陷痕迹被红色填充，"村道很窄，不适合行车。所以嫌疑人利用什么交通工具抛尸，这点必须弄清楚。"

隗国安仔细观察，发现原来每具肢体上都有两道形似"等号"的勒痕，他猜测道："难不成他骑的是'三八大杠'？"

"没错，"展峰表示认可，"二十世纪九十年代电动车并未普及。摩托车价格不菲。在这种村道上，见的最多的还是自行车。

"为了带东西方便，自行车后座上都会有一个可以拉起的金属夹。车型不同，夹子的规格也不同。经我测试，嫌疑人是把肢体夹在后座，再用细绳固定后抛尸。两道压痕，是在弹簧收缩力长时间作用下形成的。从压痕深度不难推测出，他应该骑行了很远的距离。

"再次回到蓝嫣刚才的问题，夜晚抛尸因为视野模糊不清，路面高低起伏，就算有再好的体力，赶到抛尸点也已筋疲力尽，因此，他用尽全力这么一抛，只说明他的目的在这一刻得到了实现。"

嬴亮道："既然选择骑车抛尸，那么嫌疑人的落脚点离现场也不会太远。"

"这还要看个人体力。"隗国安说，"我年轻时骑三八大杠跑个百十公里都不带歇气呢。"

司徒蓝嫣皱眉道："嫌疑人携带的是人体组织，长途跋涉等于增加了暴露的风险，从犯罪心理上分析，我认同嬴亮的观点。"

隗国安品了品，点头道："好像也对！"

"可是如果嫌疑人对尸体早就麻木脱敏了呢？"展峰问。

司徒蓝嫣一时间没转过来弯。"展队，你的意思是？"

"这个疑问回头再解答，我们把目光集中到尸块上。"展峰一挥手，所有肢体的截面出现在众人眼前，这场面就连身经百战的隗国安，都有些想干哕，胃里的东西差点就奔涌而出。

让众人适应了好一会儿，展峰才开口道："所有尸块都没有血迹残留。说明截肢时，血液循环已经停止。可排除活体分尸的可能。

"人在死亡后，肌肉会在短时间内产生尸僵，导致口不能开，颈不能弯，四肢不能屈。尸僵发展顺序一般是由咬肌、颈肌开始，逐渐发展到面部肌肉，最后到躯干和上下肢。

"如果在尸僵产生之前分尸，可从关节处下手，无须借助剁骨刀、斧具等大型工具，但因血细胞仍存在活性，会沿着伤口缓慢渗出，最终在凝血因子的作用下，在肢体截面形成血红色斑点，难以去除。而现场发现的肢体，都是在尸僵产生后截取的。

"此外，我还发现了一个容易被人忽略的现象。"

"什么现象？"嬴亮问。

"肢体在解冻后，没有血水渗出。"

"急速冷冻的结果？"

除了展峰，其他人都一脸蒙地看着嬴亮，那眼神好像在问："你在说什么天方夜谭？"

被这么一瞅，嬴亮也没了底气，他小声问道："展队，我说得对不对？"

展峰拍着巴掌说道："完全正确！"

"呼！"嬴亮长舒一口气，心道"捧喂"捧了半天，终于抓住了一个在师姐面前露脸的机会，见众人不解，他解释道："我喜欢健身，经常吃牛排补充蛋白质，对此有些研究。市面上品质较好的牛排，都少不了急速冷冻这个步骤，所以我对肉类的冷冻方式有些了解。我寻思尸体也是肉，原理应该差不多。"

介绍完前情，嬴亮将重点内容慢慢道来："肉类由细胞构成。细胞浸泡在组织液里，而细胞内液与组织液只隔着细胞膜。水分和一切能透过细胞膜的物质，都可以在细胞内液和组织液间进行交换。

"以冻牛肉为例。当我们把肉放到冰柜中冷藏，如果冰柜的功率达不到，导致冷冻速度变慢。这时，细胞外的组织液，会率先结冰，导致细胞外浓度增高，细胞内液在渗透压的作用下，会迅速向外流出，使得细胞外的冰晶越结越大，当冰晶大到一定程度时，会刺破细胞膜，使细胞内液外漏。如果解冻时出现大量血水，则说明商家使用的是低速冷冻设备，为小作坊生产。"

触碰到知识盲区的隗国安搓着络腮胡，说："尸块全都经过了高速冷冻，难不成这货还自备了个冷库？"

"也许不用自备，他工作的地方就有也说不定。"

"工作的地方就有？"隗国安转过弯来，"展队，你是说殡仪馆？"

"对，"展峰道，"医院停尸间没有冷藏设备，医学院向来用福尔马林保存尸体，就算从棺材里盗尸，也不可能多此一举。以上都排除，就剩殡仪馆了，只有那里具备急速冷冻条件。"

"可当初市局刑警支队把全市的殡仪馆都摸排了个遍，好像也没查出个所以然来。"司徒蓝嫣顿感疑惑。

"那就是在做无用功。"隗国安撇撇嘴，"没有直接证据，查也是白查。"

展峰将尾案那个被损毁的人头呈像出来，问道："知道为什么这个颅骨会被丢弃吗？"

见没有人回答，他将颅骨旋转，露出头顶位置。

当隗国安看到那个如"寿星"状的隆起时，心里瞬间有了答案。"冠状缝[1]和矢状缝都被顶开了？"

"没错！"展峰道，"我以前在案件中经常接触被冷冻的尸体，国外还有专门研究冷冻尸体的农场。我通过付费平台买过他们的成果性论文。要想颅骨骨缝被顶开致组织液外溢，首先冷藏温度至少要达到零下 20 摄氏度。其次，尸

---

[1] 冠状缝位于颅骨额骨与顶骨相连处，与矢状缝相交。冠状缝在婴幼儿时期为致密纤维结缔组织，之后逐渐形成犬牙交错的缝隙连接。从二十二岁左右开始，骨缝逐渐消失，顶骨和额骨逐渐骨性融合，三十五岁左右时整条骨缝完全融合，此过程称为骨缝愈合。

体还要经过冷藏、解冻、再冷藏，如此反复的过程。最后，冷冻的时间也要足够长，短则一周，长则数月。"

"按照风俗，在非特殊情况下，尸体不会在殡仪馆超过三天，这个人能被冷冻这么久，难道是具无主尸[1]吗？"嬴亮提出猜测，又马上自己否定了，"如果是无主尸，都应该采集了 DNA 才是。可如果不是，殡仪馆为什么要无缘无故保存这么久呢？"

隗国安伸出两根手指，说："展队的话中有两个要点。第一，尸体经过了冷藏、解冻、再冷藏的过程。第二，冷冻时间足够长。尸体被送入殡仪馆的冰柜后，只有被火化时，才会拉出来解冻。而此时，颅骨可能已经被取走，换到了另外一个地方长期冷冻。也就是说，嫌疑人自己有一个存放肢体的冷柜。"

"这么说，边境的那二百七十个颅骨就是这么来的？"

"可能性非常大！"

"还是没有一点抓手啊，到底该从哪家殡仪馆下手呢？"嬴亮暂时没摸出头绪。

展峰打开和阳市的电子地图，十一处抛尸点被标注成红点。他把红点相连，得到一个极不规则的多边形。如果抛尸点连起来是个圆形，那么圆心的位置，可能就是嫌疑人的出发地。要是个扇形，那么则是射向圆心的位置。而一旦出现这种不规则的图形，就可能存在多种变数。

不过就算嫌疑人再诡计多端，也难不倒展峰。首先，他既然能源源不断获得肢体，说明其可能在殡仪馆工作，那始发位置无外乎是单位、家里两个地方。以自行车为交通工具，那其住处离单位也没多远。于是展峰决定以殡仪馆为"起点"，依次连接每个现场。

和阳市因地广人稀，大大小小殡仪馆数十个，距案发地 100 公里内就有八家。

随便选取一家殡仪馆为起点，会形成十一条路线，每条路线都能测出精确

---

[1] 公安机关时常会接到关于尸体的报案，最常见的有不明身份的拾荒者，或没有比中 DNA 信息的案件受害人。这样的尸体，会被寄存在殡仪馆，通常被叫作无主尸。

的距离。

当年的抛尸案有不少都发生在夏季，且每起在现场勘查时都记录了气温、湿度等信息，这样便有迹可循了。

举个例子，嫌疑人如果带着人腿从 A 殡仪馆出发，到 B 点抛尸。A 到 B 的距离为 50 公里。下一案，他又去了 C 点，A 到 C 的距离为 30 公里。因 AB 路程较远，相同速度下，用时较长，肢体化冻更为彻底，弹簧夹在尸表留下的痕迹也会随之加深。当到达抛尸点后，因肢体变软，砸入阴沟时的凹痕也不会太深。

那么接下来只要搞清楚，哪家殡仪馆的路线符合"解冻规律"，那它就会被列入重点调查范围。

原理看起来简单，可如果不具备完整的法医知识体系，那么在实践操作中都有可能无从下手。

外勤车上，展峰就像在玩连连看一样，不停地切换各种颜色，各种路线，最后系统中只剩下一东一西两个接近对称的蓝点。它们是单田县殡仪馆和南山区殡仪馆。

"两个？那到底是哪一家？"嬴亮问。

展峰摘掉 VR 眼镜退出系统。"我查过了，南山区是和阳市的主城区，人口稠密，殡仪馆设备更新较快，最近一次翻新是在两年前，在他们殡仪馆网页上有关于尸体冷藏的介绍，他们目前使用的是'零度不结冰'技术。为的就是充分保证尸体的新鲜。一组冷柜换下来，没个大几百万，根本拿不下。

"虽说殡仪馆隶属民政局，但它也有创收项目，如私下合作的丧葬公司返水、墓碑公司返利之类的。而这一切，都跟每日的火化量挂钩。也就是说，殡仪馆的效益与人口密集度成正比。人一多，馆内从业者的收入也会水涨船高。南山区这种效益极好的馆，监控、防盗设施相对完善，内部人员一般不敢做出格的事。

"另外，很多地市的法医解剖中心就修建在殡仪馆内，有时还会借用馆内的冷柜存放被害人尸体。关于冷柜型号，我也有所了解。目前只有那些欠发达地区的殡仪馆，仍然在使用旧的冷藏装置，这种冷柜耗电量大，时间久了还容易结厚冰，需定期铲除。因此，我更倾向于单田县殡仪馆。"

二十四

"什么？去哪儿？单田县殡仪馆？"刚把安全带系好的吕瀚海，突然连续问出三个问题。

"对啊？有什么问题吗？"隗国安听出了言外之意。

"要是我没记错的话，前年因为一个案子，咱们好像去过那里！"

"去过？我怎么没有印象？"

吕瀚海在导航软件中找到了历史记录。"你看，我就说我没记错嘛！"

"有吗？"隗国安挠挠头，"什么时候啊？"

"你们天天一个个的上车睡觉，下车尿尿，不记得也正常！"

调侃中，司徒蓝嫣翻开了订票软件，在密密麻麻的航线信息中，她也找到了订票信息。"我想起来了，前年是来过，当时正在调查油桶封尸的案子，由于九名被害人中，有一个人的尸体被盗，我们前来核实一名证人。下飞机后，我们没有联系当地市局，而是从机场租了辆车，直接前往。材料取到后，我们就乘当天下午的飞机回去了。"

吕瀚海咂巴着嘴说："我还记得咱租的是丰田商务，你们几个一上车就睡得人仰马翻，连跟我说话的人都没有！"

"对对对，我想起来了，好像是有这么回事！我还在那个殡仪馆上了个厕所！哎！这一天天的全国各地到处跑，脑子都给跑乱了！"

"喂，展护卫，你呢？难不成你也忘了？"吕瀚海故意刺挠展峰。

"没有！"展峰说，"那个证人叫曹大毛，1964年生，五十六岁，殡仪馆尸体被盗后，他因为受到牵连被辞退，后来回到老家单田县殡仪馆当保安至今。"

嬴亮好像发现了新大陆一般，突然提高了嗓门说道："五十六岁？往前数十年，就是四十六岁！他和4号嫌疑人的年龄段相符。"

"我去，你能不能别一惊一乍的，九爷我这儿开车呢！"

嬴亮顾不上那么多，直接说出了自己的想法："我们当年不是给曹大毛做了份笔录吗？那上面有他的指纹，要是能跟边境现场发电机上的叠加指纹比对上，不就能锁定嫌疑了？"

"对啊！"隗国安也跟着兴奋起来，"那不就简单了？"

两个人兴奋得频频击掌，展峰却泼了一盆冷水。"这项工作我昨晚已经做了，曹大毛在笔录上留下的是左手食指指纹，而叠加指纹是右手拇指。"

"那也不碍事。"隗国安乐呵呵地说，"咱们马上就能见到本人了，到时想按哪只就按哪只手，要真是他干的，他还能飞了？"

"鬼叔说得没错！"嬴亮伸出手跟隗国安又击一掌。

欢声笑语中，司徒蓝嫣安静地看着展峰，她越来越觉得眼前的他，总给人一种看不透的感觉。

无论什么案件，多细微的线索，他总能先人一步，又总是能把握住微妙的侦破节奏，有最全面又节约的方向性。

显然，展峰早就对单田县殡仪馆的曹大毛产生了怀疑，他之所以没有盲目地去调查，可能是他还没有充足的理由说服自己，看来某件事一旦在他的心中有了定数，无论危险与否，他总会先试探性地往前挪一步，这也是他作为专案组组长的担当。每每想到这里，司徒蓝嫣都能感受到一股被保护的温暖。

看着老鬼与嬴亮耍宝的模样，她扬起唇角，露出了久违的笑脸。

…………

一行人驾驶的公务用车挂着本地牌照，进馆时并未遭到阻拦，几个人隔着贴膜玻璃，看见了在保安室里忙活的曹大毛。

临来的路上，嬴亮就计划着如何悄悄采集曹大毛的指纹，不过想法一出，就被展峰无情地拒绝了。因为不确定曹大毛的嫌疑是"去脉"，他们现在亟须搞清楚的是"来龙"，只有判明颅骨和肢体是从这个殡仪馆流出的，调查才会存在针对性。

在查清真相前，展峰不允许嬴亮有任何冒失行为，要是这层窗户纸被提前捅破，馆内的相关领导，免不了要负连带责任，倘若这样，后期的查证工作还能不能顺利进行，都要打个大大的问号，毕竟牵扯到自身责任，想制造麻烦的人一定不少。所以目前最稳妥的方法就是"悄悄地进村，偷偷地办事！"

有什么方法可以解决颅骨和肢体的源头问题呢？关于这一点，展峰早就胸有成竹了。

颅骨中编号为"南-45"的男子，死于脑包虫病，这种病就算是在牧区也极为罕见。

如果他是在单田县殡仪馆火化的，那么火化证上必然会注明死亡原因。假如在档案室找到了相关记录，那么就可以联系死者家属，做DNA比对，一旦有子女被比中，那么猜测就可以得到证实。

因事先与县民政局沟通只是调查普通案件，所以馆内工作人员并不知道一行人的目的。几个人在档案室扒拉了半天，细心的司徒蓝嫣果真找到了一张死于脑包虫病的火化证存单。

当她看到年龄一栏明确地写着七十三岁时，她忽然觉得，近一个月的辛苦，即将要见到成效了。

死者名叫陶国胜，是当地有名的养殖大户，祖祖辈辈以畜牧为生，他有四个儿子，三个女儿，目前都在当地放牧。派出所以登记人口信息为由，采集了大儿子和小儿子的血样，经比对证实，"南-45"号颅骨的主人，与二人存在父子关系。另外一个编号为"南-46"的颅骨，也被证实是"南-45"的堂弟的。

展峰迅速通知其大儿子陶阳到派出所。

陶阳称其父亲因疾病早在十年前便被火化，骨灰就埋在自家山头的坟包里。

思维敏捷的隗国安认为陶阳家大业大不差钱，于是他追问陶阳，其父亲在下葬时，有没有聘请孝子公司（有的地方也叫殡葬一条龙）。

问这个的主要目的，还是想搞清楚，到底是在火化的哪一个环节出了问题。隗国安口中的孝子公司与婚庆公司的意思差不多。只不过前者主持的是葬礼，后者是婚礼，仅此而已。

全包的孝子公司，会根据死者的年龄和去世原因安排不同的项目，像陶国胜这种年过古稀的老人，属于喜丧，可以适当办得热闹一些。出殡前，要安排专人哭丧，保持沉痛的气氛。一旦下葬后，就能联系草台班子，搞些娱乐性演出，在某些偏远农村，还会有不堪入目的"成人节目"。过程中跟拍人员会全程拍摄。隗国安的最终目的，就是要拿到录像。

而意料之外情理之中的是，陶阳以光碟丢失为借口，拒绝提供。

要说自家老爹丧礼的光碟都搞丢了，这个借口找得也未免太敷衍，可是仔细一想，也不是不能理解，毕竟逝者是他的父亲，万一保存不当，视频外流，自己难免会被自家兄弟姊妹扣上不孝的帽子，哪怕是提供给警方也一样，有些犯忌讳。

二十五

从派出所离开后，嬴亮就有些按捺不住，他时时刻刻都在想如何搞到曹大毛的指纹，可提议又遭到了展峰的拒绝。原因很简单，曹大毛整日待在保安室里，他如何在众目睽睽之下，取下逝者的头颅呢？

展峰倒也没有排除曹大毛的嫌疑，他让辖区派出所以协查他案为由，调取了殡仪馆近一个月的监控视频。

从高空球机俯瞰下去：单田县殡仪馆坐西朝东，非开放式，全馆被一圈石墙包裹，仅东大门一个入口。保安室右手边是一栋二层小楼，上层为职工办公室，下层是办事大厅，此处专门办理火化登记及丧葬手续。

出了行政楼向西，穿过占地约200平方米的停车场，就到了火化间。从外面看，这里很像是一个厂房，东西走向，入口在南墙，双开铁门，上面写着："非工作人员禁止入内。"从火化间西墙一直延伸到尸体冷藏间，有一条封闭式的走廊，里侧靠着山阴，外侧则用磨砂毛玻璃隔挡，走廊是逝者进入火化炉前的最后一程，因此它还有一个很应景的名字"天堂之路"。

再往南走不到50米的距离，是一大一小两个遗体告别厅，大的名为怀恩厅，占地约百十平方米；小的叫天福厅，仅有前者的一半大小。两个厅彼此相连，穿过任意一间都能来到后方的尸体冷藏室。这里有四组共八十个冷柜。老式机组发出的聒耳轰鸣声，让人感觉极度不适。

南端与冷藏间相连的是遗体化妆室。火葬前，逝者要在这里化好妆容，着好寿衣，接着被推入遗体告别厅与亲人见面。仪式结束后，尸体会被装进一次

特殊罪案调查组4　　260

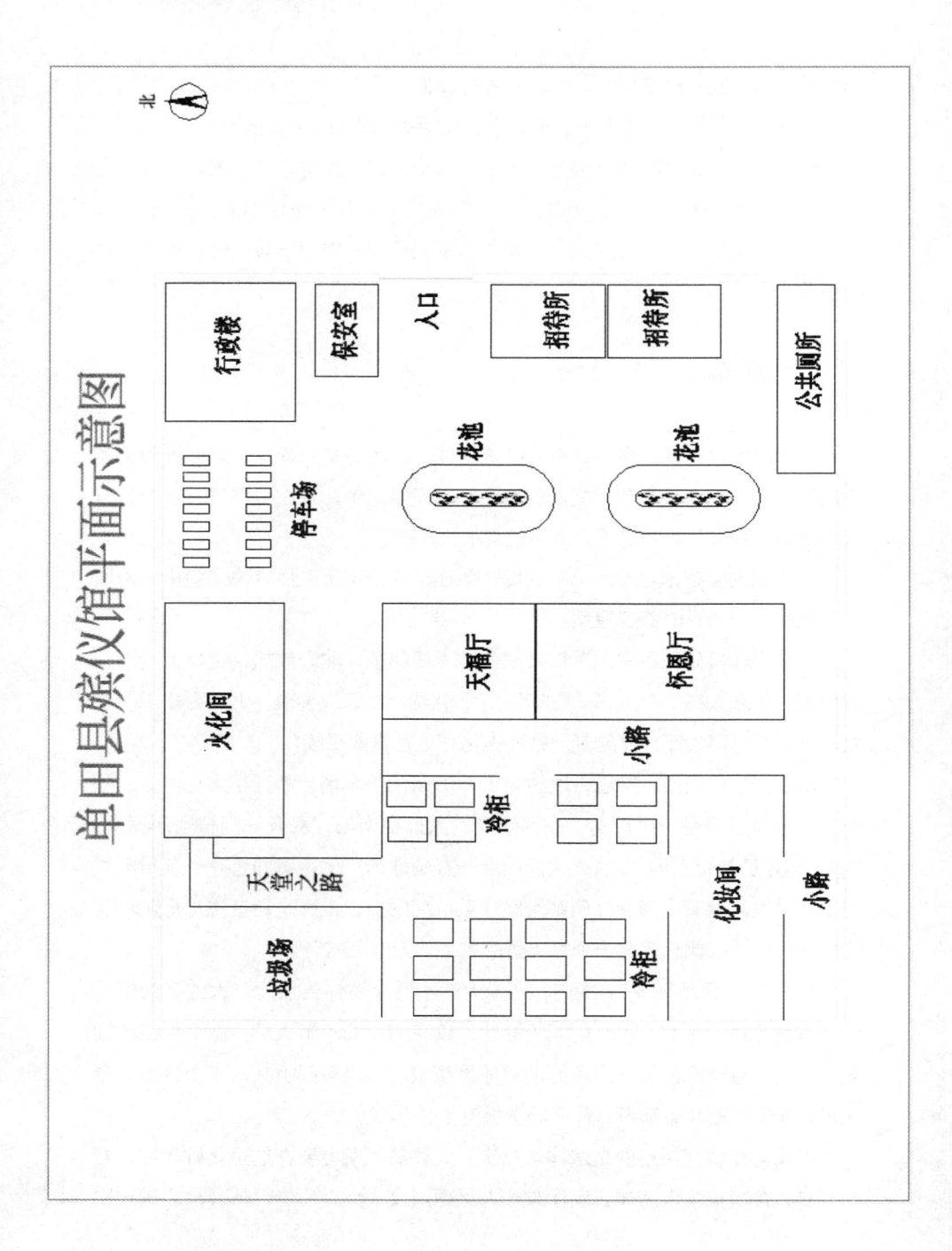

单田县殡仪馆平面示意图

（北）

- 行政楼
- 保安室
- 入口
- 接待所
- 接待所
- 公共厕所
- 停车场
- 花池
- 花池
- 火化间
- 天堂之路
- 天梅厅
- 怀恩厅
- 小路
- 冷柜
- 冷柜
- 化妆间
- 小路
- 垃圾房

性火化袋，送入火化炉。

....

由于经济原因，单田县殡仪馆的监控几乎没有更换过，展峰通过视频，详细了解了遗体在该馆火化的全过程：为了尊重"过午不葬"的传统风俗，殡仪馆早上六点开门营业。因该馆火化炉数量有限，所以要想在当天火化，需提前一天拿到死亡证明[1]并在馆内备案。

证明问题解决后，逝者家属要立刻与馆内取得联系，预约接尸时间，告知逝者及家属基本信息[2]。另外还需附带告知，逝者是否自带寿衣，遗体是否需要化妆，是否需要举行追悼和告别仪式等。在确定火化日期后，非特殊情况，要在早上七点前赶到，宜早不宜迟。

到达馆内，家属先至大厅交验死亡证明，选购骨灰盒，领取火化流程图。

如需为死者进行"化妆"，在办理手续的同时，遗体会第一时间被推进化妆间。

根据妆容难易程度，分为普妆、精妆、整容妆三种。

普妆适用率最高，价格也相对良心，收费二百块，主要是用化妆品将逝者面容修饰得更加红润，并无多大难度，约一个小时即可完成。

精妆是在普妆的基础上画得更加细腻一些，收费四百块，约两个小时可完成。

整容状是用在一些特殊遗体上，如车祸、高坠、分尸等伤及面容的情况下，要根据尸体损毁的程度来确定化妆时间及收费标准。

为了方便选择，单田县殡仪馆还设置了相应的火化套餐。其中，价格最低的基础套餐包括：一套寿衣，一个骨灰盒，一个纸棺，一次普妆，加遗体告别。

---

[1] 人死后，逝者家属或单位必须取得死亡证明。在医院死亡，由医院出具死亡证明。在家因病死亡，由村委会、居委会或派出所出具死亡证明。非常规原因死亡，如果涉及案件，为案件的受害人或被执行死刑人员，则由公安部门或司法部门根据死者的死亡情况出具证明。到住地派出所注销户口、办理死者的一切善后事宜，也需出具死亡证明。

[2] 关于死者需提供姓名、住址、年龄、性别、户口所在地、死亡原因、死亡时间以及尸体所在地。关于家属需提供姓名、住址、电话以及与死者的关系。

要是选择套餐，家属则可将所有事宜交给殡仪馆处理，交钱等骨灰即可。反之，则需亲力亲为。

大多家属都是抱着"为逝者最后一次花钱"的心态，怎么体面怎么来，所以只要价格在承受范围内，一般都会选择推荐套餐。

展峰随意翻开了某月的火化记录，发现选择基础套餐的人能占到93%，价格更高的中级套餐和高级套餐占比也有5%左右。剩下的2%，都是家庭极为困难，没有办法被迫选择草草了事。

殡仪馆有三个火化炉，每日最少可以火化三具遗体[1]。展峰以最小量计算，每月也有九十具遗体，而颅骨加工厂每面墙上刚好能填满九十个颅骨。

巧合还不止于此，如果气温合适，微生物种群富集，颅骨沤制的周期最多三个月。假设他们每月交易一次，每次九十个，那么首月沤制的颅骨，会在三个月后出坑，这时，第四个月取下的颅骨便能无缝对接。这也就完美解释了为什么地窖会是那样的布局，为什么刚好是二百七十个颅骨。

一切都证实，边境线地窖中发现的1号死者与单田县殡仪馆存在稳定的供求关系。那么，接下来就需要搞清，到底是"单位犯罪"还是"个人原因"了。

由于殡仪馆提供的基础套餐是火化者的普遍选择，所以理论上，问题只会出在这个环节上。

展峰选取多具遗体为参考，基本摸清了各个环节所需时间。

以A遗体为例子。

A是早上六点三十分到达殡仪馆，六点四十分被推进化妆间，化妆过程无监控拍摄，七点左右，首次化妆结束，由家属瞻仰确认，如果对化妆结果不满意，还可免费返工一次。如果家属无异议，则会由化妆师亲自给死者穿上寿衣，并在八点前后推进告别厅进行遗体告别，该过程在监控拍摄下进行。八点

---

[1] 殡仪馆属民政局下属单位，可以统一调配，理论上按照户口归属地原则火化，如果当地的殡仪馆预约不上，也可转至其他区县殡仪馆，这样就可以保证每家殡仪馆的火化量，不造成资源拥堵和浪费。

第二案　白骨情缘　263

三十分,遗体告别结束后,死者会再次被推进化妆间装入纸棺[1],纸棺上悬挂一个名牌,标注着逝者的信息及对应的火化炉号。该名牌一式三份,一份提前交至火化工手里;一份悬挂在火化炉前;最后一份则会贴在骨灰盒上,这样就能确保万无一失。

一切准备就绪后,化妆师会将纸棺推入火化间。此过程途经冷藏室和天堂之路。到达火化间后,化妆师会对着名牌,将遗体推到炉前,在不开棺的前提下,他与火化工一起,将纸棺推入炉内。

点火后,遗体会在炉中焚烧一个小时,冷半个小时,正常情况下,会在上午十点左右,将骨灰装入骨灰盒。

虽说家属可以通过视频画面看到整个火化过程,但展峰发现,监控并非全覆盖的,依旧存在多个盲区。

第一,化妆室没有安装监控设备。

第二,冷藏室的监控安装在西门门口,而天堂之路的监控则安装在走廊北端(由北向南拍摄),这就导致两者间有十多米的距离是没有办法监控到的。

第三,遗体到达火化间后,全程都装在纸棺中,谁也无法知晓是否为全尸。

第四,受设备影响,遗体火化后不能完全碳化,取出的骨灰需经碾压、敲打等方法后期加工。由于此过程需要借助斧锤等工具,为了防止家属在观看时不适,所以该馆不对外提供此段影像资料。另外,骨灰盒容量有限,并不能装下全部骨灰,通常只会选取颗粒细腻的粉末装入其中。这就导致无法判断,骨灰中是否存在颅骨。

按常理推断,化妆室没有监控,必然是"取头"的最佳场所。

然而专案组经过调查发现,事实并非如此。因为遗体告别结束后,殡仪馆会要求一名家属进入化妆间,在其见证下,将遗体装入纸棺。做完这一步,家属才会全部退到大厅影像室,自行选择观摩整个火化过程。也就是说,遗

---

[1] 各地风俗不同,有的地方认为直接焚烧尸体会引起家属不适,所以遗体需装入一次性纸棺,在焚烧时,连同纸棺一起焚烧。所谓纸棺,就是用瓦楞纸制作的一种小型方盒,进价约八十元。

体从化妆室离开时头还在。那么取头的过程，只能发生在其被推入火化间的路上。

顺着这个思路往下查，专案组很快发现了一个比较有意思的情况，殡仪馆为了增加仪式感，会在遗体进入天堂之路时，播放长约两分钟的哀乐。这时遗体会在哀乐的伴奏下，被缓慢地推进火化间。

哀乐的播放，靠的是一台老式录音机，而播放者，正是曹大毛。

经询问才知道，曹大毛在殡仪馆也是身兼数职，既是保安又兼任守夜人。由于殡仪馆上午往来人员众多，且都是披麻戴孝的家属，无须逐个登记。在馆领导的默许下，清早他会把大门敞开，自己则提着录音机赚点外快。

每播放一次哀乐，他可以向逝者家属讨要十块钱，一个月下来，少说也有千把块钱进账，殡仪馆对此也是睁一只眼闭一只眼，全当给他的额外福利了。

巧合的是，曹大毛播放哀乐的位置，正是天堂之路的最南端，连接冷藏室的那段监控盲区，这里也是唯一可以取头的地方。

这么看来，曹大毛和化妆师两方都与此事脱不了干系。

那么新的问题又出现了，他们到底是用了什么方法，在这么短的时间内，取下逝者头颅的呢？被取下的人头，又被他们藏在了哪里？

二十六

经反复论证，专案组一致认为，化妆师与曹大毛都有作案嫌疑，然而他俩到底谁才是4号嫌疑人，暂时还不好确定。为了不打草惊蛇，赢亮再次提出要悄悄采集两个人的指纹时，展峰没有拒绝。他干脆开出一千块悬红，未与曹大毛碰过面的吕瀚海，自然被定为了最佳执行人。

…………

这天正值周末，三场丧事让原本就不大的殡仪馆一早就人满为患，还未到七点，曹大毛便把那个写着车位已满的拦路牌摆在了入口正当中。

此时，头绑白布伪装成逝者家属的吕瀚海，迈着小碎步走了进来。

"早啊，大哥！"他从烟盒中拿出一支烟递了过去。

曹大毛从娘胎里带了一双丹凤眼，眼睛笑起来会不自觉地眯成一条缝，他熟练地接过烟卷夹于耳根，乐呵呵地回道："你这小伙儿真会说话，我这年岁都能当你叔伯了。"

"话不能这样讲，"吕瀚海摆摆手，"这人要看精神状态，我瞧人准着呢，您老就是广告里说的，年轻态，健康品！"

"你这嘴皮子，不去说相声都可惜了，对了。"曹大毛话锋一转，"今儿你家长辈办事啊？"

临来前，吕瀚海做足了功课，于是他回道："姥爷仙逝，八十三岁了，也算是喜丧。"

"那是，那是，我要是能活到这个岁数，都烧高香！"

"我看您体格好得很哪！别说八十岁，九十岁都不成问题。"

"那我就借你吉言，多活几年！"说着曹大毛又凑近了些，"喂，小伙子，问你个事啊。"

"啥事，您说话。"

"你姥爷需要放曲儿吗？"

"曲儿？什么曲儿？"

曹大毛抬手指了指西边，说："瞧见那个走廊了没？"

吕瀚海眯起眼睛，隐约看到上面挂了四个红底黑字。"天——堂——之——路——"他拖着长音读出了声。

"对。"曹大毛说，"你家姥爷遗体告别后，会从那个走廊里推进火化间，要是给老人家放首曲儿，走的时候也不会那么孤单。"

"要得，要得。"吕瀚海点头如捣蒜，"都这个时候了，当花的钱，一分都不能少！"

"嗐，也花不了几个钱！"

"这放曲儿的手续咋办？钱是交给殡仪馆吗？"

"不用，给我就行，回头我去放！"

"几个子儿啊？"

曹大毛瞥向吕瀚海拿烟的手，当看到中华烟盒时，笑眯眯道："你说话这么中听，我就给你打个折，你给二十块钱就得了，平时我都收三十的。"

明明只要十块，到他这儿竟坐地起价，吕瀚海心中暗骂"不是玩意儿"，嘴上却说："才二十块钱，真心不贵！"

曹大毛搓了搓手，觍着脸道："那是，都是为了老人好，哪儿能收贵了。"

吕瀚海原本的计划是先将十块钱纸币递给对方，等曹大宝接过之后，再借故要回来用支付宝或微信转账，这样就取到了对方的指纹。而事先打听到的消息，曹大毛每次收费都是十块钱，所以他只带了一张纸币，可现在对方却要价二十，没办法，他也只能随机应变。口头应许后，他把事先准备好的纸币递了过去。

"乖乖，这还是新钱呢！"曹大毛拿在手中左右翻看。

见纸币上已经沾满了对方的指纹，吕瀚海把口袋底掏了出来。"大哥，实在不好意思，如今都不流行用纸币，我兜里就十块钱，不行您把钱给我，我给您微信转账吧！"

曹大毛也是爽快，伸手把钱往兜里一揣，丝毫不给吕瀚海反应的机会，"嘿，什么十块八块的，多少只是个心意，咱爷俩有缘，再跟你要，显得薄气了不是，甭加了，就这么多，我保证把老爷子最后一程，送得明明白白的。"

眼看到嘴的鸭子就要飞，吕瀚海心中那叫一个急。"不是，大哥，咱像缺那十块钱的人吗？您是爽快人，但我也不能不会做人不是？您把钱给我，我今天必须给您转账。"

"嘿！我说老弟！你不缺那十块钱，我也不缺，就冲你叫我一声哥，我今儿说啥也不能收。而且这转账啊，我也整不明白，我呀，平时就花现钱，弄不了其他的！"

话已至此，如果吕瀚海再坚持下去，反倒可能坏事，于是他灵机一动，从左口袋中掏出一盒红塔山递了过去。

"大哥，那您来一包办事烟？也算是我的一点心意。"

曹大毛嘴上说着"这哪儿行"，手里还是半推半就地接了过去。

可就在对方刚要把烟揣进口袋里时，吕瀚海一拍脑门，从兜里又掏出一包。"大哥，瞧我这脑子，都快给我忙糊涂了，您把兜里的红塔山给我，这个才是办事烟！"

曹大毛一看是中华，连忙拒绝："这烟四五十一包，我抽不得，万一上瘾了，那可真没钱买哪！"

"哪儿能这就上瘾了呢，不就一包烟！"吕瀚海乐呵呵地，手指钳住曹大毛的手腕。

"不行，不行，我坚决不能要！"

见对方态度坚决，吕瀚海略带歉意地在他耳边小声说道："大哥，那可真对不住，我姥爷生前最好红塔山，这包烟是打算我姥爷下葬后祭坟用的，所以……"

"这样啊。"曹大毛总算把烟从兜里又掏了出来，"我哪儿能跟老人家抢东西，给，拿回去就是，"

"哎！多谢大哥！"吕瀚海左手接过往内胆口袋里一装，右手紧接着递出一支中华。

曹大毛掏出打火机，两个人相继点上，吕瀚海问："这化妆要化多久？"

"你们家定的是什么妆？"

"没特别定，就是按照那个套餐里来的！"

"哦，普通妆，那个快，十来分钟就能化完。"

"哎？我看套餐里可说，需要一个多小时呢。"

"哪儿能呢！这一上午才几个小时？咱馆就一个化妆师，要是每人都化一个小时，咱愿意，家属可得骂街！"

"关键就十来分钟，化得行不行啊？"

"化妆师是我兄弟，干这行几十年了，技术你绝对可以放心！"

"就不能多聘几个人？"

"一来馆子小，一个人能应付。二来如果不是没活路，谁会来吃死人饭？不是说聘就聘的。"

曹大毛回应得颇为伤感，吕瀚海的心情也跟着沉痛起来，他们扔掉自己手里的烟头。曹大毛提议："走，我带你去看看你姥爷的妆化得咋样了！"

吕瀚海一听，差点乐开了花，他把那包中华烟盘在手心，接着用戴着白手套的手擦了个干净，这个细微的动作，没有逃过曹大毛的眼睛。

"你咋还戴个手套？你们那儿的风俗吗？"

"不不不。"吕瀚海用早就准备好的说辞回道，"早上是我把姥爷抬进车的，到现在手套没摘呢！"

"那你还真是个孝子！"曹大宝随口回应道，倒也并未在这个问题上深究。

遗体告别厅最南边有一条羊肠小路，两个人向前走了约20米，来到了一片空地，这里或蹲或站，约有十来号人，因为都戴着孝布，吕瀚海冲人群频频点头，摸不清状况的人以为是殡仪馆来人，也都一一点头回应。

来到门前，吕瀚海抬头一望，铁皮防盗门的右边墙上钉着一个告示牌，上面写着"遗体化妆，请勿打搅"。

"还没完事……"吃了闭门羹的曹大毛说，"等结束了，化妆师会喊家属姓名！"

"那我就在这儿等着？"

"行，我门口还有事就不陪你了！你放心，你姥爷的事，我一定会给你办得稳稳当当的！"

"得咧，那就麻烦您了！"

送走曹大毛，吕瀚海找了个背静的地方把红塔山装进物证袋，就在他心中暗喜五百块到手时，"吱呀"一声，化妆室的门被打开了。

一名戴着口罩的中年男子从门内走了出来，吕瀚海定睛一看，他就是另一个五百块，殡仪馆唯一的化妆师。

"谁是蔡世恒的家属？"对方问。

人群中有人举手。

化妆师拽掉乳胶手套，丢进了门口的大号垃圾桶中。"把名牌给我！"

那人掏出了一张扑克牌大小的硬质纸片递了过去。

化妆师"验明正身"后，带着他走进了屋内。

此时，其他人也跟着围了上去，化妆师不耐烦地摆了摆手，用力将房门关上。

出于好奇吕瀚海把耳朵贴近了房门。里面的对话，他听得是一清二楚。

"行不行？行我就穿寿衣了！"

"我感觉脸还是有些白！能不能再整整？"

"没问题，只不过这补妆需要时间，万一耽误了逝者上路的时辰，我怕影响后代的运势。"

"嗯……那行，就这样吧，反正一会儿就要推进火化炉，化得再好也要烧掉！"

"那好，你给我签个字，我待会儿就把寿衣给逝者穿上，你在门口等会儿。"

话音刚落，吕瀚海"姥爷"的家属被喊了进去。

门内的对话，与前者如出一辙，吕瀚海这才明白，自打化妆师把乳胶手套扔掉的那一刻，他就没有返工的打算，不过是例行公事地忽悠人罢了。

普通人家一辈子也来不了殡仪馆几回，哪儿经得起对方的忽悠，所以展峰打听出的官方说辞是一回事，实际操作又是另一回事。

待第三名逝者家属被忽悠走，化妆师探出头来，对众人道："你们都别围在这里了，去前面大厅等着吧，遗体告别的具体时间，馆里会用大喇叭喊，你们注意听就行！"

化妆师正要关门之际，吕瀚海大喊一声："哎，老哥！"

见对方的注意力被他吸引过来，他把早就准备好的中华烟抛了出去！

化妆师反应不及，烟盒正巧砸在他脑门儿上。

"干吗呢？"对方捡起烟质问。

吕瀚海连忙作揖。"对不住，对不住！我是逝者家属，想着给你扔包烟抽！"

"有你这么给的？"化妆师带着怒气把烟又扔了回去，"你自己留着吧，我不抽！"

吕瀚海背着脸把烟盒装进了另一个物证袋，乐呵呵地自言自语道："我管你抽不抽烟，反正老子回去能交差了！"

二十七

为了演戏演全套，吕瀚海一直等到"姥爷"下葬后，才随人群离开了殡仪馆。

烟盒外面包裹着塑料薄膜，作为"呈痕客体"比纸币还要清晰，展峰很快就提取到了俩人的指纹样本。

然而展峰没想到的是，化妆师的指纹被排除，而曹大毛的指纹却被完全磨平，根本无法分辨。这个结果，出乎所有人的意料。

专案会上，嬴亮调出了曹大毛的证人笔录。"两年前他的指纹还异常清晰，现在十个手指的纹线竟然都没了，这家伙绝对有事！"

"你这么说我好像也有些印象。"司徒蓝嫣道，"我第一次见他时，他说话就有些遮遮掩掩，现在看来，他当初是不清楚我们为什么事来，以为冲着自己，所以才会那么慌张。"

"那接下来咱们怎么办？"

"也不用担心！"展峰说，"从指纹样本看，他只是磨平了指肚上的纹线并未伤及真皮层，这种情况造成的指纹缺失是可以弥补的。通常有两个方法，一是等它再长出来。或者直接把手指插入水中浸泡，这样真皮层的纹线会因吸水而隆起，使磨掉的指纹再次变得清晰。"

"化妆师被排除掉了，那么4号一定是曹大毛，回头再搞一次指纹？"

"也不着急这一会儿，你们先看这个。"展峰将吕瀚海跟拍的录像在大屏幕上播了出来。

长达三个小时的影像，详细记录了吕瀚海卧底殡仪馆的整个过程。

实际情况跟调查结果还有不小的出入，所以展峰不敢快进，大家一秒不落地将视频整段看完。

当进度条走完后，他在电脑上现做了一个思维导图。

画面中，由"单田县殡仪馆"引出两条导线，上端写着"颅骨加工案（颅骨）"，下面则是"肢解狂魔案（肢体加一个颅骨）"。做完这一步，展峰开了口："我注意到，逝者无论是化妆还是遗体告别，都处于平躺状态。而取头，最难的步骤，实际上是断开颈椎骨。如果化妆师从逝者的后颈下刀，事先把颈椎骨斩断，再将其缝合，涂上粉底，这样就能完美掩盖。因送至殡仪馆的遗体，都会停尸三日，此时血液循环早已停止，不会出现血迹外流的情况。况且遗体头部还垫有吸水性较好的元宝枕头，就算有少量血液流出，也会被完全吸收。另外，你们注意看这段。"展峰把视频切至遗体瞻仰那段，"有没有发现黄布？"

"这我早就注意到了！"隗国安说，"黄布好像是殡仪馆的标配，遗体从车上抬下的那一刻，手推车上就铺着这块布！"

展峰接着又切到了吕瀚海混入化妆间时的影像。画面记录了遗体被装入纸棺的全过程。此时，纸棺被放在一张摆满鲜花的手推车上，化妆师站在逝者头部，双手拽起黄布，家属则按照他的指示，抓住脚下，在几人"1""2""3"的喊号声中，遗体瞬间被放入纸棺内。此时，化妆师会小心翼翼地抽掉黄布丢进垃圾桶，迅速盖上棺盖，接着家属会被请出化妆室。

吕瀚海趁乱，跑进了与化妆室只有一门之隔的冷藏间，那片监控无法拍到的死角，被他完整地记录了下来。也正是因为这段影像，展峰终于破解了如何取得人头的秘密。

原来，"天堂之路"的入口处有一斜坡，斜坡左侧有四个冷柜，分别是77、78、79、80号，而它们，也在监控死角内。

展峰将画面定格后说道："如果逝者的颈椎骨被事先斩断，那么只需一把折叠刀就能在一分钟内取下人头。另外，有哀乐的伴奏根本听不到任何动静。"

嬴亮茅塞顿开："他们把割掉的头颅直接丢进这些冷柜，待有合适的时机再取走，这样就不会引起怀疑！"

司徒蓝嫣点头道："陶国胜的火化时间是明确的，那我们以此为节点，查一下前后三个月，四个冷柜的使用情况，如果频率较低，那亮子推测的可能性便完全存在。"

"我完全赞同蓝嫣的观点。"展峰说完，将"颅骨加工案"标黑，剩下的"肢解狂魔案"则被标红，着重显示。

他说："肢体与颅骨经Y基因比对，存在着亲属关系，那么我们有理由怀疑，本案的尸块也来自该殡仪馆。

"可上下肢，并不像颅骨那么好掩盖，尤其是下肢，肌肉组织层较厚，就算用刀也很难在短时间内割开。我推测，它们都来自非正常死亡的逝者。比如车祸、跳楼、自杀的等等。由于这种遗体并不常见，这也正好解释了，为什么该系列案会横跨了两年时间。"

隗国安搓着下巴，思索道："难道曹大毛始终对辞职的事耿耿于怀？所以才会以此来泄愤？"

司徒蓝嫣说："我昨天把曹大毛的笔录又看了一遍，从字里行间可以明显地感觉到，他的仇恨还是在原先殡仪馆领导身上，否则他也不会在离开前，写了一封实名举报信。

"单田县殡仪馆的规模，虽比不上之前，但曹也算是有了一个安身之所，他为什么还要铤而走险犯下新的案子？"

"这么说，好像也对……"隗国安思索了一番，仍想不出答案，"如果嫌疑人不是他，还会有谁呢？"

"化妆师、火化工都有可能，再或者，曹大毛出现了情境性犯罪动机。"

"情境性犯罪动机？什么意思？"嬴亮不解。

司徒蓝嫣解释说："它是因情境因素的刺激，而在短时间内突然产生的犯罪动机。分两种情况，一是临时产生的。即行为人原来没有明显的反社会倾向，而是在情境因素的作用下迅速产生了犯罪念头。二是情境助长的。即行为人本来具有一定的不良倾向，在有利于实施犯罪行为的情境刺激下，不良心理迅速膨胀，形成犯罪动机，推动行为人进行了犯罪活动。

"站在曹大毛的角度分析，如果警方当年找到了丢失的尸体，那么他就不会因此被辞退。他本人不会考虑侦办条件的难易，只会简单粗暴地认为是警方办事不力，所以在他心里，仍有一部分仇恨，嫁接在警方身上。如果回乡后，他又遭到了警方不公正的对待，那么极易导致原有的不满迅速膨胀，形成新的犯罪动机。"

"难不成这家伙跟警方发生过争执？"

"并不一定要非常激烈的矛盾。在很多激情杀人案中，有时因一句话，或一个厌恶的表情，都可能导致惨案发生。每个人对负面情绪的理解能力不同，其承受能力也会有所差异。"

"如果照师姐你这么说，还真不知该怎么查了。"嬴亮有些郁闷。

"其实我们忽略了最重要的一点。"展峰的话让众精神人为之一振，连忙竖起耳朵。

"4号与1号做的都是生意,既然是生意,那么就必然会有经济往来,不管是现金交易还是银行卡转账,都会在某段时间存在经济波动,比如买房、换车等等行为。另外,4号嫌疑人还会开车,不排除有驾照的可能。

"那么无论取头还是截肢,都逃不过三个人:曹大毛、化妆师和火化工。他们三个人是一根绳上的蚂蚱,至于案子还有没有其他人参与,必须把他们几个搞清楚后,才能往外扩线。"

二十八

有了侦查思路,嬴亮这个高级情报研判专家,这回总算是有了用武之地。

"一号嫌疑人曹大毛。

"他从原先的殡仪馆离职后回到家乡,在单田县殡仪馆找了份工作,担任该馆的保安兼守夜人。曹大毛吃住都在殡仪馆,母亲死后,他就成了孤家寡人,至今未婚。逢年过节也都是在馆里凑合。他平时生活节俭,很少添置新衣,从那套被洗变色的保安制服便能窥见一二。而且这么多年来,他没有一条网购信息。据传,他早年在殡仪馆开过拉尸车,是否真的会驾驶车辆并不清楚,在驾管系统中也没有查到他的驾驶证信息。其名下也无任何固定资产。

"二号嫌疑人化妆师。

"他叫吴向文,男,1970年2月生。曾是单田一中的美术老师,因带的是副课,所以学生上课时极少听讲,他在一次维持课堂纪律时,与学生发生口角。气急败坏之中,他在课堂上打了学生一巴掌。没想到该学生回家后就跳河自杀了。他因此丢了工作不说,还附带赔偿了对方一万块钱。

"失业后的吴向文应聘至殡仪馆,当了一名化妆师。作为馆内唯一的技术工种,他的收入不低,但他的生活却很节俭,至今仍住在一个破旧的四合院里,不知为什么,他也是光棍一个,名下无房无车,之前用自行车代步,也就在近几年,才购置了一辆二手电动车。吴向文是否会驾驶车辆暂时未知。

"三号嫌疑人火化工。

"他叫王成业,男,1972年6月生。在三个人中年纪最小。他打小左眼失明，右眼弱视，在福利院长大，老火化工金文平见他身世可怜，就收他为养子，顺带在殡仪馆给他讨了口饭吃。金文平一死，王成业便接替养父的位置，成了馆内唯一的火化工。

"他曾经从福利院收养了一位女童，往上数三辈，俩人还有旁系血亲，他给女童取名王甜甜。女孩患有小儿麻痹症，右腿严重畸形，无自主生活能力，这些年一直都是靠他照顾。父女俩租住在距离殡仪馆不远的自建楼中。

"王成业的生活极其节俭，衣食住行能不花钱，绝对不会花钱，据说，他还捡过死人的衣服穿，他毕生的心愿，就是能给养女换一副假肢，让她能重新站起来。王成业目前单身，由于视力问题，他没有驾照，名下也是无车无房。"

"最让我搞不懂的还有一件事。"赢亮将情况介绍完又补了一句，"他们三个人都没有在任何银行开过户。为此，我还咨询了殡仪馆，财务告诉我，他们都是馆里的临时工，不走统一财政，也就是说未给他们办过工资卡，他们的薪水都是每月以现金的形式发放的。"

"冷柜的情况摸清楚没有？"展峰问。

"查了，跟师姐猜测的一样，77、78、79、80 四个冷柜是我们公安局的定制柜，只要不发命案，平时并不对外开放使用。"

听完介绍，隗国安自言自语道："他们怎么看也不像是犯罪分子啊，尤其是那个化妆师吴向文。"

"鬼叔，实不相瞒，我也不愿相信他们是嫌疑人。"赢亮摇摇头。

"王成业的养女王甜甜是什么情况？"展峰又问。

赢亮叹了口气，道："她也是个苦命人，已经不在了。"

"人没了？"

"嗯，我在殡仪馆档案中查到了她的火化信息。死因是脑死亡！"

"脑死亡？"展峰眉头一皱，"什么时候的事？"

"有十多年了！"

"具体一点说。"

赢亮低头看了一眼，说："十年零十个月！"

"能不能查到是在哪家医院救治的？"

"这个有啊,"嬴亮双击打开了死亡证明扫描件,"落款是和阳市第一人民医院,开证明的是王甜甜的主治医师,名叫汪乐。"

....

无论这三个人的身世多么悲惨,生活如何节俭,但大量事实证明,颅骨、肢体,与他们都绝对脱不了干系。而交易换取的利润,必然要有一个消费渠道,所以展峰怀疑,王甜甜的医药费,可能就是犯罪的导火线。至于到底有几个人参与其中,那就要看这件事有多少人出资了。

....

"王甜甜,我知道她!"展峰刚说出姓名,科室主任汪乐就迅速地给出了回复。

展峰补修过法医学,对医道很是了解,作为三甲医院的外科主任每天要接诊多少病人,他心里再清楚不过。这件事已过去了十多年,而王甜甜这个名字还这么普通,展峰不认为汪乐说的王甜甜和他想问的王甜甜是一个人,于是他又补充道:"汪主任,我们想了解的王甜甜,她在十多年前就……"

"我知道,"汪乐压低了声音,漫长的岁月似乎并没有冲淡他的伤感,"我说的就是她,重度颅脑损伤,后来发展到脑死亡,她有三个爸爸,都在殡仪馆上班!"

细节都已对上,人定是不会错,只是展峰很好奇,在王甜甜身上究竟发生了什么,竟然能让汪乐这么记忆深刻。

"汪主任,能不能跟我们仔细说说王甜甜的情况?"

年近半百的汪乐捏了捏鼻梁骨,刚下手术台的他,显得很疲惫,他是真不愿意再想起这件事,因为每次回忆,对他来说都是一种痛苦与煎熬。"如果再来早些,我应该是能救下她的!可是……"汪乐眼圈微红,"医者仁心"四个字,在他身上展现得淋漓尽致。

"对不起!"他歉意地摆摆手,司徒蓝嫣很是适时机地递过去一张面纸。

汪乐双手接过,道了声谢。

医院在老百姓眼中是救死扶伤的圣地,但在警察心里,也是罪恶倾泻的地方。因争吵而喝药的,因拌嘴而打人的,因仇恨而索命的,这些案件每天都在不停上演，无论结果如何，医院都是其中必不可少的环节。所以协助警方调查，对每位医生来说，都是家常便饭。

当然，也有好事者说过："医生是白狼，专吃保命粮，警察是黑狗，专咬无权手。"对于这种偏见，汪乐从来都是不争、不理、不解释，既然都属于"犬科"，当然是要相互照应，"不该问的不问""知道什么就回什么"，对这个规矩他是心照不宣的。

其实就算展峰不亮证件，汪乐也能猜出他们的身份。原因是，他接到了院长通知，让他手术后去九楼一趟。那层楼，是医院的档案室，平时鲜有人来。而市人民医院作为全市唯一的三甲医院，几乎每天都会有各种案件、事件发生，为了协助警方调查，医院干脆专门在档案室隔出了一个二十多平方米的空间，里面配有桌椅板凳和同步录音录像，看起来和派出所讯问室差不多。每位医生与警方交谈的内容，医院都会刻盘备案。

寒暄过后，司徒蓝嫣在五角形的会议桌前已做好了记录准备。其他几人则倚着桌边，把汪乐围在中间。

两人问询的场面，汪乐经历过了数次，一次来四人，他还是头一回见，而且这次还惊动了院长，可想而知，绝对事关重大。

他总算调整好心情。"按规定，术前我们要提前和患者家属沟通手术风险，并详细了解患者的情况，所以王甜甜的事我知道得很清楚，请问各位警官，你们想了解关于她的哪些方面？虽然我不清楚你们到底为什么事来，但只要我知道的，绝对知无不言。"

"王甜甜并不跟案件有关，我们只是想详细了解她这个人，包括她的三个爸爸。"

当听到与案件无关时，汪乐忐忑的心再次被悲伤覆盖了。"唉，都是苦命人啊！"他缓缓地说了起来。

"王甜甜很小的时候，就患有小儿麻痹症，右腿严重畸形，被家人遗弃了。后来她被好心人捡到，送至单田县福利院。单田县是国家级贫困县，时至今日都还有那种吃了上顿愁下顿的家庭。当地福利院的经济条件怎样，你们也能想象到。

"甜甜是在两岁半的时候被王成业收养的,他是县殡仪馆的火化工,从小也在县福利院长大。我听王成业说,他们福利院有这个传统,从院里出来的人,但凡谁有口饭吃,能帮大家一把的就帮一把。当然,这个传统也不是刻意规定的,毕竟留在福利院的,各有各的悲惨遭遇,很多人都是发自内心想做一些力所能及的事。王成业虽从福利院离开多年,但迄今为止,他还坚持去福利院做义工,这点我真的很钦佩。甜甜被收养时,福利院给王成业办了正规的手续,从法律上说,他和甜甜等同于父女关系。

"不过王成业自己也并非健康之身,他的左眼失明,右眼弱视,据他自己说,离他3米以外的事物他都很难看清。在殡仪馆,他有两个经常给他搭把手的好兄弟,一个是甜甜的二爸,殡仪馆的遗体化妆师吴向文;还有一个是甜甜的三爸,殡仪馆的守夜人曹大毛。

"不知是何原因,他们三个人一辈子没有成家,都视王甜甜为掌上明珠,尤其是她的二爸吴向文。他这个人平时不怎么爱说话,可做起事来,丁是丁卯是卯,也许因为曾有过一段为人师表的经历,他总是给人一种十分干练的感觉。怎么形容他呢?"汪乐捏着下巴思考片刻,"这么比方吧,我曾经看过一部电视剧叫《红色》,他的感觉很像是剧中的张鲁一。

"就是这样一个人,他竟然可以为了甜甜放弃尊严,给我们全科室的人磕头下跪,说只要能保住甜甜一命,需要血可以从他身上抽,需要器官,可以从他身上摘,他这辈子,跪天跪地跪父母,只要有一线希望,他愿意一命换一命。从医这么多年,我也见惯了生离死别,亲生父母都未必能做到他这样。而总是与吴向文形影不离的,是甜甜的三爸曹大毛。

"王甜甜是从县医院转院到我们这儿的,主诉病情是重度颅脑损伤致昏迷不醒,了解情况后我才晓得,她是下楼时失足仰身坠下,后脑磕到台阶尖角致颅脑大面积出血,虽然在县医院紧急做了开颅手术,但由于她正处于代谢旺盛的年龄,单次手术并不能解决实际问题,转至我院后,因颅脑压迫始终昏迷不醒,处在半植物人的状态。

"为了防止甜甜生褥疮,曹大毛坚持每天给她擦身,端屎端尿,这种活,妇道人家都不一定干得来,他一个衣无二彩的半截老头,竟能做得一丝不苟。

为了多给甜甜赚点医药费，每天晚上等甜甜停止输液后，他都会满院子去扒垃圾桶，捡些塑料瓶、易拉罐，不管是三块五块还是十块八块，只要能凑整，他便往就诊卡里充。那场面，看得着实让人心酸啊！"

展峰听完，也是内心沉痛，他终于明白，为什么汪主任会对王甜甜这么印象深刻，从感情上说，他也很希望此事与三个人无关，可法律就是法律，夹杂不了任何私情，他作为执法者，没的选择，要搞清楚的问题，仍需抛开情感，一点不漏地扒个底朝天。

室内的气氛弥漫着伤感，略微平下心绪，展峰这才继续问道："王甜甜在医院住了多久？"

"前后加一起大概三个月。"

"花费多少？"

"刚转院过来时做了二次开颅，花费将近三万，得知她的实际情况后，我代表科室给她申请了减免。术后甜甜虽恢复了些神志，但仍有生命危险，所以下了手术台，就直接转入ICU。去掉各种减免，ICU每天的花费在五千块钱左右，她一共住了十二天，耗费差不多六万块。

"甜甜的三个爸爸都是殡仪馆的临时工，每月工资不到三千块钱，根本无法填上这个窟窿，我也知道，如果不拿钱续命，甜甜最终只有死路一条。我当时还动员科室所有医生捐了款，可对高昂的医药费来说，只是杯水车薪罢了。

"不过后来，还是二爸吴向文解了燃眉之急，他不知从哪里弄来了十万块现金，给甜甜续上了命。"

"这钱他是从哪里弄来的？"展峰问。

汪乐摇头，说："他没说，我也没问。我猜是借来的。都说要饭的还能找到三五个亲戚，何况是救命钱。"

见展峰点点头，他接着说道："从ICU转入普通病房后，剩下的就是养伤，只要颅脑中的血块能被吸收，那么甜甜就有可能苏醒，可这个过程要多久，要根据个人体质来判断，短的三五个月，长则四五年，也有可能一辈子都无法苏醒。

"作为医生我们完全理解病患家属的心情，但我们同样也要将术后的风险如实相告。

"我记得那是一天下午,甜甜的三个爸爸都在,我把他们喊进了科室,在听完实情后,甜甜的二爸第一个跪下,接着是三爸,最后是王成业。三个人跪成一排,不管我们怎么劝,他们就是不肯起来,科室医生都因这一幕动容,几位刚上班不久的护士,当场就哭成了泪人。

"我是红着眼圈跟他们发誓,只要有一线希望,我们都不会放弃。可是……"

汪乐哽咽着,屋内的气氛越发沉重,就像一场被消声后的悲剧电影,大银幕上明明已经剧终,可观众却不愿意抬头面对那伤感的结局。他终于昂起头来,聚在眼角的泪水在眼眶内打着转。

"我们根本没有想到,甜甜的脑干在撞击中受到了损伤,由于长期的颅脑压迫,后期出现了急促性大面积出血,而且情况发生在晚上,紧急手术后,甜甜还是出现了全脑功能不可逆转的损伤,也就是脑死亡。这种情况,就算是神仙也无力回天了。当天,病房里只有王成业一个人。我也是后来才知道,他并没有把那件事告诉二爸和三爸。"

"什么事?"

"器官捐献的事……"

"器官捐献?"

"对!"汪乐点头,"王成业作为甜甜法律上的父亲,很多事情,我都是单独跟他聊,可能的风险,我也是第一个告诉他。我曾向他提过,如果甜甜出现最坏的情况,他会不会介意做器官捐献。我说这话时内心其实特别忐忑,在我看来,王成业就是中国普通老百姓的缩影,他们没有文化,但内心十分善良。可作为一名医生,救死扶伤是我们的天职,为了能更大程度地去帮助他人,有些话纵然听起来很冷血,但按照程序,我也必须问出口。

"我甚至都做好了被打、被骂的准备,可让我没想到的是,王成业却出乎意料地平静。我不知是何原因让这个看起来唯唯诺诺甚至还有些窝囊的男人突然换了副面孔。

"他很冷静,很理智,甚至说话时,都带着一丝刚毅,他指着自己的右眼告诉我,他说,他的角膜其实就是别人捐给他的,否则他早就瞎了。假如真走到那一步,他希望甜甜能帮助更多的人。

"我问他，需不需要征求甜甜的二爸和三爸的意见，王成业说，这件事他会转告。可后来发生的一幕让我得知，这一切原来都是他自作主张。"

汪乐说："甜甜还在保守治疗期间时，王成业就给她办好了器官捐赠手续，等待移植的病人也提前接受了配型。当甜甜宣布脑死亡后，在王成业签字同意下，我们紧接着安排了移植手术，从甜甜身上取出的心脏、肝脏、肾脏被装入器官保存箱，第一时间搭专机送到了病人那里。

"器官摘除后，甜甜的遗体被推出手术室，这时，甜甜的二爸和三爸已在门外守了很久，当我们科室所有人向三个人鞠躬致谢时，我注意到她二爸、三爸竟用一种莫名其妙的眼神看向我。

"不久后，我在走廊里听到了一声清脆的耳光，我不知是谁动的手，但我能猜到，那个被打的人，一定是甜甜的养父王成业！

"我很理解其他两位父亲的心情，中国人自古以来，都讲究死后能留个全尸，很多病人家属拒绝器官捐赠，也都是出于这方面考虑。更何况他们都在殡仪馆工作，面对死亡有自己的理解方式。短时间内无法接受，并没有出乎我的意料。我能做的，就是把死亡证明开到单田县殡仪馆，好让三个爸爸料理好她的最后一程！"

"后来呢？"

"后来？"汪乐苦笑了一声，"后来，我到了他们的年纪，我的小侄女在一场车祸中失去了右腿，我现在一看到她，就能想起甜甜和她的三个爸爸。我们虽然没有再见过面，但他们仨，却是我从医生涯中为数不多的牵挂……"

二十九

吕瀚海驾驶的商务车在省道上夺命狂奔，车厢内的气氛有些沉重，不明就里的他，也试图说两个段子调节气氛，可令他尴尬的是，四个人仿佛各有心事一般，把头都偏向了窗外。

车厢内，他的尴笑很快被鸣笛声冲淡，就连一向喜欢捧哏的隗国安，也出乎意料地没了搭理他的心情。

警察作为执法者，依法办事是原则，可警察也是人，也有情绪性的一面，其实在很多年前，隗国安就曾被一起案件深深地刺痛过。

那是他值班时接手的一起系列"砸车窗盗窃"的案子，嫌疑人名叫崔海，自幼父母离异，跟年迈的奶奶在一起讨生活。六岁时，奶奶突发疾病死在家中，心智尚未成熟的崔海，以为奶奶睡着了，给她盖上被子，整日守着奶奶的尸体，他每天都哭喊着奶奶的名字，可他的奶奶却未像从前一样，露出那慈祥的笑容。直到三天后，难闻的恶臭味惊动了街坊邻里，有胆大者掀开被褥查看，才发现他奶奶的尸体已爬满了蛆虫。

从那天起，崔海就过上了吃百家饭的生活，幼年正在长身体的他，时常饥一顿饱一顿，他告诉隗国安，由于没吃食，他曾靠喝路边的自来水熬过了一个星期。

实在没有活路，他只能跟在一帮小混混身后讨口吃的。这帮小混混，都是有爹生没妈养的主儿，他们自创青龙帮，在肩膀文上青龙，由于年纪太小，也掀不起大浪，所以帮内的主要收入来源，就是靠砸车窗盗窃。在那个仍需现金支付的年代，到了夜晚，他们每人都会手持一个手电筒和一把逃生锤，溜边寻找那些存有财物的轿车。

无论是烟酒、茶叶还是现金、手表，只要是能卖钱的，都在他们的"猎取"范围。

崔海被抓时，主动供述了一百多起盗窃案，因不满十六周岁，未达到完全刑事责任年龄，又无法找到法定监护人，所以隗国安在核查案件后，只能将其释放。

临走前，隗国安问他："你将来准备做什么？"

崔海的回答让隗国安很震惊，他说："警官，你是个好人，所以我不能骗你，我出去以后也还是没活路，我只能再继续砸车窗盗窃。我知道这样不好，但像我这样的孩子，真的没有办法。我们也不想干这种提心吊胆的事，而且常在河边走，哪儿能不湿鞋，让车主抓到后，被打断胳膊、打聋耳朵的不在少数，我们也不敢报案，只能自己受着。不光是我，我们帮的很多人其实都有一个愿望，就是赶快长大，只要年满十六岁，我们就能办张身份证出去打工。"

隗国安很感激崔海的坦诚，设身处地地想，如果他是崔海，他又该怎么选择？

一个著名相声演员曾说过："一件事他两岁经历了，那么他两岁就会明白；如果一件事他到八十岁还没经历，那他到死的那天，有可能仍不明白。"

隗国安当然没有经历过崔海的生活，他难以想象，面前这个比他儿子还小的男孩，对未来竟表现出一种极其厌世的态度。在他的眼里，看不到生活的希望，或者说，有的只是空洞和绝望。

隗国安是真性情的人，他嘴边常挂一句话，"但行好事，莫问前程"，既然遇到，就是缘分，这一次他没有放崔海走，而是将崔海安排在了朋友的洗车店当学徒，包吃包住每月五百。

他没想到这个无心之举，到最后竟拯救了整个"青龙帮"。

直到多年后，十几名"雕龙刻凤"的青年带着工具找到派出所，把全所上下大车、小车全部洗个遍，隗国安这才知道，崔海学成后，自己存钱开了个汽车美容店，而店里所有的工人，都是当年和他一样走投无路，只能靠"砸车窗"讨食吃的青龙帮的孩子。

虽然说隗国安一辈子也没攒够买车的钱，可那个名叫"青龙汽车美容"的店面，却因为他，定了个很特别的规矩，只要来洗车的是警车，无论本地的、外地的，无论车大、车小，一律分文不收。

其实隗国安早就看出来，这帮孩子本性并不坏，他们之所以走上犯罪道路，完全是因为没有人给他们走正路的机会。

崔海无疑是个幸运儿，当他在罪恶边缘徘徊时，被隗国安一把拽上了正轨。可有些人却没有这么走运，他们由"好人"变成"囚犯"，中间只差了一个"生命不能承受的痛"。

曹大毛、吴向文、王成业，他们已退到从死人嘴里刨食吃，没想到祸从天降，三人爱如珍宝的养女也永别人世，这种打击换成谁都很难承受。刚入警时，隗国安也像嬴亮那样嫉恶如仇，他对人的看法，非黑即白，他也觉得，只要某人动了歪心思，那他势必是在为违法犯罪做铺垫，所以嬴亮与吕瀚海这种社会人不对付，隗国安也十分理解。可随着这行越干越久，接触的人越来越多，他越发觉得，多数案子，并非只有对与错两种答案，有些时候案子破了，但心情仍旧十分沉重，不知从何时起，隗国安迷上了心灵鸡汤，他很喜欢那句话："愿所有人都被这世界温柔以待。"

三十

沉默就像是疗伤药，缓慢地让专案组从低落的情绪中缓过劲来。

作为国家的暴力机器，不管嫌疑人的初衷如何值得同情，都不能以犯罪作为代价去实现，法律的尊严他们必须捍卫。

回到外勤车，嬴亮将汪乐的笔录上传至专案中心的电子卷宗库。这个电子库是为了比对疑难杂症而专门设计的。

案件接手后，每条线索的查办情况，每个物证的检验情况，每个专案会的讨论情况，每个人详细的工作情况，都会按照时间顺序逐一显示。

该电子库最牛的地方是，它还能通过人工智能深度学习，将案件线索自动建立起逻辑关系。以"二百七十个颅骨"为例，只要在电子库中点击该线索，系统会自动显示出，通过该"物证"得到了哪些检验结果，每个结果的跟进情况，要是进入死胡同，在树形图的末端会标注红色，要是尚有情况待查，则会闪烁绿点作为提示。案件进展到哪儿，电子库上一目了然，有了它，就无须像传统办案那样反复翻阅纸质卷宗了。

上传结束后，嬴亮将卷宗导图打在投影上，点击"单田县殡仪馆"这条线索，很快引出三个被标注成绿色的人名。选取其中一人再次点击，他的照片、身份证、住址等相关信息，都在子菜单中被详细显示出来。

展峰盯着吴向文的照片出神，常言道，面由心生，就算他身着粗布衣衫，那双射着精芒的眼睛，依旧会让人觉得与众不同。

"汪乐说，王甜甜之所以能熬过 ICU 那些天，就是因为吴向文送去了十万块钱，既然钱在他手里，那么倒卖人头的活，可能就是他在操作。"

"我也这么认为。"隗国安道，"曹大毛常驻殡仪馆，王成业弱视，住在狭小的筒子楼里，唯一有条件把人头藏在家里的，就只有吴向文。"

展峰扫了一眼他的住址。"商乐街35-1号，是商铺？"

"资料显示，商乐街在二十世纪八十年代末，还是一个人流量不错的街市，有点像现在的跳蚤街，不过由于那里的房屋较为破旧无法扩建，所以政府就放弃了规划，久而久之，人气便大不如以前。现在别说做买卖，正儿八经在那儿住的人都没几家。"嬴亮说完，调出一段影像，"这是我用无人机拍摄的画面。"

从空中俯瞰，商乐街呈弧线形，东西走向，最多两车宽度，一左一右连接南北两个主干道，交通很是便利。

以"街道主体"为横向坐标，犬牙交错的岔道占据了整个纵向，看起来，整条商乐街就像是一整根带刺儿的鱼骨，杂乱无章，拥挤不堪。

那些沿街而建的商铺，也不过就是安了几个挡板的平房而已，造型有些像景区的老街。在商铺间，还穿插着一些住户，有的是二层水泥楼，有的则是用砖瓦垒砌的四合院。

吴向文所住的35-1号，位于街西头，挨着南北向的林华路，该路的最北端是和阳市第一戒毒所，再往南边，则是单田县殡仪馆，馆的正东面是日本鬼子侵略单田时，活埋劳苦大众的万人坑遗址。

以商乐街为界，往南或许还可以看到些人影，北面就算是在白天，也只有灵车和披麻戴孝的孝子贤孙进进出出，只要十二点的日头一上，除了墓地里偶尔爆出几声爆竹声外，几乎听不到任何动静。

两边茂密的梧桐，像伸出的手掌，把道路遮挡得严严实实，无论何时，都给人一种阴森的感觉。

实景上测出的里程，吴向文离开殡仪馆，需要骑行6公里才能到达住处。他的家是一座坐南朝北的院落，高约3米的红砖院墙把两栋平房圈在其中，院子面积不大，但空旷规整，看起来与普通人家无异。

可展峰仔细一瞧，还是发现了端倪。"院子没有厨房、厕所，面积利用极不合理。朝北的大门较宽且无门顶，与隔壁相比此处地基较高，应该是后期垫过。大门口修建了两个水泥坡，宽度刚好可以容下汽车轮胎。我怎么看怎么觉得，这里像是一个厂房，而非普通家用。"

嬴亮以"地址"为关键词，在数据库中检索，不到一秒便有了标红的反馈信息。"展队，你说得没错，有人曾用这个地址注册过工商营业执照，不过目前已变更，之前的法人名叫段长治，经营项目为……"他突然语塞地睁大眼。

"经营什么？你倒是接着往下说啊！"隗国安道。

"是冻肉，鬼叔，是冻肉啊！"

"什么？冻肉？那这里一定建有冷库了。"隗国安兴奋无比，"看来吴向文是早有准备，白天将人头割下，晚上再偷偷运回冷库，等攒够九十颗，再联系卖家进行一次售卖！"

"能不能查到他的用电情况？"

嬴亮明白展峰的意思，虽然1号死者的颅骨加工厂已经废弃，但不代表吴向文哥儿仨就停止了犯罪，是否还存在第二个、第三个颅骨加工厂，谁都不敢确定。

冷库耗电量巨大，通常30平方米的小型库，日均用电量都在100度左右，按照现在的电价计算，最少要一百五十块。如果再算上损耗、维修等等，一个月下来没有五千块钱，根本无法维持运转。

吴向文的住处是否真的存在冷库，用电量就能说明一切。如果电量始终居高不下，那么电费支出必须有相应的收入来维持。

他们用什么来换取额外收入？答案已经很明显了，必然是继续"割头"。

…………

协查函发出后，供电系统很快给了反馈，虽然四合院的户主已变更为吴向文，但供电局的开户信息上登记的仍是法人段长治。

经查，段长治经商多年，以"冷库"发家，后来业务拓展到桑拿、足疗、KTV，只要能赚钱的生意他都干！他在供电局户头颇多，只要正常缴费，一般不会有人过问。从缴费清单上看，近五年"商乐街35-1号"每月的电费都在四千块钱左右。这个结果，让所有人心头一沉。就连一向稳重的展峰，也面露担忧之色。

案件到这里看似有了巨大的进展，可尴尬的是，一切的一切都是推理，到目前为止，都没有一份像样的证据能锁定三个人的嫌疑。因此，吴向文住处的搜查工作，就成了扭转乾坤的关键所在。

陈年旧案能获取的物证少之又少，有时一根肉眼难辨的毛发都能成为定案的关键，然而与此同时，如果重要物证因采集程序不合法，被"非法证据排除"[1]，那对案件破获来说，将是毁灭性的打击。

展峰不敢冒这个险，所以他只能用最稳妥的办法。

编号为"南-45""南-46"的两个颅骨已经核实了尸源，DNA比对结果证实，它们就是从单田县殡仪馆流出的。专案组在对整个殡仪馆进行外围调查后发现，只有王成业、吴向文、曹大毛可能参与其中。抛开别的不说，单就"贩卖颅骨"这一件事，就能把他们先行传唤十二个小时。

抓捕行动选在了一个视野最好的清晨进行，在开具好相应的法律手续后，三个人被带到了市局办案中心审讯室。

讯问1室是王甜甜的养父，火化工王成业。主审：司徒蓝嫣。副审：市局侦查员。

讯问2室是王甜甜的二爸，化妆师吴向文。主审：展峰。副审：嬴亮。

讯问3室是王甜甜的三爸，守夜人曹大毛。主审：隗国安。副审：市局侦查员。

在审讯开始前，展峰率先来到了讯问3室，在嬴亮的帮助下，他将曹大毛的右手泡入水中，直到对方的手指泛出发白的漂母皮后，他那被磨平的指纹，果真又奇迹般地显现了出来。

当展峰用油墨将他的指纹清晰地印在卡片上时，他的呼吸明显变得急促起来。

"展警官，您……您……您……您这是干什么？"曹大毛惊慌地说道。

"呦嗬，这么久了，还记得我们？"嬴亮在一旁戏谑道。

"记得，怎么可能不记得，当年我不是你们的污点证人吗？你们还给了我一千块钱！算起来，咱们还是好朋友。"曹大毛瞅了瞅被卡死的双手，"我当年能说的，不能说的，可都说了啊。你们……你们这是干什么？还有，有什么事冲我来，你们把我两个兄弟也抓来干啥？"

---

[1] 非法证据排除是对以非法手段取得的供述和非法搜查扣押取得的证据予以排除的统称。也就是说，司法机关不得采纳非法证据，将其作为定案的证据，法律另有规定的除外。

"你是不是属十万个为什么的？哪儿来这么多问题啊？"嬴亮白了他一眼，"现在是法制社会，我们警察依法办事，你放心，我们不会错怪一个好人！但也不会放过一个坏人！"

谈话间，指纹样本被拿出了审讯室，曹大毛几乎是目送着展峰离开。"你们到底要对我们做什么？"心虚的曹大毛开始有些歇斯底里起来。

"喊什么喊，"嬴亮洪亮的声音盖过了对方，"找你来自然是有事，至于是什么事，一会儿指纹比对出来后，就会一清二楚了。"

话不投机半句多，嬴亮没有问下去的欲望，曹大毛也没有继续回答的理由，审讯室就这样突然安静下来。同样保持安静的还有另外两间屋子。

曹大毛若没有刻意磨平指纹，展峰根本用不了多久便能得出结果，而经水泡后的真皮层纹线，其粗细程度会发生改变。这就好比从一个加肥版的照片上，找出一些你独有的特征，来证明这个"肥仔"就是你！更要命的是，展峰手里的还是一个无限被叠加的"你"（叠加指纹）。

两个小时后，办案中心走廊先是有了开门声，然后又传出两个陌生男子的声音。

"我去上个卫生间，马上回来！"

"行，快去快回！"

"哎，关门啊！"

"憋不住了，你关一下！"

两个人的对话，隔着木门依旧清晰，嬴亮很快判断出，声音是从吴向文所在的讯问2室发出的。

"大毛！死都不能说！听见没有，死都不能说！"

这声嘶吼来得猝不及防，嬴亮刚想上前阻止，曹大毛已给出了回应，"向文，老子听到了——"

"隔空串供"就这样赤裸裸地发生在嬴亮面前，这对他来说可是极大的羞辱，几个小时前尚存的同情之心，此刻被一击敲散。

"曹大毛，你个老王八蛋，老子今天脱了这身警服，也要弄你一顿！"嬴亮撸起袖子就要上前揍人。

"亮子，你干吗，不要胡闹，给我回去！"隗国安大吼一声。

"鬼叔，你给我起开！"嬴亮推着隗国安的肩头，要越过他去揍人。

"有证据在不怕他不说，零口供定罪的案子多了去了，你给我住手。"

火暴脾气上来的嬴亮边骂边用手指着曹大毛，而身体被隗国安顶到了座位上。

"串供"的情况，立马被发到了专案组群中，展峰似乎并未放在心上，回了句"没事"就离开了群聊。

指纹比对并未出乎大家意料，曹大毛果然就是在边境杀害三人，并驾车逃离现场的4号嫌疑人。有了这份报告，不光审讯时间可以延长十二个小时，甚至给曹大毛采取什么强制措施，都可以随专案组的心思来了。

对专案组来说，曹大毛已是案板上的蒸肉，不必耗费太多精力。王成业相对老实，看不出有什么城府可言，只要化妆师吴向文被攻克，一切问题就能迎刃而解了。

审讯2室里黑衣黑裤的吴向文，正端坐在审讯椅上闭目养神。

展峰走到他跟前，温和地开口道："走，带你去个地方。"

"哪里？"他的回答简短有力。

"冷库！"展峰同样惜字如金。

吴向文睁开双目怒视展峰，不过很快，他就从鼻腔冷哼一声，表现出一副轻视的模样。

…………

到了住处，展峰才知道吴向文的自信源自哪里。

强行破门后，众人发现这就是两间空空如也的平房，屋内别说起居的生活用品，就连一张木板床都寻不到。除了展峰波澜不惊外，随行的所有人都傻了眼。

隗国安将嬴亮拉出门外质问："你是怎么分析出吴向文住在这儿的？"

"快递信息！"

"还有呢？"

"没了！"

"没了？"

"哦，对了，还有，还有！"眼前的一幕让嬴亮乱了阵脚，开弓没有回头箭，如果他真的给出了错误数据，那么这个案子，可能真就黄在他手里了，他之所以惊慌的原因也就在这儿。

"还有什么？快说啊！"

嬴亮用手戳了戳自己的太阳穴。"我想想，我想想！对了，他买的是一辆二手小牛电动车，我查了他电动车的定位信息，发现每天的轨迹也是落在这里！"

"当真是在这里？"

"准确地说……是附近。"嬴亮眼巴巴地看着隗国安。

"我……"隗国安忍了又忍，脏话没出口，硬是被他憋了回去。

…………

"你们找到了什么没有？"吴向文倚着门框，态度嚣张得丝毫不会让任何人给他好脸色。

展峰的目光从房间内收回，转而落在了他的身上。"其实最简单的办法就是排查线路，但从你现在的态度分析，估计线路上你也做了手脚吧！"

吴向文一耸肩，用默认代替了回答。

然而一切都在展峰的预料中，他点了点头，继续道："我查过法人段长治的情况。他早年是靠走私牛肉起家的，当地公安曾对他立案侦查过，但警方也遇到了跟我们一样的情况，冲到院子里，发现就只有两间平房，根本看不到任何牛肉的影子。

"在外人看来，可能会丈二和尚摸不着头脑，可我运气不错，曾有幸侦办过一起'冷库藏尸案'。用于藏尸的冷库，就修建在地下。"

展峰转过身去，望向院子。"门口两个水泥斜坡的间隔，刚好是一辆3吨厢式货车的轮间距。这种车的车厢长5.8米，宽2.1米，高2.2米；加上车头，长度有7米有余。

"倘若要是把车完全倒入院中，那么车尾刚好顶在平房的门口。如果不想被人发现，最隐蔽的方法就是把地下冷库的入口放在屋里。"

展峰指向东边较大的平房。"这里没有任何生活起居的迹象，那么我猜，入口就在这间屋里。"

不等吴向文回应，他继续说道："冷库的制冷原理是：制冷剂在制冷系统中经过压缩、冷凝、节流、蒸发四个过程完成循环制冷。根据制冷剂的不同，又可分为不同的制冷系统。

"在二十世纪八九十年代，冷库几乎清一色使用的都是氟利昂制冷系统。这种系统在制冷的过程中，会产生极大的噪声，为了不打草惊蛇，就只能把地面垫高。"

展峰点燃一支烟卷，将烟屁股立于地面，看着袅袅青烟直线上升，他说："就算地面垫得再高，机组仍可以使地面发生轻微抖动。不过实测并非如此，说明你改了系统。要是依旧使用氟利昂系统，一个月的电费少说也要六七千块，而现在的月缴费在四千块左右；据我所知，既省电又静音的制冷方式非水冷莫属。"

展峰拿出手机播放航拍录像。"水冷系统需建立水循环，而你家屋后刚好就挖了两口水井，不会有这样的巧合的。

"你买下这个地方，其实就是看中这里的冷库，但你又怕段长治屁股不干净，毕竟你做的事情风险更大。于是你就把原有的入口封死，重新寻了个安全的地方开门。"

吴向文望着展峰朝东院墙走去的背影，眼角狠狠地抽动了一下。

"这里！"展峰指着院墙中段，"砖石边缘呈弧线，是长期踩踏形成的痕迹。如果我是你，也会把隔壁的小院子买下，下班后，把电瓶车推进大院子，接着再翻墙过去，这样就会神不知鬼不觉了，哪怕有人来查，也不可能查到任何情况。你的警惕性很高，但我还要给你提个醒，不要老从一个地方翻，本来没有路的地方，走多了，就有了路。"

调侃结束，展峰纵身跃起，随行的侦查员在他的指挥下，将隔壁大门也强行破开。

在吴向文及两名见证人的见证下，展峰在厨房灶台后找到了入口。

沿着水泥台阶一路下至尽头，是一个立方体空间，带着轮盘锁的冷库，如同俄罗斯套娃般，被外部空间包裹于中。

站在洞口射入的阳光下，展峰望着面如死灰的吴向文。"我问你，里面还有没有被割下的人头？"

吴向文沉默不语，将头埋了下去，不声不响。

"看在王甜甜的分上，我再给你一次机会，你说，还是不说？"

展峰等了良久，吴向文依旧不开口。

"再一再二不再三，我也不是没给你机会。"展峰手一挥，早已跃跃欲试的嬴亮一步上前抓住转轮，旋转的速度如同急转弯打方向一般，轮盘锁眨眼间被打开。

然而，当厚重的铁皮门被推开一条缝时，在场所有人都傻了眼。

人头在哪儿？没有发现任何人头，只是冷库中间那张粉色的木床上，一个女孩如睡美人一般静静地躺在那里。

三十一

"是王甜甜！"门口的嬴亮一眼就认出了她！

"她不是火化了吗？"隗国安也是一惊。

司徒蓝嫣在展峰的示意下，独自一人朝木床走去。那张化着淡妆又无比自然的鹅蛋脸，在她的视线中逐渐清晰。

她越是靠近，越有一种女孩正在睡觉的错觉，如果不是提前知道了死讯，她绝对不会想到面前这个女孩，已死了十余年。

"是怎样地细心打理，才会这样面色如生？"带着疑问，她看向了远处的吴向文，对视的那一瞬，她看到了对方眼神中的祈求之色。

她冲他微微点了点头，接着双手捏住床单的一角，缓缓地掀开。

可就在王甜甜露出全尸的那一刻，司徒蓝嫣突然目瞪口呆地站在那里，仿佛发生了什么不可思议的事情。

隗国安抻长脖子，当看到女尸完整的右腿时，他也是一惊。"王甜甜有小儿麻痹症，这……这难道不是她？"

见吴向文沉默不语，展峰径直走到床前掀开了裙角。如果仅靠肉眼，几乎看不出破绽，但只要稍微用力挤压，便能发现缝合口的断层。

"用0.12毫米的手术线从切面的真皮层缝合，然后，调制好与肤纹完全相同的乳胶进行填充，接着用化妆品将两条腿化成完全一致的颜色，这样从视觉上便看不出任何差异。"他抬头看了一眼门口的吴向文，"不得不说，你的手法很巧妙，达到了以假乱真的地步。"

展峰放下裙角，把手伸向了连衣裙的拉锁。

"住手！不要碰我的女儿——不要碰我的女儿——"不知为什么吴向文突然变得歇斯底里起来。

越是这样展峰越觉得奇怪，他朝嬴亮使了个眼色，对方会意，吩咐侦查员将吴向文拖到门外。

见胳膊拗不过大腿，吴向文的态度瞬间软了下来。"我求求你们，求求你们不要动我女儿，求求你们了……"

吴向文跪在门口不停地朝专案组磕头，在外人看来，他似乎在放弃尊严保护女儿，可展峰并不这么认为，若王甜甜的心脏、肝脏、肾脏已被摘除，她的尸体绝不可能看起来这么自然。展峰在器官相应的位置用手按压，那股很有韧性的反弹力让他百分百肯定，摘下的器官又被填充了回去。

"他们能搞来颅骨、人腿，弄几个器官也不会是什么难事……"

隗国安说得很轻松，可展峰却有了一种不祥的预感。

敏感的司徒蓝嫣也看出了担忧。"展队，难道你怀疑这里面……"

"你们说，手术室门口王成业挨的那一记耳光有可能是谁打的？"展峰的反问，让隗国安和嬴亮同时看向了门口。

司徒蓝嫣道："王甜甜的尸体被修复得这么完整，说明他是一个完美主义者。这其实是一种病态的心理。通常他们会觉得，任何不完美的事物都难以被接受。他们往往制定苛刻的目标。这些目标在旁人眼里是不切实际的，而他们一旦达不成目标，便会觉得自己一无所用。这种临近自我否定的负面情绪，还会导致一系列健康问题产生，比如焦虑、失眠等等。"

"所以他患上了嗜冷症！"展峰指着冷库东北角的一堆被褥，"这是一种具有地域性的病症，常发生在寒冷地区。"

"低温会让细胞新陈代谢衰退，降低酶的活性和基础代谢率，因此，在低温环境下，人很容易产生疲倦感。对某些内心焦灼的人来说，低温就像是天然的镇静剂，可以让他们的心情暂时放松。久而久之，这些人就对低温环境产生了依赖。只要保护得当，确保自身体温不低于30摄氏度[1]，就算外界温度低于零下10摄氏度，也不会被冻死。

"另外，低温还会使末梢血管紧缩，血液不易流通，从而影响心脏的泵血能力，最终可导致全身血液循环变差。由于血液和氧气不能在血管中正常流动，易淤积在四肢的皮肤上，产生红紫色斑块，医学上称这种症状为紫绀。"

嬴亮也回忆起了相关细节。"吴向文的信息采集是我做的，捺印指纹样本时，我就感觉他的双手就像是刚从冰窟窿里拽出来的一样。而且他的整个上半身，都是一块一块的紫色瘢痕，我还以为他是对什么过敏呢。没想到竟然还会有这种病症，真是长见识了！你说是不是，师姐？"

直到现在，嬴亮仍没明白司徒蓝嫣的担忧，他见对方始终眉头紧锁，于是问道："师姐，你在想什么呢？"

忧心忡忡的司徒蓝嫣看向尸体。"能看出吴向文因学生跳河的事件，受到了极大的心理刺激，否则他也不会从事与死人打交道的行当。王甜甜的死又将这种刺激再次加深。你们说像这种极端的完美主义者，会不会允许别人的器官放在自己养女的身体里？"

嬴亮先是一惊。"王甜甜捐的可是功能性脏器，这些器官要是取出来那是要丧命的，这帮人不会疯狂到跑到外省把三位受体给杀了吧？"

"为什么不可能？"

"这……"

"根本无须争论！想证明很简单。"隗国安说，"汪乐主任那里肯定有被捐赠者的身份信息。回头挨个核实不就真相大白了吗？"

---

[1] 肛温降到35摄氏度以下后，神经及各种生理功能由兴奋转入抑制，会变得嗜睡，心跳、呼吸减慢，感觉及反射迟钝。肛温降至25摄氏度以下时，周围血管极度收缩，循环衰竭，最终会导致心跳、呼吸停止。

三十二

然而……展峰的DNA比对结果，比隗国安调查的速度还要快。

王甜甜口腔中的上皮细胞与心脏、肝脏、肾脏细胞中的DNA完全吻合，也就是说，司徒蓝嫣的担心得到了证实，被捐赠的器官，又回到了王甜甜体内。

隗国安辗转联系到了病人的家属，从他们那里得知，三个人都在多年前失踪了，至今未回，其中只有一人的家属去派出所报了案，她叫邱雨，因患有尿毒症做了双肾移植。而其他两家就仿佛什么都没有发生过一样。

问起缘由，两家人的回答出奇一致。

器官移植术几乎掏空了家中的所有，移植后的排异反应，更是让他们痛苦不堪，所以早已筋疲力尽的家属，对患者的不辞而别，只能从心理上表示尊重，毕竟这种事也不是首次发生。正如电影《我不是药神》的那句台词："这世上只有一种病，穷病！"

…………

调查至此，一共有三起案子可能与他们有关，"边境颅骨案"（三人被害）、"肢解狂魔案"（无被害人）、"受体被害案"（三人被害）。

现在专案组急需搞清楚的是，哪起案子与哪个人有关。

首先，"边境颅骨案"。

现场发现了曹大毛的指纹。联系其之前任职的殡仪馆得知，他虽然没有驾照，但开过不少年的拉尸车，驾驶技术一流。1号死者的那辆奔驰唯雅诺仅有两个座位。此案，曹大毛单刀赴会的可能性较大。司徒蓝嫣认为，曹大毛这个人并无主见，背后一定有人指使，而这个人就是化妆师吴向文。用于售卖的二百七十个颅骨，都是由他亲手取下的。

其次，"肢解狂魔案"。

因两个患有脑包虫病的颅骨尸源得以核实，部分颅骨与肢体又存在亲属关系，顺着这个思路，和阳市公安局将殡仪馆的火化档案全部调出，用最笨也是最直接的办法，联系了所有逝者家属，采集DNA样本，最终所有"肢体"都被核实。值得欣慰的是，此案并不存在故意杀人情节，只涉嫌"侮辱尸体罪"。

比对肢体断面的切割痕迹可以判断，该案应该也是出自吴向文之手，而且他曾经还有一辆"三八大杠"自行车。

曹大毛因受"尸体丢失案"的影响，被原单位解雇，他是否对警察存有偏见？该案他是否也参与？仍需深挖，不过曹大毛有命案在身，参不参与，他都肯定逃脱不了法律的制裁。

最后，是"受体被害案"。

吴向文被押回审讯室后，专案组对冷库进行了全方位、无死角的勘查。

这是一间长 8.2 米、宽 4.8 米、高 2.7 米的中温冷库，造型犹如大集装箱。因室内温度稳定在零下 5 摄氏度上下[1]，所以并不会对视线产生影响。

进入冷库内，靠东南角地面可见厚厚的被褥及吴向文的起居杂物。东北、西北、西南三个角，都放有金属货架，无论是造型还是款式，都与边境地窖的蔬菜架如出一辙。展峰在架子上，提取到了毛发、血液，还有吴向文的指纹。

DNA 比对证实："边境颅骨案"中的"二百七十个颅骨"，曾经被摆放在这里，而这一切的操刀者就是吴向文。

冷库中间位置，是一张 1.5 米 ×2 米的粉色公主床，床的正上方天花板有四个散气孔，这里是冷库最恒温的地方，把尸体放在这儿，可以尽可能地降低腐败速率。

将尸体挪开，展峰在床板上发现了血迹浸染，经检验，存在四个人的混合DNA，除王甜甜外，其他三人待检。

受体邱雨失踪时，家人至派出所报过案。按照程序，家人血样会被采集入库，展峰反查混合 DNA 时，比中了邱雨。除此之外，受体胡月月父母和戴晓曦父母的血液样本，也在第一时间被采集。比对结果并没出乎意料，同样能够

---

[1] 冷库根据冷藏设计温度，可分为高温、中温、低温、超低温四种。其中高温的冷藏设计温度在零下 2 摄氏度至 8 摄氏度；中温在零下 23 摄氏度至零下 10 摄氏度；低温在零下 30 摄氏度至零下 23 摄氏度；超低温在零下 80 摄氏度至零下 30 摄氏度。不过该温度区间会随着冷库的使用年限而升高。现场的制冷系统被修改，虽然是中温冷库，但温度区间绝对高于零下 23 摄氏度至零下 10 摄氏度。

在这些血迹中比中。

由于血液只有液体状态下才会发生浸染，而木床上又未见任何滴落状血迹，因此取器官的地方，并不在冷库内。

那么为什么床板上会有大片血迹呢？

展峰推测，吴向文在剪开王甜甜伤口的过程中，把器官放在了床板上，血迹浸染是器官内血液流出所致。

也就是说，器官从受体装入王甜甜体内时，仍处在血液循环之中。换言之，杀人现场距此不远，极有可能就在地面上的院子里。

顺着这个思路，展峰不计成本地用鲁米诺[1]寻找微量血痕。

虽说吴向文将每间屋子都打扫得干干净净，但他却忽略了一点：在活体状态下取出心脏时，因血压大，必然会产生喷溅血迹，这种喷溅，根据切开血管的压力面不同，存在不定向性，肉眼可见的血迹能够清洗，但容易被人忽略的地方却不一定，比如房梁、灯罩、电线、杂物等地方。老话说得好，"若要人不知，除非己莫为"，只要做过，就会留下痕迹。

最终展峰确定，杀人现场就在西院的东屋。随后嬴亮又调取了该室的水费缴款记录，专案组发现，邱雨、胡月月、戴晓曦三个人失踪的当月，都有额外的水费开支。除了清洗杀人现场，嬴亮想不出这多出去的水，还能有其他什么用途。

西院是吴向文的住处，他绝对逃脱不了干系，而将被害人带至这里，必须有交通工具，三个人中，只有曹大毛会开车，再说，他从边境现场离开时，还开走了1号的奔驰商务，合理推测，曹大毛或许跟吴向文配合杀人。

现实情况是否与推测完全相符，仍需进一步证实。

随后，专案组联系到了"邱雨失踪案"的办案单位，他们提供了一段小店硬盘机记录下的模糊视频。

---

[1] 鲁米诺，又名发光氨，用于检测犯罪现场肉眼无法观察到的血液，可以显现出极微量的血迹形态。其常温下是一种苍黄色粉末，是一种比较稳定的人工合成的有机化合物。由于血红蛋白含有铁，而铁能催化过氧化氢的分解，让过氧化氢变成水和单氧，单氧再氧化鲁米诺让它发光，所以鲁米诺被广泛应用于刑事侦查、生物工程、化学示踪等领域。法医学上，鲁米诺反应可以鉴别经过擦洗，时间很久以前的血痕。生物学上则使用鲁米诺来检测细胞中的铜、铁及氰化物的存在。

画面中，邱雨正独自一人走在人行道上，当其走出监控范围后，便从此失踪了。

邱雨家人说，邱雨担心拖累家庭，已不止一次离家出走了，不过一般没多久就会回家，这次报案，也是在其离家一个月后，父母觉得大事不好，才想到去派出所。

那时全国还没有建立起天网视讯系统，办案更多的还是靠街边个体户安装的私人监控，由于品牌参差不齐，监控视频保存时间一般都在七天左右，最长也不会超过半个月。

办案民警也是费了九牛二虎之力，才找到这么一段弥足珍贵的影像。

如果不把该案的前因后果完全搞清楚，光靠这段录像，就算是展峰亲自上阵，也是束手无策。

…………

视频被交给了隗国安，其他人则着手分析"邱雨失踪案"的相关调查材料。

查阅邱雨的手机通话记录时，嬴亮发现，她每天都会接打近百个电话，且这些号码来自全国各地。

询问办案民警得知，邱雨加入了多个器官移植QQ群，在等待器官的日子里，她每天不是在群内寻找供体，就是与全国的病友相互打气。

而当器官移植成功后，各种排异反应，又成了她新的困扰，这时咨询病友，就成了她每天必做的一件事。

办案人曾对其通话详单中的几千个号码进行排查，结果收效甚微。

嬴亮以"邱雨失踪当日"为时间点向前查阅，当他看到一个归属地在边境地区的号码四次呼入时，他突然打了个激灵。

"颅骨加工案"三名死者的手机都被带走，这个号码，会不会就来自其中一部手机呢？

带着疑问，嬴亮开始对此号码进行扩线。虽然机主为空，通话记录也不可能保存十余年，但不代表这个号码就没有任何痕迹。

比如，办理结婚证、社保卡、房产证等证件，只要"证"不变更，那么首次登记的号码就会被长久保存。与之类似的还有开户信息，如供电局、燃气公司、供暖公司那里的等等。

嬴亮就是在一个"中介"公司，发现了号码轨迹。

在跟进线索时，嬴亮发现，有人将边境上的一套无人居住的房产抵押给了"中介"，并挂上了出售的标牌。在别的地方，这种"无证"的黑户房产，可能无人问津，但在边境线却是一房难求，至于哪些人会对这种位置偏僻的房屋情有独钟，不言自明。

嬴亮查到，该房产就是位于黑瞎子林里的"颅骨加工厂"，此房显示的是售出状态，成交价格为人民币一万块钱，成交时间在2008年12月。

对于房屋的用途，中介也能猜出个大概，但是他们是开门做生意，并不会太过细问。只要有人交钱，他们扣下佣金后把剩下的交给售房者，这单交易就算成了。

这种无须经过"房产局"的交易，手续自然也是一切从简，由于房价不高，且存在约定俗成的潜规则，所以这种暗箱交易可以根据双方意愿进行。是否提供身份证，也都是双方说了算。对中介来说，登记自然最好，不登记也没人强求。

此单交易就是后者，买房者只留了一个姓名和手机号码。

作为销售业绩，该单交易被永久地存在了"中介公司"的数据库中。

嬴亮在合同落款的位置找到了签名，购房者名叫"皋文山"，从其书写特征可以看出，此人文化水平不高，司徒蓝嫣认为，书写水平较低者，不会刻意书写这么复杂的姓，所以她觉得这就是对方的真名！

隗国安给"颅骨案"的三名死者做过画像，嬴亮通过人脸识别列出了上千个长相类似的人员名单。

在检索时，嬴亮发现"皋文山"果真赫然在列，另外，他还找出了一个名叫"皋文水"的男子。

费了九牛二虎之力，嬴亮取到了二人直系血亲的DNA样本，经比对，两人的身份被核实，两个人是堂兄弟，家人称其"外出打工"多年未归。

这三个人都是被曹大毛所害，手机也是被他带走的，如今这个号码又出现在了"受体被杀案"中，所以该案，他也应该逃脱不了干系。

与此同时，隗国安的视频处理工作也有了新的进展。

在清晰化的录像中，邱雨虽然人走出了监控范围，但仔细看，其影子还在画面内。

从人影的活动范围能够看出，她当时是站在一辆车前与人交谈了约二十秒，接着便上了车，随后车的倒影变得清晰起来。

在起步时，车影发生了多次剧烈抖动。这是离合器与刹车配合失败引起的熄火，可见这是一辆手动挡轿车。

就在车子顺利开走后的0.1秒，隗国安捕捉到了一个重要画面，多次暂停后可勉强分辨，地面上的车影出现了孔洞。

隗国安推测，这是安装在车尾的金属拉钩形成的倒影，这种拉钩，在越野车上极为常见，而车子本身并没有这个配件。巧合的是，1号死者的奔驰商务，也安装了这个东西。

专案组可以肯定的是，那辆被曹大毛开走的商务车，变成了"受体被杀案"的作案工具。

三十三

专案组用了五天，才把来龙去脉彻底搞清楚。而在此期间，三个人却是死猪不怕开水烫，始终一言不发。

《中华人民共和国刑事诉讼法》规定，传唤时间不得超过二十四小时，为了保证程序合法，展峰只能将强制措施变更为"指定居所监视居住"，暂时将他们安排在宾馆内等待讯问。

针对团伙作案的审讯，必须有个轻重缓急。以目前掌握的证据来看，王成业就算参与了案件，最多也只是个从犯，起主要作用的明显是吴向文与曹大毛。

俗话说，擒贼先擒王，三个人的嘴巴看似严得跟缝了针一样，可只要将吴向文这根硬骨头啃下来，那么一切问题便可迎刃而解。

…………

把所有证据全部整理妥当后,展峰将吴向文喊到了宾馆的谈话室[1]。

也许是离开了低温环境很不习惯,年过半百的他看起来极度憔悴,不过在面对展峰时,仍强打精神,笔直地坐在木椅上一动不动。

"还准备保持沉默?"展峰将厚厚一沓鉴定文书放在他面前,"所有物证都形成了证据链,你们就算是不开口,也可以零口供定罪!"

吴向文盯着文书,额头隐隐渗出了细密的汗珠。

"六条人命,二百七十个颅骨,如果将故意杀人与侮辱尸体罪合并执行,你、曹大毛,还有王成业,都会被判处死刑立即执行!"

展峰起身重新拿起文书。"你不为你自己想,也要为你的兄弟们想想,你是他们的主心骨,你不说没有人会开口,他们的命全掌握在你的手中,尤其是王成业,你知道他是个本分人,我给你三分钟,时间一到,我就不会再给你任何开口的机会。办案讲的是证据,而我手里的证据对本案而言,已经足够了。"

吴向文的眼神中闪过一丝慌乱,这一点完全在展峰的意料之内。

审讯前,司徒蓝嫣就给三个人分别做了心理侧写:他们从事与死人打交道的行当又都终身未娶,无论是职业上,还是生活上,几个人都有共同的经历,所以彼此间极易产生认同感。这种情感牵挂从养女王甜甜身上,便可窥见一二。而吴向文作为三个人的精神领袖,他从内心来说是想袒护其他两个人,这其中身世最为悲惨的莫过于王成业。所以,要想撬开吴向文的嘴,只有将王成业拎出来对其反复刺激才会起到作用。

王成业是否真正参与了犯罪?展峰认为可能性不大。

"颅骨案"是曹大毛单刀赴会。取颅骨是吴向文所为。医院汪乐主任证实,王甜甜发病期间,上午都是王成业陪护,殡仪馆的火化工作则交由曹大毛、吴向文完成,所以他很可能并不知情。

"肢解狂魔案"发生在夜晚,王成业弱视,不具备抛尸的生理条件。

最后一起"受体被杀案",他更不可能参与,因为他的眼角膜就是来自别

---

[1] 指定居所监视居住的宾馆,通常都配有专门给嫌疑人居住的房间,这种房间带有软包,可以防止嫌疑人自残。另外,为了方便办案民警进行讯问,宾馆还会配备专门的谈话室。当然,由于房间造价成本高,所以房费也不会低,就算是在四线城市,每间房的日均房价也在千元左右。

人的捐赠，王甜甜的器官也是他亲手签字捐出去的。站在他的角度，他与被害者其实都处在一个群体中。他没有足够的动机去做这件事。

吴向文要是想保王成业，只有"开口"这一条路，而是否给他这个机会，主动权在展峰手里，所以说好的三分钟，展峰不会给他丝毫商量的余地。

秒针接近走完三圈，展峰恰到好处地提醒道："你还有最后十秒！"

这句话硬是将吴向文逼出一个寒战，不过他还是没有开口。

展峰放下手腕，将鉴定资料悉数收起。"机会给你了，咱们后会无期吧！"

"警官……"吴向文喊住了即将转身的展峰。

"想通了？"展峰没有回头。

"我……我有一个请求！"吴向文期待地道。

"我可以给你提要求的机会，但前提是合情合理，且在我们的能力范围内。"展峰转过身。

"你能不能在法院审判之前，给我一天时间，我想亲自送甜甜入土为安……"

展峰想了想，点头道："没问题，我可以帮你了了这个心愿。"

"谢谢！"吴向文双手合十，起身朝展峰鞠了一躬。

司徒蓝嫣已经做好了记录准备，嬴亮与老鬼也将同步录音录像调制完毕，展峰递给对方一支烟卷，问道："现在能开始了吗？"

吴向文猛吸一口，剧烈的咳嗽让他忐忑的心情平复了一点。"警官，无论你信不信，我希望你能查清楚所有的案子，其实都是我指使大毛去干的，与成业无关；我是主犯，把我枪毙我没怨言，但大毛罪不该死，还请你们能放他一条生路！"

"能救他的只有你，你说的每一句话，我们都会去核实，所以我希望你想好了再说。"展峰没有答应，也没有拒绝，而是提醒吴向文，他的话才是关键。

吴向文说："坦白从宽，抗拒从严，这句话我很早就在派出所的审讯室里见到过，我明白。"

"我们掌握了哪些证据，这些天也有人跟你说过了，所以不用再绕弯子。"

吴向文丢掉烟头，长叹一口气。

"唉！我觉得，这一切还要从我在学校当老师时说起……

"我是1990年从市中专的美工专业毕业的，当年，这个专业十分冷门，除了设计宣传语、大字报，几乎就没什么就业前景。后来我也是托关系才进入单田一中当了一名美术教师。

"那时，家长并不重视教育，我们这儿又是国家级贫困县，本来就没有什么教育资源，很多家长让孩子去上学的初衷，是在家里没人管，扔给学校自己落个清闲。

"这种环境下，语文、数学这种主课都没人听，更别说美术了。

"多数学生上课睡觉、聊天，我也是睁只眼闭只眼，可有极个别学生，总喜欢挑战老师的权威来找存在感。

"我们班的操维强就是典型的代表，他的外号叫'操蛋儿'，父母常年在外做工，从小跟着奶奶长大，他生性顽劣，在班里就没有哪个老师管得了他。

"我记得那是1991年的夏天，我正在上课，有人举手告诉我，说操蛋儿在前座女同学身上画了只乌龟。

"我走过去一看，果真如此。我见女学生趴在桌子上号啕大哭，于是就让操维强道歉，可他非但不听，还表现得极为嚣张。

"初中生就敢这样，那以后走上社会也是败类，于是在气头上的我，就跟他杠上了。我强行将他拉出教室，反抗中他一把将我推倒在地。

"这种情况，就算我脾气再好，也不可能裹得住火，于是起身给了他一耳光，打得他嘴角渗血。

"操维强可能也没想到，我会当着全班人的面，对他下这么重的手，尤其我还是一个副课老师。

"他当时就拎着书包离开了教室，并甩下狠话，这辈子要跟我拼个你死我活。

"我作为一名老师，当然不可能把学生的话放在心上。下课后，我找到他的班主任，把事情如实相告。班主任对他也是一种不管不问的态度。

"我是千算万算也没料到，第二天警察会把我喊到派出所。

"问起原因我才知道，原来操维强在河中溺水了，捞起来时尸体已经凉了。警方在调查中得知了课堂上发生的一切，而法医推算出的溺亡时间，也刚好在我打过他之后。

"不明真相的警方就得出了一种猜测：'会不会操维强被打后，自尊心受挫，选择跳河自杀了？'

"我对这个猜测持否定态度，操维强生性顽劣，不止一次被班主任拎上过讲台，他如果真有那么强的自尊心，根本不可能与老师发生正面冲突。他就是想通过这种方式吸引同学的注意，来证明他的与众不同。

"班里的学生也告诉我，他夏天最喜欢去河里洗澡，这样他就能把自己潜在水中，偷看桥上过往女孩的裙底。

"所以我认为，他的溺死与我那一耳光根本没有直接关系。他可能是在水中憋气，把自己给憋晕了过去，从而导致的溺亡。

"此言一出，警方觉得我有损师德，毕竟逝者为大，如今还要把一切罪过推到一个孩子身上，太不厚道了。

"话是没错，可有没有人站在我的角度上去考虑过呢？

"既然人已经死了，那必须有人来背锅，操维强的父母以此来要挟，狮子大开口，一张嘴就问我要五万块精神赔偿，不给钱，就带着亲戚朋友来学校闹事，甚至还把棺材抬到了学校，扰乱正常教学。

"校长让我想办法解决这事，我说我没钱，后来学校实在没辙了，将价钱谈到了两万，学校出一万，我自己掏一万。

"二十世纪九十年代，一万块在我们这儿可以买个100平方米的宅基地外加盖几间平房。我就算把家里的房子、田地全部卖掉，也不可能凑够。但校领导给我的回复是，如果拿不出，就把我辞退。我没办法只能东拼西凑，把能借的亲戚全部跑了个遍，这才把赔偿款补齐。可让我没想到的是，风波过后，新校长出尔反尔，还是借此事把我开除了，将他的小舅子录取了进来。"

吴向文又续上一根烟，接着说道："失业是小事，怎么还上欠款对我来说才是最大的问题。我的那些亲戚都不富裕，也都是看我有份稳定的工作才敢借钱给我。现在工作丢了，我必须在短时间内找到能来钱的活。

"那段时间，每天晚上只要闭上眼睛我就能想到警察们说我没有师德，同学们怪我没给他们尊严，老师们议论我逼死了学生，校领导公开指责我是个祸害。经历了这件事后，我是真不想再跟活人打交道，所以当我得知殡仪馆在招聘化妆师时，我毅然决然地报了名。

"我们美工专业学的就是写标语、画广告，给死人化妆对我来说也算专业对口，区别无外乎前者是把颜料涂在墙上，后者是把化妆品抹在脸上。墙和逝者都不会说话，只要画得大差不差，一般都不会有人在意。

"在殡仪馆上了几年班，我还清了所有债务，只是工作太过晦气，亲戚朋友也都渐渐地跟我断了联系。

"再后来，我们馆来了一个比我大不了多少岁的守夜人，名叫曹大毛。他这个人，性格豪爽，爱憎分明，人挺好的。

"干这行，平时没有人愿意跟我们打交道，能遇到一个脾气相投的人更难。没多久，我们俩在一起就成了无话不谈的好友。

"那时我们殡仪馆的火化工是老金，大名金文平。他因为干了这行不受待见，打了一辈子光棍儿。所以他就想找个人给他养老，并继承衣钵，于是他就从福利院把王成业收养回来，当他的养子。

"成业比我们小不了多少，整天在我俩后面溜达，也是个很好相处的人，整个殡仪馆，就数我们三个的关系最铁。

"不过老金这个人烧了一辈子尸体，脾气怪得很，只要有他在，成业就甭想出去耍。

"所以平时就剩我和大毛混在一起了。

"我俩是白天干活，晚上去墓地偷酒喝，喝上头了，还能在墓地里唱上两段，不过我们唱的可不是小曲儿。

"在殡仪馆干时间长了，听的都是哭丧的调，唱着唱着，就不自主地带些负面情绪，尤其是大毛，一喝醉就给他死去的娘哭丧，哭得那叫一个伤心。

"有一次我们俩动静太大，路人报了警，警察把我俩带到派出所问这问那，完全把我们当成了犯罪嫌疑人，更要命的是，大毛还喝多了，根本不配合调查。警察把他五花大绑，捆在了醒酒椅上睡了一夜。

"最后还是我们殡仪馆的领导把我俩领了回去，要不是馆里的活离了我们没人干，估计工作又要保不住。

"回去后，馆领导还专门开了会，给我俩扣了个'喝酒闹事'的大高帽，每人扣发一个月的工资。

"我是越想越憋屈，当天晚上我俩又整了两瓶，喝得五迷三道时，我问大毛：'看你平时老老实实的，为什么要在派出所里撒泼？'

"大毛告诉我说：'要不是因为警察，老子也不会被原单位辞退了。'

"这事他从未向我提过，出于好奇，我便刨了个根儿、问了个底儿，于是他原原本本地把之前在殡仪馆怎么当守夜人，尸体怎么给弄丢的，警察怎么无法破案，馆领导怎么以权谋私，等等，等等，借着酒劲，一股脑儿地给吐了出来。

"说完后，我就帮他分析这事到底该怪谁。

"分析了一圈，我俩达成一致意见，如果警察能把'盗尸案'给破了，就不会有之后的这些事。

"大毛听出我对警察也有愤恨，就问我是怎么回事。

"作为交换，我把我的经历也如实相告，大毛听后破口大骂，说警察没有能力，只会作威作福。那天晚上，借着酒劲，我俩都把警察当成了第一宿敌。

"第二天酒醒，负责收尸的老王，送来了一具高坠自杀的遗体，逝者因被女友抛弃，从十四层高的水塔上跳下，摔成了烂泥。

"最悲惨的是，这家伙无父无母，从小寄住在亲戚家中，现在又因女人而死，很不光彩，亲戚不想大操大办，从派出所拿到死亡证明后，就想草草烧了了事。

"由于没钱赚，我和大毛将尸体包裹包裹，丢进了冰柜。

"火化的日子定在了三天以后，因为他们家人只交了两天的冷柜使用费，所以到了第三天早上，我就接到大厅的通知，让我把尸体拖出来，冷柜要挪给其他遗体用。就这样，尸体被扔在化妆室里无人问津。

"转眼到了火化的日子，那天特别忙，我一上午化了五具遗体，加上高坠死的这具，馆里要翻两次炉。我和大毛那天都忙飞了，直到把六具遗体全部推进火化炉，我俩才得空去化妆间抽烟解乏。

"刚进化妆间时，我俩并没发现异常，直到烟抽了、水喝了，准备打扫卫生时，我俩才看到墙脚竟有一只裹满灰尘的手臂。

"我一眼便认出，它是从高坠遗体上滚落的，可问题是尸体已经火化，家人也捧着骨灰离开了殡仪馆,你这时候再去跟人家说,少一条手臂没烧,人不跟你玩命才怪。

"而且这事更不能叫馆里知道,否则算是工作失误,又会被扣工资。

"大毛提出,要不就干脆把它先放在冰柜里,哪天瞅准机会塞炉子给烧了完事。

"我当时一听动了歪心思,我告诉他,'遗体已烧成灰,那就死无对证了,既然那些警察一个两个的天天那么闲,要不给他们找些事情做做?'大毛一听就懂了,我俩一拍即合。

"于是我俩将那条手臂扔进冰柜,准备找一个合适的机会给丢掉。

"不过事后一想,我觉得还是有些不妥,因为那条手臂骨头都摔碎了,稍微懂行的人都能判断出这是高坠伤。我担心警察会由此查到线索,索性就放弃了。

"本着不给警方留任何线索的想法,我从一名流浪汉的遗体上截了一条大腿。冷冻了数天后,我选了一个夜晚骑车带着大毛,跑了快百十里地,最后将腿扔进了阴沟里。

"当年公安局在我们馆长期租用了四个冷柜,搞笑的是,这条被我们扔掉的大腿,到头来又被送回到了馆里。

"看着民警焦头烂额的模样,我和大毛心里边笑得不行。

"我俩经常是变着法儿地去打听消息,一旦得知他们有所懈怠时,我和大毛就会出去再干一票。

"不过时间一长,我俩都感觉没啥意思,于是我就想,不行玩次大的,丢个'人头'试试是啥反应。

"脑袋不像其他部位,要想从遗体上取下,必须费一番脑筋,我和大毛想过很多种方案,最终敲定,在我化妆时先用剔骨刀从后颈部位将颈椎骨撬断,然后把伤口缝合涂上水粉,等遗体告别结束,在监控死角再用刀片把脖颈划开,丢进冷柜里。因为尸体在火化前都是装在纸棺里的,所以一般不会有人发现。"

"王成业呢?他可是火化工,难道不会察觉?"展峰问。

吴向文苦笑道:"他天生弱视,做事全凭感觉,再加上焚尸时气温较高,他根本看不见炉内的情况。而且现在也都是电子操控,遗体推进炉子,按几个按钮就能烧。况且，只要我动过手脚的遗体，我一般都会全程参与。成业对我很信任，想骗过他还是很简单的。"

展峰点了点头，吴向文接着说下去："第一次取颅骨，过程有些烦琐，而且抛掉后，也没有达到我们预期的效果，除了老百姓有些恐慌外，警察还是那副见怪不怪的样子。当时肢体被我们抛得哪里都是，附近百公里范围内的殡仪馆，都存放有警方送去的肢体。

"我们担心时间长了会出问题，而且连干了两年，我和大毛都有些厌倦了，于是我们就不再这么做了。之后过了许久，我听说，市公安局成立了专案组，要把各个殡仪馆的肢体全部取回，串并侦查。闹那么大动静把我和大毛吓了一跳，可后来很长一段时间也还是风平浪静，让我俩又再次放宽了心。"

吴向文说着嘴角扬起一抹微笑。"其实停止作案，还有一个原因。那就是成业从福利院把甜甜给领养了回来。那是老金走的第二年，甜甜刚满一岁。

"我们仨早就给自己下了定论，这辈子指定讨不到老婆。不过不能结婚，不代表不想结婚，当不了爸爸，更不能代表不想当爸爸。我很渴望有一个女儿，甜甜的到来，让我愿望成了真。

"成业虽是甜甜的养父，但他患有眼疾；大毛是甜甜的三爸，可他是个酒蒙子。

"我们三个人中，唯一利索的只有我，所以甜甜从小就跟在我后面打转，她几乎也是我一手拉扯大的。

"甜甜跟别的孩子不同，她患有小儿麻痹症，右腿完全丧失了功能，我这辈子的愿望，就是能给她换个假肢，好让她站起来。可是……"吴向文摸了一把脸颊，哽咽着说，"可是谁知道，我终究没等到这一天。"

…………

良久之后，等他情绪平复了一些，展峰才继续问："冷库和那些颅骨又是怎么回事？"

"那人姓冯，外号叫骷髅，大名我不清楚。他最先是和大毛联系上的。那天骷髅在门岗给了大毛两百块钱红包，想约他私下里见一面。大毛有些吃不准，就把我给带了过去。

"骷髅偏好卤味,我给他推荐了王四毛羊汤馆旁边的百味卤坊,我们见面的地方也约在了那附近。

"他开了一辆奔驰商务车,他看见我时还有些警惕,聊开以后他告诉我们,他是做'颅骨'生意的,问我们有没有什么法子,能搞到新鲜'人头'。如果可以,他愿意出价五百一个收购,且量大价高。

"大毛一听满心欢喜,可我却心头一沉,我很担心,这家伙是警方的卧底。

"毕竟,那起被疯传的'肢解狂魔案'警方还在追查中。

"我们在殡仪馆的收入虽然不高,但也足够糊口了,我可不乐意去冒这个险,于是我当场就给回绝了。

"骷髅见我态度坚决,也没说什么,丢给我们每人一张名片,让我们想好了给他打电话。

"他走后,我转脸就把名片撕碎,扔在了路边,不管你信不信,我当时是压根儿就没打算再联系他。"

"关于冷库是这么回事,"吴向文又说,"我最早是租住在冷库后面的小院里,因为噪声问题,我曾与段长治接触过,他这个人做生意精,很会做人,周围邻居甭管混得好混得差,都吃过他送的牛肉,附近的人见到他也都客客气气的。

"他得知了我嫌弃吵后,二话没说,主动替我交了半年房租作为补偿。

"这伸手不打笑脸人,因为这事,我俩一来二去也就熟悉了。

"再后来他托我办了件事,我给他办成了,他就把冷库送给了我!"

"什么事?"

"段长治母亲身患顽疾,挺着命不想火化,可他母亲有正式的工作,死后要在单位挂讣告,并且单位还会派代表去奔丧,火化程序肯定要走,他为这事操碎了心。得知我在殡仪馆工作时,他就问我能不能想想办法。并开出三万块的好处费。

"俗话说术业有专攻,在别人看来这几乎是不可能的事,但是对我来说并不难。

"我就告诉他,只要老人家仙逝,按正常手续,灵堂、追悼会,该怎么办就怎么办,但一定不要大操大办,一切从简,到我们馆只点基础套餐即可,否则会引起别人的注意。然后我和大毛提前一天准备些尸骨临时存放在公安局的冷柜里。

"火化那天,我把老人家的遗体推到'天堂之路'的监控死角后,再来个狸猫换太子,这样就不会引起怀疑。

"火化证这边办完,那边他就可以大摇大摆地捧着'假骨灰'离开,接着埋进事先准备好的假坟中。把单位的人和无关亲属打发走后,夜里再派直系血亲将老人家的尸体拉走土葬。只要能确保老人家在午夜十二点前下葬,就不耽误'三天'上路的风俗。

"这事我也是第一次办,虽有些忐忑,但办得还是相当顺利。段长治因为这事,对我是感激涕零,第二天就把三万块钱送到了我手中。

"我这人,还是把情字看得比较重,钱我没有要,可他执意要给。推搡中,我见他仍愁眉不展,就问他是否还有其他事。

"他告诉我,他父亲死后想与母亲合葬,他已经向我开了一次口,再开口,他有些不好意思,所以他希望我收下钱,这样他心里会好受些。而且他当场又许下承诺,要是他父亲的后事也能办妥,他愿意再出三万。

"我告诉他,既然能处到一起,谈钱太过生分,能帮老人家留个全尸,也算是功德一件。于是一年后,我又如法炮制,给段长治的父亲办了后事。

"经历了这两件事后,我和段长治的关系就大大超越了普通朋友的层次。

"后来没过多久,他找到我,说他出了点事情,他卖的是走私牛肉,他的下线被抓了,如果他的小弟把他给卖了,那么他只能跑路。

"他说他父母的事多亏了我,而且我也一分钱没要,这点让他很感动,他说院子和冷库他不打算要了,准备去别的地方另起炉灶,啥时候能见面,还是未知数。

"于是他就让我把后院的房子给退了,他的院子连同冷库一起送给我。我本来还想推辞,可他去意已决,我也只好收下。"

三十四

展峰问:"后来,你为什么住进了冷库?"

"再后来就是甜甜出了事……"

吴向文低着头,显然他很不愿去回忆,可为了两个兄弟,他也只能再次揭开这道伤疤。

"大毛是守夜人,常年住在馆里哪儿都不能去。成业租住在筒子楼里,房间很小,也就四五十平方米,甜甜大了以后又用木板隔成了两间。他们住的那地儿,楼梯陡不说,还没有扶手,唯一的优势就是离殡仪馆比较近。段长治把院子送给我后,我们仨儿就数我的住处最大。于是我就跟成业说,把院子给他父女俩住,我自己搬进筒子楼。

"可成业却说,我住的地方太远,他有弱视不敢骑车,甜甜右腿有残疾,出行也很不便。筒子楼虽破了些,但离甜甜的学校不远,出门拐个弯儿就到。

"他这么说,我有些不乐意,毕竟甜甜那时已上学,我很希望她能通过知识改变命运,可她每次从学校蹒跚到家,除了学习还要做饭、料理家务,这完全是在浪费时间。

"我好歹还算半个文化人,我不想甜甜这样下去,于是我就提出把甜甜送到我那儿去住,我来给她辅导功课,一天四趟,我骑车接送。

"成业听我这么说,并没有反对,可让我没想到的是,甜甜却一口回绝,后来甜甜私下里还找过我。

"她跟我说:'二爸,我爸的视力已经越来越模糊了,我不能丢下他一个人,学习的事我自己可以抓紧,所以希望二爸以后别提这件事了,我怕他会伤心。'

"从那一刻起,我突然觉得甜甜比我想象的还要优秀。人这一辈子,学习分数只能代表一个阶段的得失,而良好的品质,却能决定一生的命运。

"她能这么说,我很是欣慰,于是我信守承诺,再也没提换房的事。

"搬进院子后没多久,段长治就来找过我,他说他没被小弟出卖,冻货生意还可以接着做,而且他还建了个更隐蔽的新冷库。他来找我就是因为货太多,想借院子里的旧冷库暂存一下,时间不会太久。我寻思,院子本来就是他的,他借用那是天经地义,我没有理由拒绝,于是我满口答应。只是冷库长时间没用,出了点小问题。于是他派人过来检修,发现氟利昂已经漏完了,根本无法启动。

"为了能赶上过年的销售旺季,他找人把冷库给改造了一番,前后折腾了三四天,冷库才重新启动起来。我听工人说改成了水冷,制冷效果虽差一些,但也凑合能用。

"接着,段长治就送了价值一百万的货过来。临走时他还丢给了我五千块钱,希望我能给他照看到过年。

"别说那时候,就算放到现在,一百万也不是一个小数目。

"我的想法很简单,既然我收了人家的钱,就要确保货的安全。也许是没经历过大场面,我的心理素质并不是很高。所以每天下班我都会定时进冷库,把货物清点一遍,只有确保万无一失我才敢睡觉。可刚睡下,只要有风吹草动,我就又会被惊醒。

"一来,是怕有人惦记这货;二来,这玩意儿违法,始终是怕有人查。

"那段时间,我感觉自己差点神经衰弱。后来为了安心,我想了个办法。把被褥抱进冷库,晚上就睡在里面。

"改成水冷后,冷库的温度也就零下5摄氏度左右,比冬天的气温还高些,于是我在地上垫了茅草垫子,再盖上厚厚的绒毯,睡觉时,我还会戴上帽子、口罩。

"第一次尝试时,我还真担心会出问题,不过等我钻进被窝,我竟感觉比在地面上睡得还香。

"再后来,段长治接连送过七八趟货,只是量一次比一次少,到最后他联系我说,市场抓得紧,他准备转行干其他生意了,以后就不用再麻烦我。我一听还有些失落,毕竟我已经习惯了睡在冷库里,他一撤,电费就要我自己交,这可是不小的开支。

"当时我们俩都在攒钱,准备等甜甜大了给她做个截肢手术,再换个好的假肢,让她好好站起来,这样最起码不影响以后成家。所以只要段长治一撤,我就算再难受,也只能继续搬到地面上来。"

吴向文难掩悲伤之色:"唉!我是真没想到甜甜会出事。接到电话时我都愣住了,成业告诉我,甜甜下楼时,从楼梯上摔了下来,后脑磕到了台阶,是邻居打的120,人被送到了县医院。

"一听磕到了后脑,我心中一沉,这些年我可见过不少颅脑损伤不治而亡的人。我们仨不敢耽搁，带着钱就往医院跑，赶到地方时，医生告诉我们，甜甜颅脑出血，需要紧急开颅，让我们至少准备三万块钱！我们几个平时没什么开销，工资也基本都攒了起来，这些钱我们还是能凑出来的。

"我们天真地以为，甜甜手术后就能好转，可从手术室出来，医生告诉我们，甜甜还有二次出血的可能。要转到ICU观察。

"我们都是临时工，没有医保，指望我们那点积蓄，根本撑不了几天。

"从ICU出来后，医生告诉我们，甜甜还年轻，县医院的技术有限，最好还是转去市一院，否则有变成植物人的风险。

"因为我当过老师，平时大事小事他们都习惯让我拿主意，甜甜是我一手带大的，哪怕只有一点希望，我也不能让甜甜变成植物人。于是我当即决定，必须转院。

"在成业办理转院手续时，我做了两件事，一是联系段长治借了五万块钱。二是让大毛试着联系骷髅，问问他还要不要颅骨。"

…………

吴向文又说："大毛这个人，我最了解，他始终对这笔生意念念不忘，他还私下里跟我说过，如果骷髅真是警方的卧底，为什么过去了这么久，也没见有啥动静？

"后来我仔细琢磨，也认为大毛的话有道理，只是那时我们日子还过得去，我不想捞偏门，万一被抓甜甜该怎么看我们？

"她本来在学校就遭人冷眼，好在有三个爸爸能给她心灵上的慰藉，我们要是再干违法犯罪的勾当，那将会影响她的一生。

"因为眼前的利益毁掉甜甜的后半辈子，这个赌注有点大，我不敢轻易尝试。

"可现在不一样，我们等钱救命，段长治跟我关系虽好，但从不亏待我，我向他借钱张嘴就是五万，他只说了一句，救命要紧，便派人把钱给我送了过来，这是何等的情义？

"但人家仗义，是看情分，人家不仗义也是本分，毕竟我俩没有任何血缘关系，说白了，也就是比较要好的朋友。

"要是这钱还不上，情分也就走到头了。

"所以，不管是为了甜甜，还是为了兄弟情义，我都只能铤而走险。

"骷髅在接到电话的第三天赶到了殡仪馆。

"我说我可以提供稳定的货源，希望他能把价格开得高一点，其间，我把甜甜做手术的事，也跟他透露了一些，最后经过协商，我们把价格定在五万块钱九十个，但我们急需钱，需要他预付一半的定金。

"骷髅不是傻子，他跟我们坦言，他联系过很多家殡仪馆，但都收效甚微，他说，考虑到甜甜的医药费，他愿预付两万块钱给我们，但他提出要观摩整个取头的过程，确保我们可以长期稳定地提供货源。

"情急之下，我和大毛只能答应他的要求。

"后来他伪装成死者家属，如愿以偿地观摩了整个取头过程，并且在当晚就拿到了四个人头。

"骷髅欣喜若狂，说要去边境买个破房子加工颅骨。由于地点还没选好，他让我们把手里的四个人头放在冰箱里，等过一阵子再来取。

"我告诉他，我有一个冷库，取下的头，可以放在那里，等攒够九十个，他就来一次，然后我们一手交钱，一手交货。

"他听我这么说，激动得差点跳起来，在亲自验证冷库符合他的冷藏条件后，骷髅丢下两万块钱定金，就立刻离开了。

"这时甜甜已经转院，并进行了二次开颅，每天几千块钱的花销，压得我们喘不过气。

"我真的非常感谢医院的医生，他们不光给我们减免了费用，还组织捐款，给甜甜凑了一万块钱的医药费。

"不过这些依旧是杯水车薪，后来我又硬着头皮去找了段长治，他这次给我拿了十万块钱。

"来送钱的小兄弟说，段长治新开了好几家娱乐场所，押了不少现金，他手里也没剩下多少钱，希望这些钱能帮我渡过难关。

"我知道，亲兄弟还明算账呢，我这一次又一次，搁谁也受不了，他让小弟把话说给我听，实际上就是在委婉地告诉我，这是最后一次了。

"不过就算是这样，我还是很感激他。

"给甜甜付了医药费后,骷髅的第一批'货'也已凑齐。他支付完尾款后,又拿出两万块钱定金,让我们接着干。因为缺钱,我也没有拒绝。

"骷髅取货时,开的是他那辆奔驰商务,车的后排座被他全部卸掉,车里放了一口棺材,割下的头全部码在棺材里。为了防止'头'暴露在室外加速腐坏,他提出让大毛跟着,两个人交替驾驶,趁着夜色抓紧送到边境。

"我们馆距离他说的地方,也不过四五百公里,半夜车少,开快些最多三四个小时,一来一回也不耽误第二天上班。这么一寻思,大毛就答应了。

"首趟送货回来时,大毛告诉我,骷髅在黑瞎子林里买了一座院子,并在院子下面挖了一个很深的地窖,还雇了两个工人专门看守。

"我和大毛都搞不懂对方在干什么,不过那时候我也没心情去过问,我每天脑子里就两件事:'取头''搞钱'。

"接连干了三个月,与骷髅交易完最后一单,甜甜人就没了。

"接到消息时,我感觉整个人的精神都快崩溃了,最让我难以接受的是,成业还自作主张捐掉了甜甜的器官。

"我实在憋不住火,就在手术室门口给了他一巴掌,他是甜甜的养父不假,但甜甜也是我一手拉扯大的,他凭什么不经我的同意,就把孩子的器官给捐了?

"大毛怕我们吵起来,把我拉出了医院,并跟我说,甜甜已经没了,器官也被取走了,现在最重要的是怎么给甜甜留个全尸,毕竟尸体是医院直接送到殡仪馆的。如果不早做准备,火化是必然的!

"甜甜跟我们的关系馆里众人皆知,我们是殡仪馆的员工,自然要严格遵守馆里的规定,遗体按理说是要送往最近的殡仪馆,可后来在我的坚持下,汪主任同意把火化证明开到我们馆。

"我虽然也接受过中专教育,但环境造就人,在殡仪馆待时间长了不迷信是不可能的。自古以来我们中国人就讲究死后能留个全尸,几千年的传承自然有它的道理。我是不可能把甜甜的尸体送去火化的,所以回到馆里,我就和大毛商议这事该怎么办。

"由于是在众目睽睽之下,操作起来要比段长治父母难度大得多。不过好在馆里的监控主机就安在保安室，平时由大毛负责看管，只有他知道哪里有监控死角可以利用。

"甜甜的遗体是在馆领导的注视下，被推进火化炉的，整个过程他们没有发现任何破绽。因为我们是馆里的员工，馆领导为了体恤下属，给我们特批了一块墓地，甜甜的假骨灰就葬在那儿。

"有惊无险地度过了一天后，午夜时分我和大毛将甜甜的遗体抬进了冷库。

"当时骷髅已将第三批'人头'带走，临行前他告诉我们，取头的活计可以暂且停一停了，等第一拨颅骨顺利售出，他再联系我。

"甜甜一走，钱对我们来说已经不再那么重要了，我把骷髅给我的钱凑了凑，先还给了段长治十万，剩下的五万我准备用工资慢慢还，他也欣然接受了。

"办完这一切，大毛问我，甜甜的尸体怎么办，以他的意思，是想选个风水好的地方给葬了。我当即否定，甜甜是我一手带大的，我不可能让她一个人孤苦伶仃地睡在荒郊野岭，我要把她留下来，直到我老死。

"大毛又问我，骷髅那边怎么办。因为每次交易人头，他都会下冷库逐一清点查看。如果甜甜的尸体放在冷库，肯定会被他发现的。这人心隔肚皮，谁也不敢保证他不往外说。

"在这件事上，我觉得没有任何商量的余地，为了甜甜，骷髅那边的钱我情愿不赚！

"原则性问题上，大毛肯定站在我这边，可当骷髅得知情况后，态度表现得有些强硬，他说他花了这么大的代价，说不干就不干，这不是在玩他吗？而且当初给这么高的价钱，也是出于长期合作的考虑。

"自从第一次接触他，我就觉得他不是个好对付的人，后来我还让大毛私下里套过话，那两位工人说，骷髅搞这么多颅骨是要卖到国外做艺术品，至于怎么做，做成什么样，他们也不知道。

"得知真相后，我心里有了深深的负罪感，把我们中国人的颅骨卖给老外做工艺品，这跟'卖国贼'有什么区别？他说是做工艺品，万一还有其他不可告人的用途呢？老外就是看不得中国好，这要是拿去做什么针对中国人的基因实验，我岂不成了千古罪人？

"反正不管怎么说,我也不能昧着良心再干下去,我觉得非但骷髅这条线非要彻底断掉,而且那二百七十个颅骨也不能让他卖出去。

"我原本是想凑十五万块钱把颅骨再买回来,大毛却说骷髅绝对不会答应,最简单的方法,就是干脆把他们三个一锅给烩了。

"我见他说得随意,就猜到他肯定早就想出了办法,在我的追问下,大毛告诉我,他发现了骷髅在暗算我们。

"每次取货时,骷髅都是借故体力不行让大毛陪着,可一路上,大毛根本插不上手。最让大毛感觉奇怪的是,骷髅还总喜欢问一些敏感话题,诸如:有没有别人找我们买过颅骨,殡仪馆卖不卖火化证等等。

"这些问题看似八卦,但大毛却产生了警惕之心。骷髅并不知道我俩还牵扯了一个肢解狂魔的案子,平时我们做任何事都会留个心眼。

"后来大毛越想越不对劲,借着在车上休息的空当,他发现了骷髅安在车顶的窃听器。骷髅这么做,无外乎就是想拿一手证据,让我们以后乖乖听话。

"大毛之所以没告诉我,其实是怕我终止交易,毕竟那时甜甜还等着用钱续命。要是我的思想有了波动,取头时难免会露出破绽。

"我们事后冷静下来才发现,骷髅的底细谁也搞不清,我们也拿不定这种交易会给我们带来什么后果。所以,大毛很早就在计划,怎么直接绝了后患。

"在听完大毛的计划后,我没发现任何破绽,于是就把这件事交给了大毛处理。

"那天,大毛联系上了骷髅,敲定继续交易,但有个前提,从馆里流出的颅骨,只能做工艺品,不能用作他用,万一被国外的警察查到,必定会从上撸到下!

"骷髅得知我们在担心这个,胸脯拍得是啪啪响,他还主动开车过来,准备带大毛去亲眼见证第一批颅骨出坑的盛况。大毛没有推辞,顺嘴就应了下来。

"在电话中,大毛告诉了我全部行程,他说,骷髅先是带他吃喝玩乐、找小姐,然后又去了趟加油站,买了几十桶汽油,油卸掉后,骷髅又跟两个工人喝得五迷三道的。

"大毛从不参与他们的事,所以一直在院外的车里坐着,直到骷髅给他打电话，让他帮忙给地窖通通风，大毛知道，机会从天而降了。等到他们三个被闷死后，大毛按照我的指示，把几人的证件、手机，全部给带了回来。

"这人有时候真的很奇怪，没杀人时我们并不担心警察会抓到我们，可当真把人给杀了后，我们又整日提心吊胆、惴惴不安得很。

"备受煎熬中，我决定一不做二不休，再干一件事。

"我答应过甜甜，总有一天，我会让她跟正常女孩一样。腿我已经给她接上，可看着因为缺少器官而凹下去的遗体，我心里不是个滋味。

"既然横竖都是死，不如在我死前，把甜甜捐出去的器官再拿回来，这样就算我被枪毙了，最起码我心里也不会再有遗憾。

"我和大毛是始终一条心，他其实也不赞同成业的做法。他觉得，如果'受体'是个善人，那还能给甜甜积点阴德，可如果对方是个恶人，其实就是在助纣为虐不是吗？

"我俩是一拍即合，说干就干，在搞清楚了三个人的身份后，我们以甜甜家属探望的名义，把三个人约出相继杀害。事成之后，骷髅的那辆奔驰商务被大毛开进了河里。"

"人是在哪里杀的？"展峰问。

"就在段长治的院子里。"

"哪间屋？"

"东屋……"

"你后来，为什么把冷库的入口给封了？"

"因为我担心段长治还会回来。万一他执意下冷库，甜甜的尸体就会暴露。所以我索性把入口封了，谎称冷库不再用就行了。"

"后来，你又做了什么？"

"我把隔壁的院子租了下来，在那里开了个新的入口……"

三十五

最后一个细节问完，吴向文的审讯工作终于告一段落。

当笔录传阅完毕后，展峰感慨道："吴向文很聪明，他知道我们掌握的证据足以零口供定罪，但在前几天，他依旧负隅顽抗，你们知道这是为什么吗？"

司徒蓝嫣微微一笑："他在玩心理战术，目的就是跟我们谈条件！"

"没错！他担心一旦过早交代，警方就会对王甜甜的尸体不管不问，所以他一再挑战我的耐心，这样就会由被动变成主动。"

"展队，你的意思是？"

"你不觉得他交代得有些太顺了吗？"

"难道笔录有问题？"

"目前有足够的证据证实，三起案件都与吴向文和曹大毛有关，在供述中，他也没有避讳。可是对王成业的作用，他却显得遮遮掩掩。吴向文一再强调他弱视，可据我观察，并不是这样的。"

"展队你是说，王成业其实知道他俩的事，只是没有点破而已？"

"王成业从小在福利院长大，心智比同龄人要成熟得多。从器官捐献这件事不难看出，他是一个很有主见的人，如果吴、曹的事他真不知情，他应该会极力反驳，而不是保持沉默，所以他是知道的，却不想说谎，也不能告诉我们。"展峰又说，"现在有了吴向文的供述，曹大毛说与不说意义不大，当务之急，是要听听王成业怎么讲。"

…………

经过司徒蓝嫣长达四个小时的审讯，结果与展峰推测的如出一辙。王成业坦言他知道吴、曹所做的一切，他再弱视，骨灰中少了颅骨，他还是一眼就能分辨出来，况且天长日久，完全没有察觉也不可能。

只是，他也知道，兄弟俩所做的一切，一方面为了甜甜的医药费，另一方面也是为了保护他，他只能选择静静地看着这一切的发生。

可他并不清楚，他的兄弟为了甜甜，竟然还夺走了六个人的性命，杀骷髅一帮人还有情可原，可另外三个人却是清清白白的无辜者。

王成业很是内疚，说如果他及时阻止这一切，说不定后面的事就不会发生，因为他的自私，害死了这么多人，他觉得自己也是帮凶。所以他愿意接受法律的制裁。

……………

曹大毛在知晓王成业做了有罪供述后，开口第一句就骂对方是"傻缺"。

说着说着，他却一把鼻涕一把泪地哭了起来。"王成业你个王八蛋，我和向文拼死拼活，就是为了把你撇得干干净净，你倒好，闹了半天还是自投罗网。

"把什么都说出来了，你心里是没了负罪感，可甜甜咋办？初一十五，谁去给她烧纸上香？你个王八蛋，没良心的孬种——"

宾馆谈话间的隔音效果，比不上办案中心的审讯室，曹大毛愤怒的叫骂声，王成业听得是清清楚楚。可法律面前，不是一个沉默就能糊弄过去的，就算王成业不开口，展峰也有办法证明他涉嫌包庇。

通过这些天对王成业的观察，展峰发现，他至少能看清10米范围内的事物。正像他供述的一样，颅骨就算经过高温焚烧，也不可能完全碳化。他是殡仪馆的焚尸工，尸骨烧出来是什么样，他不可能不知道，况且之后还要负责敲碎骨头。

曹大毛骂归骂，可他心里也清楚，覆水难收，于是做完有罪供述后，他把展峰单独找进了屋里。

"展队，该说的我都说了，欠债还钱以命抵命，这是天经地义的事，我和向文都认。我俩也知道，我们犯的是要枪毙的案子。您能不能看在成业没有实际参与的分上，高抬贵手放他一马？"

"他的情况，我确实很同情，但法律就是法律，容不得半点私情。但就算你不说，我也会帮他找个好律师。如果能证实他确实对两起杀人案并不知情，那他完全有缓刑的可能……"

曹大毛眼前一亮："缓刑是什么意思？"

"说简单点，就是走个审判程序，不用蹲监狱了。"

曹大毛一听不会进局子，连忙起身作揖。"谢谢展队，谢谢展队，甜甜有人照顾了……"

"查清案件是我们的职责，这是法律问题。给他人一个改过自新的机会，这是人性问题。你不必谢我，换作谁，都会这么做，只要这个人还有救就行。"

"展队……"曹大毛深受触动，他喊住了展峰。

"还有什么问题？"

"这件事我本打算烂在肚子里的，但冲你刚才说的那番话，我敬你是个爷们儿！你要是愿意听，我就说出来。"

"什么事？"

"当年，殡仪馆丢的那具尸体，我知道是谁偷的！"

此言一出，屋内的气氛突然紧张起来，展峰低声问道："谁？"

"我在材料中供述那人叫黄虎，其实不是，我趁他酒醉的时候，看到了他口袋里的身份证！"

展峰把眼睛眯成了缝："你记得身份证号码？"

曹大毛语气坚定地说："我给抄到纸条上了，纸条就放在我床下的铁皮盒里！"

"那他真名叫什么？"

"庞虎——对，就是庞虎！"

尾声

914专案中心，秘密基地内。

展峰用右手掌静脉网解锁了门禁。

沿着崎岖蜿蜒的通道走到尽头，是一扇厚重的金属门，门板上除了镂空雕刻了一个大写的"S"外，看不到任何别的标记。

如果要再往前走，需要虹膜及静脉网双重识别，中心只有历代专案组组长，才有进出此间的权力。

伴着气压的"扑哧"声，门板闪开了一条缝隙。展峰从中挤进去之后，门板"嘀"的一声又嵌入了墙内。

感应灯管散发的暖白光线缓缓变强，直到照亮屋内的每一个角落。

这里看起来布置得跟传统办公室无异，长方形的空间被一道百叶窗玻璃门隔成了两块。

在外侧，除了木桌、电脑、打印机等常规办公用品外，并没有任何特别之处。

展峰从保险柜中取出钥匙,打开了玻璃门。

里侧的空间里,并排摆放着数个白板,每块白板上,都贴满了或大或小的数码照片,每张照片又被"红""黄""蓝"三色线条串联。

至于线条所代表的逻辑关系,也只有展峰自己梳理得明白。

门口的第一块白板,吕瀚海"比V"的生活照被贴在正中。

第二块白板上,高天宇的西装照赫然在列。

接着第三块上是林婉,第四块上则是庞虎。

当展峰经过一张张照片走到尽头时,还有一块白板。但这块白板的中间却空空如也,取而代之的,是他用红笔画的一个大大的问号。

他伫立良久,视线沿着一条条线索散了又聚,聚了又散,直到所有线索在他脑海中重新捋过,他这才不舍地从口袋中掏出一张彩照贴在了问号之上,在照片下写下了一行工整的字迹。

他转过身去径直走了几步,突然,他又回眸看了一眼,他之所以这么依依难舍,是因为那里是他最后的心灵港湾。

那张彩色的照片下,展峰写的是:

"紫上云间咖啡与书——唐紫倩。"

(未完待续)

© 中南博集天卷文化传媒有限公司。本书版权受法律保护。未经权利人许可，任何人不得以任何方式使用本书包括正文、插图、封面、版式等任何部分内容，违者将受到法律制裁。

图书在版编目（CIP）数据

特殊罪案调查组．4／九滴水著．－－长沙：湖南文艺出版社，2023.8
ISBN 978－7－5726－1201－5

Ⅰ.①特… Ⅱ.①九… Ⅲ.①推理小说—中国—当代 Ⅳ.①I247.5

中国国家版本馆 CIP 数据核字（2023）第 094828 号

上架建议：推理小说

TESHU ZUI'AN DIAOCHAZU.4
特殊罪案调查组．4

著　　者：九滴水
出 版 人：陈新文
责任编辑：刘雪琳
监　　制：毛闽峰
策划编辑：张园园
特约编辑：孙　鹤
营销编辑：刘　珣　焦亚楠
封面设计：梁秋晨
版式设计：潘雪琴
图片来源：视觉中国
出　　版：湖南文艺出版社
　　　　　（长沙市雨花区东二环一段 508 号　邮编：410014）
网　　址：www.hnwy.net
印　　刷：三河市中晟雅豪印务有限公司
经　　销：新华书店
开　　本：680 mm × 955 mm　1/16
字　　数：323 千字
印　　张：20.5
版　　次：2023 年 8 月第 1 版
印　　次：2023 年 8 月第 1 次印刷
书　　号：ISBN 978-7-5726-1201-5
定　　价：49.80 元

若有质量问题，请致电质量监督电话：010-59096394
团购电话：010-59320018